古文论要籍之
文学史观察

郭外岑 著

甘肃人民出版社

图书在版编目（CIP）数据

古文论要籍之文学史观察 / 郭外岑著. -- 兰州：甘肃人民出版社，2020.10（2022.1重印）
ISBN 978-7-226-05582-3

Ⅰ.①古… Ⅱ.①郭… Ⅲ.①中国文学－古代文学史－文学史研究 Ⅳ.①I209.2

中国版本图书馆CIP数据核字(2020)第190442号

责任编辑：牟克杰
封面设计：陈　珂

古文论要籍之文学史观察

郭外岑 著

甘肃人民出版社出版发行

（730030　兰州市读者大道568号）

三河市嵩川印刷有限公司印刷

开本787毫米×1092毫米 1/16　印张18.75　字数321千
2020年11月第1版　2022年1月第2次印刷
印数：501~1500

ISBN 978-7-226-05582-3　　　定价：80.00元

前 言

　　中华民族绵延五千年的悠久历史，曾创造了人类十分辉煌灿烂的文化，在文学理论的建构方面也留下极为丰富的文献典籍，除了人们所熟知的诗话、词话及影响深远的专著如《文心雕龙》外，其他如书信、序跋、诗赋、札记、杂论等，都成为谈论文学常用的载体，可谓汗牛充栋，而极费翻检。因而从中披沙拣金而择其要者，以便利大家阅读，遂成为历来一项重要工作。然而，何谓"要籍"？各人又自会有不同的认识和理解，亦很难有一个统一标准，既不能以篇幅大小论，也不能以文字多寡言，而短短一篇书信或序跋，其重要性有时往往会超过某些大部头诗话词话。因此，要看你从什么角度看，从什么层面为其定位。而这是最容易产生分歧的。

　　本文的着眼点则在文学史，即视其在文学发展历史及理论建设上，就其所起作用所处地位来判定。笔者曾将我国文学演化的历史分作三大期：两汉以前为喻象文学期，晋宋至宋元为意象文学期，元以后则转入以小说戏剧为主流的再现文学期。喻象文学是中国文学的起始阶段，诸如神话象征、《诗》《骚》比兴、诸子说理寓言和"比体云构"的汉赋等，其所创造者无不是以"喻"为特征的艺术形象，故称"喻象"。这一时期对文学自身的认识尚未进入自觉，故谈论文学的专作也不是很多，然如《尚书·虞书》的"诗言志"说，《毛诗序》的比兴美刺说，王逸《离骚经序》的香草美人说等，都对后世产生过深远影响，并代表整整一个时代，其重要性自不言而喻。

　　至于意象文学，简言之即意化的象，或对象化的意，它是魏晋玄学倡"自然"而黜"名教"哲学思潮的产物。又可分作前后两个阶段：即六朝意象和唐宋意境。而由前期向后期转变的动因，则是时代创作审美意识发生的变化：六朝人重在写心灵观照的景物，唐宋人重在写观照景物的心灵，重在写心灵观照的景物，尽管这些景物乃是被心灵化而带有浓厚情感色彩的景物，其侧重点则在物，故诗人必为其所独特感受的景物穷形尽相地造型，讲形似，求巧丽，趋新趋艳，竞秀竞妍，而雕琢涂饰在所难免，终致"有句无篇"之讥。然经过数百年的批判和实践，至盛唐人终幡然觉悟，遂转写观照景物的心灵。而心灵是浑整无迹的，难以作具象的雕琢涂饰的，于是创作观念发生巨变："化虚为实"，借景言情，自然妙造，寓情于言象之外，终于克服"有句无篇"之积弊，而创造出冲融浑灏的审美意境。

六朝意象创作的出现，是我国文学进入文学自觉的标志。所谓"自觉"，即意味着人们开始对文学自身进行自觉认识，文学也不再是其他东西的附属物，本身即自有其存在的独立价值。于是探讨文学自身发展规律，对文学个性特征作理性阐明，遂成为这一时期文论探讨的主题，对此，可说是由陆机《文赋》发其端，而刘勰《文心雕龙》总其成的，诸如原道论（文学自然观）、感兴论（创作动因）、视思论（艺术思维）、情采论（艺术语言）、知音论（文学批评）等的提出，即是这一时期理论建构取得的丰硕成果。此外如《文选序》及《金楼子·立言》，又试图把文学从经传史笔中剥离出来的文学独立观；沈约王融等人，又欲建构起诗歌声韵美音乐美而提出的"永明声律"说，同样是不可忽视的创作。而我国古文论也由此进入前所未有的繁荣。

至于唐宋意境文学，则是反思六朝文学弊端结出的硕果，是六朝意象的深化。讲秀句，讲巧似，讲藻饰，美则美矣，也造成前人所未有的新鲜感生动感，但却割裂文辞，雕琢过甚，不免"有句无篇"之失而道路越走越窄。在唐人看来不过是"小家数"，于是追求高华朗畅、冲融浑灏的意境美，遂成为时代的主导趋向。然而，何谓"意境"？其理论根据和内在结构特征又何在？虽然言有涉及者代不乏人，但真正成为系统者却不是很多，略而举之如司空图《诗品》的象外味外说，严羽《沧浪诗话》的兴趣妙悟说，王夫之的情景互根互生说，王国维《人间词话》的境界（意境）说等，即是这一时期理论建构的佼佼者。而中国古文论的体系也变得逐渐清晰。

综言之，我所谓"要籍"者，其确定根据在此。不过宋元以后之再现文学，主要是小说戏剧理论的建构，情况比较复杂，故本作并未涉及。然却附有关于白居易等"新乐府"诗论的研究文章一篇，以阐明由意象文学向再现文学转变的历史机理，聊供参考。

2014.10.28

目录

卷 一

文学史背景总说 …………………………………（003）
《尚书·虞书》"诗言志"说的启示 ……………（008）
《诗大序》读解 …………………………………（017）
  一、《诗大序》关于"诗"的定义 ………………（018）
  二、风、雅、颂的排序及作者再考 ……………（034）
  三、赋、比、兴的原始文化内涵 ………………（045）
    （一）绘声绘影的描写：赋 …………………（047）
    （二）拟喻性相似类比：比 …………………（049）
    （三）积淀着巫文化神秘内涵的语词：兴（052）
王逸《离骚经序》读解 …………………………（056）
  一、屈《骚》产生的社会文化背景 ……………（056）
  二、汉人视野中的屈《骚》及王逸结论 ………（060）

卷 二

文学史背景总说 …………………………………（069）
陆机《文赋》及其出现的意义 …………………（077）

刘勰《文心雕龙》读解 ……………………………………（085）
　　一、《文心雕龙》写作的主导思想及其文学观 （085）
　　二、《神思》：文学创作艺术思维论 …………………（089）
　　三、《情采》：文学创作艺术语言论 …………………（093）
　　四、《物色》：文学创作"感兴"论 …………………（099）
　　五、《文心雕龙》与六朝文风 …………………………（108）
《文选序》及《金楼子·立言》之文学独立观 ……（113）
　　一、由"文""笔"之辨到文学独立说 ………………（113）
　　二、历史评说之反思 ……………………………………（119）
永明"声律"说读解 ……………………………………（123）
　　一、"永明体"及其声律说 ……………………………（123）
　　二、永明声律说时代意义评判 …………………………（128）

卷 三

文学史背景总说 ……………………………………………（139）
《二十四诗品》读解 ……………………………………（151）
　　一、文学意象论到意境美学的构建 ……………………（151）
　　二、意境美学之初建及司空图的贡献 …………………（160）
　　三、司空图诗论读识释例 ………………………………（164）
　　四、司空图的"知道非诗"说 …………………………（172）
《沧浪诗话》读解 ………………………………………（176）
　　一、《诗辨》之理论体系梳理 …………………………（176）
　　二、"透彻之悟"及"悟第一义" ……………………（181）
　　三、"别材别趣"和"多读书多穷理" ………………（191）
《姜斋诗话》《古诗评选》的情景论 …………………（204）
　　一、关于意象文学情景结构问题的探讨 ………………（204）
　　二、关于意象文学创作思维问题的探讨 ………………（211）
　　三、关于"非诗"及杜诗等的批评 ……………………（222）

目录

《人间词话》读解 …………………………… (232)
- 一、王国维文学研究之两个阶段 …………… (232)
- 二、王国维"境界"说试析 …………………… (237)
  - (一)"词以境界为最上" ………………… (237)
  - (二)境界非独谓景物,喜怒哀乐亦一境界 …………………………………………… (242)
  - (三)言兴趣言神韵不如言境界 ………… (247)
- 三、境界类型划分之几种理论 ……………… (252)
  - (一)"有我之境"和"无我之境" ……… (253)
  - (二)"造境"和"写境" …………………… (261)
- 四、"不隔"和"真" ………………………… (266)
  - (一)赤子之心"和"自然之舌" ………… (267)
  - (二)隔"与"不隔" ……………………… (271)

卷 四

白居易《与元九书》及新乐府诗论读解 …………… (279)
- 一、关于传统"六义"思想的继承问题 ……… (279)
- 二、具有里程碑意义的"为时为事"说 ……… (281)
- 三、新乐府诗论的文学史标志意义 ………… (286)
- 四、新乐府诗论与中晚唐文坛思潮 ………… (289)

卷 一

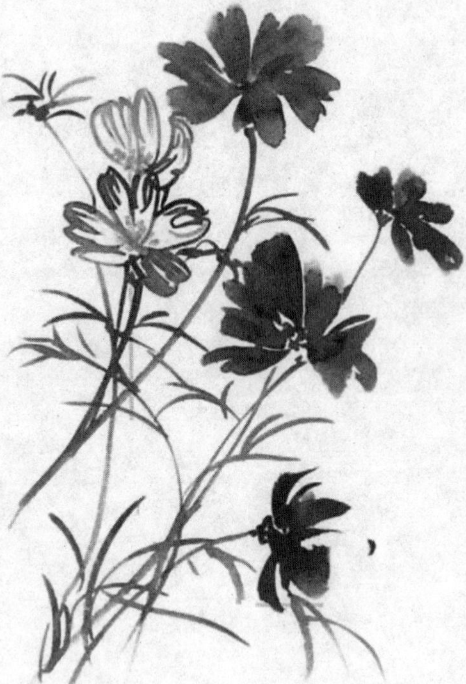

【卷一】

文学史背景总说

　　回顾人类文明发展史，对文学而言首要的问题，则是文学的起源问题。在我国最早那些文论片断记载中，对此虽未有明确触及，但最初的文学是什么样子，他们却是或隐曲或明白谈到了的。而这又恰恰从一个侧面透露出文学的起源问题。因此，弄清楚这个问题，对理解我国古老文论中那些艰涩难懂的描述和记载，揭示其真正内涵将提供不少便利条件。所以，我们仍得从文学起源问题谈起。

　　关于文学艺术的起源，我们最常听到的是所谓"劳动"说，譬如它是为谐调劳动节奏而发出的"杭育杭育"之声，是为抒发劳动情感而歌唱的民风民歌，或是反映劳动生产活动而流行的乡土小调等。若笼统地说，生产劳动乃先民们为求得生存而进行的最基本的日常活动，故说文学艺术起源于"劳动"也许并没有错，但这可能只是研究的起点。因为，先民为求得风调雨顺、谷物繁茂、生产丰收的根本动因又是什么？这却是需要深入探讨的问题，并非简单的"劳动"二字可以说明。根据文化人类学搜到的原始部落丰富材料来看，史前先民的生产劳动活动却有其非常复杂的独特性质，远非今天我们想象的那么质朴而单纯。因为，在这类活动中，往往还伴随有神秘而烦琐的宗教巫术祭仪，而这才是揭开诗歌等艺术起源的奥秘所在。

　　在史前时期的先民社会中，由于生产力的低下，人们活动范围的狭小和认识水平的限制等，稚拙的思维方式还难以完全把握和解释自然及社会的各种现象，并从而把自己同其他一切有生命甚至无生命的自然物区别开来。用马克思的话说，他们还没有完全割断同自然联系的脐带，故而在很大程度上，他们仍然是用动物式的直观即时性方式来感知世界。于是以己度物，以物例人，把一切事物拟人化，从而萌生并形成根深蒂固的万物有灵观念。正如爱德华·泰勒所指出：他们还分不清什么是人类的，什么是自然的，所有自然物都被他们赋予生命和人的特征。在《原始文化》中他这样写道："日常生活经验事实转化并进入到神话中去的，首先和最主要的就是对自然现象灵性（animation）的信仰，它的最高点也就是拟人化。……原始人把世界的每一个细节都看作是生命和欲望的作用。""对低级种族来说，太阳、星辰、树木、河流、风和云都是具有人的灵性的生命体，从而导致原始人把一切存在物都看作是和人或动物相同的东西。"①而正是所有自然物在原始先民看来都是有生命的这一牢固仰信，并把自然物进行拟人化，因而才促使他们把本是日常经验的事实，进行不自觉的加工变形和神化，从而变成离奇怪诞的神话。安德鲁·兰即认为神话是一种特殊的智力状态的产物。这种智力是一种"心灵的朦胧而混乱的框架，对这种框架来说，所有有生命事物和无生命事物，人、动物、植物或无机物似乎都处于同样的生命、热情和理性的水平上"。②因此，这才造成原始人类还难以正确科学地认识事物，也不能正确地去解释各种自然和社会现象，如宇宙的开辟、人类的起源、各种事物和现象的发生等，于是他们便只能借助于想象或幻想，将其变形并神化为超越现实的有生命的东西，而且认为世间的一切都是它们所为，当其高兴时便会造福人类，当其发怒时又会报复危害人类，于是又产生巫术和宗教信仰。就其本质而言，宗教巫术不过是对这些幻想中的敌人进行既讨好又力求控制的一种法术，它不只要通过某种繁杂神秘的礼仪（有舞蹈、音乐、雕塑、绘画等配合）达到目的，而且还要念诵经咒或礼辞，用人类最初掌握的语言这种神圣力量实现欲望。经咒和礼辞在巫祭仪式中，虽不可截然分离，但前者主要用于日常生活中的巫术活动，是后代诗歌的最早萌芽；后者则主要用于重大的宗教祭祀，往往编织成光怪陆离的神话。

但是，影响后来文学和文学理论批评发展最重要的东西，并不是文学从哪里来的问题，而是史前先民创造它们时特有的思维方式。恩格斯曾说："每一民族的民族性秘密不在于那个民族的服装与烹调，而在于（他们）理解事物的方式。"推而广之，则某阶段艺术所以发生的内在动因，同样也不是由其生活习俗等外在方面的原因所决定，而是和社会发展到一定历史阶段人们理

---
① 朱狄《原始文化研究》，685页，三联书店，1988年。
② 朱狄《原始文化研究》，682页，三联书店，1988年。

解和认识事物的基本思维方式密切相关。

那么，原始人类的思维又有什么特殊之处呢？英国著名人类学家詹·乔·弗雷泽在其巨著《金枝》中，曾提出"交感巫术"的概念加以说明。他指出，在原始人群（氏族、部落、部落联盟）中普遍存在巫术活动，这可分为两大类：一是根据"同类相生"或"果必同因"原则建立的，可称作"顺势巫术"或"模拟巫术"。另一类是根据"凡互相接触过的事物在其中断接触后仍会远距离地相互作用"原则建立的，可称作"接触巫术"。前者所依据的是事物的"相似律"，后者所依据的是事物的"接触律"（或"触染律"）。但不论前者或后者，它们都是以"相似性联想"为基本思维模式的。他写道：

> "顺势巫术"是根据对"相似"的联想而建立的；而"接触巫术"则是根据对"接触"的联想而建立的。……但是在实践中这两种巫术经常是合在一起进行的。或者更确切地说，顺势或模仿巫术可以自己进行下去，而接触巫术，我们常发现它需要同时运用顺势或模拟原则才能进行。[1]

他举例说，在许多原始部族中，如果有人想要致死某人，他们首先就要收集那人身上掉下的东西，如指甲、头发、眉毛、唾液等，然后用蜂蜡之类东西将其粘合在一起做成那人的塑像，再放在火上烧烤，他们就相信这会伤害甚至致死那人。再如，许多部族为了求得丰产，总是让孕妇或多子女的母亲去播种。如奥里诺科印第安人，常让他们的女人怀抱婴儿，头顶烈日去地里播种；而巴干达人则相信一个不孕的妻子，会由于缺少生殖力而影响果树结果，故绝不能让其走进果园，甚至还会因此而遭到遗弃，等等。不言而喻，"这种巫术显然结合了'顺势巫术'的原则"，尽管表面看是接触巫术，而且，即使是被称作消极巫术的"禁忌"，也同样如此。他说，"事实上全部或绝大部分'禁忌'，也仅是交感巫术的相似律与接触律这两大原则的特殊应用"，或者说"禁忌是来源于相似律的"。因此可以断言，"相似性联想"当是原始先民最基本的思维方式，而且在进入文明社会后也沿用了很长时间。

---

[1]《金枝》徐育新等译，20页，中国民间文艺出版社，1987年。

既然"相似性联想"是原始先民最普遍的思维方式，那么，他们的语言表达也就常常离不开类比或譬喻。故卢卡契说，"在初始的原本的日常思维（按即原始思维）中，对客观现实直接反映进行连接和转化的基本主导形式中，最重要的一种方式是类比"，即"它把自己和其他事物相对比，而不是相结合"。①列维·斯特劳斯也认为，原始人的"逻辑系统同时在几个轴上发挥作用"，"二者之间的联系不是因果性的，而是譬喻性的"。②比如，"他们不能抽象地表现硬的、软的、热的、冷的、长的、短的"等，于是"为了表示'硬的'，他们就说像石头一样；表示'长的'就说像大腿；'圆的'就说像月亮，像球一样，如此等等"。而且，他们也"没有名称来表示颜色。颜色永远是按下面的方式来指出的：把谈到的这个东西与另一个东西比较……例如他们说：这东西看起来像乌鸦，或者有乌鸦的颜色，久而久之，名词就单独作形容词来用"。③因此，在原始人类稚拙的思维尚不足以抽象地把握事物特征时，他们只能采用将此物与彼物加以比拟的方式来说明，而原始人的语言也就始终离不开拟喻性具象特征。鲁蒙霍尔茨曾指出：在原始人中存在着"一种想要看出事物之间的相似的强烈倾向，而我们叫作不同类现象的那种东西，则被他们看作是同一的东西"。④比如蝴蝶和鸟，本是不同的东西，但由于它们都会飞，所以称作蝴蝶鸟；太阳也一样，则被称为"金乌"。所以，恩斯特·卡西尔在谈到原始语言和神话的关系时说："神话和语言受着相同的，至少是相似的演化规律的制约……这就是可称作隐喻式的那种形式。"并说"语言和神话的理智连接点是隐喻"，因为语言"以其原就是隐喻思维的本性生出神话，并且是神话的永恒源泉"。⑤总之，似乎可以这样结论：原始人的巫术性"相似联想"，决定着他们的思维是一种"隐喻式思维"，而隐喻思维又造成语言表达的拟喻性特征，从而赋予原始神话和艺术以象征内涵。

应该指出的是，这种思维方式，在我国汉以前古籍中亦可找到其存在的蛛丝马迹，例如人们常说的"类"这个概念。《周易·系辞下》讲道伏羲制作

---

① 【匈】卢卡契，《审美特性》(1)18、19页，中国社会科学出版社，1986年。
② 【法】列维·斯特劳斯，李幼蒸译，《野性的思维》121页，商务印书馆，1987年。
③ 【法】列维·布留尔，丁由译，《原始思维》164页，商务印书馆，1981年。
④ 【法】列维·布留尔，丁由译，《原始思维》119页，商务印书馆，1981年。
⑤ 【德】恩斯特·卡西尔，于晓译，《语言和神话》102、103页，三联书店，1988年。

八卦时说："近取诸身，远取诸物，于是始作八卦，以道神明之德，以类万物之情。"此外，《荀子·非相》有"以人度人，以情度情，以类度类"之说，《淮南子·要略》有"其形骸九窍取象与天合同，其四气与雷霆风雨比类"之附会。而儒学大师董仲舒则用这个"类"，建构起他的"天人感应"学说，如说"天亦有喜怒之气，哀乐之心与人相副，以类合之，天人一也"；"此人之所以上类天也"（《春秋繁露·阴阳义》）等。又如司马迁说"作辞以讽谏，连类以争议，《离骚》有之"。（《史记·太史公自序》）王逸说："《离骚》之文，依诗取兴，引类譬喻"。（《离骚经序》）刘勰说："观夫兴之托喻，婉而成章，称名也小，取类也大"。（《文心雕龙·比兴》）毫无疑问，他们所说"类"，正是"要看出事物之间的相似"的那种相似性联想。而在这种古老思维方式促使下创作的文学作品，如《诗经》中的美刺比兴，先秦诸子寓言，屈《骚》的"引类譬喻"，汉赋的"比体云构"，乃至"言在耳目之内，情寄八荒之表"的阮籍《咏怀》，"托前代以自鸣不平"的左思《咏史》等，其根本写作方式就是"喻"，即比喻、象征、寄托之类。而此期文学理论批评所要阐释的核心问题，亦正在此。

《尚书·虞书》"诗言志"说的启示

我国最早关于"诗"的功用和性质，有比较明确的记载，当首见于《尚书·虞书》中舜命夔"典乐教胄子"那段话。因此，如何解读"诗言志"这个主导我国文学界数千年的文论概念的初始内含，便有着非同一般的重要意义。因为这不仅关涉到诗歌起源—大文学史之谜，也与我国最早诗歌总集——《诗经》的读解密切相关。

"诗经"之名，是汉代才有的，孔子的时代则称"诗三百"，更早则只称"诗"。相传孔子删诗，是从三千多首古诗中，选了三百零五首编辑成册，即今人所说《诗经》。此或只是一种传说，但这三千多首应该就是我国最早的"诗"，却是可以肯定的。因此，弄清楚它们的功能和性质，《诗经》的奥秘也就不言自明。对此，《尚书·虞书》写道：

> 帝（舜）曰："夔，命汝典乐，教胄子。直而温，宽而栗，刚而无虐，简而无傲。诗言志，歌永言，声依永，律和声。八音克谐，无相夺伦，神人以和"。
> 夔曰："於！予击石拊石，百兽率舞"。

这段话可分作数层解读。首先，从"典乐教胄子"的活动场面来看，这并非是一次简单的音乐教学活动，而是诗、乐、舞三位一体而同时展开的集体盛大活动，具体地说即史前社会常见的一种典型巫祭仪式。"诗"是用来"言志"的，应该是整个活动的核心，不过它必须配合"歌"拉长声调来咏唱，这种咏唱还必须符合"乐"的声音律例规则，以达到八音谐和而美听。同时还要"击石拊石"以打击乐器统一节奏，并配以文身化妆的"百兽舞"

(当是氏族或部落图腾的象征)。显然,这实际是一种带有浓厚巫文化色彩的原始巫祭仪式,其要达到的目的就是"神人以和",而诗歌所以产生之根源亦正在此。因此舜命夔"教胄子"的目的,也不是训练音乐文学人才,而是培养能够熟练掌握各种祭仪的巫师或祭司。在史前社会,巫师或祭司往往集宗教领袖和政治领袖于一身,故肩负着氏族部落安危所系之重任,对其有极高的品德修养要求。故舜提出"直而温,宽而栗,刚而无虐,简而无傲"的高标准。

其次,再从这种活动所要达到的目的"神人以和"来看,这也是只有巫师们才能肩负的重任。在史前先民社会,由于劳动生产力的低下,在无法抗拒的自然威力面前,人则显得十分渺小而无能为力。他们相信万物都是有灵的,因而人间的一切祸福灾难,都是自然神灵所为,鬼神高兴时会造福人类,其发怒时又会危害人类,于是巫术盛行,几乎渗透到人们生活的一切方面。而所谓巫术,就是通过诗、乐、舞组成的一整套巫祭仪式,以求其既取悦讨好神灵,又企图控制它们的一种神秘活动。然而,能够在天地人神之间担负这种传导交感作用的,无疑也只有巫师。因为,他们不仅具有通过巫祭仪式而产生的强大法力,而且还是语言神秘力量(如经咒之类)的垄断占有者,故其地位亦特别尊崇,既是宗教领袖,也是政治领袖,往往就是氏族或部落的王。而沟通天地人神,使"人神以和",正是他们理应肩负的重任,因而也是全体民人之命运安危所系。由此亦更进一步说明舜命夔"教胄子"的目的绝非一般。

其三,再说"诗言志"。如前述,巫师们其所以能肩负起沟通天地人神,使"人神以和"的重任,即在人神之间产生神秘交感作用之原因,其所依凭的重要一环就是语言(经咒)这一工具。而巫师们既是这种语言的垄断占有者,更是唯一的使用传导者,他们也就成为先民所崇拜的偶像。所以,先民社会又盛行对语言的崇拜。正如李安宅先生所说,对语言及其所代表的东西和欲达到的目的,先民们"都相信与语言本身是一件东西,或与语言保有交感作用,一些表示欲望的词句,一经说出,便算达到目的"。[①]此即先民社会存在语言崇拜之心理根源所在。故而,只有掌握这种具有神秘交感作用之语言

---

① 李安宅,《巫术与语言》13页,商务印书馆,1986年。

的巫师们，才能作为氏族或部落群体的代表，而与神灵沟通，以祈福避祸，使"神人以和"。而巫师做法时所诵读的经咒一类"语言"，无疑便是《虞书》所说"诗"，其经咒所表达的族群欲望，即最早所谓"言志"。那么，由三千多首古诗中所精选出的《诗经》，其作者应该就是巫师。北宋文学家王安石曾说："诗为寺人之言。"（《字说》）此乃拆字以说，然寺亦巫也。朱熹则说："颂者，宗庙之乐歌。"（《诗集传》）陈子展先生则直谓此乃"史巫尸祝之词"。①正与我们的结论相同。

其实国外一些学者，也有同样的研究结论。日本学者白川静即说："短歌的形式可以说是神圣咒语采取文字形式加以表现的最初成果。因而，初期短歌的本质便是咒歌。挽歌与其说本来是悲伤的歌，不如说是镇魂的歌。"②苏联民间文学研究者开也夫也说，咒语——这是一种被认为具有魔法作用力的民间口头文学。念咒语的人确信，他们的话一定能在人的生活和自然现象里唤起所希望的结果，而最早的诗歌即由此产生，③因此，把来源于三千多首古歌的《诗经》，定性为史前先民巫术宗教祭仪的礼辞，并非全出臆猜。

综前所言，我国最早所谓"诗"，就是史前先民社会用于巫祭活动以表达群体欲望（即"诗言志"）的咒辞。而孔子所见三千多首古诗，虽然产生时代不一，可能从史前至商周兼有，但大体不出《虞书》所说"诗"的范围，孔子从中精选三百零五篇成册，即今所说《诗经》。那么还可以进一步推想：不仅《诗经》的作者是巫师，其来源亦应是巫师，即他们为了日用所需，翻检之便，且秘不外传所备的经咒秘籍，故而才能长久且完整地保存下来。还由于它们流传使用的氏族不同，地域颇广，故十五《国风》中才会出现往往名同而词异，或词似而篇分的奇特现象，其实都是同一经咒在不同地域传播中发生变异的结果。又"诗"最早起源于巫祭，故有诗、乐、舞三位一体的特殊现象存在，因为它们都是巫术祭祀活动为其存在基础的，其实三者之间并无不可分离的必然联系。后来随着巫祭活动逐渐淡出人类社会生活，诗、乐、舞亦不可避免地分道扬镳，于是才有各自独立的诗乐等创作出现，即是明证。反观孔子删诗（《诗经》的成形期）时代的实际情况，独立创作诗歌

---

①《诗经直解》1065页，复旦大学出版社，1983年。
②【日】白川静，《中国古代民俗》37页，陕西人民美术出版社，1988年。
③【俄】A·开也夫，《俄罗斯人民口头创作》95页，中国民间文学研究会，1964年。

的历史条件尚不成熟,因而也就不可能有完全脱离巫祭的"诗"。这就是《虞书》"诗言志"说给我们今天的重要启示。

为进一步证明上面的论断,我们再来回顾一下历史:凡流传至今而被公认为我国最早的诗歌,其实毫无例外都是经咒之类祭仪礼辞。如《礼记·郊特牲》所载伊耆氏蜡辞:

> 土反其宅,水归其壑,昆虫毋作,草木归其泽。

原注曰:"蜡者,索也。岁十二月,合聚万物而索飨之也。"一看即知,此乃祭蜡时所用祈祝之辞。《郊特牲》还说:"祭有所祈焉,有报焉。"而有所祈必望有所报,正是巫祭活动之根本目的所在,否则就根本没有巫祭存在的必要了。同时这也反映出先民们对自己语言神秘力量的自信。又如《吕氏春秋·古乐》所载葛天氏之乐:

> 昔葛天氏之乐,三人操牛尾,投足以歌八阕:一曰《载民》,二曰《玄鸟》,三曰《遂草木》,四曰《奋五谷》,五曰《敬天常》,六曰《达帝功》,七曰《依地德》,八曰《总万物之极》。

这八阕歌辞今虽没有流传下来,而葛天氏之民亦不可考,但仅从阕歌名亦可窥知其大概。据《说文》载字段注:"叚之为始,才之叚借也。才者草木之初也,夏曰载。亦谓四时始终也。"是载民当为民之初始,大概是讲人类起源的,属天地开辟神话无疑。今《诗经·大雅》有《生民》一篇,仅就诗题看则与之十分相近,然诗曰:"厥初生民,时维姜嫄。生民如何?克禋克祀,以弗无子,履帝武敏歆,攸介攸止,载震载夙,载生载育,时维后稷。"则是讲周民族始祖后稷降生的,属族源神话类型,显然有所不同,不过它们所讲都是用于祭仪的生动神话故事则无疑。在八阕歌辞中,讲氏族起源神话故事的是第二阕《玄鸟》,今本《诗经·商颂》亦有《玄鸟》一诗,两者篇名完全相同,那么它们又是偶然的巧合呢,抑或存在内在的必然联系?诗曰:"天命玄鸟,降而生商,宅殷土芒芒。古帝命武汤,正域彼四方,方命厥后,奄有九有。"所讲述的是殷民族开基建业的族源故事,当是用于祭祀祖先的礼辞,而葛天氏八阕歌辞中的《玄鸟》，其性质与功用亦应与之相同，便不能排除其为《诗经·玄鸟》古辞的可能，或有一脉相承的关系。至于八阕歌辞中的其他几篇，依学界一般的解释，《遂草木》是用施行巫术助长草木繁茂以冀丰收的，因为"树林之神专司庄稼"，"它能够行云降雨，能使阳光普照，减灾灭祸，六畜兴旺，妇女多子"。①《奋五谷》是通过巫祭祈求庄稼丰收的，有可能还加进一些农业知识和技术的表演，起着先民"农业教科书"的作用。《敬天常》明显用于祭天，"依地德"自然用于祭地，大概是祈求上天和大地母亲的福佑，在人寿年丰后"含哺而游，鼓腹而熙，交被天和，食于地德"的意思。《总万物之极》当是在追源人祖、祭天祭地、祈求草木庄稼繁茂丰收后，对其余物事的总的祭祀，因为在巫术观念笼罩下的史前先民看来，万物都是有灵的，它们既可危害人，也能造福人，都是祭祀祈祷的对象。总之，葛天氏的先民们，每到一年的某一季节，他们手操牛尾（道具），脚踏碎步，载歌载舞举行集体巫祭仪式（三人者，众也），这八阕歌便是其诵唱的礼辞。还要指出，八阕歌每唱一阕应该都是一场祭祀活动，显然不是一天能够完成的，无疑应持续很长一段时间。比较特殊的是《吴越春秋》所载这首"弹歌"：

断竹，续竹。飞土，逐宍（肉）。

这首歌辞的含义究竟何在？据原注陈音答越王问，谓"臣闻弩生于弓，弓生于弹，弹起于古之孝子，不忍见父母为禽兽所食，故作弹以守之"。则认作此乃古之孝子为父母守尸尽孝之歌。从歌辞所写内容来看，当是原始社会弓箭发明以后，以反映史前先民狩猎生活的。而据古书记载，黄帝时已发明了弓箭，故郭沫若认为"此歌语言简质，当是太古时的作品"。那么，所谓"孝子"之说当纯属臆猜。对史前先民来说，他们既分不清人和物的界限，更不会把生死截然对立，在他们看来，死不过是活着时的灵魂向另一世界（祖先灵界）的迁徙，并不会感受到过分恐惧或悲伤，哪会有守尸尽孝的孝子观念。显然，这只能是后世忠孝观念产生以后的随意附会罢了。不过以描写原始狩猎生活的歌释此诗，恐亦难通。如将"断竹、续竹"释作弓箭的制造，

①【英】詹·乔·弗雷泽，徐育新等译，《金枝》，中国民间文艺出版社，1987年。

【卷一】

或可。但若"飞土,逐宍"的描写,又作何解释呢?因为这既缺乏现实的可操作性,亦缺乏现实的有效性,恐怕更多只是一种象征性表演,用于集体性巫祭场合似更可信。列维·布留尔在《原始思维》一书中,曾举大量实例说明,原始先民狩猎则必举行巫祭,祭仪中则必诵经咒,它源于这样一种原始意识:"它们清楚地说明狩猎在本质上是一种巫术的行动。在狩猎中,一切不是决定于猎人的灵敏和膂力,而是决定于(经咒的)神秘力量,是这个神秘的力量把动物交到猎人的手里。"[①]而《弹歌》那种质朴明快的语言,短促急迫的节奏,若用于群情亢奋,载歌载舞、反复咏唱的热烈巫祭场合,不是更合适么?

此外,《吕氏春秋·古乐》篇还载有一些古老乐歌,亦应是祭仪礼辞:

> 帝颛顼生自若水,实处空桑,乃登为帝。惟天之合,正风乃行,其音若熙熙凄凄锵锵,帝颛顼好其乐,乃命飞龙作效八风之音,命之曰《承云》。

> 帝尧立,乃命质为乐。质乃效山林溪谷之音以歌,乃以麋䋁置缶而鼓之,乃拊石击石,以象上帝玉磬之音,以舞百兽。瞽叟乃拌五弦之瑟,作为十五弦瑟,命之曰《大章》。

> 禹立,勤劳天下,日夜不懈,通大川,决壅塞,凿龙门,降通漻水以导河,疏三江五湖注之东海,以利黔首。于是命皋陶作为《夏籥》九成。

可知这些最早乐歌(诗)的创作,有两点最值得注意:一是皆用于重大的祭祀典礼。如颛顼之"登为帝"、"帝尧立"、"禹立"等历史性关键时刻;二是配合着或简或繁的巫术宗教性音乐舞蹈演唱,如"拊石击石,以舞百兽"之类集体化妆舞等。综合两点来看,可知它们皆是用于巫祭的经咒礼辞。又据《帝王世纪》载,《大章》之作还缘于"诸侯有苗氏处南蛮而不服,尧征而克之于丹水之浦"。则可能又与战争巫术密切相关。又据《辨乐论》载,伏羲时《网罟》之歌,似亦与巫祭仪式密切相关:

[①]【法】列维·布留尔,丁由译,《原始思维》,227-228页,商务印书馆,1981年。

> 昔伏牺氏因时兴利，教民佃渔，天下归之，时有《网罟》之歌。

可知伏羲时已进入原始渔猎时期，而教民佃渔的结果是"天下归之"，那么《网罟》之歌的创作，当与祈求渔猎丰产的巫术活动密切相关。又《路史》载炎帝神农时：

> 教化兴行，应如桴鼓，耕桑得利，而究年受福，乃命刑天作《扶犁》之乐，制丰年之咏，以荐厘末，是曰下谋。

说明此时已进入农耕社会，"作《扶犁》之乐"当是用来祈求"受福"的"丰年之咏"，无疑更与农业丰产巫术密切相关。总之，这些古老歌辞，都不能简单地当作一般诗歌来看，它们其实都是先民们群体性巫祭活动的产物，正与《虞书》所载完全契合。

关于《诗经》的作者，《毛诗序》曾说过一段令人十分费解的话，且历来释注者甚少，故几成"天书"。下面亦从巫祭文化的角度试作解读，或许会有意外收获。《诗序》在谈到《风》《雅》的区别时说：

> 是以一国之事，系一人之本，谓之风。言天下之事，形四方之风，谓之雅。雅者正也，言王政之所由兴废也。政有小大，故有小雅焉，有大雅焉。颂者，美盛德之形容，以其成功告于神明者也。是谓四始，诗之至也。

关于《颂》的说明，比较易于理解，可略而不谈。问题在于这"一国之事"或"天下之事"皆"系一人之本"中之"一人"，究竟何所指呢？确实令人费解。孔颖达《正义》是这样说解的：

> 一人者，作诗之人。其作诗者，道己一人之心，要所言一人之心乃是一国之心。诗人览一国之意以为己心，故一国之事系此一人使言之也。但所言者直是诸侯之政，行风化于一国，故谓之风，以

其狭故也。言天下之事，亦谓一人言之。诗人总天下之心，四方风俗以为己意，而歌王政，故作诗道说天下之事，发见四方之风，所言者乃天子之政，施齐于天下，故谓之雅，以其广故也。

孔释有一点说得很对，即"一国之事"乃指"诸侯之政"，而"天下之事"乃指"天子之政"，这对理解全文有很大帮助。但对那个最根本的问题，即"系一人之本"的"一人"，究谓何人？却说得同样模糊不清。试想凡"一国之事"乃至"天下之事"皆系此一人之身，且能代诸侯或天子而作诗言之，则其人地位身份之特殊，恐绝非一般所谓"诗人"能够胜任者。故程廷祚《诗论》才提出反驳，以为"系一人之本"者之此一人，当作国君而非诗人。他历举卫、齐、陈、郑四国兴衰治乱之由，并对其国"风"诗产生的影响后指出："以四国观之，岂非所谓一国之事系一人（国君）之本者与？"（《诗论》六：《刺诗之由》）不过这又产生另一问题，即《风》《雅》诗的作者，都成了列国之君，《诗经》亦成为列国之君的诗歌总集，岂非更加离谱。

窃以为造成这种混乱的根本原因，可能在于《诗序》所说这段话，只是对原始"诗"创作情况之模糊记忆，故其中积淀的浓厚巫文化内涵，却难以清晰说明；而后人又不能用巫文化之目光去还原读解，因而乱加揣猜逐失诸千里。如果能明白"诗"原本只是用于巫祭的礼辞，那么一切疑虑都将迎刃而解。

在史前先民社会，确实存在这样一个群体，他们足以担当"言一国之事"乃至"言天下之事"而皆"系此一人之本"的重任，那就是巫师。如前所述，他们既是"诗"（经咒）这一语言神秘力量的垄断占有者，故而具有沟通天地人神、为氏族或部落祈福佑护的特殊功能，即氏族或部落群体之安危所系者，其地位崇高尊荣，往往就是集宗教领袖和政治领袖于一身的王，他们所说语言即是最神圣的"经"，而"诗经"之名即源于此。至于"言一国之事"或"道一国之心"，亦正是他们肩负的职责所在。《吕氏春秋·顺民》曾载有一个生动的例子：

汤克夏而正天下，天下大旱，五年不收。汤乃以身祷于桑林，曰:"余一人有罪,无及万夫;万夫有罪,在于一人。无以一人之不敏,使上帝鬼神伤民之命"。于是剪其发,䍐其手,以身为牺牲,用祈福于上帝。民乃大悦,雨乃大至。

从其这次行为来看,商汤当正是身兼宗教领袖和政治领袖的部落王。因天下大旱而五年不收的危急时刻,他便肩负起"一国之事系一人之本"的重任,不仅勇敢地承担起一切罪责,甚至不惜剪其发,锯其手"以身为牺牲"而祷于桑林,终于感动了上帝,并迎来"雨乃大至"的全部族群体危难解除后的欣悦。因此,所谓"系一人之本"者并非一句轻飘飘的话,那将是应负起的何等重大责任!

即使到了传承制出现的"家天下"时代,巫师们可能不再是政治领袖,但其作为宗教领袖而为族群消灾禳祸之神圣地位,也不会因此改变。不过,在这个由氏族、部落联盟再到国家的漫长历史时期,却出现了中央政权和地方侯国政权的划分,于是"巫"的地位和归属也出现分化,既有隶属于中央政权以"言天下之事"的巫师或巫师长,也有隶属于诸侯方国以"道一国之事"的巫师或巫师长。《诗序》所说之"一人",当统指此类巫师而言。所说"系一人之本"者,即谓国家群体之祸福安危,即赖此一人之作为而已。譬如,大至国运盛衰、战争胜败、水旱天灾、庄稼丰歉、子孙绵延等,小如祈灾禳祸、治病去疾、狩猎成败、出行吉凶等,都要进行巫祭,而其否泰之所系者则全在巫师。具体而言,《雅》是中央政权祀祖祀神所用乐歌,事关天下大局,自属"言天下之事"者。《国风》则是诸侯方国祭祀所用乐歌,只关一国利害或百姓日用,地位自然低了一等,故属"道一国之事"者。至于说"政有小大,故有小雅焉,有大雅焉",亦不难理解。虽然《雅》是中央政权祭祀所用乐歌,但也有天子祭祀所用和一般日常生活所用之别,前者关乎天下大政,故称《大雅》;后者则只关日用所需,自属小政,故称《小雅》。所以《大雅》有近于《颂》,而《小雅》则近于《风》。当然,这是在"诗三百"编订时才有意安排的,之前或未必如此细分,巫师们只是各尽职司随需诵"诗"而已。由此看来,《诗序》这段话所说明者,同样是"诗乃巫祝之词"这一历史事实罢了。

农历丙申除夕前一日于兰州

【卷一】

《诗大序》读解

　　关于《诗经》之功用、性质和作者，上节我们已作过综合性考辨，但那仅是就文献记载进行解读的，并未真正接触到《诗经》本身。本节即结合《诗大序》所言和具体诗篇例证，进一步再作去伪存真的探寻。

　　《诗大序》对"诗"的阐释，显然是直承《虞书》而来，但又经过时代思想意识的改造，因而披上一层浓重的王功政教实用色彩，遂成为千百年来《诗经》学者治学的基本准则。如在谈到"诗"与时代政治关系时说：

　　　　情发于声，声成文谓之音。治世之音安以乐，其政和；乱世之音怨以怒，其政乖；亡国之音哀以思，其民困。故正得失，动天地，感鬼神，莫近于诗。先王以是经夫妇，成孝敬，厚人伦，美教化，移风俗。

　　又谈到"变风变雅"时说：

　　　　至于王道衰，礼义废，政教失，国异政，家殊俗，而变风变雅作矣。国史明乎得失之迹，伤人伦之废，哀刑政之苛，吟咏情性，以风其上，达于事变而怀其旧俗者也。

　　就都是以王功政教思想作为说解《诗经》的立论根基。然而，原始"诗"作为巫术宗教祭仪礼辞的本质，却并未因此而淘洗干净，故本节将揭开这层神圣面纱，还《诗经》以本来面目。

一、《诗大序》关于"诗"的定义

　　诗者，志之所之也，在心为志，发言为诗。情动于中而形于言，言之不足故嗟叹之，嗟叹之不足故永歌之，永歌之不足，不知手之舞之，足之蹈之也。

　　这段关于"诗"的本原性说明，表面看当是直承《虞书》之说而加改变，故特强调了"诗言志"和诗、乐、舞三位一体之观点。但往更深一层想，却明显有三点不同：一是前曰"在心为志，发言为诗"，后又曰"情动于中而形于言"，在"志"之外又特别提出"情"，那么"志"和"情"究竟是何关系？这是《虞书》中未曾言及的。今人解"诗言志"，往往将其笼统地说成"诗歌是表达人的思想感情的"，把二者混同为一，恐未妥。二是《虞书》只说"诗言志，歌永言，声依永，律和声，八音克谐"，中间并不存在什么补充关系，《诗大序》却接加了三个"不足"，那么其内涵又何在呢？前节我们曾指出，如果没有巫祭的存在，诗、乐、舞三者之间其实并无必然联系，理由是当巫祭逐渐淡出人类社会生活后，它们便不再是三位一体而不可分离的整体，而是分解为各自独立的三种不同艺术类型，它们都有通过自己艺术语言以充分表达情感的能力和方式，并不需要借助其他艺术形式加以补充，那么"不足"之说又从何而来？三是《诗大序》对"诗"的定义十分明确："诗者，志之所之也，在心为志，发言为诗"。即是说"诗"的功能就是"言志"，只是在下半段谈诗、乐、舞三位一体时，作为起始点才提出"情"，似乎"情"并不属于或主要不属"志"的范畴，应另有他解。

　　然而，若变换一个角度来看，即他不是针对现代人一般所说"诗"，而是仍然针对《虞书》所说"诗"，即"巫术宗教祭仪的礼辞"所作之说明，重点不是"诗"而是放在"祭仪"上，那么上面的这些疑问似乎都是可解的了。

　　前节我们曾指出，对史前先民来说，他们进行巫祭的最重要一环，即通过巫师念诵经咒，以表达氏族或部落群体之某种最迫切愿望，这就叫"言志"。然而，当这种群体性族群愿望，尚处在人们的希望中时则只能称"志"，故曰"在心为志"。然在巫祭中通过巫师经咒之类语表达出来，那就是"诗"，故又曰"发言为诗"。也就是说，"诗"是以语言形式（如经咒）固定

【卷一】

化的"志",并不包括巫祭的全部内容,如乐舞等,"情"亦当是如此,主要存在于巫祭进行过程中。

当然,巫师们念诵经咒的祝颂祈祷中,也是充满强烈情感的,不过史前先民举行巫祭之目的,并非仅把族群愿望变成经咒说出来,便算完成。更重要的是通过整个巫祭仪式的进行,以取悦或感动天地神灵,从而获得它们的怜悯同情,得到它们的护祐帮助而消灾免祸,赐福降祥。因此,先民们进行巫祭时总是充满极其虔诚、炽烈甚至狂热情感的,行礼膜拜,祝告祈祷而唯恐不及,故曰"情动于中而形于言"。然仅仅祝告祈祷,亦未必能得到神灵的同情怜悯,于是遂以更富情感色彩的语言表达,叫咷呼号,宣泄煽情,故曰"言之不足而嗟叹之"。但仅此亦未必能充分表达自己虔诚而强烈的情感,于是更配以韵律优美动听的音乐以助阵,乃至进入半痴迷状态,故又曰:"嗟叹之不足故永歌之。"然仅此亦恐未及,遂更配以节拍急促而炽烈的舞蹈,投臂踏足,载歌载舞,往往持续几天几夜,把祭仪推向高潮,直至筋疲力尽而止,可见其用心之精诚,故又曰"永歌之不足,不知手之舞之、足之蹈之也"。当然这一切都是以"言志"的"诗"为核心进行的,其目的都在实现"志",所以《诗大序》还说:"故正得失,动天地,感鬼神,莫近于诗。"明确点明整个巫祭之真正目的所在。总之,"诗"的始初内涵就是"言志",属巫师们的创作。而"情"同乐和舞一样,则是实现"志"的手段,主要属于进行巫祭的群。故《诗大序》才将其分作两段叙述,当是有意的精心安排,故绝不可囫囵读过。

《诗大序》的这些叙述,显然是《虞书》中未曾谈及的,可谓是其独特发明,正可补其不详或不足,故才倍感新鲜。不过,这也正好为我们打开解读《诗经》这部我国最古老诗歌总集的全新视角,而将其定性为先民社会巫术宗教祭仪的礼辞,也提供了更充足的理由。对史前先民来说,由于他们把世间万物都看作是有生命或灵魂的,于是在这种"万物有灵"观念影响下,遂派生出许多世代相传、先在而神秘的巫术宗教信仰,如图腾崇拜、灵物崇拜、生殖崇拜等,并因而造成对山川草木、鸟兽虫鱼等神秘力量的膜拜和禁。而这一切又都毫无疑问地反映在原始诗歌(经咒之类)中,并能世代相传而保存下来。而出现在三千多年前的《诗经》这部诗歌总集,应该就是从这些原始诗歌中精选出来,由于当时文明初辟,去古未远,其中保存大量史前巫文化的遗存和积淀，当是极为自然而且必然的。当然，由于典籍材料的缺失，要把三百零五篇诗都一一加确证，那几乎是不可能的。但是"三百篇"中的许多诗歌，现在仍可确证它们都是当时用于巫术宗教祭仪的经咒或曰礼辞，如《邶风·燕燕》一诗：

燕燕于飞，差池其羽。之子于归，远送于野。瞻望弗及，泣涕如雨。

燕燕于飞，颉之颃之。之子于归，远于将之。瞻望弗及，伫立以泣。

燕燕于飞，下上其音。之子于归，远送于南。瞻望弗及，实劳我心。

仲氏任只，其心塞渊。终温且惠，淑慎其身。先君之思，以勖寡人。

此诗《毛传》谓："卫庄姜送归妾也。"孔疏则进一步发挥曰："庄姜无子，陈女戴妫生子名完，庄姜以为己子。庄公薨，完立，而州吁杀之。戴妫于是大归，庄姜远送之于野，作诗见己志。"从全诗所写内容看，实与其身份不符，不过是经学家们拿史说事而已，并无实据可证。于是后人遂说解纷纭，或谓送亲人，或谓送朋友，都未能超出"送人诗"的范围。近年有人却从《吕氏春秋·音初》篇抄出一条材料，而对此诗的理解亦大为改观：

有娀氏有二佚女，为九成之台，饮食必以鼓。帝令燕往视之，鸣若谧谧。二女爱而争搏之，覆以玉筐。少选，发而视之，燕遗二卵，北飞，遂不返。二女作歌，一终曰"燕燕往飞"，实始为北音。

原来这是一首有关殷民族始祖诞生神话的诗，属族源神话之范畴。若再参以《史记·殷本纪》所载，其义则更明：

殷契，母曰简狄，有娀氏女，为帝喾次妃。三人行浴，见玄鸟堕其卵，简狄取吞之，因孕生契。

020

【卷一】

　　玄鸟即燕,是殷民族传说中的图腾始祖。故《商颂·玄鸟》也说:"天命玄鸟,降而生商。"据历史学家考定,商契的时代尚属母系氏族社会,民人只知其母,不知其父,吞燕卵而生商,属上古时代普遍存在的感生神话类型。简狄是他们传说中的始祖(亦为殷民族崇祀的高媒神),燕是他们崇拜的图腾,故知《邶风·燕燕》一诗,当是殷民族礼送图腾神回归祖先那里去时所唱的礼辞。词虽只有一句,但可以肯定绝非只此一句,因为在祭礼进行中不可能只重复唱这一句无头无脑的歌。尽管在写入《诗经》时,可能与"有娀氏二女"所歌未必尽同,但殷切祈祷之意应该是基本完整相同的。在先民观念中,图腾还具有一种神圣的超自然力量,所以又是氏族的保护神。因此,当送别图腾回到自己祖先那里去时,全氏族便会怀着虔诚而强烈的情感,举行盛大的祈祷仪式而歌唱礼赞。"之子于归"的"子",即是对图腾神燕子的尊称。全诗不厌其烦地反复咏唱"瞻望弗及,泣涕如雨"、"瞻望弗及,伫立以泣"、"瞻望弗及,实劳我心",当正是虔诚强烈,氏族情感之自然表露,故才一遍又一遍的重复。结尾则转写期望和誓言,乃"卒章显其志"也:先说自己要"终温且惠,淑慎共身,"思过之意也;继则曰:"先君之思,以勖寡人",寄望于祖先之护佑也。勖者,畜也,养也。先君,即已经逝去的祖先。祖先不可得见,遂寄望于图腾神燕子,以便回到祖先那里时传达。而这才是全诗的重心所在。总之,若仅作一般"送人诗"读,岂可求其畜养护佑而情感之如此强烈乎!

　　此外,与此诗乃"始为北音"相配,《吕氏春秋·音初》篇还载有南音之始的《候人》歌:

　　　　禹行功,见涂山之女。禹未之遇而巡省南土,涂山氏之女乃令其妾候禹于涂山之阴,女乃作歌。歌曰:"候人兮猗!"实始作为南音。

　　虽然也只留下短短一句歌词,但巧的是《诗经·曹风》中也有一首《候人》诗:

　　　　彼候人兮,何戈与祋。彼其之子,三百赤芾。

> 维鹈在梁，不濡其翼。彼其之子，不称其服。
> 维鹈在梁，不濡其咮。彼其之子，不遂其媾。
> 荟兮蔚兮，南山朝隮。婉兮娈兮，季女斯饥。

那么二者之间是否存在必然联系？看来恐怕亦难简单否定。闻一多先生曾写过一篇《高唐神女传说之分析》，在举出丰富可靠的材料，并对涂山氏《候人》歌、《曹风·候人》诗及高唐神女传说，作细致的研究后说："古《候人》歌与曹《候人》诗有着很深的关系，那么'朝隮'又像是古《候人》歌的中心人物涂山氏了。朝隮（按闻氏解作云或虹气）一面关联着高唐神女，一面又关联着涂山氏……二者莫非本是一人罢？对了，我有证据，是地理中得来的。"但他也指出，不能在二者之间简单地画上等号，而是说"这几个民族最初出于一个共同的远祖（当然是女性），涂山氏简狄，高唐神女，都是那位远祖的化身"，即都是"从某一位先妣分化出来的"。[①]且不论她们三者之间究竟是何关系，而闻先生给我们传达的重要信息是：古涂山氏《候人》歌和《曹风·候人》诗，它们确实存在密切关系。当然，在录入《诗经》时可能已不完全是古《候人》歌的原貌，但基本面貌还是保存下来了。这从二者所写内容即可看出。涂山氏所候之人是奔忙于治水的大禹，而诗中所写之人，一则曰"何戈与祋"，再则曰"三百赤芾"。戈与祋固然可释为兵器，但在远古时代兵器和劳动工具是没有严格界限的。何者，荷也扛也，正符合当时治水的大禹身份。芾即袚之假借，赤袚即用皮革制成上有精美花纹的高贵服饰，用来描写大禹也正合适。由于"禹未之遇而巡省南土"，便远离而去，故诗才以"不濡其翼"、"不濡其咮"的鹈鹕来比，并气恼地说"不称其服"，"不遂其媾"。然而，绵渺而强烈的相思情欲终难抑制，故才"令其妾候禹涂山之阴"，并作歌而曰"婉兮娈兮，季女斯饥"了。正如闻一多指出，这"饥"并非口腹之饥，而是情欲之饥，《诗经》中亦多有言及，如《周南·汝坟》、《陈风·衡门》等，实即通淫之意，在此诗中即"不遂其媾"之饥。总之，似可作这样结论：这是一首用于祭祀大禹典礼仪式的诗歌，至于诗中所涉及之性爱题材，则是普遍存在于先民社会的祭祀习俗，其目的则在愉神悦神而讨

[①]《闻一多全集》100、106页，三联书店据上海开明书店重印本，1948年。

神灵的欢心，只要再翻翻屈原《九歌》（是已被作家雅化了的）即会明白。

此外，《吕氏春秋·音初》篇还载有东音之始的《破斧》歌，同样《诗·豳风》中也正好有《破斧》诗。又《音初》篇载有西音之始的殷整甲所作歌，虽未列出歌名，只说"秦缪公取风焉，实始作为秦音"，似与《诗·秦风》又有密切关系。前节我们曾提到《吕氏春秋·古乐》篇所载葛天氏八阕乐歌：一曰《载民》，二曰《玄鸟》。载可假借为才，始也。是讲民人之起始的，正与《诗·大雅·生民》义同。《玄鸟》则又是《商颂》中之篇名。因八阕乐歌未留下歌词很难考证，然凡此种种，难道都只是偶然的巧合？以《燕燕》歌和《候人》歌的例证推猜，更应看作是历史文化积淀的必然。

下面我们再举《诗·小雅》中的《云汉》诗再作说明。

《云汉》全诗共八章十句，太长故不抄。《毛传》云："云汉，仍叔美宣王也。宣王承厉王之烈，内有拨乱之志，遇灾而惧，侧身修行，欲销去之。天下喜于王化复行，百姓见忧，故作是诗也。"然从全诗所写内容来看，却丝毫看不出什么"美宣王"的意思，倒是充满呼天抢地、诚惶诚恐向上苍祈祷的虔诚。一方面反复咏叹："天降丧乱，饥馑荐臻"、"旱既太甚，蕴隆虫虫"、"旱魃为虐，如惔如焚"；另方面则剖白深衷而乞求降福："圭璧既卒，宁莫我听"、"耗斁下土，宁丁我躬"、"瞻卬昊天，曷惠其宁"。总之，完全是一首用于祭祀的祷辞，不知何以一定要和王功政教联系在一起？据《文献通考》载：

> （汉）穆帝末，和时议，制雩坛于国南郊之旁，依郊坛远近祈上帝百辟。旱则祈雨大雩社稷山林川泽，舞僮八佾，凡六十四人，皆元（玄）服，持羽翳，而歌《云汉》之诗。

原来这是古代天旱祈雨仪式（雩祭）上所用经咒礼辞。这条材料虽然晚出，讲的是汉代的事，但必有所承续，仍可看出它保留着原始巫祭的习俗特征。关于雩祭，早在《周礼》中即多有记载，如曰："司巫掌群巫之政令，若国大旱，则帅巫而舞雩"；"女巫掌岁时祓除，衅浴，旱暵则舞雩"等。若作进一步考察，其实"雩祭"在夏商时期即已存在。前面我们曾引用过《吕氏春秋·顺民》篇载"汤克夏而正天下，天下大旱，五年不收，汤乃以身祷于桑林"那则故事，正可看作雩祭的源头。而更可注意的是，他所用祷辞"余一人有罪，无及万夫；万夫有罪，在于一人。无以一人之不敏，使上帝鬼神伤民之命"，实已赅括了《云汉》诗之要义所在。如曰"耗斁下土，宁丁我躬"、"昊天上帝，则不我遗"、"何求为我，以戾庶正"等，不正是"一人有罪，无及万夫；万夫有罪，在于一人"而引咎自责的意么？只是经过历史演变而录入《诗经》时，更加铺张扬厉罢了。

20世纪的西方文化人类学家们，曾在其著作中搜集到大量原始部族关于巫术经咒的祭仪礼辞，亦可作为对照以探求《诗经》中某些诗篇的巫文化本源。

如《魏风·硕鼠》这篇名作，《毛传》曰："刺重敛也。国人刺其君重敛，蚕食于民，不修其政，贪而畏人，若大鼠也。"后人依仍其旧，遂成定论。然而，若以为这是一首政治讽喻诗，却是大错。在远古农耕社会中，鼠害十分严重，先民们仍出于巫术思维认识方式，除采实际灭鼠行动外，还用巫咒的神秘力量来灭鼠，这是史前各民族中存在的普遍现象。前引《礼记·郊特牲》的蜡祭活动，在"合聚万物而索飨"中就有对猫虎的崇拜："迎猫为其食田鼠也，迎虎为其食田豕也，迎而祭之也。"可知当时迎祭猫虎以制鼠豕的风俗确实存在，那么有祈鼠经咒的产生亦属必然。而《硕鼠》便是一首祈鼠诗。弗雷泽在《金枝》中就曾记录了不少祈鼠咒，有些咒词就和《硕鼠》极为相似，如古希腊一篇记农事而说到祈鼠的文章，其中就有这样的咒词：

我命令你，所有在场的老鼠，你们不得伤害我，也不允许其他老鼠进行伤害。我把那边的一片地给你，但是我如果在这里再捉住你，凭诸神之母起誓，我要把你碎成七块！

而在阿登尼斯，为了赶走老鼠则要反复念诵这样的咒词：

公老鼠，母老鼠，我用伟大的神的名义命令你们，走出我的房子，走出我所有的住宅，到某某地方去，在那里待一辈子！[1]

---

[1]【英】詹·乔·弗雷泽,徐育新等译《金枝》29页,中国民间文艺出版社,1987年。

请看，这不同样充满着"硕鼠硕鼠，无食我黍（我麦、我苗）"的反复祈告诵唱，更教我们想起"逝将去汝，适彼乐土（乐国、乐郊）"的威迫诅劝。两相对照，又何其相类！

还有那首同样广为传诵的《伐檀》，恐怕亦未必可作政治讽刺诗来读。因为《金枝》中曾说：史前人类遵循的一个基本原则是"相似的东西产生相似的东西"，即"同类相生"原则。所以，如果鱼群在应来的季节里不来，他们就请位努特卡里男巫做一个游鱼的模型，放在鱼群通常会来的水域，再举行念诵祈鱼的祷词的仪式，这样鱼群就会立即游来。同样如果是儒艮或海龟，便会做儒艮或海龟的模型。"中西里伯斯群岛上的托拉查人相信，同种类的东西通过它们内在的灵气或其周围的有生命力的媒介而互相吸引，于是他们就把鹿或野猪的颚骨悬挂在家里，以便赋予这些骨头以生命的灵气，而驱使它的同类来到猎人经过的道上。"[①]那么，《伐檀》所说之"悬貆"、"悬特"、"悬鹑"是否也是同样的含义呢？若然，则此诗乃是一首祈祷狩猎丰收的经咒了。于是"素餐"一词也就有了别解。素，固然是白色，但将"素餐"解释成"白吃饭"，在先秦典籍中却未见他例。此诗主旨既然是祈求狩猎丰收，而有了丰富的猎物自可"不素餐兮"，义本极明，何必故作曲解。顺便指出，先民们的有些诗歌，表面看往往就像政治诗，其实根本不是。如《金枝》第四十七章关于波美拉尼亚人"杀死谷精"时所唱的歌："人已准备齐全，镰刀弯成一弯，谷子有大有小，绅士必须杀掉。"而拉明村人的歌则更叫人胆寒："我要用这把明晃晃的刀，砍掉这位绅士的头，我们用刀割草地和谷田，还要用刀割掉世上的王侯……"[②]如果不了解歌唱这些诗的历史文化背景，这不是比《硕鼠》《伐檀》更具政治意味么？但若真以为这是农民反抗剥削压迫的诗，那就大错特错了。其实，这是当时人们把作为"谷精"的人围在中间时，一面磨着镰刀一面唱的歌，所谓"绅士""王侯"不过是对被当作"谷精"的人的昵称罢了。因此，我们对史前民族的诗歌，绝不可脱离其文化背景乱加猜解。

与《硕鼠》可相互发明的，还有《召南·驺虞》：

[①]【英】詹·乔·弗雷泽，徐育新等译，《金枝》29页，中国民间文艺出版社，1987年。
[②]【英】詹·乔·弗雷泽，徐育新等译，《金枝》，中国民间文艺出版社，1987年。

> 彼茁者葭，壹发五豝。于嗟乎驺虞！
> 彼茁者蓬，壹发五豵。于嗟乎驺虞！

《毛传》曰："驺虞，义兽也。白虎黑文，不食生物，有至信之德则应之。"这无疑又是被政治化的曲解。实则前人也已看出，如方玉润即提出反驳说："《毛传》以驺虞为义兽，皆有心附会文王化行之故。……以兽比君，伦乎不伦，固不待辨而自明也。"并进而申述道："丰道生引《郊特牲》'迎虎谓其食田豕也'，以豝豵为田豕害稼之兽，是矣。然曰害稼，则杀之正宜其多，何五豝而仅一发乎？若一发而中五豝，仁心又安在乎？"[①]此说切中要害，尤以豝豵为害稼之田豕，则确凿无疑。《尚书·尧典》曾说：

> 帝曰："畴若予上下草木鸟兽？"佥曰："益哉！"帝曰："俞，咨！益！汝作朕虞。"

可知虞是舜任命的典兽官，专掌草木畜牧之事。延至后代遂演变为专管天子围猎的猎官了。如贾谊《礼篇》所说："驺者，天子之囿也；虞者，囿之司兽者也。"然而，神话传说中帝所任命的各类职司之官，其实往往都是人们崇奉的神灵，而并非就是掌管某类具体事务的官员。因此，准确地说"驺虞"应是传说中的狩猎神和兽神，故《驺虞》诗亦应与《硕鼠》之为祈鼠诗相类，是祭祀驺虞神时所唱祈豕诗（咒），故而才有"壹发五豝""壹发五豵"等的神圣化描写，也是对祈咒对象发出的强烈诅咒。而"于嗟乎驺虞"的重沓咏唱，则是对伟大兽灵神的虔诚吁求了。诗旨简单明了，无须扯到仁义之类政治概念上去。

《诗经》中写得最多的还是情歌，但与后世所说"情歌"却不能完全等同，因为它不仅蕴含有丰富的巫文化神秘内涵，而且还往往有特殊的功能和目的，也许称之为"情咒"更为恰当。马林诺夫斯基即曾指出："在一个尚未与科学结缘的原始社区，巫术是无数信仰和活动的根基。……在所有与爱情有关的事物中，它是至关重要的。巫术可以赋予魅力，触发爱情；巫术可以

[①]《诗经原始》(2)中华书局，1986年。

使伉俪情侣疏远;巫术可以产生和增加个人美。"①原始先民认为语言本身即存在某种神秘力量,故念诵咒语便能增加个人自身的吸引力,或发生作用使要拒绝的对方回心转意,甚或在巫咒的作用下使其不自觉地陷入情网。《诗经》中一些写投赠主题的诗,尤其与此密切相关。当然,巫术也能产生相反的作用,使相恋的情人分离或情感疏远。下面略举一二试作说明。例如,印度史诗《阿达婆吠陀》中保存有许多情咒,其一曰:"像藤萝环抱大树,把大树抱得紧紧;要你照样紧抱我,要你爱我,永不分离。"念诵此咒的功能,即在通过语言的神秘力量,而增强对方产生爱情。凑巧的是《周南·樛木》也正是这样一首诗:

　　南有樛木,葛藟累之。乐只君子,福履绥之。
　　南有樛木,葛藟荒之。乐只君子,福履将之。
　　南有樛木,葛藟萦之。乐只君子,福履成之。

诗的作者大概也相信,只有反复重沓地念诵这类咒词,心爱的人就会像葛藟(藤萝)缠绕大树那样,来紧紧拥抱自己而"福履绥之",将之乃至成之了。马林诺夫斯基在其著作中也曾搜集到许多情咒,如特罗布里安德岛民的情咒《颞卡卡雅》,其一节云:"我的'颞洛伊瓦'爱之魔力仍在,我的'颞洛伊瓦'爱之魔力哭泣,我的'颞洛伊瓦'爱之魔力拉拽,我的'颞洛伊瓦'爱之魔力溢出。压下来,压在你的床铺上;抚摩,抚摩你的枕垫;进我的房子,踏我的地板。"②而《齐风·东方之日》所写亦正同,虽然较之简洁而少铺张:

　　东方之日兮,彼姝者子,在我室兮。在我室兮,履我即兮。
　　东方之月兮,彼姝者子,在我闼兮。在我闼兮,履我发兮。

朱熹《诗集传》注:"即,就也。言此女蹑我之迹而相就也。"又《玉篇》释"发"曰:"进也,行也。"是亦有蹑迹相就之意。可知此诗所写,正

①【美】马林诺夫斯基,高鹏译,《野蛮人的性生活》246页,团结出版社,1989年。
②【美】马林诺夫斯基,高鹏译,《野蛮人的性生活》263页,团结出版社,1989年。

与《颉卡卡雅》相似，当亦属史前先民之情咒，想通过念此咒词使明丽如日月的"彼姝者子"排闼入室而相就。

　　《国风》中还有一些描写植物采摘主题的诗，其实也都是情咒。最熟知的如《周南》中的《关雎》、《葛覃》、《卷耳》等，而最特殊的则是《芣苢》一诗。全诗三章共十二句，除变换几个关于采集的动词外，反复咏唱的就是"采采芣苢"，可以说毫无意义，那么它这样写的目的又何在呢？原来在史前先民的巫文化意识中，自然界的许多动植物几乎都具有某种神秘力量，采摘它们的目的或用以自洁，或用以投赠，或用以迷幻，即会产生某种奇异的触染功能，对促发或诱导爱情则尤见神奇功效。在马林诺夫斯基搜集的情咒中就有这样的诗句："污秽的树叶和洗濯的树叶，光滑像reyava树皮。我脸上焕发着美丽的光彩，我用树叶来洗它。我的脸，我用树叶来洗它；我的眉毛，我用树叶来洗它们。"①那么采摘荇菜、芣苢之类的动机，或可能正与此相仿，只是今天已难以真正破译其密码了。列维-布留尔还有关于采集的另一种记载：回乔尔人认为"希库里是一种神圣的植物，被指定去采集它并以整整一系列非常复杂的仪式来为此目的进行准备的男人们，每年都在举行了盛大典礼以后出发去采集它。它的采集是在遥远的地区以极端的辛苦和非常的艰难为代价进行的：回乔尔人的生存和安宁与这种植物的收成神秘地联系着"。②具体联系到《芣苢》一诗，诗中反复咏唱的芣苢，是否与回乔尔人的"希库里"具有同样重要的神秘意义呢？虽已无直接材料证明，但从前人所释似仍可得到一些消息。陆机《释文》疏以为"其子治妇人生难"。《毛诗正义》亦以为可"治难产"。《说文系传》则以为"服之令有子"。闻一多《诗经通义》解释说："芣，胚并'不'之孳乳字，苢，胎并'以'之孳乳字，芣苢与胚胎音近，故古人遂根据类似律之魔术（巫术）观念，以为食芣苢即可怀胎生子。"③如此，则又与史前先民的生殖崇拜有密切关系了。对史前时期的人类来说，为了与强大而不可抗拒的大自然作斗争，人类自身繁衍即所谓"子孙绵绵"是头等大事，对芣苢的神秘巫术功能产生崇拜，也是势所必然。因为，它的"食之令有子"正与人们的"生存和安宁"密切相关。若与回乔

---

① 【美】马林诺夫斯基，高鹏译，《野蛮人的性生活》261页，团结出版社，1989年。
② 【法】列维-布留尔，丁由译，《原始思维》116页，商务印书馆，1981年。
③ 《闻一多全集》(2)《诗经通义》，三联书店，1982年。

尔人的"希库里"相例,《苤苢》一诗或者正是为采集者送行而举行的"盛大典礼"上诵唱的咒词,至于那种似乎毫无意义词语的反复咏唱形式,不就是出于充分发挥语言神秘力量功效的原因吗?

采集植物的另一目的就是"投赠"。如赠之芍药,投以木瓜,报以桃李等。马林诺夫斯基就曾据其搜集到的大量恋爱巫术事例,这样写道:"一块食物或槟榔子被施以巫术,送给那位女郎。洗礼巫术(如前面提到的以花叶净身)已经使她对追求者更感兴趣,而且,她虽然还不准备马上顺从,她将可能要求给她一些这样的小礼物,无论如何,她不会拒绝这样的礼物,虽然她怀疑这礼物后面隐藏着一种动机。"[1]他还说:"恋爱巫术所用的香料、花草、醉人心脾的刺激品……主要都是要与巫术所要达到的目的用情绪来联在一起的。""不管是模仿或预兆目的,或者只是直接的施用,反正必有一个共同点:必有一个共同的巫力——共同的巫术德能,存在施了巫术的东西上面。然这个到底是什么呢?简单一句话,那永远都是咒里面的力量,因为咒才是巫术里面最重要的成分呢。"[2]这就是说,投赠花草给女方以增进爱情,是原始部族中存在的普遍现象,其所以能促进爱情则因为那些花草之类,是"施了巫术的东西",因而有一种"巫力"在起作用。而且女方还明明知道"这礼物后面隐藏着一种动机",她也不会拒绝。《诗经》中的许多投赠诗大概即是如此,如《郑风·溱洧》:

> 溱与洧,方涣涣兮。士与女,方秉蕑兮。女曰观乎?士曰既且。且往观乎,洧之外洵訏且乐。维士与女,伊其相谑,赠之以芍药。
>
> 溱与洧,浏其清矣。士与女,殷其盈矣。女曰观乎?士曰既且。且往观乎,洧之外洵訏且乐。维士与女,伊其相谑,赠之以芍药。

此诗有两点须特别注意:一是"且往观乎"的"观"。《墨子·明鬼》篇

---

[1]【美】马林诺夫斯基,高鹏译,《野蛮人的性生活》263页,团结出版社,1989年。
[2]【美】马林诺夫斯基,李安宅译,《巫术科学宗教与神话》55、56页,中国民间文艺出版社,1986年。

曾说："燕之有祖，当齐之（有）社稷，宋之有桑林，楚之有云梦也。此男女之所属而观也。"细审文意，此"所属而观"则绝非一般所说之一个跟着一个去看热闹。故陈梦家先生即解释说："属者合也，谓男女交合也。观疑是舘。云梦是楚之高禖，故社亦高禖也。"①燕之祖，齐之社，宋之桑林，楚之云梦，皆为祭祀高禖神社之地，而祀高禖之一大特征，就是会合男女以祈婚姻子嗣，故释"属"为男女交合，是完全符合当时具体情境的，今尚有"属尾"一词，即为明证。至于"观"之即"舘"，那也有确证。如传说中高唐神女与楚襄王幽会事，《文选》载宋玉《高唐赋》曰："昔者楚襄王与宋玉游于云梦之台，望高唐之观，其上独有云气，崪兮直上，忽兮改容，须臾之间，变化无穷。……故为立庙，号曰朝云。"然此事《文选》江淹《杂体诗》注，则作"楚襄王与宋玉游于云梦之野，望朝云之舘"云云。又《渚宫旧事》卷三引《襄阳耆旧传》曰："襄王与宋玉游于云梦之台，望朝云之舘，其上有云气，变化无穷。"此所谓"朝云之舘"，即《高唐赋》所说"高唐之观"之别名，可知舘与观相通。又《南部新书》庚部载：

濠州西有高唐舘，附近淮水。御史阎钦授宿此馆，题诗曰："借问襄王安在哉？山川此地胜阳台。今朝寓宿高唐舘，神女何曾入梦来？"轺轩往来，莫不吟讽，以为警绝。

更是直以高唐观为高唐舘了。其实，"观"亦后世道教寺庙常用语，如白云观、金天观、五庄观之类，当是历史之漫长延存。此诗中当指社稷、桑林、云梦之高禖神庙，故《郑风·溱洧》之"且往观乎"，亦应隐指相约而"属"于禖宫之意。

二是"士与女方秉蕳兮"的"蕳"。《毛传》云："蕳，兰也。"陆玑《毛诗草木鸟兽虫鱼疏》云："蕳，即兰，香草也。"实即可入药用之佩兰或泽兰，历来都认为是祓除不正之气的"妇人良药"。但在先民社会，它却有一种特殊的巫术功能："服之媚人。"对此，《左传·宣公三年》即记载一个生动例证：

①《高禖郊社祖庙通考》，载《清华学报》第12卷第3期。

【卷一】

郑文公有贱妾曰燕姞，梦天使与己兰，曰："余为伯鯈。余，而（你）祖也，以是为而子。以兰有国香，人服媚之如是"。既而文公见之，与之兰而御之。辞曰："妾不才，幸而有子。将不信，敢征兰乎？"文公曰诺，生穆公，名之曰"兰"。

兰有"人服媚之"的功效，陈周弘让《山兰赋》亦曾言及："爰有奇特之草，产于空崖之地。仰鸟路而裁通，视行踪而莫至。挺自然之高介，岂众情之服媚。"可知此兰确有不同他草之处，若文公之御燕姞而有孕生子，即凭借的正是"与之兰"这一关键举动。而当男女会合时投赠以兰，其目的也就非常明白。又"蕳"或为"蘱"，《众经音义》卷二引《字书》："蘱与蕳通，蕳即兰也。"卷十二又引《声类》："蘱，兰也。"《说文》则说："蘱，香草，出吴林山。"今检《山海经·中山经》曰："又东百二十里，曰吴林之山，其中多蘱草。"此外提到产蘱草者还有洞庭之山、青要之山、蘱山等，其中一则曰："其状如蕵，而方茎，黄花，赤实。……服之美人色。"而从蘱字本身结构来看，从草从蕵，亦可推知此草与男女会合之事有密切关系。那么，以蕳兰、芍药等花草相赠，就不只是表示爱情的一般"相谑"行为，恐怕还有与"施以巫术送给那女郎"相似的目的在内，所以才有"女曰观乎？士曰既且"的圆满结局。因此，可为《溱洧》理出一个有趣故事：这是三月上巳节的时候，在那碧波荡漾的溱洧二水边，一对青年男女拿着具有神秘魔力的蕳兰相赠；兰草最终发挥了作用，使他得到那位女士的芳心；女士便主动提出愿到那高禖神庙去，于是二人进入庙观尽情地"洵訏且乐"，还打情骂俏地又"赠之以芍药"以增强情感。不过，此诗既有情节，又有对话，还可能是用于巫祭的情咒吗？同样，若参看一下曾用于沅湘之间巫祭活动的屈原《九歌》，一切疑虑都会消除了。当然二者也有不同，《九歌》主要用于娱神，而《溱洧》目的却在娱人，应该是祭祀高禖神时巫师们演唱给受众看的，以达到会合男女，祈求婚姻子嗣，并得到高禖神护佑的目的。

《诗经》还有一大类诗，是关于鱼、鸟等动物描写的，尤其是被大量描写的鱼。闻一多先生曾指出，"鱼是代替'匹偶'或'情侣'的隐语"，其象征意义则根源于"鱼的繁殖能力"。①这是被后来的事实充分证明的。

在我国最近数十年的考古发掘中，曾在距今约六千年的古文化遗址发现大量绘有鱼纹及变形鱼纹的彩陶器，其分布地域亦广，如黄河流域属仰韶文化的西安半坡、临潼姜寨、宝鸡北首岭，长江流域的浙江河姆渡，江苏大汶口，以及辽宁和内蒙古的红山文化遗址，辽宁小河沿，黑龙江昂昂溪等。其中则尤以西安半坡文化遗存引人注意，因其鱼形图绘甚至可排成一条完整发展序列：初期的具象性写实，中期的简化写意，晚期的纯抽象几何图形。对此学界的主流意见曾认为，这应该是原始先民的氏族图腾，但有几点却难作出合理解释：一是图腾乃先民崇拜的圣物（假定的最初祖先），故有严格禁忌禁止食用猎杀（个别特殊典礼除外），可是在这些文化遗存中却同时发现许多捕鱼工具，说明他们又是鱼为主要食之一的。二是所谓图腾，乃是一个氏族用以区别"我"氏族和"他"氏族的标记，即所说族徽。然而在同一彩陶器上有时还会发现刻有其他动物，如蛙、鸟、鹿、羊等。如果说只有鱼是这个氏族的图腾，那么其他动物又凭何种标准说不是图腾呢？而如果说都是图腾，那么同一氏族又有多个图腾，则又失去图腾作为族徽存在的意义。三是在当时的社会自然条件下，也不可存在分布地域如此广阔，又统一使用同一图腾的超大氏族。因此，鱼为氏族图腾说实难成立，便只能导源于原始先民的某种共同价值观：为求得生存而产生的共同信仰。前面曾谈到，先民们为了与威力强大而又不可抗拒的自然作斗争，在当时条件下如工具制造等，还不是占主导地位的迫切需要，而最急迫的则是人类自身的自我生产，所谓"瓜瓞绵绵"就是他们最大的祈愿，于是产生了世界各地普遍存在的生殖崇拜。在六千年前的半坡时期，还属于母系渔猎社会，民人"只知其母，不知其父"，他们还不知道男性在生殖中的作用，故而产生对女性生殖器即女阴的崇拜亦属必然。鱼作为女阴崇拜的图绘代替符号即是在这一条件下出现的（到后期则是蛙形符号）。但不论是鱼纹还是蛙纹，其实最初都是写实性象形。如鱼纹

姜寨　　　　　　　　　半坡

① 《神话与诗》，载《闻一多全集》(2)三联书店据上海开明书店重印本，1948年。

【卷一】

只是随着发展进程由于图绘中鱼数的增多,结构也就更加复杂,可能派生的意义也更多,用以指代"匹偶"或"情侣"亦题中应有之义。

至于说对"鱼"的生殖崇拜,还源于"鱼的繁殖能力",那就更好理解。原始先民既然在相似律(相似联想)的思维方式作用下,选择"鱼"为女阴崇拜的象形符号,那么在相似律和接触律(触染律)的双重作用下,他们不仅要举行"鱼祭"仪式,而且形成"食鱼"习俗,认为这样做就能把鱼(后期还有蛙)的旺盛繁殖力,通过神秘的触染功能转移到自己身体中来,因而多子多福,子孙绵延,为氏族提供更多鲜活生产力。因此与"食鱼"密切相关而经常出现在《诗经》中的"饥""食"、"饱"、"疗饥"等字,其实也是一种"性"的隐语。闻一多就曾说"饥是性的饥饿"(下详)。那么这一长串词语,指的应该是性欲望、性渴求、性满足等。如《陈风·衡门》:

衡门之下,可以栖迟。泌之洋洋,可以乐饥。
岂其食鱼,必河之鲂?岂其取妻,必齐之姜?
岂其食鱼,必河之鲤?岂其取妻,必宋之子?

诗中将"食鱼"和"取妻"对举,其中的隐喻意义不言而自明。再和前节之"可以乐饥"联系来看,当是急于求偶之性饥饿者的自解之咒词。齐之姜、宋之子,皆美女之代称,理想中之美女既不可得,只好念诵情咒以求他者了。马林诺夫斯基曾这样写道,似可作理解此类诗的参考:"在特罗布里恩德的求爱中没有什么委婉可言,他们对完整的个人关系的追求也是如此。性占有是唯一的目的。带着性欲的公开企图,简单而直接的要求约会。"而且,"如果遭到拒绝,也没有产生个人悲剧的余地,因为……他知道,另一次私通将肯定而迅速地医治好这类创伤。"[①]因此,像《诗经》中此类诗,都不过是"带着性欲的公开企图"而求偶诵唱的情咒。又如《周南·汝坟》:

遵彼汝坟,伐其条枚。未见君子,惄如调饥。
遵彼汝坟,伐其条肄。既见君子,不我遐弃。

[①]【美】马林诺夫斯基著,高鹏译,《野蛮人的性生活》224页,团结出版社,1989年。

　　　　鲂鱼赪尾，王室如燬。虽则如燬，父母孔迩。

　　以采伐来象征爱情和婚姻，亦是《国风》中的重要主题，此处暂且不论。闻一多《风诗类钞》诗注："朝（按即调）饥是性的饥饿。鱼，象征廋语，此处喻男。"燬，《说文》作娓，言其欲火旺盛之意。至于"王室"，亦非指一般所说统治朝廷者甚明。因为，以"鲂鱼赪尾"来说明朝廷之"如燬"，即使如传统所说当"比"理解，似乎也毫不相干。而"燬"之与"父母孔迩"，就更无关系了。故知此诗必另有他解。或以为"王"乃"玉"之讹，而"玉室"即女阴之代称，今尚有"玉门""玉户"之说，即是明证。然也有学者认为，"王"在金甲文中皆写作斧形：󰄀或󰄁，当是牡器之象形，同且（祖）一样，其原始意义都来自先民的阳具崇拜。这倒和闻一多所说"此处喻男"相合。然若联系诗中"未见君子"、"既见君子"诸语来读，又不免扞格。其实这同样是女子所念情咒，是想通过语言的神秘力量以达到"不我遐弃"的欲望目的，从而以解"玉室如燬"的性饥渴。如果以为这是实写，即男女间发生的偷情故事，岂有"不我遐弃"的祈望和"如燬"的不安和骚动！

　　综前两节所述，《诗经》恐怕并非一般意义上的"诗歌总集"。现在人们已逐渐认识到，主宰着人类早期生活及思维的，主要就是巫术宗教活动，而最早的诗歌即从这些巫术宗教祭仪礼辞（经、咒、祝、祷之辞）中萌生出来，故其中存有丰富的史前文化神秘内涵。我们也许可以这样说：同《周易》一样，《诗经》也是一部自远古流传下来的巫祝之书，它们原本并非哲学或文学。古代的巫师应兼具两重职责，一是占卜，一是祭祀。《周易》是用于占卜的卜辞，《诗经》则是用于祭祀的礼辞。毫无疑问，它们都是以满足当时人们最现实的需求为目的，因而蒐集并整理起来的。当时巫术盛行，巫祭活动频繁，为备时需，便把那些世代相传的经咒之类归起来，以便他们随时翻检，于是才有了最初的"诗集"，而《诗经》就是从这些"诗集"中精选出来的。

二、风、雅、颂的排序及作者再考

　　《诗经》的另外一大问题，就是排序。即为什么是风、雅、颂，而不是颂、雅、风或其他？要知"颂"的地位较之雅尊贵得多，为何会排在最后？《诗大序》说："颂者，美盛德之形容，以其成功告于神明者也。"形容，其所指即舞蹈所用之形体容貌等语言形式，是用来祭告天地神明以祈福的活动，仍然属于巫祭。故前人为"颂"下定义说："颂，容也，谓陈为国之形容。"（《管子·牧民》）"颂，容也，叙说其成功之形容。"（《释名·释言语》）不过，这不是一般的乐舞祭活动，而是有特定场合和级别限制的，故东汉祭邕《独断》说："宗庙所歌诗之别名三十一章，皆天下之礼乐也。"而此所谓三十章，即指《周颂》引篇，其中26篇是用来祭祀先祖先王的，往往带有史诗的性质，此外5篇是祭祀中用以祈告社稷、祝祷丰收的，如《臣工》、《噫嘻》、《丰年》、《载芟》、《良耜》，因而，说它们都是"宗庙所歌"确实不错。所以，朱熹更明确地说："若夫雅、颂之篇，则皆成周之世，朝廷郊庙乐歌之词。"（《诗集传》序）也就是说，它们都是"天下之礼乐"，即用于周王朝中央级别的祭祀，因其有别于地方列国之祭祀，所以特称为"颂"。然而，"颂"既然是周王朝灭商建国后的祭祀用乐歌，自然产生的时间也就不会太早，一般认为是西周初武王昭王时的创作。明确这一点很重要，因为成周以前也应有祭祀乐歌存在，那它们是否就是"雅"呢？朱熹正是这么看的："若夫雅、颂之篇则皆成周之世"朝廷祭祀所用乐歌。而《诗大序》在区别"风""雅"时也早就说过："一国之事，系一人之本，谓之风；言天下之事，形四方之风，谓之雅。"那么，"颂"和"雅"既然都是言天下之事的，它们之间究竟是什么关系？

《诗大序》说："雅者，正也。言王政之所由兴废也。政有小大，故有小雅焉，有大雅焉。"故传统上都把"雅"理解为"正"，即诗之正声；又由"正"引申为"政"，于是认为大雅反映的是国之"大政"，小雅反映的是国之"小政"。不过"大政"和"小政"的界限何在，又如何区分，却似乎很难说清。当然，这又是《毛诗序》用政治教化观改造《诗》的结果，故今人多所不取。

关于"雅"的训释，意见虽很纷杂，然择其要则有三：一曰秦声说，为章太炎所首倡；二曰乐歌乐器说，主要根据是《小雅·鼓钟》之"以雅以南"句，从之者甚众；三曰夏地说（西周京畿乐歌）。例以十五《国风》之皆以地名，此说似最可信。梁启超《释四诗名义》曰："大小雅所合的音乐，当时谓之正声。""'雅'与'夏'古字相通……雅即夏音,犹言中原正声云尔。"这是最先提出"雅"即夏地之音者,只是为牵合《诗大序》"正也"的古训,把"夏音"说成"中原正声",却不免泛泛。孙作云先生遂作进一步发挥,指出"雅"即"夏"的同音假借字,故"雅"诗即夏地之诗。他又举证说:西周王畿在今陕西关中沃野,乃夏之故地,故西周人亦常自称夏人。如《尚书》中即屡言之:"用肇造我区夏,越(与)我一二邦,以修我西土"(《康诰》);"惟文王尚克修和我有夏"(《君奭》);"帝钦罚之(纣),乃伻(使)我有夏,式(代)商受命"(《立政》)等,即以"夏"代周自称。在《诗·周颂》《大雅》中亦如此,如《时迈》曰:"允王维命,明昭有周。"结尾则曰:"我求懿德,肆于时(此)夏,允王保之。"又《思文》曰:"贻我来牟,帝命率育,无此疆尔界,陈常(赏)于时夏。"又《皇矣》曰:"帝谓文王,予(当作汝)怀明德,不大声以色,不长夏以革,不知不识,顺帝之则。"非常明显,他们总是以夏指周、以夏代周的。然而,夏既可代周,周人亦常以夏人自称,以至有称"雅诗"为"夏诗"、称大小"雅"为"大夏""小夏"者,如《墨子·天志下》即说:"于先王之书,大夏之道之然:'帝谓文王,予怀明德,毋大声以色,毋长夏以革,不识不知,顺帝之则'。"其所引诗即《大雅·皇矣》之句,但他不称"大雅"而曰"大夏",可知直至春秋末年仍有称"雅诗"为"夏诗"者,则是《雅》即夏地(周王畿)的明证。又《左传·襄公二十九年》吴季札至鲁观乐,当演奏到《秦风》时,他说"此之谓夏乐"。按周自东迁之后,夏地又为秦人所居,故秦地之歌亦可称之为"夏乐",是"雅诗"通于"夏诗"的又一旁证。于是,孙先生总结说:"也许为了与三代的'夏'有所区别,所以就把'夏诗'称为'雅诗'。总之,西周诗之所以称'雅'者,原本于'夏',以地为名,犹如十五《国风》各以地名作区别一样。"[①]不过笼统地称《雅》为"西周京畿之诗",似仍存在一个问题:即它和西周时期用于中央祭祀的《周颂》是什么关系?又如何区分?故窃以为所谓"西周京畿之歌",应该是指先周时期周人用以祭祀燕飨之歌,故赅括的时间更早更长,等到周建国后的武昭时期,重新创作新的"朝廷郊庙乐歌"之后,它才废而不用了。

[①]《诗经与周代社会研究》336页,中华书局,1966年。

【卷一】

孙先生在《论二雅》（亦载前书）一文中，还将《大雅》中的十首祭祖歌，同《周颂》作一一对照，则对我们上面的主张有更大启发意义。他指出：《大雅》中的《文王》、《皇矣》、《灵台》都是祭祀文王的，则与《周颂》中的清庙、维天之命、维清、我将相当。《大雅·灵台》是祭文王的"前奏曲"，与《周颂·有瞽》亦正合。又《大明》是祭祀武王的，与《周颂·访落》相同。《緜》是祭祀大王王季的，与《周颂·天作》亦同。《生民》是祭祀始祖后稷的，又与《周颂·思文》同旨。于是他结论说："与《周颂》中的祀祖歌相比，不但篇章相当，而且连篇次也相当，都是先祭文王，其次是武王，其后是大王，最后是后稷。这反映周人的祀祖，以文王为主，武王次之，然后再往上推，推及大王（王季），最后是始祖后稷。"①然而，此文却一反前文（《说雅》）中提出的"西周京畿"说，而认为"实际上是周宣王朝诗"、"是周宣王的祭祀歌"，却难以教人认同，除非确能证明周宣王曾废止《周颂》而重新创作祀宗祀神的宗庙乐歌。他还指出《二雅》中的有些诗近《颂》，有些则近《风》，若关合到"周宣王朝诗"说，那就更成问题，周宣王重新创作宗庙祭祀乐歌或有可能，然而有必要再去创作"近风"的那么多新歌吗？但是若将其放置在先周时期的"京畿之歌"来观察，则又是非常自然的事，而一切矛盾亦随之而解。周人在建立西周王朝之前的相当长时期，周原之地应该早就有祀祖祀神的乐歌（即近《颂》者）以及用于一般生活的巫祭乐歌（即近《风》者）的存在，而当春秋时期人们整理编纂"诗三百"时，准十五《国风》"以地名作区别"之例，将京畿之地作为一个特殊地区，并为了同新创作而正在用于宗庙祭祀的《周颂》相区别，特称作《雅》（即夏地之歌），而曾用于中央政权祭祀的称《大雅》，曾用于民间巫祭的称《小雅》，这不是很合理吗？

为说明二《雅》乃先周时期周人祭祀用乐歌，还可补充两点理由：一是《雅》诗中的一些篇章，如《緜》、《生命》、《公刘》等，都带有更浓重的神话传说色彩，当是周民族真正的族源史诗，是周原古老神话传说孑遗，因而也更具发生学的本原意义。如《生民》写后稷诞生：

---

①《诗经与周代社会研究》353页，中华书局，1966年。

>厥初生民，时维姜嫄。生民如何，克禋克祀，以弗无子。履帝武敏歆，攸介攸止。载震载夙，载生载育。时维后稷。……上帝不宁，不康禋祀，居然生子。诞寘之隘巷，牛羊腓字之。诞寘之平林，会伐乎林。诞寘之寒冰，鸟覆翼之。鸟乃去矣，后稷呱矣。

这是多么神奇的传说，可以认定那是母系氏族社会的产物。相较而言，则已被理性化的《周颂》中，便不再有这种野性的文化底蕴，应该较之晚出才对。二是《雅》诗中的有些诗篇，虽非周民族的史诗，但渊源却甚古老。如《大雅·凫鹥》，全诗五章六句，是写"公尸"来降以受燕飨的，而"公尸"则源于史前巫文化崇拜。下抄三章：

>凫鹥在泾，公尸来燕来宁。尔酒既清，尔肴既馨。公尸燕饮，福禄来成。
>凫鹥在沙，公尸来燕来宗。既燕于宗，福禄悠降。公尸燕饮，福禄来崇。
>凫鹥在亹，公尸来止熏熏。旨酒欣欣，燔炙芬芬。公尸燕饮，无有后艰。

《周礼·春官·大司乐》曰："凡乐事，大祭祀宿县，遂以展之，王出入则令奏《王夏》，尸出入则令奏《肆夏》，牲出入则令奏《昭夏》。"这些祭祀乐章皆以"夏"名，可知其起源之古老，当是夏王朝的遗制，尤其是"尸出入"时所奏《肆夏》。孙诒让《周礼正义》曾说："《御览·乐部》引《尚书大传》说舜乐云：'始奏《肆夏》，纳以《孝成》'。郑注云：'始谓尸入时也，纳谓荐献时也。《肆夏》《孝成》皆乐章名'。彼'始'即此'尸入'，亦奏《肆夏》，由周沿虞夏法与？"因此，燕飨"公尸"的祭祀礼制，早在虞夏时的原始部落时期即已出现，当时尸出入时所奏即《肆夏》，并同王出入时奏《王夏》，牲出入时奏《昭夏》共同进行，可见其祭仪的盛大隆重。那么《凫鹥》一诗之原始形态，是否即《肆夏》演奏所唱歌词呢？要知《诗经》的编者给诗篇标题是以"首句标其目"原则进行的，而用于祭祀的原词却是无名的，故特取首二字将此诗标作"凫鹥"也就没什么奇怪。又所谓"公尸"，实即祭祀时所用人牺。段玉载《说文解字注》说："祭祀之尸，本象神而陈之，而祭者因主之，二义实相因而生也。"《礼记·郊特牲》则说："尸，神象也。"又说："尸，陈也，象卧之形。"综合来看，"尸"当是指在古代重大祭仪上用以象神并主持祭仪的人牺，大概即文化人类学所说为部落共同利益自为牺牲的"圣王"或"祭司王"。在史前先民社会，圣王、神尸和人牺，本是三位一体的，皆由既为氏族首领又是神的代表的主祭巫师来担任，祭祀结束后便要"以身为牺牲"而被杀。这从尸出入时所奏《肆夏》，亦可探知一些消息。"肆"之本义原指杀人暴尸，《说文》释肆说："极陈也。"即处以极刑后陈尸而暴之。又《韵会》说："肆，既刑陈尸曰肆。"《礼记·月令》"毋肆掠"句正义亦曰："肆谓死刑而暴尸者。肆，陈也，谓陈尸而暴之。"所以，这是一个充满杀戮和血腥的词语，祭祀时尸出入而用《肆夏》，不正反映出原始巫祭中杀死人牺"陈尸而暴之"的野蛮文化内涵么？当然，随着人类文明的进步，野蛮的人祭制度遂被逐渐废除，"尸"也就不再作为牺牲而被杀，而是成为纯粹代表神灵接受祭享的象征。《凫鹥》所写当属后一种情况。《雅》诗中写"公尸"的诗篇还有不少，如《大雅·既醉》、《小雅·楚茨》等，应该都有古老渊源，显然不是宣王时作品可范围的。总之，风、雅、颂的排序，应该是以产生时间的先后为序的。《颂》创作于周初，而《雅》则用于先周，故《雅》在《颂》前。至于十五《国风》，在氏族社会的低级阶段即已产生，在后可能有不断增添，但不能改变其整体的古老特征，所以排在最前。也许还有其他原因，比如中央祭祀每年不过一至二次，而民间的巫祭却是日常所需，为便于随时翻检，便放在最前。

综言之，通过前面的各种考查，似可这样说：《诗经》中之所谓"诗"，其实基本都是巫祭礼辞，它们的作者应该就是各个阶层形形色色的巫师。但是，《诗经》中有些诗篇却是载明作者的，那么二者之间能否得到相互印证呢？北宋著名文学家王安石《字说》曾说："诗为寺人之言。"《小雅·巷伯》曰：

寺人孟子，作为此诗，凡百君子，敬而听之。

诗字，从言从寺，当是寺人之言的会意，而此诗又确为寺人孟子所作，那么王氏之说便并非全无根据。何谓寺人？得先从"诗"字说起。

"诗"字不见于金甲文，最早出现于《诗经》，如《大雅·卷阿》、《崧高》、《小雅·巷伯》等。然长期来，人们为了牵合"诗言志"的圣训，遂为曲解，谓寺"古文作䛐，从言㞢声。按志字从心㞢声，寺字亦从㞢声，㞢志寺古音无二。古文从言从㞢，言䛐即言志也"。①即认为诗字本从䛐，从寺乃后起之字。而㞢即志，是从㞢之诗即"诗言志"也。至于后写作诗，是因为㞢志寺古音相通，故"音同假借耳"，并非诗之本字。确实，若作䛐，志从心，自然可解作"在心为志，发言为诗"。然今写作诗，从寺，而寺实从手不从心，本义为持（后详），便没有了"言志"的意思。"寺"字虽不见于甲骨文，但在金文中却出现不少，或作㞢（《洡伯寺簋》），或作㞢（《郘公牼钟》），或作㞢（《䢅羌钟》）等。可知，寺本非从士从寸，而是从之（㞢）从手（彐）。古文字学家一般都将其解释为持，以为乃持之本字。林义光《文源》即说：

> 《说文》云："寺，廷也，有法度者也，从寸。"按从寸无法度义。古作㞢作㞢，从又从之。本义为持，彐象手形，手之所以为持也，之亦声。《郘公牼钟》："分器是持。"石鼓："秀弓持射。"持皆作寺。②

故他认为，《说文》所释乃后起之字，并非寺之本义。然本义同引申义之间，又必有内在联系，还需再作探究。寺从㞢（之）从彐（手），手自可训持，但手持什么才算是"有法度者"呢？㞢成为解决问题关键。

㞢在甲骨卜辞中，原是祭祀之名。如卜辞中这些记载："贞㞢于王亥卅牛，辛亥用。"（《前》4.8.3）"甲寅卜㞢于唐，一牛。"（《前》1.47.1）"㞢于南庚夀小宰。"（《前》1.14.1）"辛巳卜大贞㞢自上甲元礻三牛、二礻二牛，十三月"（《前》3.22.6）等。又如："于东母㞢匚。"（《林》1.22.2）"㞢于东母。"（《前》7.11.1）"㞢于东母、西母、若。"（《上》28.5）等。由此可

---

① 《积微居小学金石论丛》25页，中华书局，1983年。
② 《金文诂林》卷三下，第1855页。

知，"㞢"在商代都是用于祭之名，故陈梦家先生认为：㞢祭是与寮（燎）祭相区别的一种祭祀方式，大概后者是用火烧牺牲的方法祭天神，㞢祭则似用于祭人鬼（祖先），当然有时也会伴以寮祭的用牲方法。[①]而且，㞢在卜辞中还与又通，又亦为祭祀之名。王国维《甲骨文字考释》释"又土"说："又之言侑，《诗·楚茨》'以妥以侑'，犹言祭也。"又释"王受又"说："又读为佑，王受又犹言王受福矣。"[②]所以陈梦家才说：㞢在卜辞中亦假作"又"，都是祭祀之名。[③]由此可以推论：大概在甲骨文的时代，人们以㞢和手（ヨ）会意而创造出"寺"字，当是指那些手持祭祀用品（如法器）主持祭祀之人，即所谓"寺人"。实则就是祭司或称巫师者，同后世所说阉寺之类人并不相同。而能够担任主持祭祀礼仪者，自然都是与自然神秘力量保有交感关系以沟通天地人神并有崇高威望者，其实他们往往就是氏族部落的宗教政治领袖，即所谓"一国之事系一人之本"的那种人，故他们所说的话（具有神秘力量的语言）便是族群所遵从的法度号令，所以《说文》才以"有法度者"释之。弗雷泽曾这样说："最早的统治者就是从这些拥有语言神秘力量并与超自然力保持交感关系的巫师中产生出来的。"[④]因此，称他们是当时社会中"有法度者"，恐怕没有疑问。而《诗经》之后来所以称"经"，恐怕根源也在这里，因为他们正是"诗"的创作者。

不过，除《小雅·巷伯》所说"寺人孟子"外，《诗经》中言及作者的还有下面诸条，他们是否和寺人都是同一类人呢？

《大雅·崧高》："吉甫作诵，其诗孔硕。其风肆好，以赠申伯。"
《大雅·烝民》："吉甫作诵，穆如清风。仲山甫永怀，以慰其心。"
《小雅·节南山》："家父作诵，以究王讻。式讹尔心，以畜万邦。"

[①]《殷墟卜辞综述》352页，科学出版社，1956年。
[②]《戬寿堂所藏甲骨文字考释》卷三下，1917年版。
[③]《古文字中之商周祭祀》载《燕京学报》第19期，1936年。
[④]【英】詹·乔·弗雷泽著，徐育新等译，《金枝》第二章《祭司兼国王》，中国民间文艺出版社，1987年。

诗中所说的"家父",三家诗均写作"嘉父"。据《汉书·古今人名表》载,嘉父与谭大夫、寺人孟子并列中上。蔡邕《朱公叔谥议》曰:"周有仲山甫、伯阳父、嘉父,优老之称也。"故可知《烝民》中提到的仲山甫及此诗嘉父,其实都是对古代男子长者的尊称,并非专指某人的专称。《毛传》释此诗曰:"家父刺幽王也。"但从全诗内容来看,却主要是讥刺把持朝政,不恤民瘼的"赫赫师尹"的。故姚际恒即反驳说:"通篇唯末二章及王,余俱指尹氏。观此则家父之爱王切矣,其责恨尹氏深矣。"(《诗经通论》卷十)那么此诗之作,又与写作《崧高》和《烝民》的尹吉甫有了关系。阮元《毛诗补笺》说:"师尹,太师尹氏也,吉甫之族。幽王时不用皇父,任尹氏为太师,尸位不亲民,故诗人刺之。"(《揅经室集》卷三)然而,这尹氏又是什么人呢?于省吾《诗义解诂》说:"尹谓尹氏,即金文中的作册尹或内史尹。系史官之长,犹世所称的秘书长。"在上古时期,巫史不分,史官之长亦即巫师长或祭司长,当是从原始寺人中分化而来。

按尹字,甲骨文中写作ㄕ(《藏》二、四二、四)、ㄕ(《拾》三、七)、ㄕ(《前》七、三三、一)、ㄓ(《甲编》七五二)等,为手握东西之状。故王筠《说文释例》说:

> 尹字云从又丿,握事者也。握以说又,事以说丿。然十二篇ㄕ厂二字皆无事义,恐丿非字,只是以手有所料理之状,要亦依文训义则然耳。

孔广居《说文释疑》则说:"尹,当作ㄓ,从又从丨。又,手治之也;丨,上下通也。治当通乎上下也。丨亦声。"而李定先生又据此作进一步发挥:"孔氏并改篆文作ㄓ,尤冥合古意。……窃疑尹之初谊当为官尹,字殆象以手执笔之形。盖官尹治事,必秉簿书,故引申得训治也。"[①]三家相承,都认为"尹"乃手有所料理之状,然其所料理者究为何事,或曰丿的含义究竟是什么? 孔以为是指上下通,以明"治当通于上下"。李认为即笔之象形,以明"以手执笔之形"。大概都是从官员治理政事角度提出的猜度。然考虑到尹

---

① 《甲骨文字集释》(3)908页,中国台湾。1970年。

【卷一】

与巫之密切关系,日本学者白川静则从巫文化信仰角度提出新说:

> 《说文》训为握事者也的尹字,余意乃握持神之所凭之木杖之意。与巫字如左右字所示持工口,殳字持斧、叟字持神火等相同,持有神圣之物之意也。①

综合前面对尹寺即巫师或祭司长的考查,再以当今文化人类学提供的丰富原始民俗材料来验证之,当以白氏所说可能最接近原义。因为,本为古代巫师或祭司一类的尹寺,以手持神物(如神杖之类)以示神圣权威而主持祭祀,并口诵祝祷之词,那是合适不过了,这种习俗即使在当今一些原始部族中亦然普遍存在。当代学者叶舒宪亦曾指出:寺训司、治,尹亦训治(《说文》:"尹,治也。")寺训持,表示主持祭祀者,而尹亦有主持之义(《尚书·顾命》"百尹御事"传:"百尹,百官之长。"《汉书·叙传下》"芮尹江湖"注:"尹,主也。")于是他结论说:"正因为尹与寺古谊相近,后人才合二字称尹寺。"②原来尹和寺其实都是同一类人,即古代氏族部落社会的"握事者",但其本源则都来自巫。郑樵《通志·氏族志》曰:"尹氏,少昊氏之子,封于尹城,因以为氏。子孙世为周卿士,食采于邑。"而我国古代神话中有"伊尹生于空桑"的传说,可知尹氏的起源是很古老的,远在原始部落时期即子孙繁衍,其职司大概就是巫师或祭司之"握事者",故直到周代还能"世为周卿士",而尹吉甫则是其中之佼佼者。

前面提到,弗雷泽认为最早的统治者即是从这些巫师或祭司中产生的。所以在我国古代,尹还与君通。《说文》二上口部:"君,尊也。从尹发号,故从口。"可知处于政权最高位置上的国君,即是由尹演变而来,最初便是主持祭祀,能够发号施令以决策治民的尹。其在祭政合一的史前时代,是巫师长或祭司王,在祭政分离以后,则渐次演变为国君或君王。《左传·襄公十四年》载曰:"夫君,神之主也。"当是君字的原始古义。因此在甲金文卜辞中,君与尹也是音义兼通之字。如:"其命多尹作王寝"(《续》.6.17.1),"丁酉卜疑,贞。多君曰:来叔氏驭"(《后》下.13.2),"命尹作大田"

---

① 《说文新义》卷二上,载台湾《金文诂林补》卷二。
② 《诗经的文化阐释》178页,湖北人民出版社,1994年。

（《乙》.1151.2044），"辛未王卜，曰：余苦多君曰殷有祟"（《后》.27.13.）等，"多君"和"多尹"往往互用，故知其义相同，不过此时他们的地位已经下降，成为王下面专司宗教祭祀的神职人员了。（《殷墟书契》前、后、续编，天津古籍书店影印合成本，1993年）而由尹至君的演变，似又透露出另一历史信息，即尹寺本来就是最早的氏族部落"王"，但当祭政分离，尹寺地位下降，而政治统治意义上的"王"出现时，才产生了加"口"而发号施令的"君"，尹寺遂沦为专职的祭司或史官。但国家大事，惟祀与戎，故他们仍是执掌军国大事的辅弼重臣，所谓"左史右巫"者是也。西周晚期的铜器铭文中曾屡见"作册尹"或"内史尹"的记载（如《永盂》、《颂鼎》、《兔簋》、《休盘》等），其实都是史官，而尹史的分化大概即在此时。《周礼·春官》曰："内史掌王之八枋之灋（法），以诏王治。"王国维《观堂集林·释史》说："作册、尹氏，皆《周礼》内史之职，而尹氏为其长，其职在书王命与制禄命。"于是《毛诗序》这段话也有了着落："国史明乎得失之迹，伤人伦之废，哀刑政之苛，吟咏情性，以风其上，达于事变而怀其旧俗者也。"总之，《诗经》的作者，最初当是巫，后来分化出寺、尹、史等，但皆同出一源，所以统称为"史巫尸祝之词"或巫术祭仪的礼辞，实则并无不可。

还有一个问题，即前面谈《二雅》时，笔者将其归之为先周时期周人祀祖祀神歌。然而，如《巷伯》的作者寺人孟子，《崧高》《烝民》的作者尹吉甫等，实皆周人，这又作何解释？首先，在作此结论时我们讨论的对象，主要是孙作云先生提出与《周颂》作对照那十几首诗，并不包括《二雅》诗的全部。其次，自周人灭商建立周王朝后，他们重新创作的祀祖以及与祀祖有关的乐歌也就三十一篇，《二雅》中原有其他大量诗篇，进入西周后照样在周王畿流传使用，尤其是"近于《风》"的那部分诗。那么，在流传中不断有周人新创作的作品汇入其中，也是自然而入必然的事。因而，到了孔子时代人们在整理编订"诗三百"篇时，将其一并作为"西周京畿之乐歌"而收入其中（仍按以地域为名惯例），也就没有什么奇怪的了，但就总体而言《二雅》仍是先周时期的作品。总之，《诗经》作为先民的巫祭礼辞，使用流传了那么多个世纪，自然不会是某一时期的创作，而是历史积淀的产物，其复杂性可想而知。

三、赋、比、兴的原始文化内涵

《诗大序》还提出一个重要概念——"诗六义",可以说对后世产生最深远的影响:

> 故诗有六义焉:一曰风,二曰赋,三曰比,四曰兴,五曰雅,六曰颂。

而《周礼·春官》则说:

> 大师……教六诗:曰风,曰赋,曰比,曰兴,曰雅,曰颂。

对照两书所言,则无论从排列次序或具体名称来看,似乎都没有什么本质不同。但前者称"六义",后者却称"六诗",却不免叫人狐疑,于是一切歧义遂由此产生,以至纷纭至今仍莫衷一是。又《诗序》对风、雅、颂都一一作了解释,唯独赋、比、兴却未着一言加以说明,亦是造成后世争论不休的重要原因。细究起来对赋、比、兴的解释,恐怕已不下数十家,但概括而言,则不外"体""用"(或曰经纬)之争。主"六诗"即"六体"说者,认为赋、比、兴同风、雅、颂一样,"原来都是乐歌的名称,合言六诗,正是以声为用"。[1]即是说它们都是配合六种不同音乐诵唱的诗体。主"三体""三用"说者,则认为风、雅、颂是"诗篇之异体",即诗的三种分类体裁;而赋、比、兴是"诗文之异辞",即创作的三种修辞表现手法。也有认为六者皆属诗之"用"的,如包世臣即说:"风、雅、颂之于诗,其用与赋、比、兴同,故曰六义,非体裁之名也。"(《书诗〈关雎序〉后》、《艺舟双楫》(一))然究其前人所以争论不息的原因,大概是多昧于对其原始文化内涵缺少了解,而只局限于后来政治伦理化的诗学观加解说,遂不免发生曲解。

其实引起后人争论最大的焦点是赋、比、兴,尤其是其中的"比兴"。两千多年来,随着我国文学的不断发展演变,其内容也就被不断解读而更新。

---

[1]《朱自清古典文学论文集》(上),《诗言志辨·赋比兴通释》,上海古籍出版社,1981年。

比如，由汉儒的"比者，比方于物；兴者，托事于物"。(《周礼·大师》郑注引郑众说)把比解释成比喻，把兴解成寄托，但二者很难说清，便夹缠至今。至六朝新兴意象文学崛起，于是又有"比者，喻类之言也；兴者，有感之词也"(挚虞《文章流别论》)及"比者附也，兴者起也。附理者切类以指事，起情者依微以拟议"(刘勰《文心雕龙·比兴》)之说，比的含义比较固定，兴却被说成因景起情。此后的争论便集中在"兴"上。于是钟嵘说："文已尽而意有余，兴也。"(《诗品序》)由此更产生出唐代的"兴象"说，距我国古代文论影响最巨的"意境"理论也就相去不远了。然而到宋代朱熹，却说"兴者，托物兴辞，初不取义"。(《楚辞集注·离骚序》)"诗之兴，全无巴鼻。"(《朱子语类》(8))循此而发挥，至20世纪遂有"只是个开头"，以解决"山歌好唱口难开"的问题，"兴义"被完全抹杀而丢失。但是，赋、比、兴是从特定对象《诗经》——史前巫术宗教祭仪之礼辞总结出的宝贵创作经验，不是可以随便抹杀掉的。所以，还得回到那个时代背景中去寻觅，才不至于凭空臆说。

所谓赋、比、兴，当是原先民一种独特思维方式，或曰"原逻辑"思维方式所造成之语言表达特殊性的历史积淀。文化人类学家提供的大量材料表明，史前人类是很少用甚至不用抽象概念来思维、传达和交流思想的，他们用来表达思想的语言总是非常具体生动并个性化的。列维—布留尔即曾说："原逻辑思维很少使用抽象，它的抽象也与逻辑思维的不同；它不像逻辑思维那样自由地使用概念。"因此：

> 我们看到的原始民族的语言"永远是精确地按照事物和行动呈现在眼睛里和耳朵里的那种形式表现关于它的观念"。这些语言有个共同倾向：它们不描写感知着的主体所获得的印象，而去描写客体在空间中的形状、轮廓、位置、运动、动作形式，一句话，描写那种能够感知和描写的东西。这些语言力求把它们所要表现的东西的可画的和可塑的因素结合起来。[①]

[①]【法】列维—布留尔著，丁由译《原始思维》，139、150页，商务印书馆，1981年。

【卷一】

既然他们还缺少抽象综合地表述事物的概念和能力，所使用的语言也就只能是表示个别具体东西的语词。而正是语言上这种具象性和个别化特征，才造成表达方式也不同于逻辑思维的特色，概括而言可归纳为两点：A、可画的可塑的绘声绘影的描写；B、拟喻性相似类比。此外，还有一种蕴含着神秘内容的特定词语，则是原始先民更值得注意的语言现象。这就是始初意义的赋、比、兴所以产生的根源，尽管当时还不曾有这些名称。

（一）绘声绘影的描写：赋

列维—布留尔在《原始思维》中谈到史前人类的语言特征时，还写道："克拉马特语（可以作为语言族非常多的北美语系的代表）有一个极为特殊的倾向，这就是盖捷特所说的'绘声绘影'的倾向，也就是如画地描绘出说话人所要表现的那种东西的倾向。"例如，为了表示豪猪，就用手的动作准确地描绘它掘土和抛土时的奇怪方法，它的刺，它竖起的自己的小耳朵时的姿态。为了表示水，就用动作表示出当地土人怎样喝水，怎样舔吸捧在手心窝里的水的样子。为了表示项圈，就用双手做出围住脖子并从后面锁住的姿势等。如果是问路，要说明从某地到另一地方的距离，他们绝不会回答有多远或多少里。而是给你详细描述怎么走，譬如什么地方有个转弯，什么地方有一棵大树之类，至于走多长时间，则是指天空的太阳，当太阳从这个位置走到那个位置时就到达了。因此，"我们可以说，他是在描写它们的同时就想象着它们了"。并且布留尔还由此断言："口头语必然是描写性的。"[①]要尽量逼真生动地去描述事物"可画可塑"特征，此即原始语言所特具的"描写性"，而且还是"绘声绘影"地进行描写，这不就是后世所说铺采摛文、直陈其事的"赋"么？尽管他们使用的还是口头语言（或伴以手势语），但当口头语言经过文字符号而写定并记载于书册时，原始语言的这种特征也就自然积淀保存下来，并逐渐转化为一种文体特征。布留尔接着写道：

> 埃维人（Ewe）各部族的语言非常富有借助直接的声音说明所获得的印象的手段。这种丰富性来源于土人们的这样一种几乎是不可克制的倾向，即摹仿他们所闻所见的一切。首先是描写动作。但

---
① 同前《原始思维》，156页。

是，对于声音、气味、味觉和触觉印象，也有这样的声音图画的摹仿或声音再现。某些声音图画与色彩、丰满、程度、悲伤、安宁等等的表现结合着。毫无疑问，真正的词（名词、动词、形容词）当中的许多词都是来源于这些声音图画的。实在说来，它们不是形声词，它们多半是描写性的声音手势。①

他称这种语言是"声音图画的摹仿或再现"，即包含两方面的特征：一是语言描写的摹仿性，一是绘声绘影地描述。所谓语言的摹仿性，就是真实地再现事物的本来面貌和特征，并且这种摹仿还要求"如画地描绘"出来，这就和一般的语言表达不同。前者可以称为"直陈其事"，后者可以称为"铺采摛文"。因此，所谓"赋"必须具备这两种特征，才是真正意义的"赋"，缺一则不能称其为"赋体"。然而，前引布留尔所举都是国外资料，那么这种语言表达方式是否在我国先民社会也存在过呢？《诗经》中的许多作品即是如此，《周颂·有瞽》写音乐祭祀场面：

> 有瞽有瞽，在周之庭。设业设虡，崇牙树羽。应田县鼓，鞉磬柷圉。既备乃奏，箫管备举。喤喤厥声，肃雝和鸣，先祖是听。

可谓极尽绘声绘影铺张描写之能事。又如《大雅·烝民》写仲山甫出征："仲山甫出祖，四牡业业，征夫捷捷，每怀靡及。四牡彭彭，八鸾锵锵，王命仲山甫，城彼东方。"《大雅·韩奕》写韩侯饯行："韩侯出祖，出宿于屠。显父饯之，清酒百壶。其肴维何，炰鳖鲜鱼。其蔌维何，维笋及蒲。其赠维何，乘马路车。笾豆有且，侯氏燕胥。"凡此等等，不是正可看作原始语言中那种"声音图画"的艺术化精炼提纯么？《周易·系辞上》的这段话也透露出某些消息：

> 圣人有以见天下之赜，而拟诸其形容，象其物宜，是故谓之象。圣人有以见天下之动，而观其会通，以行其典礼。

---

① 【法】列维—布留尔，丁由译《原始思维》，157—158页，商务印书馆，1981年。

所谓"象其物宜",《周易正义》云:"象其物宜者,圣人又法象物之所宜。"大概即是指对客观事物作真实摹仿或再现的意思,这就叫"象"。正符合前面所说原始语言的第一个特点:直陈其事。然而,这种物象的"直陈"又是以"拟诸其形容"为前提的。《正义》云:"拟诸其形容者,以此深赜之理,拟度诸物形容也。"这就不能不叫人想到,其所说当正指那种"绘声绘影"或"如画地描写"了。无疑,这是我国先民中确曾存在过"如画地"表达思维的既曲折又生动的反映。由此亦可判断,其实汉人对"赋"的解释最接近原义。郑玄《周礼·大师》注:"赋之言铺,直铺陈今之政教善恶。"如果剔除其汉人谈诗必与政教挂钩这一贯例,应该说他的诠释与原始赋体特征基本合拍。确实赋包括两方面特征:"铺"和"陈"。陈,即语言表达的摹仿或再现;铺,即绘声绘影或如画地描写。故刘勰也说:"赋者铺也,铺采摛文,体物写志也。"(《文心雕龙·诠赋》)其所言亦正是这两方面:体物和铺采。然钟嵘的理解却大不一样,《诗品序》说:"直书其事,寓言写物,赋也。"谓"寓言写物",实际就是写物,上下句所讲都是一个意思,只是前者讲"事",后者讲"物",强调的是直陈其事物,而恰恰丢掉了"铺"这个方面。此后,孔颖达《正义》说:"则诗文直陈其事,不譬喻者,皆赋辞也。"朱熹《诗集传》说:"赋者,敷陈其事而直言之也。"大都步趋钟嵘的路子,而忘记了赋的最主要特征,还是绘声绘影或"如画"地描述。

(二)拟喻性相似类比:比

原始先民缺乏抽象和综合思维能力,还导致其语言表述的另一大特征:以彼喻此,以物比物,从而达到具象说明的目的。弗雷泽在《金枝》中谈到原始巫术时曾说:"'顺势巫术'是根据对'相似'的联想而建立的;而'接触巫术'则是根据对'接触'的联想而建立的。……但是在实践中这两种巫术是经常结合在一起进行的。或者更确切地说,顺势或模仿巫术可以自己进行下去,而接触巫术,我们发现它需要同时运用顺势或模拟原则才能进行。"[1]巫术既是原始先民的世界观,也是他们的认识论,换句话说是统治先民社会一种最根本的思维方式。因此,弗雷泽对两种巫术基本法则的阐释,

---

[1]【英】詹·乔·弗雷泽,徐育新等译,《金枝》,20页,中国民间文艺出版社,1987年。

也就是对原始思维基本法则的阐释,他认为只有"相似性联想"才是两种巫术能够进行下去的根本法则。而且,即使被称作"消极巫术"或"黑巫术"的种种禁忌,也"仅是交感巫术的相似律与接触律这两大原则的特殊应用",或从根本上说"禁忌是来源于相似律的"。①因此,我们可以认定,在弗雷泽看来原始思维另外一大特征就是"相似性联想"。

但正是由于这种相似性联想在先民社会存在的普遍性,还进而造成原始人类语言表达的具象拟喻性。卢卡契即曾指出,"在初始的原本的日常思维中,对客观现实直接反映进行连接和转化的基本的主导形式中,最重要的一种方式是类比",即"它把自己与其他事物相对比,而不是相结合"。②他所说初始的原本的思维,即指原始思维。可知以彼物比此物式的"类比",确是原始思维的根本特征所在,并非只是个别学者的看法。列维·斯特劳斯也说:"它们(按指原始思维)在诸项之间建立的关系绝大多数情况下,都是或者依据邻近性,或者依据相似性",因而,"二者之间的联系不是因果性的,而是譬喻性的"。③我们知道,"因果性"是现代逻辑思维发展的标志,而"譬喻性"正是原始思维的根本特征。鲁蒙霍尔茨即曾发现,在原始人群中存在着"一种想要看出事物之间的相似的强烈倾向,而我们叫做不同类现象那种东西,则被他们看作是同一的东西"。④比如蝴蝶和鸟,本来是完全不同类的事物,但由于它们都有翅膀,都会飞,就被先民们看作同一的东西而称"蝴蝶鸟",甚至进而还把太阳也看作是一只"大鸟"等。并且,也正是这种"要看出事物之间相似的强烈倾向",还必然导致原始人类语言表述的拟喻性特征。布留尔在引述鲁氏这段话后,接着举例说,"他们不能抽象地表现硬的、软的、热的、冷的、圆的、长的、短的等等性质",而为了要表现硬的,就说像石头;为了表现长的,就说像大腿;圆的就说像月亮、像球一样等。他们也"没有名称来表示颜色,颜色永远是按下面的方式来指出的:把谈到的这个东西与另一个东西比较,这另一个东西的颜色被看成是一种标准"。例如,他们说这东西像乌鸦,久而久之名词就被单独作为形容词来用,于是所有黑色的

---

① 同前,《金枝》,33页。
② 【匈】卢卡契,《审美特性》(1),18页,中国社科出版社,1986年。
③ 【法】列维·斯特劳斯,李幼蒸译,《野性的思维》,121页,商务印书馆,1987年。
④ 【法】列维—布留尔,丁由译,《原始思维》,119页,商务印书馆,1981年。

东西，特别是有光泽的黑色的东西，就都叫KOT KOT（乌鸦）。①这就是说，在史前人类稚拙的思维尚不足以抽象地把握事物并说明其特征时，他们就只能用"以彼物比此物"的方式加以说明。而且，这种说明还往往是"以一概全"式的，即只选取二者之间的某一相似或相近点进行类比，转移甚至强加到所要说明的事物上去，从而造成"我们认为根本不同的东西却被他们看作同一的东西"的奇怪现象。因此，恩斯特·卡西尔干脆称这种思维是"隐喻式思维"。②毫无疑问，这就是"诗六义"中所说"比"的初始形态。

那么，在我国古代先民中，是否也存在过这种被称作"相似联想"或"隐喻思维"的思维方式呢？回答也是肯定的。《周易·系辞下》讲伏羲制作八卦说："近取诸身，远取诸物，于是始作八卦，以道神明之德，以类万物之情。"据笔者的理解，这"道神明之德"讲的应该是八卦的巫术宗教神秘内涵，而"类万物之情"中的"类"，便是巫术思维的类比联想了。因为八卦正是以"类"构架而推及万物的，例如☰（乾）用以象征天，在人则代表父，在动物则代表马，在数字则代表九等，其所用即都是推而及的思维方式。由于《周易》对后世产生极大影响，故这个"类"也就成为积淀着特定内涵的专有概念，而被广泛使用。如《荀子·非相》即有"以人度人，以情度情，以类度类"之说，《淮南子·要略》论大人，亦有"其形骸九窍取象与天合同，其四气与雷霆风雨比类"之附会。至董仲舒，则更利用并通过已改造过的"相似联想"思维方式，而建构起他"天人感应"的神学迷信论，其哲学思想的蛊惑性也正是以"类"这个特定概念为支点的。如说："与人相副，以类合之，天人一也。"（《春秋繁露·阴阳义》）"人之本于天，天亦人之曾祖父也，此人之所以上类天也"（同前《为人者天》）等。即认为人的一切（如四肢、九窍、喜怒哀乐等）无不与天一一对应，完全是按照天的模式创造出来的。而所依据理由，就是这个"类"。不只哲学如此，在文学批评中"类"也被广泛使用，如司马迁说："作辞以讽谏，连类以争议，《离骚》有之"。（《太史公自序》）东汉王逸则说："《离骚》之文，依诗取兴，引譬连类。"（《离骚经序》）这是谈《骚》，至于说《诗》汉人亦同样喜欢用这个"类"字。如孔安国说："兴，引譬连类。"（何晏《论语注》引）郑玄说："比

---

①同前，《原始思维》，164页。
②【德】恩斯特·卡西尔，于晓等译，《语言与神话》，102页，三联书店，1988年。

见今之失,不敢斥言,取比类以言之。"(《周礼·大师注》)此后如挚虞说:"比者,喻类之言也。"(《文章流别志论》)至刘勰谈比兴,更屡屡言及"类",如曰:"附理者切类以指事,起情者依微以拟议";"观夫兴之托喻,婉而成章,称名也小,取类也大。"(《文心雕龙·比兴》)总之,这充分说明两汉以前人们的思维方式,大概还处在巫术性"相似联想"笼罩之下,并未真正摆脱隐喻性思维方式的羁绊。

对此还可从当时人特别看重譬喻的运用,强调"引譬连类"的重要性中,得到进一步说明。《荀子·非相》说:"谈说之术,矜庄以莅之,端诚以处之,坚强以持之,分别以喻之,譬称以明之。"这是谈说重譬之例,前三项讲谈说论辩中应具备的心理态度,后两项才讲修辞技巧,所强调者正是譬喻。《礼记·学记》则说:"大学之教也……不学博依,不能安诗。"郑注:"博依,广譬喻也。"是学诗重譬之例。又说:"善教者使人继其志。其言也约而达,微而臧,罕譬而喻,可谓继志矣。"则是教人重譬之例。并且这还是要为人师者必备的一项修养:"君子知至,学之难易,而知其美恶,然后能博喻,能博喻然后能为师。"《淮南子》甚至认为即使谈天说地、说山道林也必须精通譬喻:"言天地四时而不引譬援类,则不知精微";"说山说林者……假譬取象,异类殊形,以领理会意。"(《要略》)确实,通过相似联想而假譬以明事理,这不只在史前先民社会的语言交流中是不可或缺的,即使到三代两汉恐怕也是时刻不离的语言技巧。

综前所言,似乎可作这样概括:原始先民因缺乏抽象思维综合能力,故具有特别发达的"相似性联想"本领,因而导致他们思维方式的隐喻性特征,而"隐喻性思维"又必然造成语言表达的引类譬喻,而这就是初始形态的"比"。

(三)积淀着巫文化神秘内涵的语词:兴

"兴"也是由原始思维的特殊性造成的,但与前两种语言的情况有所不同。它主要不是因为原始人类缺乏抽象思维能力所致,而是有自己产生的特殊根源及发展道路,那就是巫术宗教崇拜信仰。列维—布留尔曾说:

> 我们已经知道,对他们(原始人类)的思维来说,没有哪种知觉不包含在神秘的复合中,没有哪个现象只是现象,没有哪个符号

> 只是符号；那么，词又怎么能够简单的是词呢？任何物体的形状，任何塑象、任何图画，都有自己的神秘力量。作为声音图画的口头表现也必然拥有这种力量。神秘力量不仅为专有名词所固有，而且也为其他一切名词所固有。[1]

话当然不能说得那样绝对，因为，不是任何事物以及对事物的任何感知，对原始人类来说都是充满神秘力量的，"作为声音图画"的词也是这样。正如马林诺夫斯基所说："他们（原始人类）永远没有单靠巫术的时候，倒有时候完全不用巫术。"[2]因此，也就不能说他们生活中交流用的"一切名词"都是充满着神秘力量的。但是更值得注意的是，他的话也并没有说错，原始人刻划的符号、绘画、塑像等，并非只是一种简单形象，尤其是有些"专有名词"，它们都是蕴含着某种神秘意义的。而原始人类中盛行的语言崇拜，即由此而来。

赵沛霖先生在《兴的起源》一书中，曾提出"原始兴象"的概念作为研究"兴"起源的基点，大概指的就是这类"专有名词"，如他所概括的鸟类兴象、鱼类兴象、树木兴象和虚拟动物兴象（如龙凤、麒麟等）就是如此。他说道："所谓原始兴象是被神化了的因而具有观念内涵的物象被援引入诗的结果，完全以其宗教性质和意义为本质；从心理过程看，则是观念内容和物象之间的一种联想。"[3]他认为作为被后世规范化的艺术形式的"兴"，就是在这众多"原始兴象"的基础上产生出来的，是"原始兴象"在历史发展中丧失其原有概念内容后形成的抽象艺术形式，因而原始兴象还不是真正的"兴"。可是真正的"兴"正是从《诗经》中总结出来的，而并非后世所阐发并曲解的"兴"，这不是倒是为什么？其实被布留尔称作"专有名词"而被他称作"原始兴象"的那些语词，因其是积淀了巫术宗教的某种神秘内涵，或如他所说"完全以其宗教性质和意义为本质"，才和仅作为原始语言特殊表达方式的"赋"和"比"明显区分开来，所以是真正意义的"兴"。如果如他所说真的已完全丧失掉原有神秘内涵，而仅仅成为诗歌套语或毫无意义的形式，最多

---

[1]【法】列维——布留尔，丁由译，《原始思维》170-171页，商务印书馆，1981年。
[2]【美】马林诺夫斯基，《巫术宗教与神话》，16页，中国民间文艺出版社，1986年。
[3]赵沛霖，《兴的起源》，5页，中国社会科学出版，1987年。

也就只是一种写作技巧,对《诗经》这部著作还有什么特殊意义可言吗?举例来说,《诗经》写到大量的鱼,如闻一多所说那是女性或婚姻的象征;又如鸟则是男根的象征,其中的燕是殷民族崇拜的祖先图腾;树木则导源于先民的社树崇拜,而伐柯、析薪、束茅、束楚等,又是嫁娶求偶的隐语。凡此种种,不正是我们的前人纷争了千多年仍难说清的"兴"么?之所以难以说清,是因为后人已昧于它们原有的巫术宗教神秘内涵,因而同"比"也就夹缠不清,难以划出界限。仅从表面来看,它们确实有点象"比",如鱼喻女阴,鸟喻男根,伐柯喻娶妻等,不就是地道的"比"么?但从另方面看,它的深层又蕴含着某种神秘意义,其所以能够用来"喻"婚姻性爱等,其实又源于古老巫文化的某种崇拜信仰,故又绝对不是"比"。有些描写,如植物采集、花草投赠等,表面看似乎又是重在铺写的"赋",同样若揭开其深层蕴含的巫文化神秘内涵,则又绝对不是"赋"。于是遂产生出后人的种种附会,以至有"你说你的,我说我的,越说越糊涂"(朱自清语)之困惑。

兴之繁体为興,《说文》写作𦥔,从舁从同;但甲骨文写作㞢或𦥑,从舁从𠙹。1997年在河南登丰县王城岗龙山文化晚期遗址(约前2405—2330年)中,曾发掘出一块陶片(H437)上刻有㞢象形符号,专家们或以为即"共"字,其实很可能就是兴(㞢)的初文。故从舁从𠙹,当是兴的本体,后来《说文》写作从舁从同,则是讹变。由从同的意符再进而附会训作"起也,同力也",又是因讹而衍生出的意义。因此,就甲骨文本作众手举槃之象而言,训作"举"或"起"也无不可,但有两点需作说明:一是郭沫若先生在众手举槃的形象中,他还读出此字可能并有旋转之意在内;二是甲骨文又写作𦥔,而增加口字的意思当是突出呼喊或歌唱。合此二点来观之,那么它所指是否即是一种托物举槃、载歌载舞的祭祀活动呢?《说文》释巫:"以舞降神者也。"可知托物举槃集体蹁跹起舞,正是巫师降神迎神必有之活动,那"兴"可能正是这类巫祭的总称。《周易·系辞上》说:"是兴神物,以前民用。"说的不就是"兴"乃降神迎神造福民人的祭祀活动么?又《礼记·乐记》亦有"降兴上下之神"的记载,《正义》释为"兴起神理事物",恐未确。其实他说的仍然是通过"兴"的祭仪,以降神送神(所谓上下也)的意思。这从由"兴"字孳生出的衅(釁)字亦可探知一些消息。《说文》释衅曰："血祭也。"杀牲血祭，即仍保留着"兴"这类字的本原意义。另外，即使认"兴"从同，而"同"的另一种解释，亦与祭祀密切相关。《尚书·顾命》曰："上宗奉同瑁。"传曰："同，爵名，祭以酌酒者。"总之，"兴"本是祭祀之名，由它所包涵的特殊内容再作引伸，到《诗序》的作者便用来称谓兴祭中那些积淀着巫术神秘内涵的"专有名词"，似乎也是顺理成章的事。

还有一点，孔颖达《毛诗正义》曰："诗文诸举草木鸟兽以见意者皆兴辞也。"确实如此，《诗经》中被后人标为"兴也"的，总是那些描写鸟兽草木虫鱼的篇章，原因又何在？由于史前先民社会普遍存在的自然崇拜现象，祭祀的对象往往就是自然界的动植物，如图腾崇拜的燕、蛇、鹿、羊，生殖崇拜的鱼、蛙、鸟、龟，恋爱巫术中的蕳兰花草，婚姻巫术中的茅茨树木等。它们在诗歌中的作用，并非仅是"触物兴情"，或只是开个头以解决"开口难"的问题。因为它们在诗歌中就是主词，即诗人歌咏的对象，并非毫无意义的陪衬。孔子曾说："小子何莫学夫诗？诗可以兴，可以观，可以群，可以怨。迩之事父，远之事君，多识于鸟兽草木之名。"（《论语·阳货》）把"多识于鸟兽草木之名"，同事父事君的严肃主题放在一起，恐怕绝非是说多认识一些动植物的名称以增多知识那么简单。如果把放在首位的"兴"不是训作"起也"，应该是说它有降神迎神以告慰天地而祈福的义含，而所谓"鸟兽草木"也就不是一般的鸟兽草木了。前人释比兴，有"比方于物"和"托事于物"的不同，但始终夹缠不清。黑格尔《美学》曾用"比喻"和"象征"两个概念，来区分古代象征性艺术的两种不同类型。笔者以为前者当是《诗经》中的比，后者则近《诗经》中的兴。他认为后者才是"真正的象征"的那种艺术，对《诗经》中所谓"兴也"的那些篇章，也应这样认识才对。

王逸《离骚经序》读解

笔者曾经指出，如果说《诗》三百篇是原始巫文化宗教祭仪的积淀，那么以屈《骚》为代表的《楚辞》，则是荆楚神话传说这片沃土所孕育的一枝文学奇葩。尤其是屈原的作品，更以其幻诞谲诡的想象、汪洋恣肆的情怀、耀艳深华的辞采，不仅成为众多楚辞作者最伟大的杰作，也是我国古典文学史上一座不可逾越的高峰，因而具有感昭后世的永恒魅力。这并非仅仅由个人才情所致，更在于其深植根并濡染其中的荆楚巫文化特殊土壤。因此，要真正理解屈《骚》及王逸的《离骚经序》，必先从他所生活的那片土壤说起。

一、屈《骚》产生的社会文化背景

如果把《诗》和《骚》作一比较，我们会明显感觉到：虽然它们都来自远古巫文化这片肥沃土壤，但《诗》的内容似乎更多巫术祭仪的实用性功利性，故表现得更素朴、更质实、更贴近民情民俗；而《骚》却更富于神话传说的瑰丽想象，故表现得更浓艳、更幻诞、更多些蛮荒色彩。而这种情况说明，神话及其思维模式，在北方已远不及在南方人民生活中具有那样重要地位。究其原因，则北方艰苦的自然条件，促使氏族部落间的竞争和战伐十分激烈，社会的发展变化也就更快，从而较早地便进入阶级社会，故巫文化亦更早地被史文化所取代。而"不语怪力乱神"的理性怀疑精神得到大力发扬，遂必然造成原始神话过早走向消亡。相较而言，南楚荆蛮之地的情形则大不一样，正如《汉书·地理志》所说："楚有江汉川泽山林之饶，江南地广，或火耕水耨，民食鱼稻，以渔猎山伐为业，果蓏蠃蛤，故呰窳媮生而亡积聚，饮食还给，不忧冻饿，亦亡千金之家。"正是这种优裕丰盈的天然生活条件，给谋生求存带来先天的便利，人民不需过分劳苦和付出太多磨难即可

【卷一】

生活，因而楚地贫富分化也不像北方那样迅速激烈，故能长期停留在原始氏族社会阶段上。然而，这却造成荆楚之地"信巫鬼，重淫祀"（《汉书·地理志》）的浓厚社会习俗。

楚人崇巫重祀之风的盛行，可谓由来已久，渊源有自。相传他们的先人出自古帝颛顼，屈原所说"帝高阳之苗裔"者即是。其先祖重黎，吴回则都是帝喾即舜帝的火正，亦即司火之官，生为火官之长，死为司火之神，故命为"祝融"，实即光明之神兼雷神。在周人灭商的战争中，楚酋鬻熊背商附周而立战功，遂得封地。但值得注意的是，周成王时其孙熊绎继位，他却成为酋长兼大巫，专以"桃弧棘矢以共御王事"，为周天子监燎祭天。但祭天而监燎的火师，必是神通广大能沟通天地人神的著名巫师，从此楚人即历任此职，当是造成楚地崇巫重祀之风盛行的根本动因所在。于是在整个周代，楚巫亦最负盛名。如《左传》文公十八年载齐侯有疾，鲁国惠伯即请卜楚丘龟占之，曰："齐侯不及朝，非疾也，君亦不闻，令龟有咎。"又《左传》昭公十五年载，鲁国的叔孙穆子（豹）初生时占卜，遇《明夷》之《谦》，亦请卜楚丘为之解说。卜楚丘即楚之卜人，系楚名巫，几乎成为诸侯各国决疑的精神导师。此外，楚地名巫累出，如武王时的观丁父，平王时的观从，皆任"佐开卜"（即卜尹的助手）之职。尤其是观射父，更是当时楚国至高无上的大巫。有次王孙圉出使晋国，赵简子问到楚以"白珩"为国宝之事，他回答说：楚国之国宝第一是观射父，第二是左史倚相，第三是叫"云连徒州"的沃野。（《国语·楚语下》）他竟被列为国宝之首，可知其地位之尊崇。在楚国的公族子弟中也有身为大巫的，如曾任申公的屈巫，庄王共王时则是最大的一位县公。楚国还有"巫彭作医，巫咸作筮"（《吕氏春秋·勿躬》）之说，则是屈原最景仰的大巫，作品中每合称"彭咸"者即是。总之，楚人崇巫重祀风习之盛，由此亦可见一斑，故载籍中每每言及之。如《列子·说符》即说："楚人鬼而越人禨。"《淮南子·人间训》亦曰："荆人鬼，越人禨。"而《吕氏春秋·异宝》则说得更明白："荆人畏鬼，而越人信禨。"按毕沅校注改"机"为"禨"，当是对的。这都说明在荆楚和越人中，其俗虽有重鬼重禨之不同，但在畏鬼重淫祀上都是一致的。《汉书·郊祀志》（下）载武帝时越人勇之曾说："粤人俗鬼，而其祠皆见鬼，数有效。"那就不只是信鬼，而且能降鬼神于人间"可见之"了。其实，楚人畏鬼重淫祀，有时到了极其荒唐的地步。如《左传》昭公十三年载"埋玉卜嗣"的故事：

> 初，共王无冢适，有宠子五人，无适立焉。乃大有事于群望（按杜预注曰"祀竟内山川星辰"。）而祈曰："请神择于五人者，使主社稷。"乃遍以璧见于群望曰："当璧而拜者，神所立也，谁敢违？"既，乃与巴姬密埋璧于大室之庭，使五人斋而长入拜。康王跨之，灵王肘加焉，子干、子晳皆远之，平王弱，抱而入，再拜皆压纽。

以此而决国家立储之大事，固然荒唐，但奇怪的是后竟一一应验。据《史记·楚世家》载：共王死，老大嗣立，是为康王；康王死，其子嗣立，是为郏敖，未几为老二杀之而自立，是为灵王；灵王末年，老三老四和老五串通策动政变，纷乱中老三老四自尽，老五即位是为平王，"竟续楚祀，如其神符"。然而，最为愚蠢可悲的则是灵王，据《新论·言体》载：

> 昔楚灵王骄逸轻下，简贤务鬼，信巫祝之道。斋戒洁鲜，以祀上帝，礼群神，躬执羽绂，起舞坛前。吴人来攻，其国人告急，而灵王鼓舞自若，顾应之曰："寡人方祭上帝，乐神明，当蒙福佑焉，不敢赴救"。而吴兵遂至，俘获其太子及后姬以下，甚可伤。[1]

在此之前，神巫观射父就曾对楚昭王说："自公卿以下至于庶人，其谁敢不齐肃恭敬，致力于神！"（《国语·楚语（下）》）在灵王身上可谓得到了最迂腐的实践，从而招来国破家亡之祸，岂不悲夫！

而屈原即生长生活在这样一个崇巫重祀的社会中，生活在充满着原始蛮荒精神和浓郁巫文化习俗的氛围中，并且是普遍使用神话思维认识世界的人群中，长期来耳濡目染，沉浸含茹，自然不能不受其深刻影响。故不论其生活行事，文化心态，情感模式，思维方法，便自然而先天的禀赋有某种神秘不羁的浪漫情调。有学者即曾指出：屈原即使不是巫师，也必然是郢中巫学

---

[1] 李昉，《太平御览》卷五二六，河北教育出版社，1994年。

大师。[①]这从他所担任的三闾大夫一职即可得到说明。这一职务是专管楚国贵族屈、景、昭三大宗族祭祀事务的，在我国古代是不能轻易授予某人的，因为主管宗族祭仪事务不仅只是通晓典章制度即可，还首先必须是能够通神即秉赋特异才能且为神所认可的人物，这就注定屈原必是主持宗教祭典的"神授"主祭师。他改创《九歌》，王逸序即说：

　　昔楚南郢之邑，沅湘之间，其俗信鬼而好祠，其祠必作歌乐鼓舞以乐诸神。屈原放逐，窜伏其域，怀忧苦毒，愁思沸郁，出见俗人祭祀之礼，歌舞之乐，其词鄙陋，因为作《九歌》之曲。

可见他对民间巫祭是非常熟习的，沉浸濡染其中而萌生重新改作之意，恐怕绝非如王逸所说嫌其词语鄙陋，仅作技术上的加工雅化而已，因为《九歌》从头到尾都是巫在酬歌载舞，其功能正如《国语·楚语》所说"上下说于鬼神，顺道其欲恶"，没有丰富的实践和深厚巫学根底，是绝难凭空创作出来的。又如他写作《天问》，王逸序则说：

　　屈原放逐，忧心愁悴，彷徨山泽，经历陵陆，嗟号昊旻，仰天叹息。见楚有先王之庙及公卿祠堂，图画天地山川神灵，琦玮谲诡，及古贤圣怪物行事。周流罢倦，休息其下，仰见图画，因书壁呵而问之，以泄愤懑，舒泻愁思。

且不说图画天地山川神灵及贤圣怪物行事于先王公卿庙堂之壁，已说明楚人崇巫重祀风气之盛。而屈原写作《天问》，即据此以恢宏廓大的结构，琦玮谲诡的笔墨，周流乎天地，上下于古今，而一口气对原始神话传说提出一百七十多个问题（共一百八十八句），堪称一篇旷古奇文。王逸认为他是根据庙堂壁画写作《天问》的，即素材来源于二手材料，恐未必全对，最多也可能只是个触发点。据人类学和民俗学提供的资料，始初神话是和巫术宗教祭仪密切联系在一起的，乐舞用以娱神、乐神，神话则用以颂神、祈神，实际

[①] 张正明，《巫、道、骚与艺术》，《文艺研究》，1992(2)。

就是祭仪的礼辞，后来难以用文字记录的乐舞消亡，而用语言讲述的故事却一代代流传下来，这就是今天看到的神话。如果没有来自民间口耳相传的原生态丰富神话积累，没有对氏族起源和历史掌故的深厚知识积淀，仅仅根据某些壁画要写出这样一篇横肆不羁的奇文来，恐怕是不可能的。而对神话和传说有着博大精深的修养，则正是古代巫师们必备的知识结构，因此说屈原是郢中巫学大师，并非全出臆猜。

然而，《九歌》和《天问》，虽然都是在荆楚巫文化土壤中生长出的艺术奇葩，但《九歌》是对民间巫祭神话乐歌的提高和雅化，《天问》则是对原生态神话传说的设问式清理，二者并未完全脱离原始神话素材进行重新创作，不免留有历史事件的真实影子。而《离骚》则不同，它以现实生活中生发出的深广积愤和炽热情感为基底，并用融化为自己血肉的神话精神和巫文化思维方式来营构作品，通过宏廓幽渺的想象、魂诡艳逸的语言以表现之，遂显示出一种海涵地负式的博大精神及束括万有的创造气度，终于成就我国文学史上一座不可逾越的高峰。因而，我们特选择王逸《离骚经序》作为屈《骚》艺术特色之总结来分析，原因即基于此。

二、汉人视野中的屈《骚》及王逸结论

一篇屈子《离骚》，曾拨动过多少千古学人的心弦，并用最美丽最精彩的语言，抒发对其最难掩抑的倾心和情思！究其原因所在，自然在于屈原以其奇诡之想象、华美之语言、恢宏之结构所营造之浩渺深广之内涵，而包蕴于其中之伟大人格和忧国情思，又深深激励并鼓舞着历代爱国志士为民族大义而赴难。它不只是整个楚辞作者总其大成之作，并且还作为一种典范，因而把凡举屈原的一切作品统称之为《骚》。宋人洪兴祖的《楚辞补注》，即把屈原的作品分别题为：《离骚经》章句第一，《离骚·九歌》章句第二，《离骚·天问》章句第三，《离骚·九章》章句第四等。朱熹《楚辞集注》则亦然，分别题作《离骚经》第一，《离骚九歌》第二，《离骚天问》第三，《离骚九章》第四云云。而对非屈原的作品则统称之为《楚辞》，或题"续离骚"以示区别。可知在他们的思想意识中，只有《离骚》一篇是被称为经的，其他则都是《骚》之附丽，可知《离骚》在屈原作品乃至整个楚辞中唯一性重要地位。

概言之，从屈原创作的整体艺术成就来看，或可说他的其他作品，都不

过是他写作《离骚》的准备，只有《离骚》才表现出他熔铸古今、接纳万有的真正博大和成熟。如前所说，《天问》基本是远古神话的直录（尽管其中有他的理性思考和情感灌注），因而才呈现为"奇"，不过这"奇"并非纯出诗人的主观创造，而是神话本身先天就带有的。《九歌》主要是依据民间神话原型而加工改造的，故"奇"的特征逐渐淡化（更多带有现实人情味），故更突出地表现为"艳"，尽管这是诗人的苦心营构和再创造，但终归不能无所依傍、空诸万有而全出己心。《离骚》则不同，在这里自然或超自然物都同诗人的道德价值观密切相联，故而形成一种特指性喻象，不仅大量描写到的香草美人、恶禽臭物，都是比喻君子小人的，就是那些神话故事和故事中的圣王昏君，也成为有一定寓意的特定喻指而纳入作品之中。因此可以说，《离骚》中的神话不是为保存神话的蛮荒原貌，而是摄取其精神理念并使之与现实生活经验高度融合的产物，从而在神奇的浪漫幻想中塑造诗人自己的高大形象，它结构作品的特殊思维方式，还突出表现为天上和地上相通、神界和人界相通、物我内外相通。毫无疑问，这都植根并得力于巫术神话把握世界的特有认知方式，故才有超越时空界限的高蹈远举，才有泯灭阴阳界限的人神对话，以及融通物我内外的相契相亲相昵。而这些非同常规的鲜明特色，在《离骚》中可以说得到最完美最耀眼的体现，因而一经出现在人们视野便引起极大兴趣。汉人是"独尊儒术"的，他们便首先拿来和儒家经典作比较，于是便引发一场许多著名学者参加的大争论。

先是淮南刘安，他曾受武帝诏而作《离骚传》，"旦受诏"，日食时上（《汉书·淮南王安传》），其文曰：

> 《国风》好色而不淫，《小雅》怨悱而不乱，若《离骚》者可谓兼之。蝉蜕浊秽之中，浮游尘埃之外，皭然泥而不滓，推此志虽与日月争光可也。

这自然是"依诗说骚"，公然把屈原作品推举到可与日月争光的崇高地位。大史学家司马迁似乎是很赞同这一评价的，故在《史记·屈原传》中特抄入这段话，并联系到屈原身世而概评之。但同是史学家和文学家的班固，却提出不同看法，并依《诗经·大雅》中"明哲保身"的人生观大加批评：

> 今若屈原，露才扬己，竞乎危国群小之间，以离谗贼。然责数怀王，怨恶椒兰，愁神苦思，强非其人，忿怼不容，沈江而死，亦贬絜狂狷景行之士。多称崑崙冥婚宓妃虚无之语，皆非法度之政，经义所载，谓之诗兼风雅，而与日月争光，过矣！

从诗人到作品完全作出否定评价。那么，他们都是据《诗经》而说《骚》，何以会得出截然相反的结论？我想政治观人生观的不同固然是一个重要方面，但更根本的问题则是他们都尚未找到以《诗》改造《骚》的有效方法，至于对具体问题理解的分歧还在其次。于是才有王逸《离骚经序》的写作，为这场争论作一小结。

王逸亦然未能摆脱《离骚》之文是否符合"经义"的问题，故首先针对班固之说，举实例进行一一反驳，并反复强调："屈原履忠被谮，忧悲愁思，独依诗人之义而作《离骚》，以上讽谏，下以自慰。""夫《离骚》之文，依托五经以立意焉。……所谓金相玉质，百世无匹，名垂罔极，永不刊灭者也。"（《楚辞章句序》）其实，是否"依托五经以立意"，这对我们今天理解《离骚》并不重要，因为解读某一文学作品，尤其是它作出的独特贡献，不一定非要同所谓经典联系起来不可。当然，这场论争也并非毫无意义，那些空洞的赞誉如"其文弘博丽雅，为辞赋宗"、"虽非明智之器，可谓妙才者也"等，暂且不论，但如淮南王刘安所说：

> 屈平之作《离骚》，盖自怨生也。……其文约，其辞微；其志洁，其行廉；其称文小而其指极大，举类迩而见义远。其志洁，故其称物芳；其行廉，故死而不容自疏。（《史记·屈原传》转引）

从读解《离骚》文本的角度说，明白指出其文约辞微、言小指大、类迩义远的特征，可谓直指情衷、概括精准，对后世读者裨益多矣。然从指导创作实践的角度说，却不免泛泛，难以把捉，读者如何明确认知并践行这种表现方法呢？恐怕还缺少具体方式和路径。王逸的突出贡献，则在于他首先揭示出《离骚》创造的"香草美人"式象征世界，并终于找到一条联通《诗》

《骚》的通道，人们不再在是否符合"经义"上进行纠缠。他前说"依《诗》取兴"，后又说"引类譬喻"，显然是把《诗经》中的"比兴"二义搞混淆了，但却能为后世人们广泛接受。于是"香草美人"式的创作方法，遂和"比兴"齐名而成为中国文人最常惯用的艺术表现方式，并在世界文学史也独树一帜。

下面抄《离骚经序》原文试作解读：

《离骚》之文，依《诗》取兴，引类譬喻。故善鸟香草，以配忠贞；恶禽臭物，以比谗佞；灵修美人，以媲于君；宓妃佚女，以譬贤臣；虬龙鸾凤，以讬君子；飘风云霓，以为小人。其词温而雅，其义皎而朗。凡百君子，莫不慕其清高，嘉其文采，哀其不遇，而愍其志焉。

读屈原《离骚》者，无不感受到它所展现的诗人强烈鲜明的艺术个性，这不只是指其香草美人式的比兴手法，最重要的还在于他所建构的瑰丽诡谲的神话象征世界。下面分作三方面来谈，当然在《离骚》中它们并非分割而是融为一体的。

一是写圣君贤臣，但不是讲好听的历史故事，而是诗人道德理想的情感载体。《离骚》中提到的圣君贤臣及对立人物有：鲧、禹、启、浞、浇、夏桀、后辛、高辛、少康、挚、皋陶、傅说、武丁、吕望、守戚、周文、齐恒等，当然有些只是传说中的人物，但都是作为屈原寄托理想或负面人物出现的，而且在很大程度上已脱离历史真实的局限，而被赋予象征的意义。例如在多篇作品都写到的鲧的"婞直"，其实就是诗人自身的象征性写照。而篇中禹、汤、武丁、周文、齐恒等，则是象征明君的。与之相反的启、浞、浇、夏桀等，则是误国昏君的代表。至于挚、皋陶、傅说、吕望、宁戚等，又被作为贤臣的典范来赞颂，并且武丁之与傅说、周文之与吕望、齐恒之与宁戚的遇合相得，则成为君圣臣贤之佳话而感慨万端了。因此可以说，《离骚》中这些人物系列，作为一种象征似乎都可在楚国现实生活中找到他们的影子。比较集中的描写如：

启九辩与九歌兮，夏康娱以自纵。不顾难以图后兮，五子用失乎家巷。羿淫游以佚畋兮，又好射夫封狐。固乱流其鲜终兮，浞又贪夫厥家。浇身被服强圉兮，纵欲而不忍。日康娱以自忘兮，厥首用夫颠陨。夏桀之常违兮，乃遂焉而逢殃。后辛之菹醢兮，殷宗用而不长。汤禹严而祗敬兮，周论道而莫差。举贤而授能兮，循绳墨而不颇。皇天无私阿兮，览民德而错辅。

汤禹严而求合兮，挚咎繇而能调。苟中情其好修兮，又何必用夫行媒？说操筑于傅岩兮，武丁用而不疑。吕望之鼓刀兮，遭周文而得举。宁戚之讴歌兮，齐桓闻以该辅。

淫游自纵，是自取灭亡之道，举贤授能，则为兴旺发达之德。这既是历史的深刻教训，可以用来警诫当今主上；但往更深一层看，作为一种象征则是对现实政治生活的猛烈抨击。历史是渺远的已经逝去的现实，现实也是确实存在并在重演的历史。在历史和现实之间，屈原找到一种艺术表达方式，那就是象征，人们所以盛赞"词来切今"者在此。

二是写花草动植，王逸所说"善鸟香草，以配忠贞；恶禽臭物，以比谗佞"者指此而言。不过这不是屈原为描写美丽的自然风景，而是诗人寄寓善恶臧否的象征符号。较之古圣先贤的描写，这是屈原创造的更高一层艺术境界。《离骚》的前半部分，乍看都是基本写实的，但他并未以白描手法平直出之，而是以花鸟香草之类曲折隐言之，即所谓"言在此而意在彼"，使屈《骚》呈现出一种色彩缤纷、华耀的鲜明风格。据有关统计，《离骚》中写到的花草多达23种，如江离、辟芷、秋兰、宿莽、申椒、菌桂、留夷、揭车、杜衡、秋菊、薜荔、胡绳、琼茅、芰荷、荃、蕙等；写到的动物也有十多种，如鸷鸟、玉虬、鸾鸟、凤皇、雄鸠、鹈鴂、骐骥、蛟龙等。淮南王刘安所说"称文小而其指极大，举类迩而见义远"，即多指此而言。一般而言，这些善鸟香草或恶禽臭物，有如下数层象征作用：或用以象征诗人的品德情操，或用以象征奸佞的邪恶谗诡，或用以象征人才培养的蜕化变质。如：

纷吾既有此内美兮，又重之以修能。扈江离与辟芷兮，纫秋兰以为佩。汨余若将不及兮，恐年岁之不吾与。朝搴陛之木兰兮，夕揽洲之宿莽。日月忽其不淹兮，春与秋其代序。惟草木之零落兮，恐美人之迟暮。不抚壮而弃秽兮，何不改乎此度？

余既滋兰之九畹兮，又树蕙之百亩。畦留夷与揭车兮，杂杜衡与芳芷。冀枝叶之峻茂兮，愿竢时乎吾将刈。虽萎绝其亦何伤兮，哀众芳之芜秽。

兰芷变而不芳兮，荃蕙化而为茅。何昔日之芳草兮，今直为此萧艾也。岂其有他故兮，莫好修之害也。余以兰为可恃兮，羌无实而容长。委厥美以从俗兮，苟得列乎众芳！椒专佞以慢慆兮，樧又欲充夫佩纬。既干进而务入兮，又何芳之能祗？固时俗之从流兮，又孰能无变化？览椒兰其若兹兮，又况揭车与江离？惟兹佩之可贵兮，委厥美而历兹。芳菲菲而难亏兮，芬至今犹未沫。

与历史人物组成的世界不同，这里显然是一个芳草香花竞艳的神奇世界。不过，它们似乎都联系着一个共同终端，那就是诗歌主人公屈原。或者说，它们都是由此同一核心辐射出去的一条条射线，因而也就必然释放着这一核心的道德价值观。故此我们也就不能将其简单地作为一般的花草动植看待，而是理解为诗人主体想象外化的"有意味"的象征世界。由屈原首创、王逸总结的这种艺术表达方式，由于其可操作性和可重复性，发展到后来遂演变为一种凝固的写作模式而影响着千百代学人，这是应特别指出的。

三是在前两层象征模式的基础上，再进一步虚化乃至幻化，《离骚》的后半部分诗人又创造了一个神话人物的象征世界。王逸所说"灵修美人，以媲于君；宓妃佚女，以譬贤臣；虬龙鸾凤，以讬君子；飘风云霓，以为小人"者，即指此而言。这些属于神或半神的人物有羲和、望舒、飞廉、丰隆、雷师、帝阍、宓妃、蹇修、二姚、西皇、神女、女媭、灵氛、巫咸等，而舜、鲧、禹、羿等实亦可划归此类。班固从其儒家正统立场出发，曾对此大加贬斥："多称昆仑冥婚宓妃虚无之语，皆非法度之政，经义所载。"但也不得不说"虽非明智之器，可谓妙才者也"。《离骚序》恰从反面立场肯定了它在艺术上的独创性及开拓作用。刘勰《辨骚》则折中班、王之间，指出其"同于风雅"的四事，和"异乎经典"的四事，对此则归诸"异"的一面，曰"至于托云龙，说迂怪，丰隆求宓妃，鸩鸟媒娀女，诡异之辞也"。其立场则更接

065

近班固，但也不能不赞其"气往轹古，辞来切今，惊采绝艳，难与并能"。（《文心雕龙·辨骚》）他可能受到王逸的影响，在气逸和采艳之外，还特别提出"辞来切今"的一面，即对其蕴含的讥刺现实的象征内容大加褒赞，则是班固远所不逮的。

《离骚》中最典型的描写，如"跪敷衽以陈辞"一节，自"驷玉虬以乘鹥"而"上征"以下，依次写道：朝发苍梧，夕次悬圃，欲留灵琐而日暮，遂命羲和以弭节；望崦嵫其路漫漫，折若木以拂日月；饮马咸池，总辔扶桑，前有望舒先驱，后有飞廉奔属；鸾皇先诫，雷师告余，凤鸟腾飞，飘风云屯，纷总总其离合，斑陆离其上下；叩帝阍命其开关，却倚阊阖而望予不语，便只好大失所望地"结幽兰而延伫"了。这段奇文，他一口气排列出那么多灵物、灵地、灵神，以瑰丽而绝艳的笔触创造出一个令人向往的神话世界，没有浓厚的巫学修养和神话思维积淀，恐怕是很难凭空写出的。在灵氛告余吉占后"麻吉日乎吾将行"一节，也有同样精彩的描写：

> 为余驾飞龙兮，杂瑶象以为车。……扬云霓之掩蔼兮，鸣玉鸾之啾啾。朝发轫于天津兮，夕余至乎西极。凤皇翼其承旂兮，高翱翔之翼翼。忽吾行此流沙兮，遵赤水而容与。麾蛟龙使梁津兮，诏西皇使涉余。

可以说世间的一切灵神灵物都在诗人的指挥之下，招之即来，挥之即去，全都听从其役使，显然这便不是楚人之一般崇巫信鬼可比了。因此我们可以这样说：屈原是采用丰富的蛮荒神话材料，又经过理性精神升华，而完全用一种瑰奇的本原神话思维方式，来结撰他的神话象征世界的，故才能做到"气往轹古，辞来切今"之妙。后世虽然"效骚命篇"者极多，但真能入其奥窍而与之比肩者却极少。此无他，因后人已丢失这种本原性神话氛围，也丢失这种原初性神话思维方式，故也就不可能重复或再现屈《骚》的艺术辉煌，终使其成为文学史上一座不可逾越的高峰。但是，王逸总结屈《骚》而提出的"香草美人"写作模式，却内化为我国文学的永恒传统，则是应予充分肯定的。

卷 二

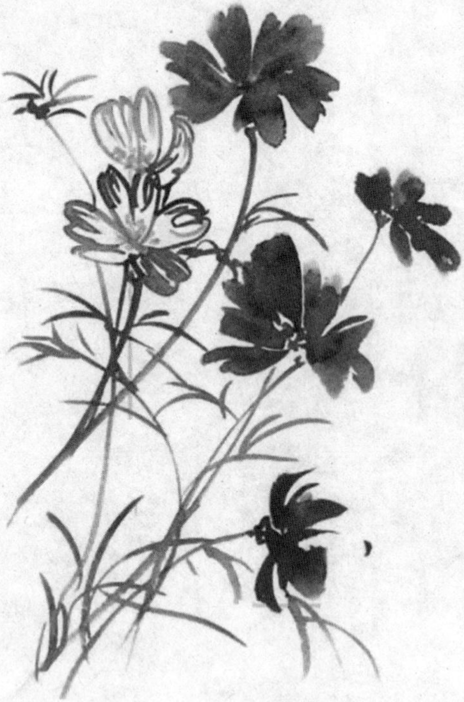

【卷二】

文学史背景总说

在我国古代文学史上，魏晋六朝虽不是个很耀眼的时代，甚至愈到后期则负面批评更多，然在文学理论批评史上，却是个成就斐然而雄踞世纪巅峰的时期。鲁迅先生即说："东则有刘彦和之《文心》，西则有亚里士多德之《诗学》，解析神质，包举洪纤，开源发流，为世楷式。"[①]朱光潜先生更说，要学好美学，必读懂三部书：上古则亚里士多德《诗学》，中古则刘勰《文心雕龙》，近代则黑格尔《美学》。故可知《文心雕龙》之出现，在世界文学理论批评史上之重要意义和地位。因其无论在理论建树上的开创性、新颖性乃至体系的完整性，都非其他时代所能比拟，如若称之为"空前绝后"恐亦不为过。先秦诸子"百家争鸣"的学术繁荣，其成就主要是哲学的而非文学的，然至秦汉则经学兴盛而哲学悉归沉寂矣。宋元明清则诗话词话一类著作盛行，但表面繁华却难掩理论的割裂碎片化，感兴式的片言要语虽不乏精彩，若言其理论的系统性完整性者则不多见。这个奇特的历史现象，虽经数百上千年的时间洗涤，却始终未能揭开真正谜底，乃至扑朔迷离而延宕至今。

其实它的谜底所在，正如鲁迅先生所说，这是一个"文学的自觉"时代。不过，文学的自觉则根源于"人的觉醒"，而人的觉醒又导源于魏晋玄学的兴盛，尤其是玄学家提出"自然"以抚衡传统儒家"名教"的哲学理念。作为影响过整整一个时代的魏晋玄学，其兴起绝非仅是简单的哲学问题，更是一次社会思想大解放运动。而且，其出现也不是突然的孤立现象，其源头可追溯到汉末名士的"清议"运动。《后汉书·党锢列传》说：当时"匹夫抗愤，处士横议，遂乃激扬名声，互相题弗，品核公卿，裁量执政，婞直之

[①]《鲁迅全集》第八卷【M】北京，人民文学出版社，1981。

风，于斯行矣"。乃至造成"危言深论，不隐豪强，自公卿以下，莫不畏其贬议"的强大舆论压力。而这种放言不讳，无所避忌，乃至公卿豪强亦闻之胆寒的"士人清议"，正是人们冲决封建专制统治和神学迷信思想所闪现的人性觉醒光芒，无疑具有巨大的思想解放意义。虽然，这场轰轰烈烈的党人运动，在永康至熹平的十年（167—176）"党锢之祸"中最终被镇压下去，但其所开启的思想解放和人性觉醒之光，却深深影响着此后的建安和魏晋名士，终于建构起以"自然"抗衡作为封建统治根基"名教"的玄学哲学。汉末朱穆《崇厚论》即说："率性而行谓之道，得其天性谓之德，德性失然后贵仁义。是以仁义起而道德迁，礼法兴而淳朴散。"已把人性和名教对立起来，可谓首开魏晋玄学之先声。至建安时期，人们又据老庄哲学"道即自然"之说，于是捧出"自然"的概念以称扬一切逸出纲常名教的特行个性，如《三国志》所载，郭嘉称颂曹操曰"公体性自然"（《郭嘉传》）；杨修称扬曹植曰"体通性达，受之自然"（《陈思王传》）；孟康称扬崔杜曰"禀自然之性"（《崔杜传》）等。此后玄学家如何晏、夏侯玄、王弼等，即承此而建构起"人性自然"的正始玄学，一场具有时代意义的思想解放运动亦随之展开。

先回顾一下两汉的情况。在汉人的社会生活中，人们所重者主要乃外在的行为事功，故讲道德操行、建功立业、治经学问，成为他们生活和行动的最高准则。而个人的思想情感、人格个性则处于被严格规范压抑的禁锢之中。他们并非不讲情，但那是被严密净化了的情，亦即被统治意识抽象化为全社会行为准则的情，如三纲五常之情、忠孝节义之情、德行操守之情等。在这种被统治意识高度理性化的禁锢社会中，是不可能有个人情感、人格、个性的价值意义的真正自觉的，更难在文学艺术中得到充分自由的表现。

提出用"礼"来规范人的思想感情，当始于儒家创始人孔子。他说："君子博学于文，约之以礼，亦可以弗畔矣。"（《论语·雍也》）又说："兴于诗，立于礼，成于乐。"（《论语·泰伯》）郑玄注：弗畔，不违道。是说只有用"礼"来约束和规范人的情感生活（如诗乐），才不会违背圣人之道。而汉人是"独尊儒术"的，这一思想遂被直接承继下来，并进一步完整化严密化。如《毛诗序》一方面说"在心为志，发言为诗，情动于中而形于言"，似乎并不否定情感在创作中的应有地位，但接着却说："发乎情，止乎礼义。发乎情，民之性也；止乎礼义，先王之泽也。"情感仍被套上礼义的镣铐，只有在"止乎"的范围内才是允许的。《礼记·乐记》更进而说：

> 人生而静，天之性也；感于物而动，性之欲也。物至知知，然后好恶形焉。好恶无节于内，知诱于外，不能反躬，天理灭矣。夫物之感人无穷，而人之好恶无节，则是物至而人化物也。人化物也者，灭天理而穷人欲也。……是故先王之制礼乐，人为之节。

"性"是先天生而就有的，所以是"天理"。"情"则是因"感于物而动"产生的，属后天的一己利欲。如果任外物诱惑而主观上又不能节制，即所谓"物至而人化物"，那就会溺情害性，泯灭天理，人遂"有悖逆诈伪之心，有淫逸作乱之事"，于是造成严重社会后果："是故强者胁弱，众者暴寡，知者诈愚，勇者苦怯，疾病不养，老幼孤寡不得其所，此大乱之道也。"情欲既然如此可恶可怕，就必须用代表"天理"的"礼"严加节制。他们说得很清楚："是故先王之制礼作乐也，非以极耳目口腹之欲也，将以教人平好恶而反人道之正也。"（上均见《礼记·乐记》）人的情欲负荷着如此沉重的罪愆，于是情和性、人欲和天理遂被彻底割裂对立起来。因此，在汉人的思想意识中，情欲是不能违背礼义规范的，个人是不能超越名教统治的，故从根本上说他们都是禁欲主义者。表现在人性观上，就是用"性"来规范情；表现在文艺观上，就是用"礼"来规范诗乐。汉代儒学大师董仲舒进而说："身之名取诸天。天两，有阴阳之施；身亦两，有贪仁之性。天有阴阳禁，身有情欲祆，与天道一也。"（《春秋·繁露·深察名号》）这是他从天人感应神学目的论出发所建构的人性观，不过也认为如同天有阴阳两种属性一样，人也有性和情两种属性，但性仁而情贪。故又说："善之属尽为阳，恶之属尽为阴。"（《春秋繁露·阳尊阴卑》）于是情之与性，不仅有贪仁之别，而且有善恶之分。性属阳为仁为善，是天理；情属阴为恶为贪，是人欲。以天理节人欲，才能抑恶从善，回归"天道"之正。正是在这种理性至上观念统治之下，封建伦理和神学迷信成为人们行为的根本准则，人们过的是一种被礼教定型化的道德生活，而不是充满丰富情感内容的世俗生活。这既是汉人的人性观，也是他们的文艺观。

正始玄学即是针对这种社会意识，提出"自然"这一哲学范畴，以对抗汉人名教观的。汉人不是以"天道"这个本体来说明性善情恶的吗？然"天道"者何？《老子》二十五章曰："人法地，地法天，天法道，道法自然。"又五十一章曰："万物莫不尊道而贵德。道之尊，德之贵，夫莫之命而常自然。"可知万物尊道贵德，而道德的根本法则，就是"常自然"。此即玄学家提出"自然"概念的哲学所本。然何谓"自然"？何晏《无名论》说："自然者，道也。"王弼《老子道德经注》二十五章注曰："自然者，无称之言，穷极之辞也。"又曰："道不违自然，乃得其性，法自然也。法自然者，在方而法方，在圆而法圆，于自然无所违也。"①总之，自然即"道"，或曰具体运行着的"道"，是物之方所以为方、圆所以为圆而存在的内在根据，亦即事物的固有自然本性。本性则是生而就有的，自然而然的，不能人为地从外部施加什么去影响或改造它。王弼《老子道德经注》二十九章注曰：

> 万物以自然为性，故可因而不可为也，可通而不可执也。物有常性而造为之，故必败之；物有往来而执之，则必失之。

他认为"自然"乃物之"常性"，即天赋的自然本性，而本性则应是自然而然的，故不应施加外力而妄加改变。"不可为""不可执"，即反对人为地去宰割或改变物性自然。若人为地去施加或改变什么，便只能使其"败之""失之"而最终丧失物之自然。故只能因势利导，顺其天然，使之得到充分发挥发展，以保其自然之性而成其"天全"。据此，王弼又提出一种崭新的政治主张——"因物自然"。《老子道德经注》二十七章注曰：

> 因物自然，不设不施，故不用关楗绳约而不可开解也。此五者（按指：善行无辙迹、善言无瑕谪、善数不用筹策、善闭无关楗、善结无绳约）皆言不造不施，因物之性，不以形制物也。②

故知所谓"因物自然"者，其思想核心仍在"不造不施"。即不要人为地从外部施加什么而改造重塑物之自然，而是要"因物之性"让其自然而然地

---
① 楼宇烈，《王弼集校释》，65页，中华书局出版社，1987，北京。
② 按王弼《周易》乾卦象辞注："夫形也者，物之累也"。

运行发展。《老子》三十七章曰:"道常无为而无不为。侯王若能守之,万物将自化。"王弼则进而说:"建德者,因物自然,不立不施。"又说:"大夷之道,因物之性,不执平以割物。"(《老子道德经注》四十一章注)故知真正治平之道的本质就是"因物自然",即不是用人为的尺度(如纲常名教之类)去宰割或重塑物,而是"因物之性"顺应自然规律,让其自然而然去发展,如此则"万物将自化"。故王弼又说:

> 不塞其原,则物自生,何功之有?不禁其性,则物自济,何力自持?物自长足,不吾宰成,有得无主,非玄而何?[1]

此即王弼为汉末那个战乱频仍、社会动荡时代提出的治理良方——无为而治。这一集政治和哲学于一体的思想背后,其实高扬着的正是个性解放和人性觉醒的理性光芒。人性也是自然而然生而就有的,当是"道"的具体外化,所以也是不能用人为的纲常名教之类"礼"去重塑改造,甚或禁锢扼杀。汉人以"性"属天理,是本;"情"属人欲,是末,以本统末,似亦不无道理。玄学家则反其道而思辨之剖析之,以子之矛陷子之盾,从本原上说明"物性自然"才是本,而一切假"天理"而人为设置的"名教"之类则是末,汉人弃本以逐末,其失自见。

正始玄学家,由"体用一如"的哲学思想出发,并不认为崇本可以弃末,故还在尽量调和"自然"和"名教"的关系。然而,到经过"高平陵事变"后政治巨变的竹林名士,由于他们面对的是政治极其黑暗、社会动荡不安、仕途又极端险恶而"名士少有全者"的严酷现实,故大都采取与司马氏政权不合作的态度。他们高举起批判大旗,以揭穿司马氏假道学假名教的本来面目,于是才把"自然"和"名教"彻底割裂对立起来,并提出"非汤武而薄周孔"、"越名教而任自然"的崭新口号。阮籍《大人先生传》即说:"君立而虐兴,臣设而贼生,坐制礼法,欺愚诳拙";"汝君子之礼法,诚天下残贼乱危死亡之术耳!"他不仅把批判的矛头直指最高统治者立国根基的君臣名教,而且还将那些礼法之士比喻为裤裆里的虱子,而极尽挪揄嘲讽之能事。

---

[1]《老子道德经注》第十章注,《王弼集校释》,楼宇烈,中华书局出版社,1987,北京。

并且，还不仅表现为思想形态的，更付诸实际行动，离经判道、狂傲不羁，以青白眼看人，难怪在当时社会引起"大哗"而不为统治者所容了。嵇康所言则更具理性色彩，其《释私论》曰：

  体亮心达者，情不系于所欲。矜尚不存乎心，故越名教而任自然。

既然"名教"是根本违背人的自然本性的，而人世间的一切残害酷虐又皆由之造成，那么作为"名教"偶像的儒家圣人，便必然都在扫荡之列："轻贱唐尧而笑大禹"、"非汤武而薄周孔！"而否定一切儒家文化所产生的负面效应，无疑又是对个性独立的张扬和人性觉醒的鼓吹。两千多年后才喊出的"打倒孔家店"的口号，实际在此时已有了。其《难自然好学论》则说：

  六经以抑引为主，人性以从欲为欢。抑引则违其愿，从欲则得自然。

六经的效能在"抑引"，而人性的实质则是"自然"，故任性而行，从（纵）欲而为，才符合人性发展的自然规律。那么脱弃"名教"的一切桎梏和束缚，即"任自然而为化"，遂成为他们所追求的人生终极目的。这一思想在当时社会上产生的强大号召力，遂把人性解放思想推向高潮，名士们则普遍崇尚离经判道之行，狂悖怪异之举，乃至造成心理变态，其实概可由此得到解释。因此，我们才称这个时代乃"人性觉醒"的时代。

然而，对人的个性的张扬，对人的情感生活的肯定，乃至对"人欲"的无限拔高，固然是人性觉醒的标志，然伴随而来的更是"文学的自觉"，因为他们才真正把文学当作"人学"来创作。我国文学发展至魏晋的一个鲜明特征，即由客体转向主体、由外在转向内在、由物质转向精神，故重个性、重才情、重风貌、重特行，而一改汉人的重道德、重操行、重事功、重学问，于是使功利实用的文学一变而为真正抒情的文学，从而"缘情"的文学观才代替传统"言志"的文学观，而被社会广泛接受。诚如鲁迅先生所说，从此"诗赋不必寓教训""寓训勉"而取悦于人（《魏晋风度及文章与药及酒的关系》)。因为文学本身自有其不朽的价值在,而我国文学也才有真正纯抒情诗的产生,世所称"建安风骨""正始之音"即是代表。

文学既已发生质的改变,自然会在敏感的理论批评中反映出来,对其自身进行重新思考,作出新的定义、阐释、梳理乃至理论建构,便不只是他们应肩负的社会责任,更是激发他们强烈兴趣和探索激情的强大动力,何况这还给他们提供了超越前人的理论空间,因而文学评论呈现一时的高度繁荣,也是历史的必然。魏文帝曹丕《典论·论文》曾慨叹:"盖文章经国之大业,不朽之盛事。年寿有时而尽,荣乐止乎其身,未若文章之无穷!"即已初露文学自觉之端倪,至陆机更首先其绪,一篇《文赋》不仅揭开"诗缘情而绮靡"的诗歌要旨,且对创作特征无论巨细均一一谈及,如感兴、灵感、想象、思维通塞、虚寂心态,乃至构思谋篇的技巧、语言、修辞等,都结合其丰富的创作实践经验,做了非常生动的具象描述,可谓开前人之所未言。当然,正如刘勰《文心雕龙·序志》所批评:"陆赋巧而碎乱。"即偏于感性的经验描述,尚缺少系统的理论阐释。而刘勰正是承其统绪才完成"体大而思精"的巨著《文心雕龙》的,终于把我国古代文论推上世纪的历史巅峰。他对《文赋》所提出和未提出的文学理论问题,都设专篇而详加论述,择其要者如自然美和社会美的关系(《原道》)、艺术思维论(《神思》)、艺术语言论(《情采》)、感兴论(《物色》)、风格论(《体性》)、风骨论(《风骨》)、声律论(《声律》)以及继承和创新(《通变》)、刘宋前文学简史(《时序》)、文学批评(《知音》)等,都以其博大精深之内涵,思虑周密之逻辑而超迈前古,成为后世文论之轨范。陆机首先推翻"诗言志"的陈说,改提"诗缘情",钟嵘《诗品》则将汉代经学家孔安国、郑玄树立的"比兴"权威亦一并推翻,《诗品序》曰"文已尽而意有余,兴也;因物喻志,比也"。当是魏晋以后诗歌情感内容渐趋潜隐化含蓄化精彩概括,而此后如唐代的"兴象"说以及成为论诗歌意境常言的"言有尽而意无穷"等,似皆导源于此。他还以当时兴起的新型文学观,评论自《古诗》至齐梁的历代重要诗人,写成我国第一部颇具文学史性质的诗人评论专集《诗品》,同样开时代之先导。而随着"文学的自觉"引发的又一必然问题,则是对文学自身的重新思考,于是有萧统萧绎等"文学独立"说之提出,以区分其与哲学论文、历史散文,以至一般应用文的根本不同特征,同样具有开创性意义。至于沈约谢朓等提出的"永明声律"说，亦是文学"新变"的产物。尽管他们提出的"四声八病"，由于尚不够成熟而广受非议，但其意义远非止是单纯的声律问题，正如宗白华先生曾引用艾里略所说："创造一种形式并不是仅仅发明一种格式，一种韵律或节奏，而且也是这种韵律节奏的整个合适的内容的发觉。"[1]可知它同样是"文学的自觉"所引发的文学质变，即"缘情"而"绮靡"的必然产物，并为此后我国古典诗歌形式的最终定型奠定基础。

---

[1] 宗白华《美学散步》，15页，上海人民出版社，1981。

【卷二】

陆机《文赋》及其出现的意义

正是感应着魏晋时期"文学的自觉"这一时代风会的影响,于是人们才把文学作为一种独立自足的、有自身独特价值的东西进行研究,终于产生了象陆机《文赋》等一系列文学论文和专著,从而造就了我国文学理论批史上一个最辉煌鼎盛的时期。而《文赋》的意义,就在于它是首开风气者。陆机之前,似乎魏文帝曹丕已经感受到了这种新鲜气息,故说:"盖文章,经国之大业,不巧之盛事。年寿有时而尽,荣乐止乎其身,二者必至之长期,未若文章之无穷。"(《典论·论文》)他一方面称"不朽之盛事",一方面又和"经国之大业"联系起来,显然尚未完全脱弃汉儒的文章观念,总给文学设置上它不能背负的前提条件。究其原因,是因为他所尊循的还是一种浑沌的文章观念,而不是纯文学观念。如说:"夫文本同而未异:盖奏议宜雅,书论尚理,铭诔尚实,诗赋欲丽。"(同上)把奏"议一类应用文"书、论一类说理文,置于"文"之首位,而诗、赋不过附尾而已,那么统称"经国之大业"也就不奇怪了。而文学的独立性,也就难见出。陆机则与之不同,他的文学观虽然也并不完全清晰(下详),但其所谈则完全是有关文学和文学创作的问题,因而在当时才能耳目一新,引起社会的极大关注,也为历代文人所重视,被推为我国文学理论批评史最早一篇文学创作专论。

陆机(261—303)吴郡人,祖父陆逊,父陆抗,皆东吴名将。二十岁时,晋军灭吴,遂与其弟陆云"退居旧里,闭门勤读"。晋武帝太康末年,兄弟二人奔赴洛阳求取功名,曾拜谒地位显赫的张华,受其赏识,从此遂结识了当时不少权贵名流。永康元年,赵王伦辅政,任陆机为相国参军,赐关中侯,又为中书郎。八王之乱中,投奔成都王颖,让他参大将军事,后为平原内史。在讨伐长沙王乂中,以陆机为后将军、河北大都督,随后兵败被杀,时年四十三岁。

关于《文赋》的写作年代，杜甫《醉歌行》曾说"陆机二十作《文赋》"，但证据不足，多所不信。近人逯钦立据陆云《与兄平原书》第八书，考订其写作时间应在四十一岁时（公元301年），陆侃如又補订为四十岁时（公元300年），但均有疑问，亦难成定论。然从此赋取得的成就及成熟度来看，恐非其少年天才之作，乃晚年深思熟虑之笔，似更为妥当。但不管定为哪一时期，它都是在魏晋玄学影响之下，"文学自觉"观念的产物，应无疑问。

由《文赋》所写内容来看，当是陆机总结其平生丰富的创作经验而写作的。然内容丰富而庞杂，并非一篇系统的理论著作。刘勰曾评论说："陆赋巧而碎乱。"（《文心雕龙·序志》）又说："昔陆氏《文赋》号为曲尽，然泛论纤悉，而实体未该（赅）。"（《文心雕龙·总术》）以"碎乱"和"泛论纤悉"评之，应该说是比较贴切的。就其对文学创作的每个独特细节的描述来说，他是讨论得很详尽也很生动的，但对文学创作与其他文章写作的根本区别来说，却就很少能深入剖析了，故曰："实体未赅。"刘勰《文心雕龙》之所以能超越《文赋》而冠绝古今者，正在这后一方面，所以说"体大而思精"。当然，《文心雕龙》的写作又是以《文赋》为其先导的，刘勰的许多精辟观点，都是《文赋》的进一步深化和发挥，甚至是质的飞跃，但这也正说明《文赋》出现的巨大时代意义。下面就简略回顾一下《文赋》对文学创作独特规律的探讨。

首先，是对文学范围的界定及其本质特征的认识。由于这是一篇开时代风气之先的专著，对文学本身的认识自然也不会很清晰，不免带有传统的沉重负累，但进步也是显而易见的。曹丕对文学范围的划定前而已引，大致分为八类，即奏、议、书、论、铭、诔、诗、赋。其鲜明的特征是把经、子、史排除在文学之外，当是对文学认识的一大进步。陆机就是在这一基础上进一步发挥的。《文赋》写道：

> 体有万殊，物无一量，纷纭挥霍，形难为状。……诗缘情而绮靡，赋体物而浏亮，碑披文以相质，诔缠绵而悽怆，铭博约而温润，箴顿挫而清壮，颂优游以彬蔚，论精微而朗畅，奏平彻以闲

雅，说炜晔而谲诳。虽区分之在兹，亦禁邪而制放。

从他所列十体来看，诗、赋在传统上是纯文学，碑、诔、铭、箴、颂则属准文学或杂文学，论、说都是议论文，奏乃应用文，都属非文学。在他那个时代，后代所说之文学，除诗赋外如小说、戏剧则尚未产生，而抒情写景性散文，也才刚刚萌芽，如陶弘景的《答谢中书书》等。因此，能称作文学或接近文学的创作，他在十体中已基本概括，当然也混进了一些非文学的东西，也是可以理解的。可贵的是，他同曹丕一样，已将经、子、史剔除在文学之外，可见文学的概念进一步清晰，正是文学独立精神在初期的体现。但他对文学的认识，也同曹丕有了质的不同：一是曹把非文学的奏、议、书、论置于文学首位，而将铭、诔、诗、赋垫底；陆机则与之恰恰相反，以诗、赋、铭、诔等置前，而将论、说、奏、议垫底，可知对文学概念的理解更加清晰。二是陆机对准文学的创作囊括得更多更广，却取掉了书、议一类非文学的东西，也是对文学概念认识上的进步。而更重要的则是，他对诗赋的认识还有本质上的飞跃。曹称"诗赋欲丽"，然若铭、诔、箴、颂之类，何文非雕琢趋丽，岂徒诗赋乎？陆则曰："诗缘情而绮靡，赋体物而浏亮。"不仅指出形式上的特征，更指出内容上的特征。前人评赋，或曰"体物写志"，或曰"极靡丽之辞"，这是以"体物"和"丽"概括赋体特征的根据。但是，他改"丽"为"浏亮"，却非两汉大赋的特征，当是汉末小赋兴起以后的新概括，故谢榛《四溟诗话》批评说："浏亮非两汉之体。"至于以"缘情绮靡"释诗，可以说抓住了诗歌的本质，甚至是一切艺术的本质。玄学兴起的一大进步意义，就是对人的情感的肯定和解放，从而促成了"文学的自觉"。文学从此不再为实用功利的目的而写作，也不再背负封建伦理政教的重负，所以它不同于说理文、应用文，乃至哲理论文，文学自有其独立的价值在，那就是抒写人的情感世界或心理世界。朱自清先生在《诗言志辨》中即说："'缘情'的五言诗发达了，'言志'以外迫切地需要一个新目标。于是陆机《文赋》第一次铸成'诗缘情而绮靡'这个新语。"[1]可见"缘情"说的提出，其意义并不简单。至于他把诗歌形式的"丽"改变为"绮靡"，虽曾引起明清许

---

[1]《朱自清古典文学论文集》第223页，上海古籍出版社，1981年。

多卫道者的批评，然诚如唐芮挺章《国秀集》所说："昔陆平原之论文，曰'诗缘情而绮靡'，是彩色相宜，烟霞交映，风流婉丽之谓。"无疑，若如此来理解则较之单纯的"丽"，似更能说明诗歌语言的艺术特色，不也正是对文学特征认识的一大进步。后面还要论及，此处不赘。

其次，是关于文学创作思维特征的生动描述。创作思维大致有这样几个阶段，也是大不同于其它文章的写作的：一是创作的发动，也可称创作冲动；二是创作思维的腾飞，即想象的活跃；三是灵感的激活，即进入创作的巅峰期。可贵的是，陆机凭他丰富的创作经验，全都作了生动的描述。关于创作冲动的产生，《乐记》提出"感物而动"，一直到魏晋都沿用的是这种"物感"说，但这用于一切文章的写作似乎皆可，不独文学而已。六朝人呼应着新的文学时代的转变，遂提出"感兴"说（或称兴、兴致、情兴）。陆机则是这一词语的最早使用者。《文赋》写道：

> 或托言于短韵，对穷迹而孤兴。俯寂寞而无友，仰寥廓而莫承。譬偏弦之独张，含清唱而靡应。

这种"对穷迹而孤兴"的寂寞感，无论如何都会叫人想起竹林名士阮籍的一生行事。那么何谓"兴"呢？他有更生动的描写：

> 伫中区以玄览，颐情志于典坟。遵四时以叹逝，瞻万物而思纷。悲落叶于劲秋，喜柔条于芳春。心懔懔以怀霜，志眇眇而临云。……慨投篇而援笔，聊宣之乎斯文。

原来他们说的"兴"，是在节候更替、万物纷扰的感召之下，诗人所产生的一种充盈着审美情感的创作冲动。刘勰正是依此写了《文心雕龙·物色》篇的。

至于创作思维中的想象问题，他也有充满情感经验的非常生动的描状：

> 其始也，皆收视反听，耽思傍讯，精骛八极，心游万仞。其致也，情曈昽而弥鲜，物昭晰而互进，倾群言之沥液，漱六艺之芳

润，浮天渊以安流，濯下泉而潜浸。……收百世之阙文，采千载之遗韵，谢朝华于已披，启夕秀之未振，观古今于须臾，抚四海于一瞬。

当其进入"收视反听"的审美静观状态时，想象便开始活跃起来，"精骛八极，心游万仞"，这时人的思想已超越时空限制，在八极之外，万仞之高展翅翱。于是，模糊的情感逐渐变得清晰，繁杂的物象也纷至沓来，作家便振笔直遂，倾群言于片纸之上。至于那百世以来之阙文，千载之上的遗韵，也都成为创作素材为我所用，化腐朽为神奇，推陈言而出新。最后他对此兴会淋漓的境界总括一句："观古今于须臾，抚四海于一瞬。"而一般人的身观限制于我又何有哉！接着他又说："罄澄心以凝思，眇众虑而为言，笼天地于形内，挫万物于笔端。"也是静观默思而致想象飞腾之旨。最后他总结道：

伊兹事之可乐，固圣贤之所钦。课虚无以责有，叩寂寞而求音，函绵邈于尺素，吐滂沛乎寸心。言恢之而弥广，思按之而愈深，播芳蕤之馥馥，发青条之森森，粲风发而飙举，郁云起乎翰林。

是说创作进入这种境界，不仅自己感受到极大的欢乐痛快，连圣贤们都会羡慕。"课虚无以责有"二句，当与前"情瞳眬而弥鲜"二句义同，只是还加入了音韵一端。课者，征也，有征寻意。下面则全是对兴会淋漓之创作心态的描绘，读之亦振奋人心。

关于灵感，陆机也有专段描述，虽然他还不能解释，但也能曲尽其情：

若夫应感之会，通塞之纪，来不可遏，去不可止，藏若景灭，行犹响起。方天机之骏利，夫何纷而不理？思风发于胸臆，言泉流于唇齿；纷葳蕤以馺遝，唯毫素之所拟；文徽徽以溢目，音泠泠而盈耳。及其六情底滞，志往神留，兀若枯木，豁若涸流；揽营魂以探赜，顿精爽而自求；理翳翳而愈伏，思轧轧其若抽。是故虽竭情而多悔，或率意而寡尤。虽兹物之在我，非余力之所勠，故时抚空怀而自惋，吾未识夫开塞之所由。

这是讲灵感的来去起灭问题。由于当时尚未有"灵感"一词，故特称作"天机"。从灵感最突出特征来看，就是非可控性，"来不可遏，去不可止"，完全不是人的主观意志可控制的。其次，当它骏利而来之时，思绪喷涌而难以清理：奇思妙想在胸中激荡，精言妙语在唇齿流淌，于是振笔直遂，纸笔为文生香，绮丽之词徽徽溢目，清妙之音泠泠盈耳，真是美不可言。然当其悄然离去，一切就都变了样：六情滞涩，形若枯木，思理变得潜伏而不出，再想写就如同轧轧抽丝，兴致被完全破坏。他还惊奇地发现，有时虽是竭情尽虑之作，却往往不能叫人满意，而那些率之作却反而没有多少缺憾，真是灵感的妙用啊。对此他还难以解释说明，故只能慨叹"未识开塞之所由"了。

最后，关于文学的语言，构思谋篇技巧等，他都有许多细致而精美的描述，但不免如刘勰批评所说"泛论纤悉"者，故只能摘其要者列示几点。关于文学的艺术语言他说：

其为物也多姿，其为体也屡迁。其会意也尚巧，其遣言也贵妍。暨音声之迭代，若五色之相宣。虽逝止之无常，固崎锜而难便。苟达变而识次，犹开流以纳泉。

万物多姿，变动而不居；文体多变，风格也不一致。但有一个共同的要求，那就是：立意要巧，遣言贵妍，讲求语言的色彩美和音乐美。此时声律之说未起，但陆机已敏锐地感受到声律和词彩对文学语言的重要，是应该予以肯定的。历代许多批评家，尤其是现代一些文论研究者，却根据"内容决定形式"原则，指责陆机是六朝形式主义华靡文风的滥觞者，恐未必妥当。内容决定形式，可以说是《文赋》写作的一大主脑，文中曾屡屡言及，最著名者是这段话："然后选义按部，考辞就班……理扶质以立干，文垂条而结繁，信情貌之不差，故每变而在颜。"他讲得很清楚，内容才是文章的立意主干，言辞不过是派生的繁华枝叶，当然是前者决定后者。更何况这还是一切文章写作必循的规律，并非文学创作所特有，那么要说明文学有别于其他文章的根本特质，仅此是远远不够的。因此，陆氏才提出对文学语言而言，即必须讲求"遣辞贵妍"的词彩美和"音声迭代"的声韵美，这不正是那个时代文学独立自觉精神的体现么？当然，由于当时人们对此尚未充分认识和熟

【 卷二 】

练掌握，故陆氏才发出"逝止无常""崎錡难便"之叹，而要求"达变识次"去认识和掌握了。

对警句秀句的肯定和追求，也是陆赋的一大特色，六朝诗人追逐"秀句"成风，当源于此。他写道：

> 立片言以居要，乃一篇之警策。虽众辞之有条，必待此而效绩。亮功多而累寡，故取足而不易。

又说：

> 或苕发颖竖，离众绝致。形不可逐，响难为系。块孤立而特峙，非常音之所纬。心牢落而无偶，意徘徊而不能摛。石韫玉而山晖，水怀珠而川媚。彼榛楛之勿翦，亦蒙荣于集翠。

当片言居要，才能造就一篇之警策，不管全文写得多么有条理，也只能靠此取得憾人的成功。就像"石韫玉而山晖，水怀珠而川媚"一样，这是最能体现作者的创造性的，所以说"苕发颖竖，离众绝致"。他把警句的创造看得如此重要，不禁教人想起刘禹锡的名言："山不在高，有仙则名；水不在深，有龙则灵。"那是能够化腐朽为神奇的。六朝诗人可说是身体力行、充分实践了这一主张的，许多诗篇就仅因几个"秀句"而流传衰，以致招来后人"有句无篇"的讥评。因此，主张创新又成为《文赋》的一大主旨，只是创新是附加了条件的。他写道：

> 或藻思绮合，清丽芊眠，炳若缛绣，悽若繁弦，必所拟之不殊，乃闇合于曩篇。虽杼轴于予怀，怵他人之我先，苟伤廉而愆义，亦虽爱而必捐。

这是他讲"其会意也尚巧，其遣言也贵妍"时，除所谓"片言居要"的警句之外，提出的又一写作原则。意谓不管你写得多么华美动人，都必须要暗合昔人成功篇章所体现的基本原则，但这不是要抄袭雷同，而是要"杼轴

083

于予怀"，即进行主体心灵的独特创造，才无愧于前人之已在我先。不过，不管所造之秀句多么警遒，若内容伤廉背礼而不够健康，都必须毫不吝惜地坚决抛弃。他还说"或袭故而弥新，或沿浊而更清"，大概亦是此意。《文心雕龙·通变》曾说："夫设文之体有常，变文之数无方。……名理有常，体必资于故实；通变无方，数必酌于新声。"虽为后人极力推崇，其实也是在陆赋基础上所作的发挥，只是更富理论性而已。

总而言之，探究和认识文学创作独具的特殊规律，当是《文赋》在我国文学理论批评史上作出的开创性贡献，当然这也是新兴时代风气之转变所使然。不过，确如刘勰评《文赋》所说"泛论纤悉而实体未该"，即只是其创作经验的细致描述，却未能提升到理论高度来认识，因而才给刘勰做了铺垫并留下进一步发挥的空间。

【卷二】

刘勰《文心雕龙》读解

感应着新的时代风气转变的社会潮流，陆机首开风气之先，对文学创作的许多特征问题进行了生动感性描述，但遗憾的是却始终未能提升到理论层面加以阐释。可是，到了二百年后的刘勰，他在其时代认识水平所能允许的范围之内，对此缺憾终于作了弥补，并写成体系绵密的专著《文心雕龙》，故能特出一时，雄视百代。清章学诚即说："《文心》体大而虑周，《诗品》思深而意远，盖《文心》笼罩群言，而《诗品》深从六艺溯流别也。"（《文史通义·诗话》）这是将其与钟嵘《诗品》对比而言的，但作为理论著作，所谓"深从六艺溯流别"之与"体大虑周"、"笼罩群言"相较，就显得不是那么重要了，何况刘勰也是从六艺溯流别的，只是不局限于诗。故谭献即说："并世则《诗品》让能，后来则《史通》失隽。文苑之学，寡二少数。"（《复堂日记》）几乎是看作空前绝后了。纪昀也曾评论说："自汉以来，论文者罕能及此。彦和以此发端（按指《原道》），所见在六朝文士之上。"（《文心雕龙》纪评）大概也是这个意思。那么，我们把《文心雕龙》放在那样一个特殊的时代解读，是会有许多新的发现与收获的。

一、《文心雕龙》写作的主导思想及其文学观

刘勰（465—520），据《梁书》本传载，他的祖父是宋司空秀之弟灵真，父亲尚也曾做过越骑校尉的官。但他早年丧父，家贫不能婚娶，遂依沙门僧祐在定林寺整理佛经十余年。《文心雕龙》大概成书于齐代末年，写成后遂呈沈约，约"大重之，谓为深得文理，常陈诸几案"。入梁后，可能由于沈约的推荐，又得到梁武帝的欣赏，遂离家做了奉朝请的官，又迁任中军将军临川王萧宏的记室，最后任昭明太子萧统的东宫通事舍人，迁升为步兵校尉。随

后又奉敕再次到定林寺与慧震沙门整理经藏，功成后遂燔鬓发自誓，终于出家做了和尚，取名慧地。故《梁书》称他"为文长于佛理，京师寺塔及名僧碑志，必请勰制文"。可知他的一生，对佛学是有过精深研究的，又"为文长于佛理"，那么《文心雕龙》的写作理应是由佛学为主导思想的，可是，翻检《文心雕龙》却很难发现佛学的影响，即如《论说》中所说"动极神源，其般若之绝境乎"之对般若学的称赞，也是仅见。而被他称为"文之枢纽"的全书首五篇，则是《原道》、《征圣》、《宗经》、《正纬》、《辨骚》，似乎无疑又是以传统儒家思想作主导的。但细绎似乎也言之过早。

问题就出在这个"道"上。《原道》说："高卑定位，故两仪既生矣。惟人参之，性灵所钟，是谓三才，为五行之秀，实天地之心。心生而言立，言立而文明，自然之道也。"显然这不是儒家所说经世治乱，谐调社会人际关系的伦理道德之道，而正是玄学家所说"自然之道"，即与"名教"相对待的"自然"。他是以此为文之起源的根据的，便超越儒家圣人的《五经》之上。圣人不是文之始，《五经》不是文之始，文之本原在自然之道，就象万物皆源于自然一样。《原道》写道：

> 文之为德也大矣，与天地并生者何哉？夫玄黄色杂，方圆体分，日月叠璧，以垂丽天之象；山川焕绮，以铺理地之形，此盖道之文也。……旁（傍）及万品，动植皆文：龙凤以藻绘呈瑞，虎豹以炳蔚凝姿；云霞雕色，有逾画工之妙；草木贲华，无待锦匠之奇。夫岂外饰，盖自然耳。至于林籁结响，调如竽瑟；泉石激韵，和若球锽。故形立则章成矣，声发则文生矣。夫以无识之物，郁然有彩，有心之器，其无文欤？

他这段文采飞扬、充满激情的文字，既是对道的礼赞，也是对开篇那个问题的回答，即"文之为德也大矣，与天地并生者，何哉？"意思是说：文作为"德"的表现是太伟大了，有了天地（两仪）即有了文，如天空的云霞日月，地上的山川河流，这是为什么呢？首先要弄清楚的就是这个"德"。前面已经讲过，在玄学家看来，在天地万物生成的过程中，道是万物的本源，德则是道的外化功能，它不但生成万物，而且使万物生生不息、弥久弥新、繁衍不绝。文也是道发挥其这种功能的结果，所以说"为德也大矣"。至于对"何哉"这一问题的回答，他重复了三次，以示强调：就日月山川的天地之文说，此"盖道之文也"；作为"天地之心"（天地之间有思想感情）的人之文说，盖"自然之道也"；就动植万品的声色之文说，"盖自然耳"。其实这里所说的道、自然、自然之道，都是同一概念的重复。故最终的结论是："形立则章成矣，声发则文生矣。"有形有声者则必有文章，并且，无识之物尚且如此，那么作为"有心之器"（古人以心为思维的器官）的人"其（岂）无文欤？"于是在《文心雕龙》中，道、圣、文的关系便有了新的规定："道沿圣以垂文，圣因文而明道。"从玄学家本末体用的逻辑关来讲，道是本、圣是末，道是体，圣是用，文（经）不过是道之"德"在圣人身上发挥作用的体现，即体道、明道、化民的工具而已。《原道》是这么写的：

  人文之元，肇自太极。幽赞神明，易象为先，庖牺画其始，仲尼翼其终。而乾坤两位，独制文言。言之文也，天地之心哉！……至夫子继圣，独秀前哲，熔钧六经，必金声而玉振；雕琢性情，组织辞令，木铎起而千里应，席珍流而万世响，写天地之辉光，晓生民之耳目矣。

  看来刘勰与后期玄学家不同，他并不把"自然"和"名教"对立，所以也就并不否定圣人和经典的价值地位，给"征圣"和"宗经"留下了空间。否则文学的发展也就只有时代性，没有了历史性，《文心雕龙》表现出强烈的历史观，即是根源于此。这是他的通达处，也是他的伟大之处。
  还有一个问题必须搞清楚。《原道》中反复说道："幽赞神明，易象为先"；"谁其尸之，亦神理而已"；"原道心以敷章，研神理而设教"；"道心惟微，神理设教"等。于是认为刘勰的世界观是唯心的，有人又列出证据称其是唯物的，还有人认为是心物二元的。其实古人写作只能就他那个时代的认识水平来立论，有些自然或社会现象不能解释也很正常，遂称之为"神理"或"神明"。而且这也并不神秘，什么是"神"？《周易·系辞》说："知机其神乎。"《荀子·天伦》说："不见其事而见其功，夫是之谓神。"意思是说，凡那种看不见、摸不着，但又确实知道其功能作用的一切自然社会的微妙奥密活动（即"机"），都可称之为神。道的化生万物，生生不息，永存而不殆，那是看不见、摸不着但又确实知道其存在，古人说不清这个道理，所以称"神理"或"神明"。在《原道》中，"心"往往指思想智慧（古人以心为思维之器官），而"道"化生万物的功能是太伟大了，无言以表之，遂又曰"道心"。因此，说"道心惟微"、"原道心以敷章"，同称"神理"一样，似乎也不是什么神秘唯心主义。那个时代的认识水平就是如此，刘勰当然说不清楚，然而今天的我们就能完全说清楚了吗？恐亦未必。我们研究古人，只要老老实实地把他们的思想阐释清楚就够了，不必给他们的头上套那么多帽子。

总之，刘勰一个最基本的观点是：道所化生的天地万物都有形有声有色故有文，人类自然也不例外。人有"心"则有言，把言写成文字，就叫"文"，可知在他那里"文"的范围是极其广泛的。他说，"心生而言立，言立而文明，自然之道也"，即是这个意思。但就当时文学已经独立自觉的时代思潮而言，他的这一论断显然是落后的，较之曹丕、陆机也更保守，因为他模糊了文学和非文学的界限。我们先从《文心雕龙》全书的结构体系来看，《序志》说：

> 盖《文心》之作也，本乎道，师乎圣，体乎经，酌乎纬，变乎骚，文之枢纽，亦云极矣。若乃论文叙笔，则囿别区分，原始以表末，释名以章义，选文以定篇，敷理以举统。上篇以上，纲领明矣。至于剖情析采，笼圈条贯，摛神性，图风势，苞会通，阅声字。崇替于时序，褒贬于才略，怊怅于知音，耿介于程器，长怀序志，以驭群篇。下篇以下，毛目显矣。

由此可知，《文心雕龙》是分为上下两大篇的。由《原道》到《辨骚》的首五篇，是"文之枢纽"，即全书的指导思想，前已论及，此不赘。接下来的二十篇分为两组：前十篇"论文"（有韵），后十篇"叙笔"（无韵），从所涉及的古今文体来说，几乎无所不包，不仅有诗赋、史传、诸子，而且有杂文、谐隐、封禅、书记等共三十多种文体。当是全书的"文体论"。从一个角度看，对各种文体进行"原始以表末，释名以章义，选文以定篇，敷理以举统"的条分缕析，可谓用心精审，思虑周密，实旷古之所未有；但从另一角度看，又混淆了文学和非文学，这是有悖时代进步潮流的，所以只能看作文章写作教程，犹如挚虞的《文章流别志论》、李充的《翰林论》那样，其历史意义是不会很大的。

他在文学史上的贡献主要集中在下篇，这才是他继承陆机而最能体现时代精神且标志新的认识水平之处。但与上篇的"文体论"，却又恰恰形成背离和矛盾。换句话说，上篇讲的是一般文章的写作问题，下篇却主要讲文学的创作问题，二者之间有质的不同，并不能完全混同。《文赋》同样存在这一矛盾，说明文学的独立自觉并未完全确立。据《序志》所言，下篇前二十小篇，是讲"剖情析采"，剖析二字义同，当是互文。所谓"剖情"，是就文学创作的内容构思言，包括《神思》《体性》等十篇；所谓"析采"，是就文学创作的形式技巧言，包括《情采》《声律》等十篇。但已篇次舛乱，已非原书次序，学界争论尚多，此不论。至于《总术》一篇，当是这部分的序言，依古书例放在最后，理由是开篇即说"今之常言，有文有笔"，直接承上篇的"论文叙笔"而来，然后归结到"研术"上，又直接过渡到创作理论的研讨，所以"析采"部分就只剩九篇。一般总称之为全书的"创作论"。最后五篇内容比较复杂，《时序》讲文学的兴衰崇替，但也可看作是对各时代文学的批评；《才略》在于褒贬优劣，是对具体作家进行评论；《知音》谈鉴赏，叹知音之难遇；《程器》论文人品德，亦是褒贬优劣。《序志》乃全书序言，总括全篇。故宽泛点说，前四篇都应属文学批评范围，是全书"批评论"。下面就"创作论"部分，摘要检示刘勰所作独特贡献。

二、《神思》：文学创作艺术思维论

《序志》言"剖情析采"部分之大要曰："摘神性，图风势，苞会通，阅声字。"其"摘神性"指的就是《神思》《体性》二篇。而他把《神思》列在首篇，当有统贯整个创作论部分的意义，其重要性可知。

何谓"神思"？追溯其源当始于陆机所说"玄览"。李善《汉书音义》引河上公注《老子》"涤除玄览"曰："心居玄冥之处，览知万物，故谓之玄览。"当是讲体道悟道中思维进入"视之不见，听之不闻，搏之不得"的虚极静笃精神状态的静观默想，陆机用以说明文艺创作的思维活动，当指那种处于审美静观中的联想或想象，虽同刘勰所说"神思"意思相近，却并不完全相同。东晋孙绰《游天台山赋》说:"非复远寄冥搜,笃信通神者,何肯遥想而存之?余所以驰神运思,昼叹宵兴,俛仰之间,若已再升者也。"他明确说到"驰神用思",当是"神思"一词的雏形。到了刘宋时期的宗炳,其《画山水序》曰:

> 夫以应目会心为理者,类之成巧,则目亦同应,心亦俱会,应会感神,神超理得。……峰岫峣嶷,云林森眇,圣贤映于绝代,万趣融其神思。余复何为哉?畅神而已。神之所畅,孰有先焉。

他是在谈到心物关系的"应目会心",以及对自然山水的"畅神"即审美情感时,才提出"神思"的,可知这已完全是讲艺术思维的审美活动了。刘勰的"神思"论当由此而来。

那么,《文心雕龙·神思》讲的就是文学创作的联想或想象吗?其开篇曰:"古人云:形在江海之上,心存魏阙之下,神思之谓也。"据此,论者普遍认为"神思"即是想象。如曰:"这是刘勰对想象所作的定义。……借以规定'神思'具有一种身在此而心在彼,可以由此及彼的联想功能。从这里我们可以清楚看出,刘勰所说的'神思'也就是想象。"[1]但是,范文澜先生却不这么看:"案公子牟此语……彦和引之,以示人心之无远不届,与原文本义无关。"[2]就是说这只是一种借喻,不能以此概括"神思"的全部内容。《神思》接着是这么说的:

> 文之思也,其神远矣:故寂然凝虑,思接千载;悄焉动容,视通万里;吟咏之间吐纳珠玉之声,眉睫之前卷舒风云之色,其思理之致乎?

刘勰说得很清楚,"文之思"同"其神"并非完全等同的概念。文思自然是指创作构思,只有"其神"才是讲文学创作的联想或思想活动,二者并不能等同。它可突破身观限制,超越于时间空间之上,刹那间可以思接千载,

---

[1] 王元化:《文心雕龙创作论》第129页,上海古籍出版社1984年。
[2] 《文心雕龙注》第496页,人民文学出版社1962年。

视通万里,在自由的联想和幻想中展开思维活动的翅翼。至于"文之思",就不能简单地说成想象了,它可包涵想象但不等同于想象,正如周振甫先生所说:"这篇讲构思,从文思酝酿中的想象讲起。"所以"这篇是以构思为主"。①他看到了"文思"和"神"并不是一回事,这是很对的。但是"文思"和"神"究竟有何内在联系,其关系怎样,却并没有说得很清楚。

《文心雕龙》一书是把一切文章包括在内,统讲一切文章的写作的,因此"文之思"一般可理解为文章写作的构思。但所谓"神",讲的却是一般文章写作不必必具,而文学创作却不能或缺的想象问题。前引《荀子·天论》说:"不见其事而见其功,夫是之谓神。"是说凡看不见、摸不着,但又确实知道其功能作用的那种神奇奥秘活动,都可称之为"神"。这不仅存在于自然和社会,如"道"化生万物的功能,而且也在于思维领域。刘勰用"神"来称谓文学创作中神奇的想象活动,正是在这一意义上的延展。他既然讲的是"神思",而非一般的"文思","神"显然是"思"的修饰语,"神思"也就不能仅仅理解为包含"神"在内的"文思",即包含想象在内的"文思",而应该是以"神"为特征的"文思",亦即以想象为特征的艺术构思。其实,这正是我们今天所说的"艺术思维",而《神思》即是讲艺术思维的专篇。《神思》接着写道:

> 故思理为妙,神与物游。神居胸臆,而志气统其关键;物沿耳目,而辞令管其枢机。枢机方通,则物无隐貌;关键将塞,则神有遁心。

"思理",当指创作构思的规律。艺术构思的奇妙功能,首先在于能充分发挥作家想象活动,达到"神与物游"。黄侃解释此句说:"此言内心与外境相接也。"但这"接"却不仅仅是指接触,而是"心境相得,见相交融"。②即通过作家自由的想象和联想活动,使彼此还处于对立分离状态的物我消除距离,从而达到沟通契合,于是客观的"物"不再是纯自然的物,而是经过主体心灵化的物;主观的"情"也不是纯抽象的情,而是客体对象化了的情。

---
① 《文心雕龙选译》第128页,中华书局1980年,北京。
② 《文心雕龙·札记》第91页,中华书局1963年,北京。

于是情和物、主体和体、人生和自然契合同一，浑然一体。这大概即是"思理为妙"的真正含义所在。至于"枢机方通""关键将塞"，是讲想象的开塞来去的，陆机《文赋》已作过生动的描述，尤其是"若夫应感之会，通塞之纪"那段，只是刘勰提升到理论高度来认识，而陆机仅作感性描述而已。《神思》的赞曰，也值得进一步推敲：

> 神用象通，情变所孕。物以貌求，心以理应。刻镂声律，萌芽比兴。结虑司契，垂帷制胜。

"神用象通"，当是说当想象的作用充分发挥出来之后，生动的物象就会纷纭而至。前者即开篇所说"寂然凝虑，思接千载；悄焉动容，视通万里"；后者即"吟咏之间，吐纳珠玉之声；眉睫之前，卷舒风云之色"。这都是随着内心的情感变化孕育而成的。因此，创作的两大要素是：生动的形象来自客观之物，充实的内容则产生于心物感应。"声律""比兴"之说，则属于语言表达了，既要有声色音律之美，也要讲比兴一类表现手法，那都是后面"析采"部分要详加讲析的。而能掌握这些根本原则，便能"垂帷制胜"。由此也说明：《神思》的重要意义在于，它是统贯整个"创作论"的，所以列为首篇。

刘勰《神思》论的价值并非无足轻重的。要知道，西方的许多文艺理论大师也都是这样认识文艺创作的思维特征所在。"想象"这一人类思维活动的奇特现象，即是艺术思维有别于一般写作构思的根本特征所在。如戏剧家狄德罗说："诗人善想象，哲学家长于推理。"[1]美学大师黑格尔也说："（艺术家）最杰出的艺术本领就是想象。""真正的创造就是艺术想象的活动"。[2]而别林斯基则说："在艺术中，起着最积极和主导的作用的是幻想，而在科学中，则是理智和判断。"[3]高尔基则更认为："'艺术性'没有'想象'是不可能有的，是不会存在的。"[4]并进一步说："想象在其本质上也是对于世界的思

---

[1]《论戏剧艺术》，载《西方文论选》第358页，上海文艺出版社1963年。
[2]朱光潜译《美学》第1卷第50、357页，人民文学出版社1959年。
[3]《别林斯基选集》第二卷第418页，时代出版社1953年。
[4]《文学论文选》第47页，人民文学出版社1958年。

维，但它主要是用形象来思维，是'艺术的'思维。"①可见在文学创作中，想象的不可或缺是一条根本规律，而《神思》大概就是世界上最早系统研究以想象为特征的艺术思维规律的专篇。但他比西方人认识到这一点，却大约早了将近一千五百年，便不能不说是魏晋时期文学独立自觉思潮中催生的一大奇迹！

三、《情采》：文学创作艺术语言论

陆机《文赋》首次提出"诗缘情而绮靡"，不仅突出了诗歌语的"绮靡"特征，更突出了诗歌内容的"缘情"特征。自然，这是对诗歌本质特征认识上的一大进步，但也违背了传统的"言志"观，于是"言志"和"缘情"的争论一直延续到现在，也未能得到结果。这其间的一个重要问题是：为什么"缘情"的诗歌语言就必然"绮靡"呢？陆机未能作出回答，当时的其他人也未回答，而这正是区分文学和非文学的关键所在。直到二百年后的刘勰终于作出回应，写下这篇《情采》论。

"情采"一词首见于《文心雕龙》中，当是刘勰创造的新词。那么它的含义究竟是什么呢？历来认识并不一致。最早它被理解为一篇专门救正齐梁华靡文风之作，如《文心雕龙辑注》纪昀评曰："因情以敷采，故曰情采。齐梁文胜而质亡，故彦和痛陈其弊。"黄侃《文心雕龙札记》又作进一步发挥说："舍人处齐梁之世，其时文体方趋缛丽，以藻饰相高，文胜质衰，是以不得无救正之术，此篇旨归，即在挽尔日之颓风，令循其本。"但细观《情采》全文，其一、二两大部分，不但没有批评"重采"的意思，而恰恰是从各方面说明应该"重采"。只是到最后部分才对"体情之制日疏，逐文之篇愈盛"，以至造成"采滥忽真"、"淫丽而烦滥"的倾向提出批评。故"救弊"之说便不能成立，至少是不够全面。

中华人民共和国成立后由于受到新文艺思想的熏陶，又普遍认为是讲内容和形式关系问题的。如说，本篇"着重论述文学内容和形式的关系问题"、"是刘勰文学思想的理论核心之一，它贯穿着《文心雕龙》全书，散见于各篇之内"。②有的则说得更简洁："书中专论内容和形式二者关系问题的是《情

①《高尔基论文学》第160页，人民文学出版社1978年。
②郭绍虞主编《中国历代文论选》第225页，中华书局1962年。

采》篇。情指情志，即思想内容；采指文采，即语言形式。"（刘大杰等编《中国文学批评史》）这大概是根据第二部分得出的结论，不但不能概括全篇内容，恐怕还是误读。下面就作具体分析。

首先，既认定"情指情志，采指文采"，那么《情采》的篇名就应该是两个并列概念，即"情"和"采"的联合结构词组。《文心雕龙》中的许多篇名，也确实是由两个并列词组成，如《铭箴》《诔碑》《风骨》《比兴》等。但是，也应看到更多篇名，都是由偏正复词组成，由《原道》等首五篇到《明诗》《诠赋》，再到《神思》《养气》等，都是如此。凡是以两个词语并列命题的篇章，它们都有一个共同特点，即开篇先对两个词语的各自含义先作明确界说，然后作进一步具体论述。这又有两种情况：一是先分别给以界说，然后再立专段论述，如《熔裁》开篇即说："规范本体谓之熔，剪裁浮词谓之裁"；《比兴》开篇说："比者附也，兴者起也"、"起情故兴体以立，附理故比例以生"，接着就各自分设专段予以论述。二是在分别给以界说后，不是立专段分论，而是将二者对举错杂论述，如《风骨》先说"怊怅述情，必始乎风；沈吟铺辞，莫先于骨"，但接下去并未各设专段，而是对举统一论述。又如《章句》，也是开篇先说"宅情曰章，位言曰句。故章者明也，句者局也；局言者联字以分疆，明情者总义以包体"，接下去章句也未分设专段，而是对举错杂论述。但不论是哪种情况，全篇所论属两个不同概念，却是明白无误的。《附会》一篇比较特殊，开篇先说"何谓附会？谓总文理，统首尾，定与夺，合涯际，弥纶一篇，使杂而不越者也"。好象附会是一个统一概念，但后面却说"附辞会义，务总纲领"，似乎在"弥纶一篇中"，附指辞言，会指义言，二者又完全不同了，这可看作一个特例。那么，《情采》的情况又怎样呢？显然与上述几种情况则完全不同，既无界说，亦无分论，自然不会是并列结构词组。

其次，再就全篇论述结构看，大致可分作三大部分：第一部分开篇即说："圣贤书辞，总称文章，非采而何？"接着列举凡自然界的一切事物都不能无"采"，并分为形文、声文、情文三类，而笼统地则以"缛采名矣"。然后举孝、老、庄、韩之例，说明"情文"亦不能废"采"，而归结于"择源于泾渭之流，按辔于邪正之路，亦可以驭文采矣"。可知都是讲"重采"之旨，并未说到"情"的问题。第二部分接前段"情文"之说而专论情文之采，即所谓"情采"。先说情采根源于抒写情性的需要,即"采所以饰言,而辩丽本于情性";再说情采,情采是"情"和"辞"的完美统一,单纯的"辞"并不能叫"采",故说"情者文之经,辞者理之纬;经正而后纬成,情(原作理)定而后辞畅"。这是全书主旨所在。第三部分依前论批判"体情之制日疏,逐文之篇愈盛"的齐梁淫靡文风。总之,无论是单纯的"批判"说或"内容形式"说,都并未抓住《情采》篇的要领,显然是片面的偏执的,也就难以发掘其真正的理论价值。

因此,"情采"应该是一个偏正结构的复词,而非并列复词。"情"当是"采"的限定修饰语,即以"情"为特征的文采。因此,我认为它的正确读解不是"情即情志,采即文采",而是抒写情感的文采,实即我们今天所说文学创作的艺术语言。此处的"情"是古汉语中名词作动词用的惯例,刘勰也经常使用。如《序志》解释书名"文心"二字即说:"夫文心者,言为文之用心也。"既然文心就是为文之用心,那么情采亦未尝不可解作抒情之文采。又《明诗》说:"情必极貌以写物,辞必穷力而追新。"首句的"情"若作名词读,就很难读懂。有专家即译此句曰:"内容方面要求逼真地描绘出景物的形貌。"可是文学作品的真正内容并非描写的景物形貌,而是主体的心灵情思。因此,此处的"情"连同下句的"辞",都是动词化的用法,即"抒情"和"措辞",意谓抒情必须"极貌写物",因为诗中的景物是主观心灵化对象化了的景物;措辞则必须"穷力追新",因六朝人极力追求的是"秀句",词无创造性的新则难成秀句。总之,所谓"情采",就是抒情的文采,即文学的艺术语言。要知道,文学创作的语言,是和说理文或应用文的语言有很大不同的,刘永济先释此篇即说:"采固以称情敷设为贵,情亦因敷采得当而显"、"盖人情物象,往往深颐幽杳,必非常言能尽其妙,故赖有敷设之功。"[1]正因文学创作往往"非常言能尽其妙",故有赖一种不同于常言的语言的使用,那就是文学的艺术语言。刘勰在一千多年前就已认识并深刻阐发了这一点,岂非又是魏晋时期文学独立自觉思潮催生的又一奇迹!下面是他的具体论述并可作印证:

---

[1]《文心雕龙校释》第117页,中华出局1962年,上海。

> 夫水性虚而沦漪结，木体实而华萼振，文附质也；虎豹无文则鞟同犬羊，犀兕有皮而色资丹漆，质待文也。若乃综述性灵，敷写器象，镂心鸟迹之中，织辞鱼网之上，其为彪炳，缛采名矣。

刘勰在《原道》中即已说明，他认为自然界的一切事物，如天地山川动植都是有"文"的，人自然也不能例外，并分作三类：形文、声文、情文。但不论哪一种文，都是质和文的统一，没有质当然也就没有表现它的文的存在，故说"文附质也"。这是在说明"内容决定形式"吗？当然可以这样解读。可是下面说的"质待文"呢？是否说没有文也就没有质呢？好象正是这样，因为他举的例子是："虎豹无文则鞟同犬羊，犀兕有皮而色资丹漆。"即是说，如果虎豹没有了它美丽的皮毛色彩，便和犬狗羔羊没有什么区别；而犀兕正因为有它油光漆亮的彩色，所以才不同于其他动物。这不又成了形式决定内容了吗？当然不是，其实刘勰并没有现代人谁决定谁的进步意识，他只知道文不离质，质不离文，如此而已。故下面他举诸子为例，并总结一句："研味孝（李）老，则知文质附乎性情。"即他们的文都是由其情性的表达决定的，这才是实质所在。全篇的精华正是说明这点：

> 夫铅黛所以饰容，而盼倩生于淑姿；文采所以饰言，而辩丽本于情性。故情者文之经，辞者理之纬，经正而后纬成，情（按原作理，依行文例校改）定而后辞畅，此立文之本源也。

首先，他提出"辩丽本于情性"，即诗歌语言形式上的绮丽，是根源于情感表达的特殊需要。"诗言志"，这是一切文章的写作共同，其实并未突出诗歌创作内容上的特质，要求的是把作者的思想表达清楚即可，故曰"辞达而已"。但"诗缘情"，则一般的"辞达"就远远不够了，正如刘永济先生所说，"人情物象，往往深颐幽杳，非常言能尽其妙"，所以要讲"绮靡"，讲"辩丽"。为什么？因为在诗人创作的过程中是"情以物迁，辞以情发"（《物色》），"辞"是因达情的需要而产生的，但这"情"却不是抽象的一般悲喜忧乐之情，它或寓情于景，或寓景于情，或情景相生相契，故表达起来即要求能"婉转附物，怊怅切情"（《明诗》），进行艰苦地艺术创造，才能真实贴切、曲尽其妙。所以，抒情诗的语言是不同于一般叙述或说理语言的，此即刘勰所说"辩丽本于情性"的真正含义所在。对此，《诠赋》有段话说得也很精辟："原夫登高之旨，盖睹物兴情。情以物迁，故义必明雅；物以情观，故词必巧丽。"为什么"物以情观"而表达它的语言就必然"巧丽"呢？这就不是"内容决定形式"说能够简单回答的。原来，诗人"登山则情满于山，观海则意溢于海"（《神思》），根本原因还在"达情"上。对诗人来说，在他眼中的物已非自然生造之物，而是被心灵化情感化了的物；抒写的情也非纯主观抽象的情，而是经过物我同构契合被客观对象化了的情。自然"人化"了，人也对象化了，表达它的语言也就不同于一般语言，而变得"辩丽""绮靡"，所以叫"情采"。其次，他还进一步说明情和辞应是一种融浑的统一整体。但这也不是简单地讲内容决定形式，而是承前讲"情采"。在刘勰看来，真正的文学语言，是一种灌注了情感的有生命的语言，它和一般用于叙述或说理的语言是有本质不同的。因此，我们应把"辞"、"文"、"采"等几个不同概念明确区分开来。一般的"文"或"辞"，是还不能叫做"采"的，只有当其灌注了情感的生命，因而具有强大表现力和感染力（即所谓"风骨"）的时候，那才是真正的"情采"。所以说"情者文之经，辞者理之纬，经正而后纬成，情定而后辞畅，此立文之本源也"。情感是内在的生命，文辞是外观的枝叶，情和辞融贯契合，花叶才会灌注生命，语言才能活起来，成为有生命的艺术语言。《风骨》说，"情与气偕，辞共体并……才锋峻立，符采克炳"，也是同样的意思，其所以说"符采克炳"，就因为情和气给辞灌注了生命，不再是一般的辞了。据此他对六朝文风才提出了批评：

> 昔诗人篇什，为情而造文；辞人赋颂，为文而造情。何以明其然？盖风雅之兴，志思蓄愤，而吟咏情性，以讽其上，此为情而造文也；诸子之徒，心非郁陶，苟驰夸饰，鬻声钓世，此为文而造情也。故为情者要约而写真，为文者淫丽而烦滥。而后之作者，采滥忽真，远弃风雅，近师辞赋，故体情之制日疏，逐文之篇愈盛。

他开宗明义即说，"诗人篇什为情造文"、"辞人赋颂为文造情"，其主旨显然也是谈"造文"问题，即创作的语言表达问题。接着他指出，象《风》

《雅》的作者,"造文"都是根源于"为情"的需要,有真实深厚的情感蓄积于中,不得不发而为文章;至于诸子辞赋,却没有真切的情感需要抒发,只是为卖弄文辞而矫揉造作,这中间的区别就在于"辩丽"是否真的"本于情性",即语言有无情感灌注生命而成为真正的艺术语言。最后,他要言指的曰:"为情者要约而写真,为文者淫丽而烦滥。"显然谈的还是语言表现问题。"要约"者不是说简约无文采,而是要准确精当,无剩言赘语,是和"烦滥"相对而言的;"真"也不是一般所谓本质真实,而是能"婉转附物,怊怅切情",首先做到艺术表现上的真切生动,是和"淫丽"相对而言的。有人把这段话和扬雄所说"诗人之赋丽以则,辞人之赋丽以淫"(《法言·吾子》)联系在一起,说明刘勰的用意也在阐明内容和形式的关系问题,这首先就忽视了他们之间谈论对象的本质区别。扬雄是评作家,刘勰是谈创作,自然不应混淆。然而,谈论文学创作的艺术语言,往往是会接触到内容和形式的关系问题的,它们之间并不是绝对对立的,我们也没有把它们对立起来的意思,只是想说明《情采》的主旨所在而已,这不应该引起误解吧!

总之,刘勰的功绩在于陆机已达到的认识水平上,又向前大大跨进了一步,从而揭示出"缘情"和"绮靡"之间的必然内在联系。而这一深刻认识,也才真正扫除了笼罩在陆机"诗缘情而绮靡"上若明若暗、似即似离的迷雾,从而揭示出它所揭示的深刻内蕴和意义。清代章学诚说:"刘勰氏出,本陆机之说而昌论文心"。(《文史通义·文德》)笔者认为《文心雕龙》下半部的创作论部分,简直可看作是对《文赋》提出的"恒患意不称物,文不逮意"这一文学创作上具有深刻巨大意义的问题的回答。陆机提出了而没有回答清楚,却启发刘勰写下在当时历史条件下难能可贵的许多真知灼见。以《神思》为首的"剖情"诸篇,就是专门回答"意不称物"的疑问的;而以《情采》为首的"析采"诸篇,则是专门回答"文不逮意"的疑问的。在一般表情达意的语言之外,为什么还会有艺术语言?刘勰和陆机一样,也是从揭示作家进行创作的思维特征着眼的。他认为,当作家进入创作的时候,除了物和情的关系之外,还有一个运用语言表达的问题。一方面"物沿耳目,而辞令管其枢机,枢机方通,则物无隐貌"。(《神思》)在创作的构思酝酿阶段,作家通过耳目视听把握到的外界的"物",是创作的素材,而语言词令则是作家进行思维和创造的工具,起着"枢纽"的作用。不论形象的组合,情景的安排，意境的营构，都要靠它致绩而成功。另方面，当其一但进入创作过程，则"元解之宰，寻声律而定墨；独照之匠，窥意象而运斤"。（《神思》）语言表达的正是这个"意象"，它也是艺术思维的特征所在。何谓意象？即意化的象，或象化的意，也就是情和景的同构契合，所以不同于一般的形象。而作家创作思维"窥意象而运斤"的特征，也就决定了作为创作"枢纽"的语言，必然是"意象"化的语言，这就是"情采"。它是和进行抽象思维所使用的概念推理语言根本不同的，哲学家科学家进行思维时也可能伴随丰富形象，但他不必也不应化意为象，进入心物同一的创造境界。总之，刘勰提出的"情采"论，既是文学独立自觉时代的必然产物，也给后人留下许多需要不断认识的启迪。

四、《物色》：文学创作"感兴"论

在文学独立自觉观念转变的社会思潮中，晋宋人还提出了一个文学创作的崭新概念——"感兴"（或称"兴"、"兴会"、"情兴"等）。可以说，这也是对文学创作本质特征认识的一大进步。前面已说到陆机即曾说，"或讬言于短韵，对穷迹而孤兴"，并对"兴"作了生动感性的描述："遵四时以叹逝，瞻万物而思纷；悲落叶于劲秋，喜柔条于芳春；心懔懔以怀霜，志眇眇而临云。"意谓由于四候物象的感召而生"兴"，心灵摇荡，情不能已，遂寄托于短小的文章中，此指诗言。穷迹，《世说新语》载：阮籍常出游，"时率意独驾,不由路径，车迹所穷，辄痛哭而反"。当是指穷其人迹所至者。又载：王右军去官，亦"与东土人士营山水弋钓之乐，游名山，泛沧海，叹曰我卒当以乐死！"此亦所谓穷迹者。此后，"兴"之一词遂被广泛使用，如殷仲文《桓公九井作》诗："独有清秋日，能使高兴发"；谢灵运《归途赋序》："事出于外，兴不由已"；《宋书·帛道猷传》："陵峰采药，触兴为诗"；《南史·桂阳王铄传》："遇其赏兴，则诗酒连日。"《宋书·谢灵运传论》则说："爰逮宋氏，颜谢腾声，灵运之兴会标举，延年之体裁明密。"而肖子显《南齐书·文学传论》则说"张眎摘句褒贬，颜延图写情兴"等。

"感兴"之说，当由《礼记·乐记》之"物感"说变化而来。《乐记》论音乐之起源曰：

> 凡音之起，由人心生也，人心之动，物使之然也。感于物而动，故形于声；声相应故生变，变成方谓之音。……乐者，音之所由生也，其本在人心之感于物也。

他虽然是谈论音乐之"本"，但已明确接触到艺术思维的发动问题。尤其是"其本在人心之感于物"，实已为后人探讨创作思维的激活和冲动，奠定了坚实的理论基础。不过需要指出的是，此所谓"物"与六朝人的理解却大不相同，因为他主要是指与王功政教密切相关的社会事物，故带有浓厚的伦理实用色彩，并不具有明确的审美属性，这是对文学创作尚未进入独立自觉的时代意识的反映。如说：

> 凡音者，生人心者也。情动于中故形于声，声成文谓之音。是故治世之音安以乐，其政和；乱世之音怨以怒，其政乖；亡国之音哀以思，其民困。声音之道，与政通矣。

可知所谓感动人心之"物"，即指兴衰治乱的社会政治，虽有现实的认识指导意义，但把文艺和政治等同，便缺少艺术创作论的价值。但是，"物感"说的提出却对后世产生了巨大影响。《诗大序》即直承其说曰："诗者，志之所之也。在心为志，发言为诗，情动于中而形于言。……先王以是经夫妇，成孝敬，厚人伦，美教化，移风俗。"《淮南子·缪称训》则说："文所以接物也，情系于中而欲发于外者也。以文灭情者失情，以情灭文者失文，文情理通则凤麟极矣。"所谓"文情理通"，则仍是以理统情之意，可知其认识并未超出两汉经学家的设定范围。总之，盛行于两汉时期的"物感"说，虽有其不可抹煞的认识价值和社会意义，但也可以肯定地说，在其指导之下的文学创作是不可能产生真正的文学独立自觉意识的。

"物"，作为真正的审美对象而进入文学创作和批评，大概是在魏晋时期才开始的。不过，此时的作者仍多持"物感"说。如曹丕：

> 《感物赋序》："南征荆州，还过乡里，舍焉，乃种诸蔗于中庭。涉夏历秋，先盛后衰，悟兴废之无常，慨然永叹，乃作斯赋"。

《柳赋》:"在余年之二七,植斯柳乎中庭,始围寸而高尺,今连拱而九成。嗟日月之逝迈,忽囂囂以遄征。昔周游而处此,今倏忽而弗形。感遗物而怀故,俯惆怅以伤情。"

又如曹植:

《节游赋》:"于是仲春之月,百卉丛生,萋萋蔼蔼,翠叶朱茎。竹林青葱,珍果含荣,凯风发而时鸟欢,微波动而水虫鸣。感气运之和润,乐时泽之有成。"

《幽思赋》:"依高台之曲隅,处幽辟之闲深,望翔云之悠悠,羌朝霁而夕阴。顾秋华之零落,感岁暮而伤心。……何余心之烦错,守翰墨之能传。"

尤其是《幽思赋》所写,简直可说已开陆机、刘勰"四候感物"之先声。曹丕的《与吴质书》则如实记述了七子诗酒欢聚的场面:

每念南陂之游……高谈娱心,哀筝顺耳,驰骛北场,旅食南馆,浮甘瓜于清泉,沈朱李于寒水。皎日既没,继以朗月,同乘并载,以游后园。舆轮徐动,参从无声,清风夜起,悲笳微吟,乐往哀来,凄然伤怀。

刘勰曾说:"建安之末,区宇方辑……傲雅觞豆之前,雍容衽席之上,洒笔以成酣歌,和墨以藉谈笑,观其时文,雅好慷慨。"(《文心雕龙·时序》)大概即指此类创作而言。然而,在这些感物伤怀的吟唱中,毫无疑问他们已是用审美的心灵感受自然物、以审美的眼光看待自然物了,两汉人那种浓烈的政教伦理色彩已变得很淡,但他们仍然沿用的是"物感"说,这说明创作意识的真正转变,还须要新的时代契机的出现。

可是到了陆机的时代,"物感"却变成了"感兴",这是为什么呢?

除《文赋》所说"对穷迹而孤兴"外,陆机《怀土赋序》说:"余去家渐久,怀土弥笃,方思之殷,何物不感?曲街委巷,罔不兴焉,水泉草木,咸足悲焉。"他同前人一样，也讲的是"何物不感"，但不同的是在感物中却特别强调"兴焉"，显然这"感"就不是一般之感了。之后，孙绰《三月三日兰亭诗序》说："情因所习而迁移，物触所遇而兴感。……高岭千寻，长湖万顷……厚诗人之致兴，谅歌咏之有由。"萧统《与晋王书》说："炎凉始贸，触兴自高，睹物兴情，更向篇什。"原来这"兴"是只针对文学创作说的，每当诗人适会于外界自然景物的刺激，而产生强烈的创作冲动时，那就叫"触兴"。《世说新语》讲过两段故事，给我们提供进一步领悟"兴"的绝好材料。《任诞》载：

> 王子猷居山阴，夜大雪，眠觉开室，命酌酒。四望皎然，因起彷徨，咏左思《招隐》诗，忽忆戴安道。时戴在剡，即便夜乘小船就之。经宿方至，造门不前而返。人问其故，王曰："吾本乘兴而行，兴尽而返，何必见戴！"

由这则故事可知，"兴"是一个内涵比较复杂的概念，可能包含有兴趣、灵感、激情等成分在内。但有一个基本点，就是指那种由于外界良辰美景的刺激，因而突然触发的一种浓烈情怀。而这种情怀则是由自然和情思的不期然交流引起的，往往处在一种忘情的主客契合之中，因而是一种心物同一的精神境界。王子猷因偶见琼楼玉宇般的美丽夜景，继而又受到左思《招隐》诗的感染，于是引发怀念高人逸士的一片挚情和强烈冲动，便迫不及待地命人备船，连夜造访。然经过一夜的路途辛劳，及至却已"兴尽"，失去了原先那种审美情怀，故才"造门不前而返"。这就是"兴"所特具的激发感动力量。又《赏誉》载：

> 王恭始与王建武（忱）甚有情，后遇袁悦之间，遂致疑隙。然每至兴会，故有相思时。恭尝行散至京口射堂，于时清露晨流，新桐初引，恭目之，曰"王大故自濯濯！"

你看，又是这种"清露晨流、新桐初引"的鲜活滋润、生机勃勃的自然美景，使他处于"兴会"浓烈的审美激动中，而突然发对故友高洁疏朗品格的企慕，不禁发出"王大故自濯濯"的赞叹，尽管他们之间已有过"疑隙"，这就是魏人特有的"通侻"风貌。

那么，由"物感"到"感兴"的转变，其社会契机又是什么呢？原因还在玄学的兴起。老庄哲学的一个重要思想，就是崇尚"自然"，故"自然"与"名教"之关系，便成为魏晋玄学贯穿始终的重要论题。不过，正始时期的玄学家，他们并不将二者对立，而是重在调和它们之间的关系，即调和儒道，因而"自然"还只是作为一个抽象的哲学概念来使用，尚未转化为人们审美感受的对象，即大自然。但是，到了嵇、阮等"竹林名士"，他们愤世嫉俗，抨击司马氏集团的假道学；又值当时政治极端黑暗，仕途又险恶多变，"名士少有全者"，于是才突显出"自然"所包含的人性解放的一面，遂倡自然而黜名教，提出"越名教而任自然"的口号以为号召。其带来的结果是：他们畏惧避祸，或沉溺于醉酒，或遁迹于山林，以放浪自适、越世高谈为务，鄙弃营营世事，探求人生哲理，以隐逸为高蹈，以山林为乐园。又值佛教日盛，玄佛也渐趋合流，隐逸之士大多亦玄亦佛，而释子本处名山大刹，高士亦寄居湖海山林，避世退隐之风遂一时大盛。然而，他们远离尘世，投身大自然的结果，却使其萌发了对大自然的审美意识。换句话说，隐逸之风的兴盛，使魏晋人终于走进大自然，发现大自然，拥抱大自然，使人生和自然之间建立起一种新型关系：他们具有了对自然山水的倾心热爱，有了感受自然山水的精神气质，有了欣赏自然山水的艺术心灵。一句话，他们发现了自然美，自然山水也终于成为他们的审美对象。

在魏晋以后人的意识中，自然山水是充满生命和意趣的，凡片云条溪、一草一木，无不洋溢着新鲜明丽的生命感。请看《世说新语》中的这些记载：画家顾恺之，"从会稽还，人问山川之美，顾云：千岩竞秀，万壑争流，草木蒙笼其上，若云兴霞蔚"。书法家王羲之说："从山阴道上行，如在镜中游。"王献之则说："从山阴道上行，山川自相映发，使人应接不暇，若秋冬之际，尤难为怀！"王司州（修龄）至吴兴印渚中看，叹曰："不惟使人情开涤，亦觉日月清朗。"自然山水成了他们陶冶性情的挚友，成了他们心灵栖息的家园。这里虽没有两汉皇皇大赋中那种色彩斑斓的奇思异想，没有那种锻岁炼年式的铺排夸张，也没有他们的襟抱和气势，但却另有一种灵动的感受和情怀，以及解脱返本的沉浸和体悟。两汉大赋中，并不缺乏自然山水的描写，但那是作为纯粹外在于自我的对象，即作为被征服、被占有、被享用的物质财富来感受的，并非作为审美客体来把握和欣赏。他们写京殿建筑，写山川苑猎，是那样的夸张侈丽，想象着把天上的珍奇都搬到人间，然而那只是一种对占有的炫耀，对物质崇拜的赞美和讴歌。这里有的是奇特的想象，有的是力量和气势，但却缺少心灵的丰富感受，个性的张扬完满，精神的超越升华。所以，对汉人来说，他们是不可能有自然美的自觉意识的。《水经注》引袁崧《宜都记》有段话，则尤值得注意：

> 常闻峡中水急，书记及口传，悉以临惧相戒，曾无称有山水之美也。及余来践跻此境，既至欣然。……即自欣得此奇观。山水有灵，亦当惊知己于千古矣！

没有魏晋以后人的高情远怀，不能视山水为有灵有性的知己，就不会有自然美的发现，也不会有对自然美的体悟沉溺，"曾无称有山水之美"者，那正是时代所决定了的，岂能"越世"而先觉。王羲之说："仰观碧天际，俯瞰渌水滨，寥阒无涯观，寓目理自陈。……群籁虽参差，适我无非新。"(《兰亭诗》)陶渊明说："秉耒欢时务，解颜劝农人。平畴交远风，良苗亦怀新。虽未量岁功，即事多所欣。"(《怀古田舍》)又《世说新语》载简文帝入华林园，顾谓左右曰："会心处不必在远，翳然林水，便自有濠濮间想也，觉鸟兽禽鱼自来亲人。"正是对自然万物所产生的这种新鲜感、欣悦感、亲和感，才是他们前所没有也不会有的。何况，这种感受所引发的，还是他们超脱的意趣和审美情怀，那就更不是他们的前人所能具有的了。袁伯修曾慨叹说："江山辽落，居然有万里之势！"荀中郎登北固上望海则说："虽未睹三山，便自使人有凌云意！"阮孚谈郭璞"林无静树，川无停流"句说："泓静萧瑟，实不可言，每读此文，辄觉神超形越。"而这种"目送归鸿，手挥五弦"式的超脱意趣，这种"振衣千仞岗，濯足万里流"式的高蹈情怀，才使他们进入一个真正的大自然审美领域，并终于建构起心物关系上的崭新时代意识。孙绰《天台山赋》曾写道："恣语乐以终日，等寂默于不言，浑万象以冥观，兀同体于自然。"在人和自然之间，所形成的这种"浑万象以冥观"式的神物交游，这种"兀同体于自然"式的物我同一，使他们与其前人才有明显的区分界限。

把《文心雕龙·物色》放到这一时代背景中来认识，它的重要价值就突显出来了。在新的心物关系的构建过程中，在新的时代意识的转变过程中，当然需要新的概念来表述，于是人们提出了"感兴"以及"兴会""情兴"等，但对此却从未有人进行过认真的理论阐释。《物色》可说是最早也是唯一一篇阐释"感兴"的专论。他虽题名"物色"，似乎只是讲大自然声色对创作关系的，其实不然。作为总结全篇主旨的"赞曰"即说："目既往还，心亦吐纳"、"情往似赠，兴来如答"，其所说正是讲心物之间新型关系的"感兴"，或曰"情兴"。对此，《诠赋》则说："原夫登高之旨，盖睹物兴情。情以物兴，故义必明雅；物以情观，故词必巧丽。"似乎就阐释得更清晰也更深刻。先看《物色》开篇这段描写：

> 春秋代序，阴阳惨舒，物色之动，心亦摇焉。盖阳气萌而玄驹步，阴律凝而丹鸟羞，微虫犹或入感，四时之动物深矣。若夫珪璋挺其惠心，英华秀其清气，物色相召，人谁获安？是以献岁发春，悦豫之情畅；滔滔孟夏，郁陶之心凝；天高气清，阴沈之志远；霰雪无垠，矜肃之虑深。岁有其物，物有其容，情以物迁，辞以情发。一叶且或迎意，虫声有足引心，况清风与明月同夜，白日与春林共朝哉！

在这段极富诗情画意且激情洋溢的描写中，除直承陆机"遵四时以叹逝，瞻万物而思纷"进行发挥外，还从理论上对"感兴"进行了初步阐释。下面分几点来看：其一，在诗人眼里大自然是生机活泼、变动不居、充盈着浓烈审美感受的招人"物色"，因而也是引发强烈创作冲动和灵感，即"文思"取之不尽的创作源泉，所以说"物色相召，人谁获安"。其次，这种"入兴"的过程，实际就是创作思维被激活的过程，在这一过程中作为主体的诗人是充满着强烈的审美情感的，故说"献岁发春，悦豫之情畅；滔滔孟夏，郁陶之心凝；天高气清，阴沈之志远；霰雪无垠，矜肃之虑深"。值得注意的是，所谓"兴"不单纯是"感物"的问题，它应该是"情"和"物"的统一体，两者实际是二而一的东西。贾岛《二南密旨》就曾说："感物曰兴，兴者情也。谓之外感于物，内动于情，故曰兴。"(《诗学指南》卷二载)当然，也不能因此将二者等同，因为究竟有"外感"和"内动"之不同，但二者又确实是不可直接划分的。皎然《诗式》有段话也许更应关注：

> 夫诗工创心，以情为地，以兴为经。然后清音韵其风律，丽句增其文彩，如杨林积翠之下，翘楚幽花，时时间发。乃知斯文，味亦深矣。

文学是心灵的创造，故主观的"情"是创作的底基。但这"情"又不是天然存在的，必须有待触发，才能被激活发动起来，这就是"兴"的作用。因此，"以兴为经"句当作"以兴为径"，即中介通道的意思。是说"兴"是沟通主客、物我的通道，然后才能激活思维，产生创作冲动，进行双向交流。其三，在此基础上，他进而提出"岁有其物，物有其容，情以物迁，辞以情发"的著名创作论总纲。情是因物色的感染引起的，表现为思维的激活；辞是因达情的需要产生的，表现为创作冲动。在这物、情、辞的关系中，"兴"确实起着关键性桥梁作用，缺少了它也就和一般的"物感"没有什么区别了，所谓的激活、冲动都将不会存在。叶燮《原诗·内篇上》曾写道：

> 原夫作诗者肇端，而有事乎此也。必先有所触以兴起其意，而后措诸辞，属为句，敷之而为章。当其有所触而兴起也，其意其辞其句，劈空而起，皆自无而有，随在取之于心。出而为情为景为事，人未尝言之，而自我始言之，故言者与闻其言者，诚可悦而永也。

"先有所触以兴起"，即是思维的激活，可称"感兴"；"当其有所触而兴起"，即是创作冲动，有近于今所说"灵感"，其显著特征是"劈空而起，自无而有"。这牵涉到中国文学的又一大特征：中国人特讲"兴"，所以比其他民族更重视"灵感"的作用，所谓"兴到漫成诗"，所谓"天机自启，天籁自鸣"。

再看《物色》下面描述：

卷二

　　是以诗人感物，联类不穷。流连万象之际，沈吟视听之区；写气图貌，既随物以宛转；属采附声，亦与心而徘徊。……是以四序纷回，而入兴贵闲；物色虽繁，而析辞尚简；使味飘飘而轻举，情晔晔而更新。古来辞人，异代接武，莫不参伍以相变，因革以为功，物色尽而情有余者，晓会通也。若乃山林皋壤，实文思之奥府，略语则阙，详说则繁。然屈平所以能洞监风骚之情者，抑亦江山之助乎！

　　这也有几点应特别重视：首要的是诗人"感物"时，不仅充满蓄积着强烈的审美感受，想象腾飞，文思活跃，整个心灵都向外敞开，包容万有："诗人感物，连类不穷。流连万象之际，沈吟视听之区。"而且，也进行着能动的创造，"笼天地于形内，挫万物于笔端"，可谓包诸万有会通万有："写气图貌，既随物以宛转；属采附声，亦与心而徘徊。"总之这并非是一种消极的被动接受，而是心物之间的积极能动建构。这里的"属采附声"，当非指词彩和声韵，而是《原道》所说之形文和声文，即大自然界的色彩声音之美，仍属客观的物，故总称"物色"。其次，是"四序纷回而入兴贵闲"的审美静观论。诗人"感物"，是在进入心物同一的审美静观中，才能达到创作的最佳心理状态。道家所说空诸万有而后包诸万有，即排除外界和私心杂念的一切干扰，所谓"坐忘"和"物化"时，才是思维最活跃、心灵最纯净的审美状态，刘勰当据此而言，故曰"入兴贵闲"。对此，《养气》有专门论述，谓"夫耳目口鼻，生之役也；心虑言辞，神之用也。率志委和，则理融而情畅；钻砺过分，则神疲而气衰，此性情之数也"。因此，他是反对"销铄精胆""钻砺过"而强迫自己进行创作的，他批判的对象当然是两汉辞赋。其三，说"山林皋壤，实文思之奥府"，是把"物色"说成引起创作强烈冲动和灵感，即"文思"取之不尽、用之不竭的唯一源泉。从合理的方面来看，反映的自然是隐逸之风大盛，人们开始走向大自然，第一次发现自然美而产生的崭新时代意识，有一定的进步意义。但从另方面来看，他却忽略了引发创作冲动的社会因素，带有一定的片面性。尤其是对屈原的评价："然屈平所以能洞监风骚之情者，抑亦江山之助乎！"就更失之片面了，因为屈原之所以伟大，正如《辨骚》所说："故其叙情怨，则郁伊而易感；述离居，则怆怏而难怀；论山水，则循声而得貌；言节候，则披文而见时。"除山水节候之外，还看到了更主要的社会政治方面，如郁伊情怨、怆怏离居等，就比较全面。虽然他说"江山"只是"助"，但若情怨离居等"风骚之情"，很难说是江山"助"成的吧。在这点上，他的见识应该说是落后于钟嵘的。《诗品序》在谈到"感荡心灵"的感兴时，除首标景物季候外，他大量谈到的则是社会方面的因素，如楚臣去境、汉妾辞宫、负戈外戍、杀气雄边、塞客衣单、孀闺泪尽等，其视野就开阔多了，也更符合创作实际。

当然，《物色》所表现的这些极为丰富深刻的美学思想，还集中浓缩在被纪昀称为"诸赞之中此为第一"的《赞曰》中：

> 山沓水匝，树杂云合。目既往还，心亦吐纳。春日迟迟，秋风飒飒。情往以赠，兴来如答。

目之往还是"感"，心亦吐纳是"兴"，说的仍然是心物之间的双向交流。心物媾合，情景交会，主体已完全进入审美静观之中，于是想象飞腾，神思涌动，而灵感生焉，意象成焉，进入最佳的创作心理状态。这是心物之间达成默会契合，也是情和景、虚和实之间产生的相互转化，故才有一"赠"一"答"式的浓烈兴会出现。主体赠给景物以情，景物亦欣然回报主体以兴，于是物被情感化心灵化了，情则被对象化物态化了。所以，在中国文人笔下，不论诗文绘画，物绝非纯外在的客观自然之物，而是和情感同构契合因而被主体选择的物，作家描写了景物也就表达了情感，写景成为主体达情的特殊手段。《神思》称这种创作是"窥意象而运斤"，故亦可称这种文学为"意象文学"。始于魏晋，迄于宋元的中国文学，乃至书法绘画等，都是我国历史上最辉煌灿烂的时期，它们也是以"意象"的创造为其本质特征的，而刘勰等人正是这一理论最早的阐释者构建者，其《文心雕龙》始终有那样崇高的历史地位，也就不足为怪了。

五、《文心雕龙》与六朝文风

长期来，人们总是把刘勰描绘成齐梁华靡文风的反对者，然而《文心雕龙》一书，却又恰恰是用华丽的骈体文写成的，这一明显矛盾使许多研究者倍感困惑，难以索解。或者这有两种可能：一是刘勰受时风炽盛的影响，因而言行不一，即嘴上说一套，实际做的是另一套，如此则我们树立的偶像便轰然倒塌，带来的只能是尴尬。还有一种可能，那就是这只是我们的主观想象或臆造，并不完全符合刘勰或《文心雕龙》的实际，因而骤下结论未免显得简单化。

所谓华靡文风，一般是指讲丽词对偶，讲声韵格律，讲夸张比喻，讲征事用典，此外如琢句练字也可算作一端，因为《明诗》在讲宋初文风转向华丽时，就有"俪采百字之偶，争价一句之奇"、"辞必穷力追新"之说。在谈《情采》一节时，我们即已指出此篇乃"析采"部分的总纲，是专谈创作的艺术语言问题的，接着又专设《声律》、《丽辞》、《夸张》、《事类》、《练字》等篇，分别论述具体的修辞手段和表现方法。既设专篇，对此自然皆取肯定的态度，否则就完全没有必要了。下面先看刘勰对藻饰文采究竟取什么态度，《情采》写道：

> 孝经垂典，丧言不文，故知君子常言，未尝质也。老子疾伪，故称美言不信，而五千精妙，则非弃美矣。庄周云辩雕万物，谓藻饰也。韩非云艳采辨说，谓绮丽也。绮丽以艳说，藻饰以辩雕，文辞之变，于斯极矣。研味孝老，则知文质附乎性情；详览庄韩，则见华实过乎淫侈。若择源于泾渭之流，按辔于邪正之路，亦可以驭文采矣。

除对"过乎淫侈"取否态度外，可见他是非常重视藻饰文采的。这在《文心雕龙》全书中亦可得到佐证，《定势》即明确说："若爱典而恶华，则兼通之理偏。"认为废弃文采的做法，并不是一种全面的态度。《序志》则认为"古来文章，以雕缛成体"，写文章而讲究辞藻，这是自古以来普遍存在的规律，所以又说："志足而言文，情信而辞巧，乃含章之玉牒，秉文之金科矣。"（《征圣》）有质有文，情真辞巧，才不至"兼通之理偏"，而达到理想的要求。此外，他赞美"圣文之雅丽，固衔华而佩实者也"。（《征圣》）又称颂屈原《离骚》为"惊采绝艳，难与并能"。（《辨骚》）肯定纬书则因"事丰奇伟，辞富膏腴，无益经典，而有助文章"。（《正纬》）总之，从正反两方面都明确地表述了他不废文采藻饰的批评态度。《附会》提出"以情志为神明，事义为骨髓，辞采为肌肤，宫商为声气"的四项写作要求，《知音》提出"一观位体，二观置辞，三观通变，四观奇正，五观事义，六观宫商"的六条批评标准，都把语言形式的重要性放在显著地位，特别提出诸如辞采、声韵、事义等藻饰手段。因此刘勰在文和质、华和实、情志和辞采的关系上，认识是比较全面的，并不简单地排斥或废弃藻饰。

我国文学，从《诗》《骚》开始，发展到汉代辞赋，才有意追求词藻华丽、铺张排比的描写，终于造成排偶迭用、句式整齐的作风，开了后世骈体文学的先声。刘勰说"楚艳汉侈，流弊不还"即指此而言。中经魏晋，骈体文风又进一步发展，辞赋之外，亦兼及散文诗歌。宋齐以后，又有颜（延之）沈（约）诸人变本而加厉，或追求于数事用典，或争价声病格律，把骈体文推进到发展高峰。在我国文体这一长期发展过程中，虽然总的趋向是走华靡，因而产生了很大流弊。但是在创作的语言修辞、表现方法等方面，却又积累了十分丰富的经验，诸如比兴、夸张、对偶、用典、声律等，都发展到一个相当成熟而又自觉的时期。那么，对前人长期摸索并积累起来的这些经验，究竟该如何对待，便成为摆在当时人们面前的重要课题。一般说来不外两种态度，或如葛洪、萧统等人，认为"古者当事事醇素，今则莫不雕饰，时移世改，理自然也"。（《抱朴子·世钧》）"踵其事而增华，变其本而加厉，物既有之，人亦宜然"。（《文选序》）把文学创作之由古朴而华丽，甚至专事涂饰，都一概说成事物发展过程中的必然规律，缺少批判的眼光。或如裴子野、钟嵘等人，又都简单地斥为"淫文破典，斐尔为功"（《雕虫论》）、"拘挛补衲，蠹文已甚"、"故使文多拘忌，伤其真美"。（《诗品序》）又采取一概否定的态度，显然是十分片面的。他们或者各有所为而发，甚或还有针砭时弊的现实意义，但正如刘勰所批评的，不免"各执一隅之见"，而"人莫圆赅"，缺少具体全面的分析，陷于偏执之见。同上述两种态度不同，刘勰则能从他一贯重视文学艺术语言而又反对形式主义的立场出发，既不站在趋新的立场，也不附和保守的观点，只是从总结创作规律的实际出发，具体分析具体对待，给予实事求是的取舍评价。《情采》篇之后，他专立《声律》讲调声谐韵、《丽辞》讲藻饰对偶、《夸饰》讲夸张描写、《事类》讲征事用典、《比兴》论比兴手法等，全面总结和探讨艺术表现的方法技巧，既反对一概废弃，也反对过于淫滥，态度是比较辩证的。

如齐梁时期提出的声律问题，他认为如不通晓，则"其为疾病，亦文家之吃也"；如能适当地考究，"左碍而寻右，末滞而讨前，则声转于吻，玲玲如振玉，辞靡于耳，累累如贯珠矣"。（《声律》）就会读来琅琅上口，听来玲玲悦耳，增强文学语言的音乐美，并非如钟嵘所说"今既不被管弦，亦何取于声律耶"。（《诗品序》）再如用典，他认为在前人书辞中，有的是"略举人事以征义者也"，有的是"全引成辞以明理者也"，根据这种情况，他说"明理引乎成辞，征义举乎人事，乃圣贤之鸿谟，经籍之通矩也"。（《事类》）只要征事用典得当，是能够增强文章的说服力和生动性的，在写作中是有效的表现方法之一。再如夸张，远自孟轲提出如何正确理解和对待以来，两汉辞赋家确实有过于滥用的弊病，但也应该看到，在许多成功的创作中，却往往能"莫不因夸以成状，沿饰而得奇"，因而产生强大的艺术表现力："辞入炜烨，春藻不能程其艳，言在萎绝，寒谷未足成其凋；谈欢则字与笑并，论戚则声共泣偕。信可以发蕴而飞滞，披瞽而骇聋矣。"（《夸饰》）可见夸张的手法并非徒事"虚美"的坏东西，而要看如何使用。尤其在"图状山川，影写云物"方面，更有其独到的表现力。至于语言的对偶，他也指出，"左提右挈，精味兼载，炳烁联华，静镜含态，玉润双流，如彼珩佩"，也能够增强文学语言的修辞美，如果废弃不用，就会"事或孤立、莫与相偶，是夔之一足，趻踔而行也"。（《丽辞》）至于传统诗论中以"写物以附意，飏言以切事"和"称名也小，取类也大"（《比兴》）为特征的比兴方法，其特殊的艺术表达作用，就更是不能忽视了。

对前人已总结出的这些语言修辞和表现技巧，刘勰还极力进行细致分析，总结其规律，指出其可循的途径，以有益于艺术语言的创造和提高。如声律问题，自刘宋时期人们开始自觉地探讨以来，或矜为秘宝，或视为拘制，刘勰则首先指出，"音律所始，本于人声者也，声含宫商，肇自血气"，是不应忽视而要精心研讨的。并且说"可以数求，难以辞逐"，即它存在着一定规律，是可以研究掌握的，并不能只看成追逐词藻的雕虫小技而已。总之，是要提倡并讲求语言声调的变化与谐和之美，故说"异音相从谓之和，同声相应谓之韵。韵气一定，故余声易遣，和体抑扬，故遗响难契。属笔易巧，选和至难，缀文难精，而作韵甚易"。（《声律》）指出谐韵比较明白可知，人人能辨，所以容易掌握；而调声则千变万化，学有专门，不加精研就难于掌握了。这些带有规律性的分析探讨，无疑对我国近体格律诗这种民族形式的建立，刘勰和沈约等人是作出了积极贡献的。

但是，对声律、丽辞、夸饰、事类等的探讨和运用，如果违背了有益于艺术语言的创造这一根本原则，使用得过甚或过滥，刘勰又是坚决反对的。例如他认为声律是应该讲究的，但又说："吃文为患，生于好诡，逐新趋异，故喉吻纷乱。"（《声律》）故趋异好诡的做法是要不得的。讲对偶也是必要的，但"若气无奇类，文乏异采，碌碌辞，则昏睡耳目"。（《丽辞》）那就对创作没有好处了。他还举例加以批评："自扬马张蔡，崇盛丽辞，如宋画吴冶，刻形镂法，丽句与深采并流，偶意共逸韵俱发。至魏群才，析句弥密，联字合趣，剖毫析厘，然契机者入巧，浮假者无功"。（同前）对两汉以来日趋华靡讹滥的文风，提出严厉批评。夸张也是必要的，但"饰穷其要，则心声锋起；夸过其理，则名实两乖"。违背真实的虚夸，就没有生命了。他也举实例批评说，"自宋玉景差，夸饰始盛，相如凭风，诡滥愈甚，"以至"验理则理无可验，穷饰则饰犹未穷"，至如扬雄、张衡等人，就更是"虚用滥形"，无所可取了。

总之，几乎所有构成齐梁华靡文风的诸多修辞要素，如声律、丽辞、夸饰、事类以及"百字之偶""一句之奇"等，刘勰并未简单地加以否定，而是以分析批判的态度反对其"淫丽而烦滥"而已。《情采》说："文采所以饰言，而辩丽本于情性"；《诠赋》说："物以情观，故词必巧丽"。这才是他对待齐梁文风渐趋华丽的根本态度，也是最精辟的理论阐释。明杨慎评《情采》那句话谓："予尝戏云：美人未尝不粉黛，粉黛未必皆美人；奇才未尝不读书，读书未必皆奇才。"其实也可改变一个角度说：美人未尝不粉黛，粉黛未必皆丑怪！既然如此，刘勰追步齐梁文体趋新而作《文心雕龙》，也就没有什么奇怪了，也不存在矛盾，只是我们偏解了刘勰。

【卷二】

《文选序》及《金楼子·立言》之文学独立观

"文学的自觉"可随着时代观念之转变而首先形成，但从理论上真正认识到文学之独立，即如何辨析文学与非文学之本质区别，却并非易事，也许会走不少弯路才能辨识清楚。由于受当时历史条件或创作实践的局限，他们那些认识在今天看来，还存在这样那样的不足，但那已是难能可贵的了，因为历史就是这样不断前行的。比如当时还没有真正意义的小说、戏剧和文学散文，也就别指望他们把这些都纳入文学范围去思考。晋宋以后人们对文学与非文学认识的逐渐清晰，大致而言是分为前后两个阶段的，即始于汉代以来关于"文""笔"之争，而成于以《文选序》为代表的"摇荡情灵""义归翰藻"之说。前者可称摸索期，后者才真正接触到文学的本质。

一、由"文""笔"之辨到文学独立说

"文笔"之称，当滥觞于汉代，而用"文""笔"二字辨析文学和非文学，则是晋宋时期才出现的。不过由于尚缺少文学自觉理论的明确指引，却一度陷入难以自圆的尴尬，最终才被"缘情绮靡"的新理论所取代而产生突破性认知。

汉人喜将自己所作结集成册，故学界或认为"文""笔"概念的提出，实与他们编辑文集时分类的需要密切相关。不过当时最常记载却往往是按文体一一细列，如《后汉书·冯衍传》曰："所著赋、诔、铭、说、问交、德诰、慎情、书记、自序、官录、说策五十篇。"《崔骃传》曰，"所著诗、赋、铭、颂、书记、表、七依、婚礼结言、达旨、酒警合二十一篇"等。当然，"文""笔"的称谓在汉时已出现，如《汉书·楼护传》有"谷子云笔札"之说，《论衡·超奇》有"文笔不足类也"之言，而一般则只称文或文章、文词、文

彩等，用法相当杂乱，似乎内涵上都是差不多的概念。如《汉书·贾生传》曰："以能诵诗书属文，闻于郡中。"《终军传》曰："以博辩能属文，闻于郡中。"则此所谓"文"，当包括诗、赋、博辩诸体均在内。而《司马相如叙传》曰："文艳用寡，子虚乌有。"《扬雄叙传》曰："渊哉若人，实好斯文，初拟相如，献赋黄门"。则此"文"便专指赋而言了。因此，这一时期之所谓"文"者，并非专指某一类文体，而是统一切文章言的，无论文笔、文章、文词等，似均是随文使用，并没有严格的"文""笔"区分。三国魏晋时的情况，亦复如是。如《魏志》王卫二刘傅传曰："文帝陈王，以公子之尊，博好文采，同声相应，才士并出，惟粲等六人，最见名目。"《蜀志·却正传》曰："文词灿烂，有张蔡之风。"并载其《释讥》一篇而评曰："依则先儒，假文见意，号曰《释讥》，其文继崔骃《达旨》。"然建安七子并非皆长于诗赋，而却正《释讥》后来所谓"笔"者，故知"文采""文词"之说，亦只是泛用，斯时亦尚未有文笔之分也。

然《晋书·蔡谟传》曰："文笔议论有集行于世。"又说："文笔肇端，自此以降，厥名用彰矣。"这条材料却比较重要，因是说自此以后，"文笔"之说才广泛流传并使用起来。若验诸史实，则《晋书·习凿齿传》曰："所著文笔十五卷传于世。"《袁宏传》曰："桓温重其文笔，专综书记。"其所传达的重要信息，是此时人们对"文"和"笔"的区分，似已萌生较清晰认识。这也不奇怪，因为两晋究竟是文学观念开始转变并进入自觉的时期，借已有的"文""笔"概念，把文学同其他文体区分开来，应是时代之必然。此外，如《晋书·成公绥传》曰："所著诗赋杂笔十余卷行于世。"既然把诗赋和杂笔分列，则知诗赋已不同于"笔"，应该另有称谓，按传统认知当是"文"。又《抱朴子·外篇自序》曰："凡著内篇二十卷，外篇五十卷。碑颂诗赋百卷，军书檄移章表、笺记三十卷。"则认为碑、颂、诗、赋为一类，而军书、檄移、章表、笺记为另一类，前者当是"文"，后者则属"笔"，区分亦很明显。而《南齐书·晋安王子懋传》曰："文章诗笔乃是佳事。"此承前人，"文章"当是总称，诗和笔则是分说。尤其是《晋书·乐广传》这段记载：

  广善清言，而不长于笔。将让尹，请潘岳为表。岳曰：当得君意。广乃作二百句意，述已之志。岳因取次比，便称名笔。

潘岳代乐广所写者乃"让尹表",故特称之为"名笔",故知"笔"已成为指称某类文体的特有概念,说明认识上已很清晰。而颜延之这段话,似乎更成为当时人们在"文""笔"认识上的一道分水岭。据《南史·颜延之传》载:"宋文帝问延之诸子才能,延之曰:'竣得臣笔,测得臣文'。"则说得更加清楚,其认识上不再存在模糊区。

不过,当时人们最常用的还是"诗""笔"对举,偶尔也有"辞""笔"对举者,大概是因为诗歌乃当时最主要文学创作形式的原因吧。如《南史·任昉传》曰:"任(昉)笔沈(约)诗。"梁简文帝《与湘东王书》曰:"谢朓沈约之诗,任昉陆倕之笔。"《梁书·庾肩吾传》载简文帝与湘东王论文曰:"诗既如此,笔亦如之。"《刘潜传》曰:"潜字孝仪,秘书监孝绰弟也。幼孤,兄弟相励勤学,并工属文。孝绰常曰:'三笔六诗'。三即孝仪,六孝威也。"然梁究竟已不同于前代,在几代皇室成员的倡导下,已完全进入文学独立自觉的理论探讨期,在沿用传统概念的同时,普遍还是以"文""笔"对举。如《梁书·鲍泉传》即称其"兼有文笔"。《周书·刘璠传》亦称其"兼善文笔"。而杜之伟《求解著作启》则曰"或清文赡笔,或疆识稽古"。至于刘勰《文心雕龙》似已成定例,如《序志》曰"论文叙笔";《章句》曰"裁文匠笔";《时序》曰"瘦以笔才愈亲,温以文思益厚";《才略》曰"孔融气盛于为笔,祢衡思锐于为文"等。总之,此时人们对"文""笔"的辨识已基本固定,不过还没有严密的界定,故往往会造成不少麻烦。对"文笔"作定性分析者当首推刘勰,其《文心雕龙·总术》曰:

> 今之常言,有文有笔,以为无韵者笔也,有韵者文也。夫文以足言,理兼诗书,别目两名,自近代耳。

应该说这是时人的普遍认识,然细究其说,似亦其来有自。如前引《抱扑子·外篇自序》所说"碑颂诗赋百卷,军书檄移章表笺记三十卷";潘岳《西征赋》所说"长卿渊云之文,子长政骏之史"等,就都是以有韵或无韵分类的。范晔《狱中与甥侄书》亦说:"手笔差异,文不拘韵故也。"凡此诸说,都可看作有韵无韵说之先导,只是尚未明确提出而已。然而,戏剧性的一幕是自文藻绮丽、对偶工整的骈体文兴起以后,却使这种区分陷入尴尬。

因为不但原来所说"文",且原来所说"笔"如章表奏议之类,如今皆用骈体来写,于是有韵无韵界限遂变得模糊,在创作实践指导上也失去意义。然而,文学和非文学究竟是客观存在的,企望用新的理论对其重作定义和阐释,遂成时代提出的迫切任务。

文学观念的改变,总是同传统及时俗观念纠结在一起进行的,并非断崖式的突变。因此对文学和非文学的辨析,也就很难脱离"文笔"说的影响。萧统萧绎亦正是这样,但实质却已发生微妙变化。萧统《文选序》言其编选取舍曰:

> 若夫姬公之籍,孔父之书,与日月俱悬,鬼神争奥,孝敬之准式,人伦之师友,岂可重以芟夷,加之裁剪。老庄之作,管孟之流,盖以立意为宗,不以能文为本,今之所撰,又以略诸。若贤人之美辞,忠臣之抗直,谋夫之话,辩士之端,冰释泉涌,金相玉振;所谓坐狙丘,议稷下,仲连之却秦军,食其之下齐国,留侯之发八难,曲逆之吐六奇,盖乃事美一时,语流千载,概见坟籍,旁出子史,若斯之流,又亦繁博,虽传之简牍,而事异篇章,今之所集,亦所不取。至于记事之史,系年之书,所以褒贬是非,纪别同异,方之篇翰,亦已不同。若其赞论之综辑辞采,序述之错比文华,事出于沈思,义归乎翰藻,故与夫篇什,杂而集之。

他把经、子、史、辩说之类,一概排除在文学范畴之外,却不是简单地以有韵或无韵等形式特征为根据,而是提出具体理由作具体分析,这是前人未曾言及的,故起点亦已不同。具体来说,周公孔子之经,乃是人伦行为的准则,不敢妄加议论,以切割裁剪而作取舍,所以不取。而老、庄、管、孟之书,是"以立意为宗,不以能文为本",即纯粹的论说文,自然也不录取。至如贤人、忠臣、谋夫、辩士之言,虽事美一时,流传千载,但那究竟不是结构完整的文学创作,也不录取。而用于记事的史传书记之类,重在"褒贬是非,纪别同异",只是实录历史而非虚构的文学创作,同样不予录取。但有一种情况,若史传中的赞论述序,或综辑辞采,或错比文华,是"事出于沈思,义归乎翰藻"之作,故应归属于文学。于是"沈思""翰藻"二语,遂被后世认为乃萧氏衡量文学和非文学的标准。从全篇语义来看，所谓"沈思"，当指精心的创作虚构，而非一般所说深思熟虑；所谓"瀚澡"，当指创作语言的词采美，与陆机所说"绮靡"相近。他提出的这些理由，是否完全正确充足，今天看自然未必，但在文学史的意义却不可小觑，因为判断文学和非文学由此提上理论思考的层面。

萧统的不足是明显的，即尚未接触到新型文学本质。至梁元帝萧绎遂再进一步，以"缘情而绮靡"的文学新观念论文，又打开一片新天地。其《金楼子·立言》曰：

> 古人之学者有二，今人之学者有四。夫子门徒，转相师受，通圣人之经者，谓之儒。屈原、宋玉、枚乘、长卿之徒，止于辞赋，则谓之文。今之儒，博穷子史，但能识其事，不能通其理者，谓之学。至如不便为诗如阎篡，善为章奏如伯松，若斯之流，汎谓之笔。

汉以前所谓"文"，已有"文学"和"文章"之分，故曰有二。今再细辨其作者，实可别为四：孔圣门徒如七十二贤人者，可称为"儒"。延至今日，则只成为老于章句的经师们，他们虽博穷子史，却不能通其理，故只能称"学"。至于阎篡、伯松之流，乃长于章表奏议而不善为诗，即今所说"笔"。而真正的"文"，便只有以屈宋和枚马为代表的骚、赋一类作家了。虽然，此乃是就作者的不同分类，实为区分文学和非文学预作铺垫，下面才转入具体分析：

> 吟咏风谣，流连哀思者，谓之文。而学者，率多不便属辞，守其章句，迟于通变，质于用心。学者不能定礼乐之是非，辨经教之宗旨，徒能扬榷前言，抵掌多识，然而挹源之流，亦足可贵。笔，退则非谓成篇，进则不云取义，神其巧惠，笔端而已。至如文者，惟须绮縠纷披，宫徵靡曼，唇吻遒会，情灵摇荡。

儒者之经典，同样是"孝敬之准式，人伦之师友"，故不论。重点所申谈者乃三种人：学者大都"不便属辞，守其章句，迟于通变"，虽对经学研究有贡献，却不能与予作家之林。笔者，所长在章表奏议，故云"退则非谓成篇，进则不云取义"，即不是创造表达主体思想感情的完整篇，只是一些"神其巧惠"的应用杂文而已，故亦不能与予作家之林。至于真正的"文"，他曾作前后两次说明：一曰"吟咏风谣，流连哀思者"。乍看似难理解，不过在萧梁时期，从开国皇帝萧衍始，君臣上下都酷爱乐府民歌，群起拟作者成风，若武帝今存诗九十首，而拟乐府之作则多达五十四首，故"风谣"之说，当是在特定时代形成的文学观，然其主旨则强调"文"的抒情特征。二曰"绮縠纷披，宫徵靡曼，情灵摇荡"。因为文学的根基是表现人的情感生活的，即所谓"诗缘情"，故最大的特征就是要有激荡心灵的感染力量。而要达到此目的，则必须讲求语言的词彩美和声韵美。前面已谈到，文学独立自觉的根本动因，乃源于玄学兴起对人的主体情感的热情肯定和极力张扬，从而促使文学发生质的转变，由前期的"言志"转向后期的"缘情"，新的文学观亦由此确立，陆机首发其端，至萧氏兄弟作进一步发挥，故有"文学独立"说的提出，对后世产生深远影响。

然而，对"绮縠纷披，宫徵靡曼"之说，可能由于萧氏兄弟都是宫体诗的领袖人物，故今人多持批评否定态度，或认为是对六朝形式主义华靡文风的张扬或推波助澜。但事情恐怕未必那么简单，《文心雕龙·情采》即说：

> 夫铅黛所以饰容，而盼倩生于淑质；文彩所以饰言，而辩丽本于情性。故情者文之经，辞者理之纬，经正而后纬成，情（原作理，据周振甫校改）定而后辞畅，此立文之本源也。

如今人所说，这是讲"内容决定形式"吗？也可这么理解。但往更深一层想，则是说就像"盼倩生于淑质"那样，"而辩本于情性"，即诗歌语言的趋于华美靡丽，是由其抒写情感的本质特征所决定了的。故抒情的语言，便不同于一般叙述或说理的语言。对此，《诠赋》亦有明确说明："原夫登高之旨，盖睹物兴情。情以物兴，故义必明雅；物以情观，故词必巧丽"。因为对诗人来说，他所观照之物，已非纯粹的自然生造之物，而是被情感化心灵化的物，自然"人化"了，人也"对象"化了，故物皆着我之色彩，其表达的语言也就不同于一般语言，求新求变求其"巧丽"，遂成为创作之必然，故今人也才有"艺术的语言"之特称。当然，一切事物皆过犹而不及，如果雕饰过甚，陷入"淫丽而烦滥"，刘勰他们也是坚决反对的，这就是艺术的辩证法。

二、历史评说之反思

可以想见，如果唐及唐以后的文论家们，能承续六朝人对文学认识所达到的新高度，而进行更加深入广泛的探讨，我国古文论将会取得何等辉煌的成绩！然事实却并非如此。

唐代的"古文运动"家们，即对这点艰难的进步，却采取了完全否定的态度，岂非历史的倒退！他们针对"缘情绮靡""义归翰藻"之说，以"雕饰""淫丽"等为罪人武器，不仅否定萧氏等的文学独立说，进而还否定屈宋以来整个中国文学传统，转以圣人经典和秦汉古文为号召，重新回到文、史、哲不分的浑沌文学观去。早期如李华《赠礼部尚书清河孝公崔沔集序》说："屈平宋玉哀而伤，靡而不返，六经之道遁矣！"柳冕则更激进，凡文学皆斥为亡国之音，其《与滑州卢大夫论文书》说：

屈宋以降，则感哀乐而亡雅正；魏晋以还，则感声色而亡风教；宋齐以下，则感物色而亡兴致。教化兴亡，则君子之风尽，故淫丽形似之文，皆亡国哀思之音也。

将历代文学皆说成"名教"的反动，其范围之广，可谓无一遗漏，岂非是对魏晋以来文学独立自觉意识的全面否定。贾至《工部侍郎李公集序》这段话则尤值得注意：

自成康殁，颂声寝，骚人作，淫丽兴，文与教分为二。不足者强而为文，则不知君子之道；知君子之道者，则耻为文。文而知道，二者难兼。……三代文章，炳然可观。洎骚人怨靡，扬马诡丽，班张崔蔡曹王潘陆扬波扇飙，大变风雅，宋齐梁隋，荡而不返。

所谓"文与教分为二"，大概是说此时之文学，已经从经、子、史中分离出来，有了自身存在独立价值与地位，故对儒家的王功政教传统造成严重冲击，在他们看这即是"文"的衰微，因而"文学的自觉"是绝对不能允许的。此说可谓一语破的，把古文运动家们所以否定整个文学传统的思想动因，展示无遗。总之，他们是以经学家政治家的眼光看"文"的，恰恰不是用文学家的眼光看"文"，文学也就没有存在的价值了。

然而，随着古文运动的真正领袖韩愈、柳宗元出，时代观念亦随之一变。由于韩柳都是对文学有深厚修养的人，故不再像他们的前辈如柳冕等，对文学采取一概排斥乃至敌视的态度，而是又回到文、史、哲不分的浑沌文学观。这固然提高了文学的地位，如他们提出"文以明道"说，即认为道之行，必借文方可致远，道和文并非绝对对立关系。故韩愈《答刘正夫书》说："若圣人之道，不用文则已，用则必尚其能者。"又《答尉迟生书》说："体不备不可以为人，辞不足不可以为文。"文虽只是"明道"的工具，但也是不可或缺的，从而给文学腾挪出存在的空间。不过，这又恰恰抹煞了文学存在的独立个性。他们谈"文"，总是上溯圣人经典、诸子散文、诗骚汉赋，下至魏晋古体、六代五言，眉毛胡子一把抓，根本没有文学和非文学的观念。韩愈《进学解》谈为文"博取"曰：

> 沈浸浓郁，含英咀华，作为文章，其书满家。上规姚姒，浑浑无涯；周诰殷盘，佶屈聱牙；《春秋》谨严，《左氏》浮夸；《易》奇而法，《诗》正而葩；下逮《庄》《骚》，太史所录，子云相如，同工易曲。生之于文，可谓闳其中而肆其外矣！

柳宗元也一样。其《答韦中立论师道书》将古代典籍分为学文时可"本之"和可"参之"两类，前者当讲个人品德修养，故必"本之"五经。但更值得注意者，则是被列入可"参之"的一类，因为这更关涉到"文"的创作："参之穀梁氏以厉其气，参之孟荀以畅其支，参之老庄以肆其端，参之《国语》以博其趣，参之《离骚》以致其幽，参之太史公以著其洁，此吾所以旁推交通而以为之文也。"其《与杨京兆书》谈前人文章之可法者则曰："博如庄周，哀如屈原，奥如孟轲，壮如李斯，峻如马迁，富如相如，明如贾谊，专如扬雄。"凡文、史、哲、论皆涵括其中，涉及范围更广。韩愈又在

【卷二】

《送孟东野序》中提出著名的"不平则鸣"说,今人多以为说文学创作,其实只是一个普泛的论文概念。故首言诗书六艺,谓"皆鸣之善者也"。接言"孔子之徒鸣之,其声大而远"。于是说:

> 其末也,庄周以荒唐之辞鸣;楚大国也,其亡也以屈原鸣;臧孙辰、孟轲、荀卿、以道鸣者也;杨朱、墨翟、管夷吾、晏婴、老聃、申不害、韩非、慎到、田骈、邹衍、尸佼、孙武、张仪、苏秦之属,皆以其术鸣;秦之兴,李斯鸣之;汉之时,司马迁、相如、扬雄,其最善鸣者也;其下魏晋氏,鸣者不及于古,然亦未尝绝也。

总之,在他们看来,似乎凡是用文字符号写作的东西,便都可涵括在"文"中,它们虽有高低之分,却无本质差异。正是在这种观念支配下,文学也就失云了独立存在的价值。由于韩柳对后世产生的深远影响,这种浑沌文学观遂成为毋庸置疑的社会共识,从此人们眼中只有文、史、哲浑然不分的"文",而没有独立自觉的文学,萧氏兄弟倡导的"文学独立"说遂被历史尘埃淹没,人们理解的中国文学史也不再是真正的文学史。

到了南宋,在新的历史条件下,文学的独立性又被人提出,那就是严羽。其《沧浪诗话·诗辨》曰:

> 诗有别才,非关书也;诗有别趣,非关理也。然非多读书,多穷理,则不能极其至。所谓不涉理路,不落言诠者,上也。诗者,吟咏情性也。盛唐诸人,惟在兴趣,羚羊挂角,无迹可求,故其妙处,透彻玲珑,不可凑泊,如空中之音,相中之色,水中之月,镜中之象,言有尽而意无穷。

虽然他是以禅喻诗,细看则是直承六朝而来。首先,其立论基点仍是"吟咏情性",从而才提出"别才""别趣"之说,以同其他文体划界,识见深刻新颖,实发前人之所未发,当是萧氏说之提高版。其次,又以盛唐诗为准则,认为其高妙处即在"兴趣",而审美内涵则是"言有尽而意无穷",当然这也是其他文体如哲学论文、历史散文等所不具备的。然细绎其出处,似仍导源于钟嵘"文已尽而意有余,兴也"之说。更可注意的是,其说一出,同样遭到正统文人们的批评围攻,终难动摇古文运动家们造成的社会主流意识。

延至今日,随着哲学社会科学的发展,人们对文学本来已有更加明确清晰的界定,可是在我国古典文学尤其文学史研究领域,却无视时代的进步而要重拾唐宋古文运动家的浑沌文学观,并创造出一个"广义文学"的概念来为之自圆。文学同其他学科之间自然会有重叠,但不能因此模糊界限而无限延展,把诸如哲学、历史乃至应用杂文之类的"文"都包括进来。文学发展的历史是有规律可寻的,这正是文学史写作之要义所在,如果把根本不同性质的东西(文学和非文学)杂凑于一篮,那还有什么规律可言?而所谓"文学史",恐怕只能是某朝某代有哪些作家作品的现象罗列。如果我们也依样画瓢,创造一个什么"广义历史"或"广义哲学",因文学反映时代变迁,便说成历史;或反映社会思潮,便说成哲学,那又将文学置于何地呢?

【卷二】

永明"声律"说读解

齐武帝永明年间，又兴起一股探讨格律、讲求声病的创作新思潮，史称"永明体"。这不仅对当时文学创作的影响极大，大有横扫诗坛而为时代主潮之势；而且也改变了此后文学创作方式，从而建构起最具民族特色的代表性诗体——格律诗。所谓"古之终而律之始"，即指此而言。因此，它是我国文学走向真正独立自觉的又一历史性标志。

一、"永明体"及其声律说

关于永明体的代表作家，钟嵘《诗品》说："王元长创其首，谢朓、沈约杨其波。三贤或贵公子孙，幼有文辩，于是士流景慕，务为精密，襞积细微，专相陵架，故使文多拘忌，伤其真美。"此外，还有范云、萧琛、陆倕等人。

所谓"永明体"，当指活跃于这一时期诗坛上的一批诗人的共同创作风格而言。不过稍作扩展，亦可泛指有齐一代之诗人，宋严羽即曾说："永明体，齐年号，齐诸公之诗。"[1]但到后代，也往往同"齐梁体"相混称，因为齐梁二代诗风格律相承，故不易分别。冯班《严氏纠谬》说："若明辨诗体，当云齐梁体，创自沈谢，南北相仍，以至唐景云龙纪（按指神龙、景龙），始变为律体。"但冯班所说亦未必正确，这主要应看所指创作特征而定，故并非不可分称。如姚范即说："称永明体者，以其拘于声病也；称齐梁体者，以其绮艳及咏物之纤丽也。"[2]似乎讲得就比较通达。那么，"永明体"的内容究竟何所指呢？《南史·陆厥传》曰：

---

[1] 郭绍虞：《沧浪诗话·诗体》校释，人民文学出版社，1983年。
[2] 《援鹑堂笔记》(44)道光十五年(1835)刊本。

> 永明时盛为文章，吴兴沈约、陈郡谢朓、琅琊王融，以气类相推毂。汝南周颙善识声韵，约等文皆用宫商，将平上去入四声，以此制韵，有平头、上尾、蜂腰、鹤膝。五字之中，音韵悉异，两句之内，角徵不同，不可增减，世呼为永明体。

正如姚范所说，其指的就是讲究声病的问题。而《陆厥传》则将"声病"的基本内容，作了十分精练的概括：一是"将平上去入四声，以此制韵"，这是谐韵的问题；二是"有平头、上尾、蜂腰、鹤膝"等八种病忌，是调声的问题。而造成的效果，就是"五字之中，音韵悉异，两句之内，角徵不同"的声韵美。而中国诗歌由此才真正走上追求格律的自觉，在文学史上的意义自不可低估。沈约本人是这样说明的：

> 若夫敷衽论心，商榷前藻，工拙之数，如有可言。夫五色相宣，八音协畅，由乎玄黄律吕，各适物宜。欲使宫羽相变，低昂互节，若前有浮声，则后须切响，一简之内音韵尽殊，两句之中轻重悉异，妙达此旨，始可言文。（《宋书·谢灵运传论》）

沈约是建构永明声律说的主将，为此还专著有《四声谱》，故矜为独得之秘而特别自豪。故接着即说："自灵均以来，此秘未睹。"以为是自己独得的发现。若把沈约所说和陆厥之言对照来看，我们就会发现此所谓"一简之内"，即陆厥所说"五字之中"，是讲五言诗一句之内的声韵问题的，再联系下句所说，也不过是十字（一联）的问题。弄明白这一点很重要，因为这说明他们尚未顾及到整篇的音韵协调，所以同近体格律诗还有很大不同。又其所说音韵、律吕、宫羽、轻重、浮切等，其实都是相同概念，因为当时还没有平侧（仄）的定称，故出现各种纷杂称谓，实际都是讲声韵调适问题。由此亦可知，永明声律说核心问题，就是"声"和"病"这两个方面。"声"指声调，"病"指八病，如陆厥已提到的平头、上尾、蜂腰、鹤膝等八种病忌。刘勰《文心雕龙·音律》对此有更详细的说明：

> 凡声有飞沉，响有双叠。双声隔字而每舛，叠韵杂句而必睽。

沈则响发而断，飞则声扬不还。并辘轳交往，逆鳞相比，迂其际会，则往蹇来连，其为疾病，亦文家之吃也。……是以声画妍蚩，寄在吟咏，滋味流于字句，气力穷于和韵。异音相从谓之和，同声相应谓之韵。韵气一定，故余声易遣；和体抑扬，故遗响难契。属笔易巧，选和至难；缀文难精，而作韵甚易。虽纤意曲变，非可缕言，然振其大纲，不出此论。

在这段话之前，他首先区分出声有"外听"（如音乐等自然音节）和"内听"（如声韵的人为协调）之别，并说："外听易为察，而内听难为聪也。故外听之易，弦以手定；内听之难，声与心纷，可以数求，难以辞逐。"因此，如不知调适声韵的抑扬飞沈，就会造成"往蹇来连"的弊病，读起来则有如患了口吃病一般。这明显是针对当时声律说的反对者而言的。故后半即正面阐释如何调适声韵，并提出"韵"与"和"的问题，有似沈约所说的"声"和"病"。而这正是声律说的核心内容，其中尤以"四声"为要，因为四声既是协韵的基础，更是调声（和）的根本。故四声之被发现，在当时确有重要意义，可看作中国文学由只讲自然音节的朦胧状态，向追求人为音节的自觉状态转化迈出的关键一步。陆厥说他们"善识声韵"，并称"约等文皆用宫商，将平上去入，以此制韵"，故而造成"五字之中音韵悉异，两句之内角徵不同"的格律美。不过，相较而言在"声"和"韵"两个方面，则协韵比较容易，而调声（和）却相当困难，刘勰曾对此作了重点说明。他认为"同声相应谓之韵"，只要韵调相同的字即可通押，故变化不大，是人人都可掌握的。但以平上去入调声，却困难得多，因为这首先要求能通晓四声，并且四声的调配还有一定规律，其间变化更是微妙复杂，诸多文"病"即由此产生，非学有专门便难掌握。故刘勰才反复强调："和体抑扬，故遗响难契"、"属笔易巧，选和至难"、"气力穷于和韵"，原因即在于此。由于这是通过"异音"之间的搭配以求"和"，既要顾及声音的轻重、飞沈、浮切以造成抑扬顿挫之势，更要顾及词意的表达不受损害，确是创作中的一大难题。而永明诗人却能以自觉鲜明的态度，对这一矛盾进行积极探讨，遂令时人耳目为之一新，故誉之曰"新变"。

至于永明诗人所说"八病"，即是当时人们在调声求"和"中，从消极方面提出的避忌，故局限性较大，后人亦多所指责。如卢照邻《南阳公集序》即说："八病原起，沈隐侯永作拘囚。"皎然《诗式》也说："沈休文酷裁八病，碎用四声。"似乎从来就没有过好名声。不过也应看到，这是在声律说初起而尚未完全掌握规律时，会必然产生的现象，也就没有什么可奇怪了。郭绍虞先生即说："可以知道'和'的问题，实在是永明体声律的主要问题。这是从古诗转变到律诗的枢纽，所以不能以古诗的音节来解释，也不能以律体的音节来傅会。"①而后代的种种责难，却恰恰是从已经成熟的律体角度进行批评的。

"八病"除陆厥和钟嵘都提到的平头、上尾、蜂腰、鹤膝外，还有大韵、小韵、旁纽、正纽四病。郭绍虞先生有较详细的考述②，现综述如下。简单地说，它们是从"异音相从谓之和"的求"和"中衍生出来的，由于是只提病忌而未明规律，所以不易为人掌握。然其细目有八，大别则四：平头、上尾为一组，属同声之病；蜂腰、鹤膝为一组，属同调之病；大韵、小韵为一组，属同韵之病；旁组、正纽为一组，属同纽之病。四组还可归纳为两大类：平头、上尾、蜂腰、鹤膝四种，是就两句（一联）的音节讲的；大韵、小韵、旁纽、正纽四种，是就一句的音节讲的。因为后者只是一句中的音节，故两句中就要求较宽，不为病犯。《文镜秘府论》即说"大韵、小韵、旁纽、正纽四病，但须知之，不必须避"。又引刘氏（按当指隋刘善经）说云："韵纽四病，皆五字之内之疵，两句中则非巨疾。"因此，八病所言皆不超出两句（一联）中的病犯避忌，并不关涉到诗的全篇，而齐梁诗往往句合音律却前后联不粘者，概由于此。下面对八病稍作具体说明：

（1）平头、上尾：此二病当指五言诗两句中的句头句尾同声之病。《文镜秘府论》："第一字不得与第六字同声，第二字不得与第七字同声。同声者，不得同平上去入四声。"这是后来律体协调平仄的开始，在八病中要求也最严。故《史通·杂说》云："自梁室云季，雕虫道长，平头上尾，尤忌于时。"由于这是初始，故永明体亦尚不能完全遵守，而在律体既定之后，平仄自然谐适，此病也就不存在了。

（2）蜂腰、鹤膝：《蔡宽夫诗话》说："所谓蜂腰、鹤膝者，盖又出于双

---

①《中国文学批评史》，上海古籍出版社，1979，86。
②参阅《中国文学批评史》第二一节，上海古籍出版社，1979年。

声之变。若五字首尾皆浊音而中一字清，即为蜂腰；首尾皆清音而中一字浊，即为鹤膝。"若以粗喻浊音，细喻清音，则与蜂腰之两头粗（浊）中间细（清）或鹤膝之两头细（清）中间粗（浊）正合，可知这是取古人常用的象喻之言进行文学批评者。然何谓清浊？蔡氏亦曾解释说："四声之中，又别其清浊以为双声，一韵者以为叠韵。盖以轻重为清浊耳，所谓'前有浮声则后有切响'者是也。"前面曾说过，轻重、飞沈、浮切等都是在平仄未出现之前的辨音之称，其实质就是平仄，那么清浊也是指平仄而言的。故而平夹仄便是蜂腰，仄夹平则是鹤膝。仇兆鳌《杜诗详注》曾说："今案张衡诗'邂逅承际会'是以浊夹清，为蜂腰也。如傅玄诗'徽音冠青云'是以清夹浊，为鹤膝也。"此说与蔡氏正同。然如此说来，原来这是就两句的对偶而言的，即只有当蜂腰和鹤膝同时出现并两两相对，那才算病犯。若单有蜂腰或单有鹤膝，则不算病。

（3）大韵、小韵、旁纽、正纽：前已说过，此四病皆为一句中的病忌，而永明体重在两句故不以为巨病。邹汉勋《五韵论》释沈约"音韵悉异"句云："音目同纽，韵谓同类。言五字诗一句之中，非正用重言连语，不得复用同韵同音之字，犯之即为病。"这可看作四病的总原则。若分开来看，从韵的方面讲，如《文笔眼心钞》所说："五字中二五用同韵字，各触绝病，是谓大韵。一三用同音字，各伤音病，是谓小韵。"从纽的方面讲，则旁纽是指双声字，如"雕弓"之于"敦弓"，冯班《钝吟杂录》解释说："按征音四字端透定泥，敦字属元韵端母，雕字属萧韵端母，则是旁纽者双声字也。"故旁纽之病，是说一句中不可用双声字。至于正纽，则指四声相纽。《封演闻见记》云："周颙好为体语，因此切字皆有纽，纽有平上去入之异。"而邹汉勋所说"一句中不得复用同音之字"，即是指纽而言。比如溪、起、憩三字，就不得在一句中同用，犯之即为正纽。

总之，八病所说，本来都是探求"异音相从"而求"和"的，应该说无可厚非，但都带有初起时的不成熟性，且规定得太琐细太死，遂不免产生流弊而招来非议，也是可以想到的。比如韵纽四病，到了律体定型之后，不但不以为病，反而以病对病，适造成声韵对偶之美，即可证明其死板性。

二、永明声律说时代意义评判

宗白华先生曾引艾里略的话说:"创造一种形式并不是仅仅发明一种格式,一种韵律或节奏,而且也是这种韵律节奏的整个合适的内容的发觉。"因此,对文学的一种新的格律的发现,绝不仅仅是简单的形式问题,它的内涵可能远较深刻得多。比如我国晋宋以后诗歌,其情感内容的潜隐化,其情景关系的新建,乃至与之相适应的表达符号的"化景为情"式立体化造型,即与此密切相关。故刘勰说:"宋初文咏,体有因革,庄老告退,而山水方滋。俪采百字之偶,争价一句之奇,情必极貌以写物,辞必穷力而追新。"(《文心雕龙·明诗》)永明声律说的提出,并非仅是由"庄老告退而山水方滋"的题材方面原因引起的,更应看到那是一种新的内容的发现,是一种人对情感表达的拓展和净化。亦如艾里略所说:"一个创造出新节奏的人,就是一个拓展了我们的情感并使它更为高明的人。"[①]齐梁以后的我国诗歌,由于格律的讲求而逐渐走向短小化、凝练化、涵蓄化,一变"胸情直抒"而为情景互根互生,于是才有五七言律绝和含蓄意境的追求,岂非正是"拓展了我们的情感,并使它更为高明"吗?因此,永明声律说虽还带有不够成熟的时代局限,但它反映的正是那个文学独立自觉的社会新观念的转变,我们应给予充分的肯定,而不是简单化地以"形式主义"加以否定。

也许正由于此,它一出现即受到保守派的猛烈拼击,因而引发一场新旧观念之争。《梁书·庾肩吾传》云:"齐永明中,文士王融、谢朓、沈约始用四声,以为新变。"可知当时备受非议的所谓"新变",其核心内容就是沈约等所倡导的声律论。对此提出驳议的首推陆厥,他针对沈约《宋书·谢灵运传论》所说"自灵均以来,多历年代,虽文体稍精,而此秘未睹。至于高言妙句,音韵天成,皆暗与理合,匪由思至。张、蔡、曹、王,曾无先觉;潘、陆、颜、谢,去之弥远",而提出批评说:

  自魏文属论,深以清浊为言;刘桢奏书,大明体势之致。岨峿妥帖之谈,操末续颠之说,兴玄黄于律吕,比五色之相宣,苟此秘

[①] 宗白华《美学散步》第15页,上海人民出版社,1981年。

未睹，兹论何为所指耶？愚谓前英已早识宫征，但未屈曲指的，若今论所申。……意者亦质文时异，今古好殊，将急在情物而缓于章句。情物，文之所急，美恶犹且相半；章句，意之所缓，故合少而谬多。义在于斯，必非不明矣。……一人之思，迟速天悬，一家之文，工拙壤隔，何独宫商律吕，必责其如一耶？论者乃可言未穷其致，不得言曾无先觉也。"（《与沈约书》）

陆厥此书的反驳要点有三：一是古人文辞亦有暗合声律之处，故不得谓不明音律；二是他们也常有谈及音律者，故不得谓此秘未睹；三是其创作又急于情物而缓于章句，故声律之学自非所重，自然有合与不合，又岂可谓曾无先觉！显然，这是把文学发展中由对声律的不自觉和走向自觉混为一谈了。自然的音节也会偶有暗合音律之处，但却不是人为地自觉造成的声韵之美，故还仅仅表现为个别性和偶然性。其实，对此沈约早已指出："至于高言妙句，音韵天成，皆暗与理合，匪由思至。"大概是陆厥未曾读懂，或竟视而不见，故还要说"愚谓前英已早识宫征，但未屈曲指的，若今论所申"，便是混淆了二者的本质差别。而所谓"屈曲指的"，那正是对音律认识由不自觉走向自觉的关键一步，岂可不加细究！如再说"一家之文，工拙壤隔，何独宫商律吕，必责其如一"，而以此论证只可言"未穷其致"，不得谓"曾无先觉"，就更难成立。因为，声律说的提出，本来就是要探索出一种调适声韵的普遍语言规律的，怎能以"必责其如一"为非？

诗文之讲求声律是从自然音节发展而来的。自然之音节，本源于思想情感表达之自然语气；而永明声律，则是根据字音的清浊飞沈，而人为地规定安排的，故二者已有质的不同。韩愈《答李翊书》说："气盛则言之长短与声之高下皆宜"；刘大櫆《论文偶记》说："凡行文多寡短长，抑扬高下，无一定之律，而有一定之妙"，讲的就是自然音节。而齐梁以前诗文中所说"一宫一商"（司马相如语）、"音声迭代"（陆机语）等，亦都是指此而言。由于这是一种由内容需要决定的诵说音节，可随行文而变化，并无定数，故说"无一定之律"；但它又可造成疾徐缓急之势，抑扬抗坠之节，读出高下顿挫的调子来，故又说"有一定之妙"。永明声律则与此不同，它是随诗文骈俪化而发展的结果，在辨字审音的基础上，人为地规定并造成的清浊轻重谐和的声律，故是适于吟咏的音节。我国对字音的研究，大约自魏晋以来即已开始，如魏李登的《声类》、晋吕静的《韵集》，即已开启研究声韵的风气。孙炎的《尔雅音义》又创立反切，对字音的辨析更趋细密。加之宋齐以降，佛经转译的兴盛，又发明四声。按佛教徒在读译经典时，先按照声调的高低分辨出三声，再加上中国字附有K、P、T等辅音缀尾的入声字，遂成为四声。陈寅恪先生《四声三问》曾说："借转读佛经之声调，应用于中国之美文化，四声乃盛行。永明七年二月二十日竟陵王子良大集沙门于京邸，造经呗新声，为当时考文审音一大事。故四声说之成立，适值永明之世，而周颙、沈约之徒又适为此新学说之代表。"此说已为学界广泛接受，但四声的正式确立，却未必却从"竟陵王子良大集沙门于京邸"事为绝对标志。因为，在刘宋时期"四声"似乎已为人们所认识并掌握，如钟嵘《诗品序》曾说："千百年中而不闻宫商之辨，四声之论……自古词人不知之，惟颜宪子乃云律吕音调，而其实大谬。唯见范晔、谢庄颇识之耳。"而范晔《与甥侄书》确曾说："性别宫商，识清浊，其自然也。观古今文人，多不全了此处，从有会此者，不必从根本中来。言之皆有实证，非为空谈。"可知范晔等即已掌握四声，未必定要等到周颙、沈约。值得注意的是他们均提到"宫商"，此本指我国传统所说"五音"宫、商、角、徵、羽，而一般认为"宫商响高，徵羽声下"，故《国语·周语》云"大不逾宫，细不逾羽"，即指此而言。沈约则称作"浮声""切响"，是说宫商声大而缓，徵羽声细而尖，故才有低昂、飞沈、轻重之说，虽然是把四声浓缩为二。由传统的五音转变到四声，无疑是辨字审音的一大进步，再将四声浓缩为二，则更有利于诗文中调配声律，实已开后世以平仄（仄）调声的先声了。通过上面的逆流溯源，充分说明自然音节和人为音节是有本质不同的，不可混淆而不分，因此说"观古今文人，多不全了此处"，亦未尝不可。而以此来否定永明声律说，显然是隔靴搔痒之谈。

如果说陆厥还仅是就"曾无先觉"提出批评，那么钟嵘则是对声律说全盘加以否定了。其《诗品序》曰：

> 昔曹刘殆文章之圣，陆谢为体贰之才，锐精研思，千百年中而不闻宫商之辨，四声之论。或谓前达偶然不见，岂其然乎？尝试言之，古曰诗颂，皆被之金竹，故非调五音无以谐会。若"置酒高堂

上"、"明月照高楼",为韵之首。故三祖之词,文或不工,而韵入歌唱。此重音韵之义也,与世之言宫商异矣。今既不被管弦,亦何取于声律邪?……王元长创其首,谢朓、沈约扬其波。三贤或贵公子孙,幼有文辨,于是士流景慕,务为精密,襞积细微,专相陵架,故使文多拘忌,伤其真美。余谓文制本须讽读,不可蹇碍,但令清浊通流,口吻调利,斯为足矣。平上去入,则余病未能;蜂腰鹤膝,闾里已具。

他反对声律说的理由约有二端:一是前贤诗颂皆被之金竹,故才调五音以谐会,今既不被管弦(文制本须讽读),又何取于声律呢?二是自声律之说大盛,遂造成文多拘忌,伤其真美。就前一点说,自从诗文与音乐脱离关系以后,便向诵读(即"讽读")的音节发展,可以重在自然音调而不必讲求声律。然诵读的音节毕竟舒徐散缓,需要进一步精练提高,于是便有吟咏音节的产生,以进而造成抑扬顿挫的声韵美。永明声律即是适应这一历史进步而产生的,本是时代的必然,钟嵘却以是否合乐为由加以否定,显然是传统保守观念的反映。至于后一点,正如成语所说"因噎废食",那是大谬特谬的。因其格律的束缚而伤其真美者,固然有之;但因声律的讲求而增加真美者,恐怕更是主流。这本是为此后我国格律诗的发展,已充分证明了的事实,似乎不应对永明声律初起时的时代局限性过多责难。至于说"平上去入,则余病未能;蜂腰鹤膝,闾里已具",则恰恰说明沈约等人大声倡导的必要,更难成为反对的理由。

前面已经谈到,当时饱受批评的所谓"新变",其核心内容即是永明声律。于是造成"守旧"和"新变"的长期纷争,而守旧派的一大罪人法宝就是以古压今。如齐梁之交的裴子野在其《雕虫论》中即曰:

古者四始六艺,总而为诗,既形四方之风,且彰君子之志,劝美惩恶,王化本焉。后之作者,思存枝叶,繁华蕴藻,用以自通。若悱恻芳芬,楚骚为之祖;靡曼容与,相如扣其音,由是随声逐影之俦,弃指归而无执。……爰及江左,称彼颜谢,箴绣鞶帨,无取庙堂。宋初迄于元嘉,多为经史,大明之代,实好斯文。高才逸韵，颇谢前哲，波流相尚，滋有笃焉。自是闾阎年少，贵游总角，罔不摈落六艺，吟咏情性。学者以博依为急务，谓章句为专鲁。淫文破典，斐尔为功，无被于管弦，非止乎礼仪；深心主卉木，远致极风云，其兴浮，其志弱；巧而不要，隐而不深，讨其宗途，亦有宋之遗风也。

《梁书》本传说："（子野）不尚丽靡之辞，其制作多法古，与今文体异。"其文风自然可知，而与新变派必然形成针锋相对。不过，他从"王化之本"的角度提出批评，却明显带有以古压今的味道。其理由是，他认为"后之作者"既已丢弃了四始六艺之本，又缺失劝美惩恶之用，一味地在文之"枝叶"上追求华词丽藻，因而被指为是"弃指归而无执"。值得注意的是，他因此连"楚骚之祖"的屈原也一并抹倒，其偏激乖谬可知。而且他要否定的，还不只是文的"篾绣鞶帨"、"淫文破典"及"深心主卉木，远致极风云"等形式乃至题材方面的新变，甚至连作为文学独立自觉标志的"吟咏情性"这一基本特征也否定了。因此，称之为这一时期进步文学潮流之反动，亦不为过。这当然会引起新变派的反驳，萧纲的《与湘东王书》即为此而发：

比见京师文体，懦钝殊常，竟学浮疏，争为阐缓。玄冬修夜，思不所得，既殊比兴，正背风骚。若六典三礼，所施则有地，吉凶嘉宾，用之则有所。未闻吟咏情性，反拟《内则》之篇，操笔写志，更摹《酒诰》之作；迟迟春日，翻学《归藏》，湛湛江水，遂同《大传》！

显然，这段话是完全针对裴氏而发的。此所谓"懦钝殊常"的京师当然是指以裴氏为首而盛行于京城的古文体派，据《梁书·裴子野传》载，此派除裴氏外，尚有沛国刘显、南阳刘之遴、陈郡殷芸、陈留阮孝绪、吴郡顾协、京兆韦棱等"皆博极群书，深相赏爱"。他们批评新变派丢掉"四始六艺"、"王化之本"，萧则谓其创作"既殊比兴"、"正背风骚"。他们批评新变派"以博依（指文学）为急务，谓章句（指经学）为专鲁"，萧则回应说"若六典三礼，所施则有地，吉凶嘉宾，用之则有所"。总之，文学和经学的性质根本不同，所以作用也完全两样，不容混淆等同。在萧纲等新变派看来，写景言情才是文学的生命所在，故不能写成摘章寻句的经学讲义，更不能写成摹古不化的政治论文，可知他所说"及拟《内则》之篇"、"更摹《酒诰》之作"云云，皆并非泛泛之谈，而是有现实针对性的。故下文即直指其名曰："裴氏乃良史之才，了无篇什之美"、"师裴则蔑绝其所长，惟得其所短"，结论自然是"裴亦质不宜摹"了。而且，他还鲜明地树立起宜学的摹古之对立面："至如近世谢朓、沈约之诗，任昉、陆倕之笔，斯实文章之冠冕，述作之楷模。"这就是说，他所标举的诗文传统，是以谢朓、沈约开创的"声律说"为核心的新变派文学。

　　由此我们还联想到，萧纲曾说过而为后世多所指责的那句话："立身之道与文章异，立身先须谨重，文章且须放荡。"（《诫当阳公大心书》）细想起来，恐怕与其新变观亦有联系。按照传统儒学观点，文章和德行，应是一元的，所谓"文章之与德行，犹十尺之于一丈"（《抱朴子·文行》）者即是。而古文体派正是依此批评新变派"弃指归而无执"的，即认为他们摒弃一切传统，文行分离，弃本逐末，故有悖于王化之本。萧纲却站在新变派的立场，断然将二者区分开来，以为立身行事必须遵从圣训，应该"谨重"；但写文章却不宜过于拘束，若被传统、成见、旧习死死缠住，就根本谈不到革新乃至创造了，所以要"放荡"。正如颜之推所说："文章之体，标举兴会，发引性灵。使人矜持，故忽于操守，果于进取。"（《颜氏家训·文章》）因此，所谓"放荡"，乃放荡不羁、不受拘缚之意，而并非行为不够检点、肆行无忌。因为出于兴会、抒出性灵之作，自不同于坚持操守之言，自然会"果于进取"而"放荡"一些，若一味地陈陈相因，谨重不变，那是不会有生命力的。至于有人将此和宫体诗的兴盛联系在一起，恐怕是对"放荡"一词望文生义的曲解。不过，萧纲只强调其二者的不同一面，而忽略其相联系相统一的一面，则不免有割裂传统和创新之嫌。这在接下去的一段话中，即有更突出的表现：

> 但以当世之作，历方古之才人，远则扬、马、曹、王，近则潘、陆、颜、谢，而观其遣辞用心，了不相似。若以今文为是，则古文为非；若昔贤可称，则今体宜弃。俱为盍各（格），则未之

敢许。

就表面意义看,他确有把古和今、传统和新变明显对立起来的倾向,似乎二者根本不能并容,以至走到极端的偏颇:"若俱为合格,则未之敢许!"但细绎其意,却并不那么简单,因为这仍然是针对永明声律说的。故有似于沈约所说:"观古今文人,多不全了此处。"尤其是"远则""近则"数语,更让人想起所言"张蔡曹王,曾无先觉;潘陆颜谢,去之弥远"。因而,其真正的意思是说:若以昔贤之自然声律为是,则必以永明声律为非;反之,若以永明体为是,则古文体"宜弃"了,所以才说"俱为合格,则未之敢许"。故而也只是自矜其能,并非对昔贤作全盘否定。

在古和今的问题上,新变派为反驳崇古派的唯古论,还观点鲜明地提出文艺进化观,这也是很值得重视的。对此,早在晋代的葛洪其实已经解决,如《抱朴子·世钧》说:"且夫古者事事醇素,今则莫不雕饰,时移世改,理自然也。至于鬻锦丽而且坚,未可谓之减于蓑衣;辎軿妍而又牢,未可谓之不及椎车也。……若舟车之代步涉,文墨之改结绳,诸后作而善于前事,其功业相次千万者,不可复缕举也。世人皆知今之快于襄矣,何独文章不及古邪?"他还举例说,若《尚书》之古朴,则不及今之诏策奏议清赡富丽;《诗经》之华彩,亦不两汉辞赋之汪濊博富,即是明证。这本是不争的事实,尤其《诗》《书》二经,更长期以来被尊为圣典,葛洪则大胆提出异议,无疑是对崇古派"征圣""宗经"文学观的有力反驳,而继承和创新也就不再成为问题——"时移世改,理自然也"。然而到了齐梁时期,新变派又遇到崇古派的同样遏制,于是便不能不再次重申这一文学进化观。萧统《文选序》即说:

> 式观元始,眇觌玄风,冬穴夏巢之时,茹毛饮血之世,世质民淳,斯文未作。逮乎伏羲氏之王天下也,始画八卦、造书契,以代结绳之政,由是文籍生焉。……若夫椎轮为大辂之始,大辂宁有椎轮之质;增冰为积水所成,积水曾微增冰之凛,何哉?盖踵其事而增华,变其本而加厉,物既有之,文亦宜然,随时变改,难可详悉。

即以椎轮和大辂、积水和增冰的关系,说明后者虽是从前者演化而来的，但它们之间已有本质的不同，是不能混焉不加辨析的。因而，不能仅以前者为古，便否定今之新变遂裹足不前。"踵其事而增华，变其本而加厉"，这才是事物发展的必然规律——"时移世改，理自然也"，诗文自然也不能例外。在这点上，应该说崇古派是无力反驳的。

然而，新变派为何还会屡遭人们的批评呢？当然，也不是没有原因。细究起来，他们所强调的只是"变"的一面，往往忽略"不变"的一面，即没有处理好创新和继承的关系。延续两千多年的宗经思想自然不会接受，偏于变新者也只能躲躲闪闪。在这样的背景下，刘勰提出的"通变"说，遂为双方都能接受而备受推尊。所谓"通变"，即通于古而变于今，或会通古今而变之的意思。《文心雕龙·通变》写道：

> 夫设文之体有常，变文之数无方，何以明其然耶？凡诗赋书记，名理相因，此有常之体也；文辞气力，通变则久，此无方之数也，名理有常，体必资于故实；通变无方，数必酌于新声。故能骋无穷之路，饮不竭之源。然绠短者衔渴，足疲者辍涂，非文理之数尽，乃通变之术疏耳。故论文之方，譬诸草木，根干丽土而同性，臭味晞阳而异品矣。

他既强调"资于故实"的重要，又不废"酌于新声"的创变，是把继承和革新统一起来的，自无仅持一端的偏颇。故就这段话阐述的原则来说，一般地讲是完全正确的。但若联系《文心雕龙》全书的整个思想体系来看，所谓"资于故实"的实质即"征圣""宗经"，并曾明确说过，一切文皆源出六经："故论说辞序，则《易》统其首；诏策章奏，则《书》发其源；赋颂歌赞，则《诗》立本其；铭诔箴祝，则《礼》总其端；纪传盟檄，则《春秋》为根。"甚至认为这是"含章之玉牒，秉文之金科"，所以能"穷高以树表，极远以启疆，虽百家腾跃，终入环内者也"。（《文心雕龙·宗经》）其所反映的正是他文学思想中落后保守的一面，并不值得过多肯定。因为，对遗产的继承虽是一切作家成长不可时刻脱离的土壤，但也不能以六经为根为本，亦步亦趋，说成"虽百家腾跃"而"终入环内者"，那必然会否定作家的创造性，文学也没有了前进的动力。但就刘勰所说"通变"来看，其实最根本的就是"变"。长期以来，人们只重视刘勰所说"参古定法"、"还宗经诰"的一面，而忽视其所说"望今制奇"、"必酌新声"的一面，却不能不说是极为片面的。因为，通于"古"者是既定的、已然的，只有"变"才是开放的、流动的，也才能"骋无穷之路"而为文学的不断创新打开一条广阔通道。这只有联系《文心雕龙》全书其他篇来看，就知道"变"才是其主导方面，如《神思》之谈艺术思维，《情采》之谈艺术语言，《物色》之谈心物关系，以及《声律》之谈声韵，《丽辞》之讲骈偶，《夸饰》之论夸张手法，《事类》之述征事用典等，而这些都是文学独立自觉思潮产生的新变，也正是裴子野等人所极力反对的，刘勰虽反对其过甚过滥，却采取完全肯定的态度，可知他是完全站在"新变"一面的。

　　总之，永明声律说的出现，无论从形式或内容方面来说，都是新型文学发展的必然产物，尽管还带有初创期的不成熟性，但其历史意义是不容忽视的。

2008.10.9

卷三

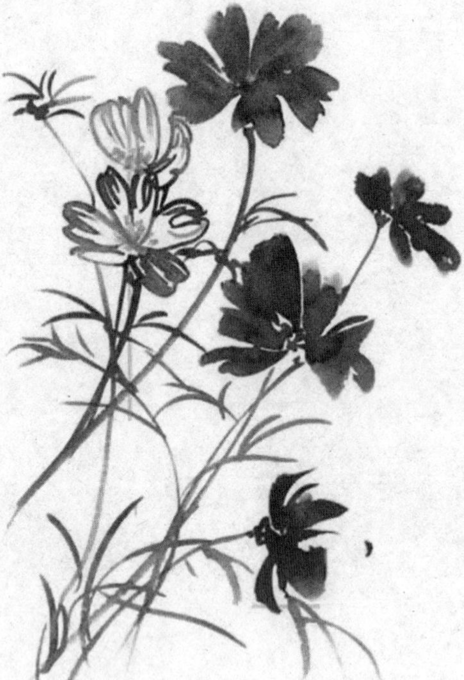

文学史背景总说

贯穿玄学始终的"自然"一词，其实包含两重含义：一是指万物的自然本性，尤其是人的自然本性；二是指客观大自然，尤其是山水自然，正始玄学和竹林名士所重者，主要是前一重含义，故而才有人性的觉醒并引领文学走向自觉。至两晋之交玄学亦发生重要转变，玄学家之所重遂向后一重含义转移，文学本身亦发生质的巨变，于是一种新型文学也随之产生。关于前者上面已作过较详细的述评，下面再讲后者之来龙去脉。

促成两晋之交玄学发生变化的原因，主要有两个方面：一是生活于西晋末年的郭象，首先提出"自生独化"，由"贵无"转向"崇有"，使玄学庄学化；二是佛教盛行而玄佛合流思潮的兴起，以"山水"代替"自然"，使玄学进而佛学化。于是"自然"和"名教"的问题，遂被"山水"和"道"的问题所取代，"游心太玄""悟对山水"，由山水自然去体道悟道，又成为社会的一时风尚。而东晋人士放浪形骸、纵情山水，即物体玄的生活态度亦随之大盛，与之相应的"玄言诗"遂成为诗歌主流。

关于郭象，《世说新语·文学》注引《文士传》曰："少有才理，慕道好学，托志庄老，时人咸以为王弼之亚。"并"作《庄子注》，最有清辞遁旨"。在当时震动士林，声名远播，产生了很大影响。《晋书·向秀传》说：此书一出，"儒墨之迹见鄙，道家之言遂盛"，当是一部振兴玄学的划时代著作。何、王玄学以"无"为本，郭注的鲜明特色则是以"有"为本。他认为天地只是万物的总名，并非先有天地而后才有万物。如注《庄子·逍遥游》曰："天地者万物之总名也。"又说："天者，万物之总名也。"[1]这便把老庄的宇宙

---

[1] 王叔岷，《郭象庄子注校记》，中央研究院史语所，1950，下同。

生成系统及汉人的宇宙构成系统给拦腰砍断，不再在万物之前之外还承认有宇宙本原存在。那么，宇宙万物又是如何生成的呢？他提出"独化"说作回答。所谓"独化"，就是万物都是"自然而然"地生成和变化的，"块然自生"、"自己而然"，此外别无他因。然而，万物又是凭藉什么才能自生自化呢？他借用传统哲学"气聚则生，气散则死"的元气理论说明。《庄子·天地》注曰："虽未有形质，而受气以有素分，然且此分修短，悫乎更无间际，故谓之命。"又《至乐》注曰："润气生物，从无到有，故更相继续也。"并总括一句："此言一气而万形，有变化而无生死也。"由此可知，他也承认"未有形质"的"无"，但这个"无"似乎不是"道"，而是"共一元气"的"气"。在他看来，"从无到有"者，即由气而生形，才产生万物，万物又因其禀有生气，故而有"命"，又生成了生命。故他所说"气"，实指传统哲学中构成万物生命本原的物质性元气，或称作"生气"。由于元气是充塞于宇宙之间，而无所不周无所不在的，故作为构成万物的本原则一，而化生为具体事物却各异。所以他说："一气而万形。"又万物皆有生死，形体亦可灭亡，但元气却周流不殆，运转不息，常在而常新，故万事也就生生不已，所以他说"有变化而无生死也"。无疑郭象玄学，是从老庄之"道"论，又退回到古老的"元气"论。但因"元气"说到底也是一种物质性存在的"有"，那么他抛弃正始玄学"贵无"而倾向"崇有"，也就是必然的。

然而，若因此便认定郭象所讲本体（无）即元气，那又大错特错。《天道》注即释"本"曰："所以先者，本也。"即是说先于一切事物而存在的那个东西就是"本"，但这即指化生万物而又先于万物的"元气"吗？似又不是。《庚桑楚》注解释"以生为本"句说：

物之变化，无时非生，生则所在皆本也。[1]

原来他所说"本"，并非指元气本身，而是元气"无时非生"的化成万物的生化功能。生生大化，流动不居，它无时不在，无处不在，故"不可执而留"；它又引起一切事物的更替变化，"新旧相续，不舍昼夜"，与时俱往，与

---

[1] 王叔岷《郭象庄子注校记》，中央研究院史语所，1950年。

日俱新，无一刻而驻留，这就是他所说"本"。因为它是无可闻见的，并非某种具体事物，只是一种生化功能，所以也可称之为"无"。由此我们可明显觉察到，这个"本"其实即老庄哲学所说"道之德"，即那个化成万物、生生不息的"德"。因此，郭象玄学亦并未背离庄老根基，只是庄老以"道"为本，"德"则是道所外化的功能，而郭象却舍"道"而言"德"，息无而崇有，不以恍惚难明的道为本体，转而以可感可知的功能作本体。不少学者都指出，郭象的本体论是功能性本体论，而非实体性本体论者在此。

郭象提出"独化"说的目的，是最终消解老庄哲学本体之"无"（道），以极力张扬"崇有"（德），也就从根本上取消了宇宙发生的问题。他注意的焦点，只集中在万物的生成变化上，不在万物由来和存在的根据，其实质则是将本体落实到万物生命本身，从而确立必须自己掌握自身生命的新人生观。在西晋末年那样一个动荡乱离、朝不保夕的时代，他并不主张"游谈方外"，遗世逃遁，去过离群索居的隐者生活以求解脱，而是立足方内，即在日常世俗生活中找到一付能够抚平心灵创伤、保持自我人格独立、求得身心解脱的治疗良方，这就是庄子所说"逍遥"。故《庄子注》对"逍遥义"的再阐释，遂成为郭象哲学精神的核心所在。他说："夫《庄子》大意在乎逍遥游放，无为自得，故极大小之致，而明性分之适。"（《逍遥游》注）可知他所理解的庄学要旨，即唯在"逍遥"，故才推尊为"百家之冠"。如果说逃世的解脱是求于外，那么"逍遥"的解脱则是求诸内，贱外行而重内适，才可得到真正的解脱。他曾分辨说："所谓无为之业，非拱默而已；所谓尘垢之外，非伏于山林也。"（《大宗师》注）因为在他看来：

> 夫圣人虽庙堂之上，然其心无异于山林之中，世岂识之哉！徒见其戴黄屋，佩玉玺，便谓足以缨绂其心矣；见历山川，同民事，便谓足以憔悴其神矣，岂知至至者之不亏哉！①

只要内心获得真正的自由解脱，"物物而不物于物"，庙堂欤、山林欤，便可等无差别，而皆不"足以缨绂其心"，又有什么不同呢？这即是真逍遥，

---

① 王叔岷《郭象庄子注校记》、《逍遥游注》，中央研究院史语所，1950年。

即"自然而然"、"自己而然"的"独化"。他进而解释"逍遥"说：

> 夫大小虽殊，而放于自得之场，则物任其性，事专其能，各当其分，逍遥一也，岂容胜负于其间哉！①

庄子所说"逍遥"，本是至人、神人、真人才能达到的生活境界，与一般的普通人可说是无缘的，所以才有大小之别。比如说，鲲鹏是能够逍遥的，而蜩鸠二虫便没有逍遥，这中间的鸿沟是不能逾越的。郭象则以为不然，他从万物"独化"的视角出发，认为事物不论大小，只要"物任其性，事专其能，各当其分"，能够"放于自得之场"，那就是逍遥。因为，这正是各适其性，各尽其情，无拘无缚，即各按其自然天性而生活，怎么能说不是逍遥呢？因此，他也特别欣赏庄子"齐物"之说，更企盼"天地与我并生，万物与我为一"的生活境界，因为唯如此才可"独化于玄冥之境"而游放于"自得之场"。于是他再为"逍遥"定义说："皆不知所以然而自然耳。自然耳，不为也，此逍遥之大意"。（《逍遥游》注）郭象这样解释庄子的"逍遥义"，显然是对庄学的改造，其积极面是把"逍遥"世俗化普泛化，正好适应了人性解放的时代潮流，影响了整整一代士人生活。但其消极方面，又可能把"逍遥"低俗化庸俗化，足以为元康名士的享乐主义和纵欲主义张目，尽管他的本意可能并非如此。

那么，进入"本末内外，畅然俱得，泯然无迹"（《齐物论》注）的"玄冥之境"后，人的心灵世界感受到的又是什么呢？他说：

> 若乃物畅其性，各安所安，无远迩幽深，付之自然，皆得其极，则彼无不当而我无不怡也。（《齐物论》注）

他还说："万物莫不皆得，则天地通。"（《天地》注）可知进入此种境界，则物各尽其性，而悠然自若，于是与天地因之同一，物我亦因之两冥，作为主体的"我"便不再存在差别矛盾，无窒无碍而游放逍遥乎"自得之

---

① 王叔岷《郭象庄子注校记》、《逍遥游注》，中央研究院史语所，1950年。

境"。"天乐适则人乐足"(《天道》注),主体也就获得最大自适及无尽欢乐,从而产生解脱感、怡悦感、自由感,故说"彼无不当而我无不怡也"。《养生主》注说:

> 夫俯仰乎天地之间,逍遥乎自得之场,固养生之妙处也。

可知他所说逍遥之游、自得玄冥之境,都不过是"养生"的方法,而值得注意的是:这种养生乃是审美怡悦的养生,即人对人生自由境界的追求,而同服食求药,引气飞升者不可同日而语。这是一种天地合一、物我两冥的"玄冥之境",而进入这种精神境界,则生机灵动的大自然便会一无隐匿地在眼前呈现,并从万物生命跃动中体会到"无言"的大美、"无形"的大象、"无声"的大乐:

> 自然律吕以满天地之间,当顺而不夺,则至乐全矣。[1]

应该指出,这种对天地之间自然律吕的思想体悟,在郭象之前的一些诗人笔下即已出现,如左思《招隐诗》说:"非必丝与竹,山水有清音,何事待啸歌,灌木自悲吟。"到了东晋,这种对天籁地籁和鸣的美感愉悦,便发展成为人们对山水的普遍体悟,如徐丰《兰亭诗》之"清响拟丝竹";王秀之《奉和慧远游庐山诗》之"常闻清吹空";慧远《庐山东林杂诗》之"希声奏群籁"等。但不管怎么说,对自然生命活动的节奏韵律有敏锐体悟并作理论性说明的,郭象都是最早之人。无疑,这正好标志着当时人们在自然山水认识上新的态度转折。前面曾谈道,郭象并不看重外在行为上的山林隐遁,而是内在心灵的逍遥自适,但这并不妨碍他把大自然当作安顿人生的最佳胜境。自然大化,生机灵动,风起云涌,鱼跃鸢飞,早燕初莺,花开叶落,一草一木无不是"独化"精理的生动体现——"万物莫不皆得则天地通"。若能"逍遥乎自得之场"或"独化于玄冥之境",主体就会在审美静观中感受到自然生命之跃动,而与宇宙大化的律吕合一,产生无限的自由感和审美怡悦,进入

---

[1]《天运注》、王叔岷《郭象庄子注校记》,中央研究院史语所,1950年。

至人或大人的最高人生境界。在这里，他把体道、养生和审美三者统一起来了，也把人生和自然、现实和理想统一起来了，为沉闷无着、找不到生活出路的晋人，终于打开一条寻求人生寄托、实现自我价值、安顿躁动生命的理想之路。于是，郭象玄学才风行于东晋士阶层，而山水游赏之风亦大盛。

　　山水游赏之风的盛行，虽为郭象玄学导其源，但也为佛学借机扩展创造了极好条件。于是玄佛合流，或玄佛并用，使士林之风又为之一变。至于玄佛之所以适于此时合流的原因，汤用彤先生《魏晋思想的发展》一文曾举出过两点：一是名士名僧常有交往，且在生活行事上彼此相投，如隐居嘉遁，服食引升，不居礼法及谈吐风流，都有可以相通互感之处；二是佛学与玄学在理论上，也有不少可以牵强附合的地方，何况当时人士对佛学尚无全面认识，译经亦多失原义，一般人难免不望文生解，而佛学专门术语亦大都袭取《老》《庄》书中名词，佛学也就被看作玄学"同调"。[①]释道安《鼻奈耶序》其实早就说过："以斯邦（指中国）人老庄教行，与方等经（指佛经）兼忘相似，故因风易行也。"另外，若从社会原因分析，恐怕还会有遭受世变乱离之后，西北少数民族入主中原，战乱的年代也给世族阶层以沉重打击的原因在内。他们汇入平民百姓行列一起逃难，不仅随时会受到饥饿冻馁的折磨，也经常会碰到不虞之灾的死亡威胁，于是人生无常的幻灭感失意感增剧了，而佛教三世轮回"诸法唯空"的教义正好迎合了这种心理，成为人们求得身心解脱、抚平内心创伤的安慰剂，故玄佛互补遂成必然。

　　玄佛二家最大的契合点在身心的解脱，因而他们不约而同地都从山水自然寻求人生理想的慰托。这不仅是理论层面的，而且更是实践层面的。于是传统玄学中"自然"和"名教"的关系，遂一变而为"山水"和"道"的关系，从而深深改变着一代士人的生活行为，也极大地改变了他们的思想意识。佛教在印度初起时，即与山林结下不解之缘，传说佛祖释迦牟尼就是在灵山一棵菩提树下，冥思静坐七天七夜而觉悟得道的。《付法藏因缘传》卷一记迦叶说："于是迦叶即辞如来，往耆阇崛山宾钵罗窟。其山多有流泉浴池，树林蓊郁，华果茂盛，百兽游集，吉鸟翔鸣，金银琉璃罗布其地。迦叶在斯，经行禅思，宣扬妙法，度诸众生。"故释子历来都栖居山林，住名山大

[①]《汤用彤学术论文集》，中华书局，1983.303。

刹，便成为一种修行传统。而经文所说"禅定"，也就是栖迟山林以静思之意。两晋流行的是般若之学，它的一大特点即把山水当作佛的化身，认为对山水的静观默思便可得到佛的"法身"。因为般若空观的一个基本观点，是所谓"色空不二"，即认为事物的现象和本体是合一的，"空"（真如）就体现在"色"（事物）中，故即"色"可以见"空"，即"物"可以观"道"。僧肇《不真空论》即说："道远乎哉？触事而真。圣远乎哉？体之即神。"禅宗语录也说："青青翠竹总是法身，郁郁黄花无非般若。"（大珠禅师语）所说明的正是"色空不二"的道理，尤其是在山水自然方面。无疑，这同玄学家所说"体用一如"、"本末不二"颇为近似，更同郭象万物以"德"为本的"独化"说，亦息息相通。尽管其各自的内涵却未必尽同。于是"澄怀味道"的体道悟道论，"山水以形媚道而仁者乐"的"畅神"说（宗炳《画山水序》），也就成为主宰着士人生活的人生哲学观。若追溯其源，这种思想似乎早就在阮籍即已萌生，其《达庄论》说："夫山静而谷深者，自然之道也。"郭象《庄子注》也说："自然之理，有寄物而通也。"即认为山川之谧静幽深是自然之道的物态化显现，故能即物而会其"寄"便可通于自然之理。此后，王羲之说："仰望碧天际，俯瞰绿水滨，寥朗无崖观，寓目理自陈。"（《兰亭诗》）孙绰说："方寸湛然，固以玄对山水。"（《太傅庾亮碑》）慧远说："岩高吐清气，幽岫栖神迹。希声奏群籁，响出山溜滴。……留心叩玄听，感至理弗隔。"（《庐山东林杂诗》）而正是这种"玄对山水"或"留心玄听"的观念态度上的转变，才启迪人们对自然山水崭新生命价值的发现，他们以山水为"澄怀味道"的栖所，所谓"仁者乐山，智者乐水"，也才真正成为一代士人们生活理想的终极追求。而人生和自然、心和物、主体和客体之间，终于建立起一种亲和谐适的新型关系。显然，人和自然的这种亲和关系，是汉魏人不会有也不可能有的，反映在文学创作上即一种文学新质的出现。

前有郭象等"律吕满天地""山水有清音"所造成的山水游赏之风，继有东晋名士"悟对山水""澄怀味道"掀起的隐逸之趣，正是在这两种思潮的共同作用下，于是人们才走向大自然，感悟大自然，发现了自然之美，从而产生对山水自然的倾心热爱，并最终培养出能够感受山水自然的审美心灵。于是，一种即不同于《诗》《骚》比兴象征，也不同于汉魏"直抒胸情"的新型文学——意象文学产生了。对此，沈约《宋书·谢灵运传论》是这样描述的:"有晋中兴,玄风独振……自建武暨乎义熙,历载将百,虽缀响联辞,波属云委,莫不寄言上德,托意玄珠,遒丽之辞,无闻焉耳。仲文始革孙(绰)许(询)之风,叔原大变太元之气。爰及宋氏,颜谢腾声,灵运之兴会标举,颜年之体裁明密,并方轨前秀,垂范后昆。"钟嵘《诗品序》则说:

  永嘉时贵黄老,稍尚虚谈,于时篇什,理过其辞,淡乎寡味。爰及江表,微波尚传,孙绰、许询、桓(温)庾(亮)诗公诗,皆平典似道德论,建安风力尽矣。先是郭景纯用隽上之才,变创其体;刘越石仗清刚之气,赞成厥美。然彼众我寡,未能动俗。逮义熙中,谢益寿斐然继作;元嘉中,有谢灵运,才高词盛,富艳难踪,固已含跨刘郭,陵轹潘左。

  他们这次文学史上的重要变革,在细节叙述上或不尽同,但有几点却很一致,首先是发生的时间,大致在晋宋易代之际,至元嘉而集于大成。其次是首变风气者为谢混(沈还加上殷仲文),真正将其推向成功者则是谢灵运(沈还加上颜延年)。这也是今人可以大致认同的。但从总体来看,大都偏于文学现象的描述,至于变革的本质均未谈及。刘勰《文心雕龙》则不同,其《明诗》篇曰:

  宋初文咏,体有因革:庄老告退而山水方滋。俪采百字之偶,争价一句之奇;情必极貌以写物,辞必穷力而追新,此近世之所竞也。

  又《物色》篇说:"自近代以来,文贵形似,窥情风景之上,钻貌草木之中。吟咏所发,志惟深远;体物为妙,功在密附。故巧言切状,如印之印泥,不加雕削而曲写毫芥,故能瞻言而见貌,即字而知时也。"合前后两段话来看,可得出如下结论:一是他从历史整体角度观察这一文学变革现象,不再只就个别作家创作而言,故能历史地把握"近世"文学之嬗变,且以"宋初"为断限。二是审视角度能从多层面切入:首谓"庄老告退而山水方滋",即山水诗取代了玄言诗。次言"俪采百字之偶,争价一句之奇",是说诗人所用语言符号，趋于秋妍秀丽，专在创造"秀句"上下功夫。其原因则在"文贵形似"，故"辞必穷力追新"的结果。三言"窥情风景之上"、"情必极貌以写物"，即在观察自然的视角、情感内容的取向、情景关系的新构等方面，都表现出一种全新性质，更是探本之言。下面我们将会逐层揭明内涵，此不赘述。

何谓"意象"？套用马克思"人化"理论的表述方式，即"意"的对象化，或对象的"意化"。对此，宋范晞文曾有精辟说明：

> 不以虚为虚，而以实为虚，化景物为情思。从首至尾。
> 自然如行云流水，此其难也。（《对床夜话》16）

即认为诗中的情感是不能抽象直白地表达的，而是要对象化为景物来表达。景物（实）被心灵化情感化了，情感（虚）被形象化造型化了，这就是"意象"。既然情感是对象化为景物存在的，故说"窥情风景之上"；而要用语言表达出来，则曰"情必极貌以写物"。王夫之甚至认为：

> 不能作景语，又何能作情语邪？古人绝唱多景语，如"高台多悲风"、"蝴蝶飞南园"、"池塘生春草"、"亭皋木叶下"、"芙蓉露下落"皆是也，而情在其中矣。以写景之心理言情，则身心中独喻之微，轻安拈出。[1]

"以写景之心理言情"，情感的表达才会蕴含不露，韵味无穷，此即中国文学特有的含蓄。刘勰称之为"余味曲色"的"隐"。皎然《诗式》评大谢诗曾说："'池塘生春草'，情在言外；'明月照积雪'，旨冥句中。风力虽齐，取兴各别。"刘熙载评陶诗也说："'吾亦爱吾庐'，我亦具物之情也；'良苗亦怀新'；物亦具我之情也。"（《艺概·诗概》）都可看作范晞文"化景为情"说之绝佳例证。王夫之评六朝诗还有段话，更能阐明意象诗歌的精髓：

> 情非虚情，情皆可景；景非滞景，景总含情。神理流于两间，

---

[1]《夕堂永日绪论·内编》，载《姜斋诗话》，人民文学出版社，1962年。

> 天地供其一目，大无外而细无垠，落笔之先，意匠之始，有不可知者存焉。（《古诗评选》卷五）

情虽虚渺，却应化虚为实，搏虚成象，始去直白，故说"情不虚情，情皆可景"，这是就情感的物态化表达说的。景虽固有，又非执象以求，就景写景，始为活景，故说"景非滞景，景总含情"，这是就景物的心灵情感化说的。总之，晋宋之际以谢灵运为代表的新兴意象文学，确已抛弃传统《诗》《骚》的比兴象征，以及汉魏两晋诗人"直抒胸情"的写作模式，而建构起另一种创作原则——"化景为情"，可谓耳目一新，并标志着一个文学新时期的到来，其巨大意义，并非只是"山水取代玄言"那么简单。故沈德潜才不无感叹地说：

> 诗至于宋，性情渐隐，声色大开，诗运转关也。康乐神工默运，明远廉俊无前，允称二妙。（《说诗晬语》）

这确是我国文学之一大转关，不过却不只局限于"诗运"，其影响之所及，几乎波及整个文学，凡诗、词、曲、赋、散文，乃至后起之戏剧、小说，均莫不染上浓厚的"化景为情"色彩。试读读"碧云天，黄花地"、"良辰美景奈何天"，读读"寒塘渡鹤影，冷月葬诗魂"、"家家泉水，户户垂杨"，便会受到诗意美的感染。

还需补充的是，所谓意象文学，其实可分前后两个阶段：六朝意象和唐宋意境。意象的创造固在六代诗坛大放异彩，却也暗含着两种负面倾向：一是所谓"辞必穷力追新"，虽然是诗人所感受的独特景物描写所必须的，且令时人耳目一新，但也容易走向"淫艳""丽靡"的雕饰。二是所谓"争价一句之奇"，虽然营造出迥异于前人的精美"秀句"而流传千古，但也往往造成"有句无篇"之缺失。所以，也饱受后人之垢病。对于这两种弊病的克服纠正，人们在批判摸索中足足经过了数百年，终于在盛唐才得以完成，我国诗歌遂进入其发展的黄金鼎盛期。

由六朝演变为盛唐的内在机理何在？可用两句话概括：六朝人重在写心灵观照的景物，盛唐人重在写观照景物的心灵，然"化景物为情思"则为其共同创作基点。重在写心灵观照的景物，则视角主要集中在客体景物，必为诗人所独特感受之"物"作真切细致之立体造型，如"白云抱幽石，绿筱媚清涟"、"风荡飘莺乱，云行芳树低"、"草杂今古色，岩留冬夏霜"、"莺随入户树，花逐下山风"、"蝉噪林逾静，鸟鸣山更幽"等。故"俪采百字之偶"、"辞必穷力追新"遂成必然，因为这是他们为所感知之景物精确造型，最用力也最具灵感之处。然其造成的结果却是，虽秀句络绎，却往往有句无篇。就句而言，卓绝特秀，光耀古今；就篇而言，能做到通体、融贯、浑成无迹者，便有所欠缺了。且句与句之间，尚缺少内在之必然联系，还处在相互外在之割离状态，甚至是可以拆散开来加以重新组装的。宋方回评大谢诗曾说："似才得一句，便拿捉一句为联者，所以乏自然真味。"[①]正是这一时期创作上存在之普遍现象。而这种由个别弧立意象或意象群所组接成的诗歌，我们才称其为"意象诗"。然盛唐以后诗，他们却变换一个角度，转写观照景物的心灵，而心灵感受是浑整的，故诗人也就不必专为某一景物造型，"秀句"的创造也不再成为主要追求，写物写心两无罣碍。例如：

隐隐飞桥隔野烟，石矶西畔问渔船。
桃花尽日随流水，洞在青溪何处边？

——张旭《桃花溪》

更深月色半人家，北斗阑干南斗斜。
今夜偏知春气暖，虫声新透绿窗纱。

——刘方平《夜月》

月落乌啼霜满天，江枫渔火对愁眠。
姑苏城外寒山寺，夜半钟声到客船。

——张继《枫桥夜泊》

千里莺啼绿映红，水村山郭酒旗风。
南朝四百八十寺，多少楼台烟雨中。

——杜牧《江南春》

上所录唐人诗，凡盛、中、晚皆有，几乎全是景物描写，然有专为某一

[①]胡震亨《唐音癸签》(8)引，上海古籍出版社，1981年。

物象造型者乎？又有如六朝"秀句"之可摘者乎？而遣词造句，亦谓尽善尽美，又有佻巧尖新之弊乎？诗人只是触物兴感，即兴写来，而作者之愁思激情，胸襟气度自见，野烟飞桥桃花流水，月色人家，虫声窗纱，款款写来，都是诗人情思的具象化，并不在物象本身作真切细致刻画。"姑苏城外寒山寺，夜半钟声到客船"，是为山寺抑或钟声作具象造型乎？非也，平平如说家常语，而悠悠不尽之情思，又都涵盖在那袅袅钟声中了。"千里莺啼绿映红"，状景绚烂秾丽"；"水村山郭酒旗风"，言情放旷飘逸，而多少难言之飘泊感沧桑感，又全都收结在那"烟雨楼台"中了。后人多用浑成、融浑、浑漫与说唐诗者，其原因在此，而这就是"意境"。司空图形容说："大用腓外，真体内充，返虚入浑，积健为雄。"（《诗品》）明谢榛说："或命意得句，以韵发端，浑成无迹，此所以为盛唐也。"（《四溟诗话》）吴乔则并汉魏六朝而较之曰："盛唐诗亦甚高，变汉魏之古体为唐体，而能复其高雅；变六朝之绮丽为浑成，而能复其挺秀，艺至此尚矣。"（《围炉诗话》）此乃我国诗歌之难以逾越的一座高峰，其核心即在"意境"这一亘古未有之创造。

　　如果说陆机、刘勰等，是恰逢"文学的自觉"这一难逢机遇，因而以独特视角对已经独立出来的文学及其创作特征，进行全新的审视、探究和诠释，才取得划时代的理论建树。那么，唐以后的文论家们，他们所面对的则是一种完全新型文学——"意象·意境"文学，而揭示其内在特质及审美特征，遂成为时代赋予的主要议题。从唐末算起，历时千多年而至今不衰，举其要者如司空图的"象外之象，景外之景"说，苏轼的"诗中有画，画中有诗"说，严羽的"妙悟"说"别才别趣"说，王夫之的情景结构论，乃至王国维的"有我之境，无我之境"及"观我""观物"之三境论等，可以说便都是以"境界"（意境）理论的建构为其写作背景的，下面将分别作进一步阐释。

【卷三】

《二十四诗品》读解

一、文学意象论到意境美学的构建

晚唐文坛有两位奇人,一是诗人李商隐,一是诗论家司空图。他们的诗歌或诗论虽放射着永恒的璀璨光芒,却总叫人读不懂。而越是读不懂就越想读懂,于是纷纷纭纭争论了千多年,至今仍未停息,此即其永久魅力所在吧。历史上也曾有过读不懂的诗,那就是魏晋时期阮籍的《咏怀诗》八十二首。不过那不是诗的本身读不懂,而是隐含在文字背后的历史似明非明,总叫人煞费揣猜,故钟嵘才评论说:"言在耳目之内,情寄八荒之表。"(《诗品》卷上)李商隐诗的情况则与此不同,如《无题》等其本身就难以读懂。用典遣词往往互不关联,或跳跃性太强,或留下的空白太大,很难作贴切说解。诚如论者所言,他把一切能用散文、议论和注解能够表达的非纯诗的东西,都全部淘洗干净了,不作叙述,没有议论,没有直说,只是心灵中某种似断似续的情思、意绪、感悟或总曰意识流之一味倾吐,似明似暗,迷离恍惚,朦朦胧胧,可解而不可解。故自金元好问即说:"诗家总爱西崑好,独恨无人作郑笺。"(《论诗三十首》)至明胡震亨亦曰:"商隐一集,迄无人能下手。"(《唐音癸签》32)乃至今日,还有人发出"一篇《锦瑟》解人难"之慨叹。无独有偶,诗论家司空图的《二十四诗品》亦复如是,其本身即难读懂,读了千多年还是似懂非懂。第一个似乎读懂的是苏东坡,他《书黄子思诗集后》说:

> 其(按指司空图)论诗曰:梅止于酸,盐止于鹹,饮食不可无盐梅,而其美常在鹹酸之外。盖自列其诗之有得于文字之表者二十

151

四韵，恨当时不识其妙，予三复其言而悲之！

　　他究竟读懂了什么？可惜没有作具体说明，故后人还是跟着犯糊涂。如杨廷芝《诗品浅解跋》说："芝少读司空图《诗品》，爱其神味，未获其旨意。参之同人，辄曰可以意会，难以言传。……亦谓古人深造自得，可以意会于心，不可以言传于人，非谓义理难解。"而王飞鹗《诗品续解序》则说："岁己亥，桐舫程先生主讲关中……先生云：《诗品》贵悟不贵解，解其字句，乃皮相也。成诵于口，领会于心，时有一种活泼之趣，流露于言意之表，不必沾沾求解也。"虽都不直说不懂，而以意会不以言传搪塞之，实则还是读不懂。郑之钟《诗品臆说序》则说："司空《诗品》脍炙人口，而注者颇鲜，盖言《诗品》之言大是难也。"孙联奎《诗品臆说自序》也说："曩余以浮浅之资，按品读去，若不能解，而又以陶靖节之不求甚解解之。……品之言曰：'离形得似，庶几斯人'，则且跂余望之矣。"这就直率多了，老老实实承认不能解。明知不能解还要作"解"，岂非怪事？正是开头所说"越是读不懂越想读懂"，学术研究的魅力在此耳。说得最怪的是杨振纲，其《诗品续解自序》曰："表圣《诗品》发明作诗之旨详矣，然其间往往有不可解处，非后人之不能解，实其文之不可解也。亦非文之实不可解，乃其文之究不必解也。……故必以不解解其所不解，而后不解者无不解。"[1]由不解推说到不能解，再推说到不必解，已经够缠夹人的了，最后再加一段绕口令式的宏论，说得神秘兮兮的反而叫人更摸不着头脑。那么，司空图的《诗品》就真的"只可意会"，难以索解吗？恐亦未必。如果将其置于文学史转折期之大背景中来看，也许才会有更清晰的认知。其时，意象文学之光辉渐失，而急需探索并建构新的审美概念——如后来所说"意境"，以概括盛唐诗歌的崭新成就，遂成为时代主流，而司空图的《二十四诗品》即是代表早期探索成果最杰出的诗学专著。也正因此，它既有灵光闪现般的深刻认知，但也往往存在难以清晰表述之理论缺憾。人们感知上之不可解不能解，概根于此。

　　不过，由六朝意象向唐宋意境审美理论建构之转变，并非一蹴而就的事，曾经历过一个不断深化完善的复杂认知过程。大概而言，即由盛唐兴象

---

[1] 郭绍虞《诗品集解》附录二，人民文学出版社，1981，北京。

说,到中晚唐境界说,再到境象说情境说,最后才有意境说提出。"意象"一词已不能概括唐诗艺术成就的真谛,建构新的审美范畴来表述唐诗,遂成为时代重要课题。最早提出新概念的是殷璠的"兴象"说,他在《河岳英灵集序》中写道:

> 然挈瓶庸受之流,责古人不辨宫商征羽,词句质素,耻相师范。于是攻异端,妄穿凿,理则不足,言常有余,都无兴象,但贵轻艳,虽满箧笥,将何用之?

这是"兴象"一词在文学批评中首见,因太感生疏,有学者遂认为此乃传统"比兴"一词之讹误。然而在《河岳英灵集》中此并非仅见,如评陶翰诗曰:"既多兴象,复备风骨。"评孟浩然诗曰:"无论兴象,兼复故实。"它常与传统批评概念"风骨""故实"对举,内容确定,便不是用讹误能够解释的。那么何谓"兴象"呢?此说当导源于钟嵘的"比兴"观。我国文学中"比兴"概念的演变,大约经历过三个阶段:先秦两汉时期,人们对诗歌的认识是"言志"的,故对"比兴"的理解便必然带有浓厚的政教实用色彩。故孔安国说:"兴,引譬连类。"郑众说:"比者,比方于物也;兴者,托事于物。"这是以譬喻、寄托释"兴",到东汉郑玄更进而把比兴与美刺联系起来,而曰"比,见今之失,不敢斥言,取比类以言之;兴,见今之美,嫌于媚谀,取善事以劝喻之"。(《周礼·春官》)至此《诗经》中"兴义"的概念已完全固定。然延至晋宋,又进入"文学的自觉"时期,对文学的新认识新观念兴起,"兴"的内涵也发生根本改变。挚虞说:"比者,喻类之言也;兴者,有感之辞也。"(《文章流别志论》)刘勰说:"比者,附也;兴者,起也。附理者切类以指事,起情者依微以拟议。起情故兴体以立,附理故比例以生。"(《文心雕心·比兴》)一个说是"有感",一个说是"起情",因有感触而睹物兴情,这即是时人所理解的"兴"。显然这同汉人的认识已大不相同,但却为时人所广泛接受,如陆说:"或托言于短韵,对穷迹而弧兴。"(《文赋》)殷仲文说:"独有清秋日,能使高兴发。"《宋书·帛道猷传》则说:"陵峰采药,触兴为诗。"而《宋书·谢灵运传论》则说"灵运之兴会标举,延年之体裁明密"等,即都讲的是那种感物而起情的"兴"。对此讲得更精彩的则是《文心雕龙·物色赞》："山沓水匝，树杂云合，目既往还，心亦吐纳。春日迟迟，秋风飒飒，情往似赠，兴来如答。"总之，在心物之间产生的这种感发互动，且充满着浓烈审美情怀的情景交流，即六朝人所理解的"兴"，它不再是前人所说"喻类"和"美刺"，而是时人"诗缘情而绮靡"这种对诗歌新定义的产物。然而到了钟嵘，却对"兴"提出更为奇特的解释，其《诗品序》说：

> 诗有三义焉，一曰兴，二曰比，三曰赋。文已尽而意有余，兴也；因物喻志，比也；直书其事，寓言写物，赋也。

所以说其特殊，主要有两点：一是把传统赋、比、兴的次序，改变为兴、比、赋，把"兴"提到首位，充分说明他对"兴"的重视。二是以"文已尽而意有余"释兴，赋予"兴"以前所未有的崭新内容。他接着写道："宏斯三义，酌而用之，干之以风力，润之以丹彩，使味之者无极，闻之者动心，是诗之至也。"又提出"味"来说诗，也值得注意。此外，又评与六朝意象诗相对的玄言诗说："永嘉时，贵黄老，稍尚虚谈。于时篇什，理过其辞，淡乎寡味。"又评张协诗说："词采葱蒨，音韵铿锵，使人味之亹亹不倦。"而这味之无极，味之不倦的"味"，当正是其所说"文已尽而意有余"之核心所在。因此，如果把先秦人所说"兴"称作"比兴"说，那么六朝人则可称"情兴"说，而钟嵘则直可称"兴味"说。如果说汉人"比兴"观尚停留在修辞技巧的层面，那么六朝人的"情兴"观则进入创作论层面，而钟嵘的"兴味"观则进入美学层面了，故对后人探讨意境理论的影响亦特大。如司空图所说"味在咸酸之外"、梅尧臣所说"含不尽之意见于言外"、苏轼所说"言有尽而意无穷者，天下之至言也"、姜白石所说"句中有余味，篇中有余意，善之善者也"等，当都导源于此。陈衍《诗品评议》曾说："钟记室以'文已尽而意有余'为兴，殊与诗人因所见而起兴之旨不合。"不合正是其理论上突破创新的贡献，岂可以前人之论而拘限哉！

至此，则诗论中的"兴象"说，遂跃跃欲出了。如前所说，既然"意象"一词已不能尽括新时期诗歌的成就及特色，那么殷璠在六朝"意象"概念中，再注入钟嵘"文已尽而意有余"的"兴味"内涵，从而凝铸成"兴象"一词以代替"意象",也就是顺理成章之事。故知,所谓"兴象",实即以"兴"为特征的"象",或曰以"文已尽而意有余"为特征的"意象"。正如严羽所说:"盛唐诸人,唯在兴趣,羚羊挂角,无迹可求。故其妙处,透彻玲珑,不可凑泊,如空中之音,想中之色,水中之月,镜中之象,言有尽而意无穷。"(《沧浪诗话·诗辨》)他改称"兴象"为"兴趣",同样突出的是经过放大的文尽意余特征。而此正是唐诗所造就之审美奥秘真谛所在。但尤值得注意者,乃是钟嵘《诗品》对唐代诗歌选评家,如殷璠的《河岳英灵集》、高钟武的《中兴间气集》等,曾产生过直接而深刻影响,故都留有明显因袭之处。那么"兴象"一词,首先由殷璠提出,也就不是无源之水的偶然现象。

可是,仅用"文已尽而意有余"说明更加成熟的唐诗,恐尚难穷尽其妙以揭示其丰富内涵。故进入中晚唐后,人们在当时盛极一时的佛教般若之学影响下,又进一步探寻新的审美概念来评论唐诗,于是形成一个崭新概念——意境。此词当来自佛学典籍,不过佛籍中只称"境"或"境界",尚无"意境"之说。《俱舍诵疏》卷一说:"心之所游履攀援者,故称为境。"又《佛学大辞典》说:"心之所游履攀援者,谓之境。如色为眼识所游履,谓之色境,乃至法为意识所游履,谓之法境。"[1]原来佛学称色、声、香、味、触、法为"六境",而与之相应的眼、耳、鼻、舌、身、意诸感觉器官,则称为"六根",与六根相应的各种官能,则称为"六识"。六识属六根的先天禀赋,是生而即有之的,即各自皆由自种所生,而与相应的"心"为伴,共同构成人的认识系统。比如眼识即依眼根生起,认识色境;耳识即依耳根生起,认识声境;鼻识即依鼻根生起,认识香境;舌识即依舌根生起,认识味境;身识即依身根生起,认识触境;乃至意识依意根生起,认识作为物质现象的一切法境等。由此可知,佛学所说"境",显然不就是色、声、香、味、触、法等物质现象本身,而是属于主体的各种"识"对这些物质现象所感知的结果。换句话说,它虽根源于物,但又并非纯客观的物质存在。因为在佛子们看来,一切物质世界都是虚幻的不真实的,故有赖主体心识的作用,使内外和合,因缘相生,才成其为真实存在。正如佛学缘起论所说:"一切法,自性本

---

[1]《佛学大辞典》,1247页,文物出版社,1984。

空，无生无灭。缘合谓生，缘离谓灭。"(《大般若经》）即认为世间一切事物皆属空幻，便无所谓生或灭，只是在心物缘合处生，亦在心物缘离处灭，而"境"即产生于这心物缘合未离之处，虽不能离物，但起决定作用的则是心识，窥基《成唯识论》说："外境随情而设，故非有知识；内识必依因缘生，故非无如境。境依内识而假立，故唯世俗有；识是假境所依事，故亦胜义有。"意思是说识依因缘而生，境因心识所缘，它们是互相依存、互为表里的。而心物之间的因缘相生，即所谓"境"，故它不过是"随情而施设"的一种"假立"，即心物共同作用形成的一种心相或幻相而已。至于境界之"界"，《百法疏》解释说："界是因义。中间六识，借六根发，六境牵生。为识为因，故名为界。"是说"界"是用来界划区分"六境"的成因的，即六境的成因各不相同（六识依六根发而缘物生六境)，故以"界"之一字以示区划。总之，同"兴象"说比较起来，则"境界"说显得更精致更深刻，也更切合艺术创作实际。境界讲心物关系，创作讲情景关系，心物关系则是情景关系更深层的心理内涵，于是弃"兴象"而取"境界"，遂成为这一时期的社会主潮。

　　但更重要的是，由"境界"说生发出来的佛学中许多崭新认识，更令时人耳目一新，遂成为构建我国意境理论的决定性动因。摘要列举数端：一曰"法不离识"说。如《大乘起信论》即说："一切诸法，唯依妄念而差别，若离心念，则无一切境界之相。"故在他们看来，物质世界是虚伪不真实的，自身只是现象而非本质，离开心念的作用，也就没有"一切境界之相"，境界只能是心物缘合的产物。也就是说，心不离物，但物（法）更不能离心，无心之物便只能是虚伪的幻相。故湛然《止观义例》卷上也说："心色一体，无前无后，皆是法界。……又亦先了万法唯心，方可观心。能了诸法，则见诸法唯心唯色。当知一切由心分别，诸法何曾自谓异同。"(《大藏经》四十六册）诸法固然不能离开心识而存在，不过心识也不能离开诸法而显现，故曰"先了诸法唯心方可观心"，它们是二而一的存在，即所谓"心色一体"。对此，《禅源诸诠集都序》说得更加明白："所变之境既皆虚妄，能变之识岂独真实？心境互依，空而似有故也。且心不孤起，托境方生；境不自生，由心故现。心空即境谢，境灭即心空。未有无境之心，曾无无心之境。"总之，它们是互根互生、互为存在前题的。显而易见，这和我国意境文学理念又是若

【卷三】

合符契。范晞文说:"不以虚为虚,而以实为虚,化景物为情思。"王夫之说:"情不虚情,情皆可景;景非滞景,景总含情"。清初寥燕说:"然则物非物也,一我之性情变幻而成者也,性情散而为万物,万物复聚而为性情。"(《李谦三十九秋诗题词》)凡此等等,毫无疑问,皆当根源于"法不离识"之说。二曰"观境见心"说。所谓观境见心,即从心物相缘相生的"境"中,去体悟认知那已被客观外化的情感心态。如马祖道一即说:"凡所见色,皆是见心;心不自心,因色故有心。"(《祖堂集》卷十四)湛然则说:"唯于万境观一心。万境虽殊,妙观理等。"(《止观义例》卷上)讲的即是此意,因为在他们看来,"三界唯心,森罗万象,一法之所印(慧能语)"。即认为世间万象皆由一心所印,故可"反观心源",于万象中即物而见性。前引湛然不是说"又亦先了万法唯心,方可观心"吗?亦认为若能了悟三界唯心,皆由心造之理,方可知"心色一体"、"诸法唯心唯色"之同一不二,并于"由心分别"出的千变万化之对象上认识主体,此即所谓"反观心源"。当然,禅宗所说"三界无别法,皆是一心作",并非是说心灵就像造物主那样,能够创造出一个独立于主体之外的物质世界来,而是认为万物皆属虚幻,只有经过主体意识的作用,将自己外化并投射到相应的物质对象上去,虚幻才变得真实。而此时之物象因而也被主体化心灵化了,成为心灵得以显现的物质载体,所以人们才可"反观心源"。而这和我国意境文学理念又是若合符契。在我国文艺创作中,不仅有景中有人、书中画中有我之说,而且认为是心物同一,情景不二的,故写景即是写情,写景遂成为达情的特殊手段。故王夫之才说:"不能作景语,又何能情语邪?古人绝唱句多景语……以写景之心理言情,则身心中独喻之微,轻安拈出。"(《姜斋诗话》卷二)况周颐则更说:"盖写景与言情,非二事也。善言情者,但写景而情在其中。"(《蕙风词话》卷二)似皆由佛学"观境见心"说化出。三曰"唯识无境"说。《大乘起信论》说:"三界虚伪,唯心所作,离心则无六尘境界"。智𫖮也说:"三界别无法,唯是一心作。心如工画师,造种种色。"(《摩诃止观》卷一)所以物质世界是虚伪不真实的,所谓"六尘境界"、所谓"种种色"都是心灵作用于客体的产物。故可知佛学所说"境"既不单纯在物,亦不单纯在心,而是"心灵营构之象"。在我国艺术创作中,古人们从来不讲真实再现,而是强调"写意",强调心灵别创一种真实。黄山谷即说:"一丘一

157

壑,自须其人胸次有之,笔间那可得?"(《题七才子画》)汤垕《画鉴》则说:"山水之为物,禀造化之秀……自非胸中丘壑汪汪如万顷波者,未易摹写。"可知对中国文人来说,他们笔下所写者,并非真实的自然山水,而是胸中丘壑。说透点即心灵重新创造的自然,故恽南田评洁庵画说:"谛视斯境,一草一木,一丘一壑,皆洁庵灵想,之所独辟,总非人间所有。"(《题洁庵图》)而方士庶则说:"虚而为实,是在笔墨有无间。故古人笔墨,具此山苍树秀,水活石润,于天地之外别构一种灵奇。"(《天慵庵笔记》)显然,这些认识实皆由佛学"心造"说生发而来。又因"境"乃心造之象,故《大毗婆沙论》说:"境,通色非色,有见无见,有对无对,有为无为,相应不相应,有所依无所依,有所缘无所缘,有行相无行相。"其实这里所说"有"只是"假有"而并非"真有",即都是心灵营构之相。故一切境相貌似千差万别者,其实都是心之幻相,并非独立于意识之外的物之实相,或曰依内识自变而生之似相,故似有非有,似无非无,通色非色,有见无见,因缘和合时,刹那即现,并无真实自体可知。正如《说无垢称经·声闻品》所说:"一切法性,皆虚妄见,如梦如焰,所起影象,如水中月,如镜中像。"它是难以确切把握的,故只可意会,难以言状。熊十力先生曾说:"(佛学)在宇宙论方面,则摄物归心,所谓三界唯心,万法唯识是也。……然心物互为缘生,刹那刹那,新新顿起,都不暂住,都无定实。"[1]他所说"刹那刹那,新新顿起,都不暂住,都无定实"数语,可谓括尽境界发生之妙谛。故严羽拟之为镜花水月,称如"羚羊挂角,无迹可求"。(《沧浪诗话·诗辨》)司空图则曰:"遇之匪深,即之愈稀。脱有形似,握手已违。"(《诗品·冲淡》)"识者期之,欲得愈分。"(《飘逸》)"离形得似,庶几斯人。"(《形容》)主体意识固难贴切把握,语言文字亦难准确表达,正所谓"通色非色,有见无见",然而这却正可说明文艺意境的含蓄特征。而且"境"作为"灵想之所独辟",是于"天地之外别构一种灵奇",它并非即是自然物象本身,而是存在于物象之外,正如老子《道德经》所说:"惚兮恍兮,其中有象;恍兮惚兮,其中有物;窈兮冥兮,其中有精。"(《老子》第二十一章)由此进而引伸,于是我国文论中遂有"象外之象"、"景外之景"、"味外之味"说。若从创作

---

[1]《佛家名相通释》,6页,中国大百科出版社,1985。

论角度说，即对客观自然物象的描写言，于是更有"离形得似"、"不似之似"之论。可以说凡此种种，都与佛学"境界"之说有着一脉相承的关系。

然而，佛学"境界"说尽管启示我国意境文艺理论的建设，但二者之间又存在本质不同。在"境"的生成中，佛学很强调主体心灵的作用，故有"三界别无法，唯是一心作"之说，然在心和物的关系上，他们又常拟心于镜，故心对物的认知则犹如明镜照物，只是一种消极被动的反映，称作"以镜照镜"，恰恰否定了心的能动创造功能。如著名的五祖弘忍法师传授衣钵时，弟子神秀即作偈曰：

身是菩提树，心如明镜台，时时勤拂拭，莫使有尘埃。

即以明镜拟心，且认为若思虑情感皆为污染心灵的尘埃。后被推为六祖的惠能则作偈反驳说：

菩提本非树，明镜亦非台。佛性常清静，何处有尘埃。

他除对心之为物否定得更加彻底（本来无一物）外，并不反对以镜拟心。在他们看来，心对物的关系犹如"清潭泻影"、"古镜照神"，是一种不带任何主观情感色彩或世俗杂念的纯被动消极的反映，既然万法皆空、万物皆妄，而能"照之"的心灵也如一潭死水，绝不能牵惹激荡起丝毫情感或杂念的涟漪，否则就根本不成其为"空"了，岂能见性成佛。因此，从本质上说这又是同文艺创作的精神背道而驰的。禅理修行可以排斥情，但文艺创作却不能没有情。缺少了情，诗词书画便失去了它们达情的本性，诗不再是诗，画不再是画，艺术之树也就枯萎了。中国文艺的根基究竟不是宗教，禅境更不能直接移植入艺境。故中晚唐人在搬用"境"或"境界"概念时，也就不能不加以改造变通，遂有"情境"、"思境"、"境象"等的提出，力求把主客两方面以及传统和新识统一起来。如传为王昌龄的《诗格》有"物镜""情境""意境"之三境说，即是改造变通的结果。而皎然谈"境"则更不离"情"，如曰"诗情缘境发"、"览境情不溺"、"境胜增道情"等，尤其《诗式、辨体有一十九字》曰"缘境不尽曰情"，更把情看作组成境不可或缺的有

159

机成分。此外,司空图有"思与境偕"(《与王驾评诗书》)说,张彦远有"性与境会"(《历代名画记·论画山水树石》)说,权德舆有"意与境会"(《左武卫胄曹许君集序》)说,五代孙光宪亦有"境意卓异"(《白莲集序》)说,而旧题白居易的《文苑诗格》则有两节标题曰"抒析人境意"、"招二境意"。总之,他们都力求把属于主体认知的情、意、思、性等纳入到"境"中来,使境成为主客浑整的统一体,于是境也不再是佛学中纯消极被动的心物缘合之物,而是具有主体丰富心灵情感内容的生动创造,这才是文艺创作的真正对象。到了宋代,苏轼评陶诗《饮酒》曰:"因采菊而见山,境与意会,此句最有妙处,近俗本皆作'望南山',则此一篇神气都索然矣。"(《东坡志林》)叶梦得则曰:"诗人以一字为工,世固知之,唯老杜变化开阖……不知意与境会,言中其节,凡字皆可用也。"(《石林诗话》卷下)在代表主体情志的诸多词语中,似乎自魏晋玄学"言象意"之辩中即已彰显的"意"之一词,而被广泛接爱,于是一个崭新而被推为艺术创作巅峰的审美概念——"意境"遂呼之欲出了。它之真正被使用,其可考者最早当是元人赵汸,他评杜甫《江汉》诗曰:"中四句情景混合入化。东坡诗'浮云世事改,孤月此心同',亦同此意境。"从此我国诗学及其文艺理论批评,遂进入一个全新的探索构建时期,既可看作晋宋"文学的自觉"的延续,亦表现出质的不同。

前面不厌其烦地梳理了我国古典审美概念的演进过程,其实目的也很简单,就是将其作为铺垫以理清诸如司空图及此后严羽、王夫之、王国维等人对意境理论构建所作贡献。在中晚唐佛学"境界"说最初侵袭文坛的那个杂乱时期,司空图的《二十四诗品》,既作出了超越时人的特殊理论贡献,又不免带有理解上的游弋性和含糊不清,因而造成后人阅读的"读不懂",如果将其置于这一时代背景中来参解,或许难解处也就释然了。

二、意境美学之初建及司空图的贡献

关于意境美学的建构,中晚唐是一个不可忽略的重要时期。然终中晚之世,人们却并未找到一个为时代普遍接受的成熟审美概念来表述,故还只处在探索积累的认识阶段。关于唐诗所达到的高度艺术成就,盛唐人是用"兴象"来表述的,到了中晚唐因受佛学影响,人们又用"情境""境象"等来表

述。如旧题王昌龄之《诗格》曰：

> 夫诗有三境。一曰物境：欲为山水诗，则张泉石云峰之境极丽艳秀者，神之于心，莹然掌中，然后用思，了然境象，故得形似。二曰情境：娱乐愁怨，皆张于意而处之于身，然后驰思，深得其情。……

他所说"境象"，当六朝"意象"、盛唐"兴象"演化而来，似专指写景而言，故曰"故得形似"。刘勰说："独照之匠，窥意象而运斤。"（《文心雕龙·神思》）虽是就宋初山水诗的兴起而言的，是说"意"的对象化，"象"的主体心灵化，但又是作为文学创作的普遍规律提出的，故曰"此盖驭文之首术，谋篇之大端"。盛唐殷璠，为适应文学发展的新需要，又据此进而提出"兴象"说。如前述所谓"兴象"，就是以"兴"为特征的"象"，或曰以"文已尽而意有余"为特征的"意象"，也是就文学创作的普遍规律而言的。依此类推，则《诗格》所说"境象"，当指以"境"为特征的"象"，或曰以"境界"为特征的"意象"。不过，在我国文学中情和景是互根互生而互为存在前提的，故曰"化景物为情思"。"境象"说却专指写景而言，显然与传统诗学相悖，遂不被人们接受而流传之不广也。亦正因此《诗格》又单独提出"情境"一词，当由皎然等所热议之"诗情缘境发"演化而来，不过文学创作属于主体方面的要素并非只有"情"，故"情境"一词亦非时人首选。而中晚唐至宋，人们的认识却渐渐统一于"意与境会"一语，也就是"意境"之雏形，原因又何在呢？

魏晋玄学曾有过著名的言、象、意之论辩。一般说来，儒家学者是主张言可尽意的，道玄学者则主张言不尽意。关于这一问题提出之重要性，汤用彤先生曾说，那是"玄学家所发现之新眼光新方法"，即一种重要的哲学方法论，并非只是单纯的言、象、意之间的表达关系问题。他解释说："夫具体之迹象，可道者也，有言有名者也。抽象之本体，无名超言而以意会者也。迹象本性之分，由于言意之辨。"（《魏晋玄学论稿·言意之辨》）原来它之所以引起如此重视，是由玄学之根本问题，即本末有无之辨引发出来的。抽象的本体（无）是超言绝象又无名的，要说明它同有言有象且可道的迹象

（有）之间的关系，终是十分困难的事情，正如王弼《大衍义》所说"无不可以无明，必因于有"，所以才不得已而借用言、象、意的关系来说明，终使抽象的哲理思辨变成具象而能说明的问题。若以此观察文学创作，则"言"代表文学创作的形式层面，如言语声韵等；"象"代表文学创作的再现层面，如色相形神等；"意"代表文学创作的表现层面，如情志思理等。而三者共同作用所形成之更深层面，可称作意蕴层，如传统所说之气韵神韵等，即指此而言，实际即后来所说之"意境"。六朝人只看到再现层的"象"同表现层的"意"之同构契合，故铸造成一个新词"意象"。"兴象"则是"意象"之改进式，不必多说。中晚唐人则更进而看到其意蕴层面，这显然不是"意象"一词能够概括说明的，于是从佛学中借来"境"这个新概念。然而，这同样不是作为单一情感形象之"情境"一词能够概括说明，于是又从玄学论辩的反观中，搬来"意"这一覆盖面更为宽泛内涵更为丰富的概念，并力求把"意"和"境"融汇统一起来，终于建构成一个全新的诗学审美概念，为后人所广泛接受并运用。司空图的《二十四诗品》即是这一时期理论探索的产物，所以带有鲜明的时代特征。他没有明确提出过"意境"这个概念，只是在《二十四诗品》中列有"实境"一品，似乎"境"还未成为他文学评论基本美学概念，只是其中一品而已。并因此其《二十四诗品》，也往往被学界认为是讲文学创作的二十四种风格的。然而，他在每品之中提出的许多极富理论性的认识，尽管只言片语（可能为律体诗这种表达形式所限）却远非"风格"所能概括，而是深入到意境创造的核心内容了，称之为二十四种意境阐释亦未尝不可。故其美学理论模糊性在此，而其历史价植亦在此。

司空图之谈"诗品"，大致采用两种表现手法：一是喻象性的铺排描述，一是理论性的抽象阐释。而其真正价值则在后一方面。前者如：

　　典雅：玉壶买春，赏雨茆屋。坐中佳士，左右修竹。白云初晴，幽鸟相逐。眠琴绿阴，上有飞瀑。落花无言，人淡如菊。书之岁华，其曰可读。

　　悲慨：大风捲水，林木为摧。适苦欲死，招憩不来。百岁如流，富贵冷灰。大道日丧，若为雄才。壮士拂剑，浩然弥哀。萧萧落叶，漏雨苍苔。

全诗即用铺排手法作生动描述，从而状写人生之某种境界。以手法论，整体可看某种拟喻或象征；从内涵言，却偏于人事行为，所以学者或以二十四诗为司空图之风格学，似亦不无道理。凡此人人皆可大致体会理解，并不存在说解之困难。问题是第二部分，作者往往在作生动描状中，进而更阐发其深层蕴含之意境美学玄理，这才造成理解的极大困难。而且这是大量的，并非仅是个别。现摘最精彩者数条如下：

雄浑：超以象外，得其嬛中。持之匪强，来之无穷。
冲淡：遇之匪深，即之愈稀。脱有形似，握手已违。
纤秾：乘之愈往，识之愈真。如将不尽，与古为新。
自然：俯拾即是，不取之邻。俱道适往，著手成春。
含蓄：不著一字，尽得风流。……浅深聚散，万取一收。
精神：生气远出，不著死灰。妙造自然，伊谁与裁？
缜密：是有真迹，如不可知，意象欲出，造化已奇。
实境：情性所至，妙不自寻。遇之自天，泠然稀音。
形容：如觅水影，如写阳春。……离形得似，庶几斯人。
超诣：远引若至，临之已非。……诵之思之，其声愈稀。
飘逸：如不可知，如将有闻。识者期之，欲得愈分。

凡此则或阐释意境内涵之奥妙，或解析意境创造之机理，前者如象外环中说，不著一字说，生气远出说，意象造奇说，大音稀声说等；后者如灵感匪强说，超形求象说，离形得似说，与古为新说，万取一收说等。如果铺展开来看，有的属于艺术本体论，有的属于艺术思维学，有的属于文学鉴赏论，有的属于审美心理学，更多的则属于创作方法论，可谓语秀思精，内容极为丰富，发前人之所未发所未想所未言。其中更积淀着深厚的玄佛哲理，熔释道思想于一炉，不仅在当时即超越侪辈而令人耳目一新，且为后人所广泛接受而留下想象和阐释的广大空间，终成为我国古典美学史上一座宏伟丰碑。因此可以这样说，《二十四诗品》貌似谈风格，其核心精神却是谈意境。因为他所揭示的那些在当时还很陌生，又似乎难以把捉的微妙机理，虽系于某一风格之下，却又不是此一风格所能拘限而特有的。比如，"超以象外，得

古文论要籍之 文学史观察

其環中"，就不仅仅是"雄浑"风格所特有；"不著一字，尽得风流"，也不仅仅是"含蓄"风格所特有；"意象欲出，造化已奇"，也不仅仅是"缜密"风格所特有；至于"脱有形似"、"离形得似"等，就更不是某种风格所特有了。凡此则正是意境创造之真精神所在，并使其与其他类型文学创作区分开来的显著特色。

三、司空图诗论读识释例

钟嵘"兴味"说及殷璠"兴象"概念的提出，固然有其重要时代转变意义，但对此他们却并未进行深入理论阐释，也未能突破传统诗学的根本阈限，其局限性是显而易见的。然至唐末司空图，他上承钟嵘滋味说，并进而纵论"二十四诗品"的精微内涵，遂将我国诗学真正推进到一个新的美学高度。然而其诗论核心却不是在《二十四诗品》中，而是在其谈诗的两封书信中提出的，读解《二十四诗品》当以此为入门钥匙。《与李生论诗书》说：

> 文之难而诗尤难。古今之喻多矣，愚以为辨于味，而后可以言诗也。江岭之南，凡足资以适口者，若醯非不酸也，止于酸而已；或鹾非不咸也，止于咸而已。中华之人所以充饥而遽辍者，知其咸酸之外醇美者有所乏耳。……噫！近而不浮，远而不尽，然后可以言韵外之致耳。

书尾他又总结说：

> 盖绝句之作，本于诣极，此外千变万状，不知所以，神而自神，岂容易哉！足下之诗，时辈固有难色，倘复以全美为上，即知味外之旨矣。

他以醯鹾调味为例，认为醯止于酸，鹾止于咸，而真正之"醇美"并非仅在醯鹾本身，而在经过烹调后的咸酸之外。于是他提出两个重要概念："韵外之致"、"味外之旨"。又《与极浦谈诗书》说：

【卷三】

戴容州云："诗家之景，如蓝田日暖，良玉生烟，可望而不可置于眉睫之前也"。象外之象，景外之景，岂容易可谈哉！

此处他又引戴叔伦以"蓝田日暖，良玉生烟"喻诗中写景之语，提出另外两个重要概念："象外之象"、"景外之景。"前者讲诗质，当从钟嵘"文尽意余"的"兴味"说发展而来；后者讲诗象，则从老子"无状之状，无物之象"及玄学"象外"说发展而来。而这两方面的有机统一，即正是"近而不浮，远而不尽"、"可望而不可即"的诗歌意境了。他对唐人诗境的这种概括，显然既不是六朝人所说化景为情的"意象"所能核括，亦非盛唐人所说文尽意余的"兴象"所能穷尽，而应是中晚唐人吸取佛学"境界"说新鲜内涵，即注入"味外味""象外象"后提出的崭新审美观。因此，他把对唐诗的解读推进到一个更深层面，并从而确立在我国古典美学转型期，司空图诗论的特殊地位。

然而尽管如此，司空图却并未能明确提出"意境"概念。在《与王驾评诗书》中，虽有"长于思与境偕"一语，偕者同也、兼也，其意大概亦即《文镜秘府论》所说"景与意相兼"或"情与景相惬"而已。《二十四诗品》亦列有"实境"一品，然是和其他诸品如雄浑、冲淡、高古等并列的，亦不具有普遍美学意义，因此，贯穿《二十四诗品》之核心内容，当仍是"味外之旨"和"象外之象"两个方面。郭绍虞先生即说："司空图《诗品》值得注意的地方，不在分别诗的风格，也不在用形似之语说明各种风格，而在于用这种韵外之致，味外之旨的标准来论各种风格，于是更觉得这些形似之语，格外超脱，格外空灵，可以使人启发，使人领悟，却不会教人死于句下。"[①]其所以能超出于讲具体风格者，正缘于他对意境理论上之新认知新构建，文艺创作而专注于意境之创造，无疑对传统创作而言已根本转变了一个角度，自然不会死于句下了。下面即从这两方解读《诗品》，先说"味外之旨"在各品中的体现，如《含蓄》：

不著一字，尽得风流，语不涉己，若不堪忧。是有真宰，与之

---

①《中国古典文学理论批评史》上册，257页。

沉浮。如渌满酒，花时反秋，悠悠空尘，忽忽海沤。浅深聚散，万取一收。

皎然《诗式》有"但见性情，不睹文字"之说，当是从首二句化生而来，但表达的意思却更加明确，可互作参解。这里他们所要说明的，其实正如司空图以醯醢之喻烹调，谓味之醇美者，不在咸酸而在咸酸之外。"不著一字，尽得风流"亦正此意，其所要说明者乃这样一个艺术辩证法：即所谓不著一字，非谓把诗写成无字天书，而是说在艺术创作中，形式必先否定自己，才能在内容表达中实现自己，而且否定得愈彻底，实现得也就愈充分。如果形式过分突出自己，那就变成为形式而形式的形式主义，从而恰恰丧失自己。当形式否定了自己，读者在阅读作品时所感受到的，则是那叩人心扉的"味外之旨"之情感力量，从而忘记了形式的存在。但忘记不是不存在，而是在内容表达中存并完美的实现自己，故说"不著一字"却能"尽得风流"。显然这种艺术真谛，既非专事铺排夸饰的汉赋所能想见，亦非专讲"诗人秀句"的六朝诗所可悟解，所以具有标志性意义。翁方纲《神韵论》曾说"不著一字，正谓涵盖万有"，差为近之。真宰，语本《庄子·齐物论》："若有真宰，而特不得其眹。"司空图引此是说，诗中那种激动人心之情感力量，是有真宰所主，似与主体之语无涉，然在那激荡沉浮中，已教人不堪其忧了。杨廷芝《诗品浅解》即说："不必极言患难，而读者已不胜忧愁，盖由神气之到，真宰存焉，不在铺排说尽也。"[1]据此则数句乃首二句之补充，不铺排即不著一字之谓，不说尽亦尽得风流之诠释。此下六句，皆为形似之言以状"含蓄"者，自不必赘述，然"万取一收"一语，却广为后人征引，其影响不可忽视。孙联奎《诗品臆说》释曰："万取，取一于万，即不著一字；一收，收万于一，即尽得风流。"（同前郭绍虞《诗品集释》）意谓诗歌创作，必于纷繁万有中浓缩而取其一，故能淘洗尽铺排张扬之辞，故曰不著一字也。然收万于一者，乃正诗篇之真精神所在，岂非尽得风流乎？可知此亦"含蓄"一品之核心要义，可看作全篇总结。

又如《冲淡》：

---

[1] 郭绍虞《诗品集释》，人民文学出版社，1981，下同。

【卷三】

　　素处以默，妙机其微。饮之太和，独鹤与飞。犹之惠风，荏苒在衣。阅音修篁，美曰载归。遇之匪深，即之愈稀。脱有形似，握手已违。

　　此谈冲淡之境，故开头即从素默以处之人生恬淡况味说起，并曰这种幽微的境界有妙机存乎其间，末四句即专讲此。饮之太和以下，即用种种形似之语先作形容描状，如独鹤之冲逸淡远，如惠风之荏苒撩衣，如修篁中听琴默处，如曾点之沐春风而咏归，凡此无不为人生中冲淡之佳境。尾四句才转入对"冲淡"一品幽微妙机之揭示，其实一切意境亦无不如此。初读之则"但见性情"，似无幽微深妙之处，若有意近求之，却又希微远去，并非用理性所能固定把捉，正所谓"味外之旨"也。脱者，或也若也。言其似有生动形象存在眼前，若要定格之一瞬却又与最初之感受完全背离。孙联奎《诗品臆说》曰："违，作远字去字讲。"意境之悟解，正如镜中花水中月，可遇而不可求，似可解而非解，岂用理性的思维语言所可说解哉！《诗品》中谈及此者尚多，似可相互参看。如《纤秾》曰："乘之愈往，识之愈真。如将不尽，与古为新。"《缜密》曰："是有真迹，如不可知。意象欲出，造化已奇。"《飘逸》曰："如不可执，如将有闻。识者期之，欲得愈分。"《超诣》曰："远引若至，临之已非。……诵之识之，其声愈希。"大概即老子所说"大音稀声"之意，不过把本难说得明白之诗歌韵味之奥妙，经过他这番描摹阐释，庶几真可得个中三昧了。

　　另外，《诗品》各品从不同角度，谈到味外味者还有不少，亦抄录于此，以拓宽思维和理解之空间。如《绮丽》曰："浓尽必枯，淡者屡深。"杨廷芝《诗品浅解》释曰："有味之而愈觉其无穷者，是乃真绮丽也。"又《清奇》曰："神出古异，澹不可收，如月之曙，如气之秋。"郭绍虞《诗品集解》释曰："不可收，亦状悠悠不尽之意。"而《精神》则曰："生气远出，不著死灰。妙造自然，伊谁与裁？"远出者生气，即前则所说"神"，亦谓味外味也，然妙造自然者始能得之，若笔头堆叠死灰者，则与之违矣。

　　再说"象外之象"，如《雄浑》曰：

　　大用外腓，真体内充。返虚入浑，积健为雄。具备万物，横绝太空，荒荒油云，寥寥长风。超以象外，得其环中。持之匪强，来之无穷。

何谓"大"？《老子》二十五章曰："吾不知其名，字之曰道，强为之名曰大。"故知大者即道。又《庄子·天地》曰："不同同之之谓大。"意思是说，纷纭万状变化万千的不同事物中，又存在某种永恒不变的共同的东西，即不同中之同者，那就叫"大"。王先谦《庄子集解》引郭象释曰："万物万形，各止其分，不引彼以同我，乃成大耳。"是大者亦即道也。正因为有万物万形不同的存在，始可见出道体千变万化作用的显现，故本不离末，体见于用，所以才构成不同而同的物质世界。"大用外腓，真体内充"，即据此发挥而来，故无名氏《诗品注释》曰："见于外曰用，存于内曰体。腓，变也，充满也。言浩大之用改变于外，由真体之充满于内也。"是知雄浑之美，虽存在于宇宙间的万事其根源却蕴于无形无象的道体，因而才有雄浑博大的内涵。于是他又接着说："返虚入浑，积健为雄。"然何谓虚，又何谓浑？《老子》二十五章曰："有物混成，先天地生，寂兮寥兮，独立不改，周行而不殆，可以为天下母。吾不知其名，字之曰道。"王弼注曰："混然不可得而知，而万物由之以成，故曰混成。"又曰："寂寥，无形体也。……言道取于无物而无不由也。"是知"虚"即寂寥无物，"浑"即有物混成，实则都是讲道存在的性状或特征。"健"者，即道体"周行而不殆"的运动变化，《周易·乾卦》所说之"天行健，君子以自强不息"者即是。"雄"者，刚也大也，指道体运动变化的雄强刚大之气。而若能聚至刚至大之气，积运动变化之力，充实于万物形体之内，运行周流乎天地之间，遂成司空图所说雄浑之美。此下便是比物取象，罕譬而喻之描状之言，正与康德所说之"壮美"暗合。由此看来，司空图论诗固然体不离用，然重体实似更胜于用，故篇终曰"超以象外，得其环中"。即是说既要通过迹象又不泥于迹象，才能得到道体本真，而妙尽于环枢之中。（参读《庄子·齐物论》）如果说，万有之迹是"实象"，那么本真之象则是"象外之象"，而文学意象之不同于一般物象，即通过"实象"而显现道真之"象"，此即意境创造之奥秘所在，所以才说"超以象外，得其环中"，然而道之为体岂有象乎？《老子》十四章说："是谓无状之状，无物之象，是谓恍惚。"又二十一章说："道之为物，惟恍惟惚；惚兮恍兮，其中有象；恍兮惚兮，其中有物。"苏轼《老子解》说："状，其著也；象，其征也。无状之状，无物之象，皆非无也。"又吕惠卿《道德经传》说："象者，疑于有物而非物也；物者，疑于无物而有物也。"总之，道并非真正的空无，谓其有物却非一般之物，谓其无物又是真实存在，那么说它乃"无状之状，无物之象"便没有什么不妥。这才是司空图所说"象外之象"，它确实有点恍惚而神秘，但正如钱钟书先生所说："游艺观物，此境每遭。"①在艺术创作和欣赏中，又是确实存在的，在唐宋诗词中尤其得到充分表现。

又如《形容》：

> 绝伫灵素，少迴清真。如觅水影，如写阳春。风云变态，花草精神。海之波澜，山之嶙峋，俱似大道，妙契同尘，离形得似，庶几斯人。

首二句当就"形容"之对象本体言，因为不是一切现象皆可适用于"形容"的。绝，极也，尽也；伫，待也，望也；犹言凝神而伫望也。灵素即万物所蕴之精神生气；少迴，言少停；是说停转瞬间即可见万物之清纯本真，实即指道真。《诗品浅解》释曰："言人能存心摹想，得见本来面目，而清真之气不愈时来矣。"纯粹就创作心理学来谈，尚未透彻。实是点出形容一品之本真精神所在，故下即举事物之种种"灵素""清真"而描摹之，如水影之溟漾摇曳，阳春之生机勃发，风云之变幻无定，花草之精神焕煜，大海之波澜汹涌，高山之嶙峋伟岸，无不有大道之本真存乎其间。明袁宏道谈诗歌中最难把捉的"韵"和"趣"，即与此有妙合相通处，似可参看。如曰：

> 世人所难得者唯趣。趣如山上之色，水中之味，花中之光，女中之态。虽善说者不能下一语，唯心者知之。夫趣得之自然者深，得之学问者浅。（《叙陈正甫会心集》、钟伯敬增订本《袁中郎全集》卷一）

---

① 《管锥编》第二册，432页，中华书局，1986.6。

又说"韵"曰：

> 山有色，岚是也；水有文，波是也。学道有致，韵是也。山无岚则枯，水无波则腐，学道无韵，则老学究而已。……由斯以观，理者是非之窟宅，而韵者大解脱之场也。（同前《寿存斋张公七十序》）

袁以得"趣"和"韵"为"大解脱之场"，崇尚自然的司空图又何尝不是如此。然对道真的体认"形容"，"虽善说者不能下一语"，那又如何才能做到呢？司空图提出"俱似大道，妙契同尘"之说。《老子》五十六章曰："挫其锐，解其纷，和其光，同其尘，是谓玄同。"本言其为人行事，要敛其才气锋芒，而与光照一样超脱一切，并与纷杂的尘埃混而为一，以达到"玄同"的精神境界。此处当用引申义，其实质当正是袁宏道所说"得之自然"的意思。但尤为重要者，是他还提出在当时乃全新的文学创作概念："离形得似。"就其表面意义言，当是说不以事物外在形貌之似为"似"，而是要写出事物形体背后之"似"。那么这种似又是什么呢？学者或释曰："离形，不求貌同；得似，正由形合。"（《诗品集解》注）孙联奎《诗品臆说》则曰："似，神似。庶几斯人，言形容非斯人莫与归也。"（同上）于是以"神似"释"离形得似"遂为学界所普遍认同。并且"神似"之说，还与前面所谈道体之"象外之象"说亦似吻合。但是，不论道释哲学中所说"道"究属主观或客观，即以文学创作言，则"形"和"神"二者皆属创作对象本身特性无疑，那么它应是反映客观真实即再现文学描写的对象，而中国文学尤其如唐宋诗词，却属表现性文学即表现主观心灵世界的文学，那么以"神似"释"离形得似"便需商榷了。其实在形和神之外，中国文艺更重在"意"，故有"写意"之说，而如缺少了"意"，则所谓"意象""意境"也就无从谈起了。"神似"之说始于六朝而盛于宋，但随着唐五代文人写意画的兴起，至北宋人们在形似、神似之外，更进而提出"意似"之说。如米芾《画史》即曰："树石不取细，意似便已。"所谓取细，当指形神之似而言，那么何谓"意似"呢？宋人是和"写意"相联系并就诗画等艺术共言的：

【卷三】

　　古画画意不画形,梅诗咏物无隐情。忘形得意知者寡,不若见诗如见画(欧阳修:《盘车图序》)

　　含章檐下春风画,造化工成秋兔毫。意得不求颜色似,前身相马九方皋。(陈去非:《墨梅诗》、《韵语阳秋》卷十四)

　　大小惟意,而不在形。巧拙系神,而不以手。无不能者……进乎技矣。(晁補之:《鸡肋集》卷三十二)

欧阳修说"忘形得意",当正是司空图"离形得似"的意思,而且,不仅绘画,写诗亦如是。至于陈去非说"意得不求颜色似",晁補之说"大小惟意而不在形",虽表述不尽相同,其实皆一脉相承。可知追求"意似",实宋人普遍认识,标志着我国文艺创作已进入一个全新阶段。至元汤垕《画鉴》则说得更加明确:

　　画梅谓之写梅,画竹谓之写竹,画兰谓之写兰,何哉?盖花之至清,画者当以意写之,不在形似耳。

显然,在他们看来"以意写之"的"意似",既非传统所说"形似",亦非后来所说"神似",而是一种主观心体悟所得之"似",所以才说花之至清不在形似,而是"画者当以意写之"。因此,所谓"意似",其实就是心理感受的真实(如李白诗"白发三千丈,离愁是箇长"),情感体验的真实(如李白诗"燕山雪花大如席"、"猛风吹倒天门山"等)。因而,这是和再现文学所说之真实再现大不相同,研读文艺者不可不辨。郭熙《林泉高致》论山水画即是生动一例,他说:

　　世之笃论,谓山水有可行者,有可望者,有可游者,有可居者。……而必取可居可游之品,君子之所以渴慕林泉者,正谓此佳处故也。故画者当以此意造,而鉴者又当以此意穷之,此之谓不失其本意。

就是说图画山水,表现于画面者绝非只是可行可望的纯客观之自然界真山真水，而是经过主观心灵体悟上升为"可居可游之品"已被"意化"的山水，这才是文人们"渴慕林泉"之根本动因所在，故画者才"以此意造"，而鉴者亦必"以此意穷之"，两情相悦，主客一体，这就是"意似"之实质所在。由此进一步发挥，此后遂更有"不似之似"说的提出。此说首见于明王绂《书画传习录》评苏轼论画诗：

  东坡此诗，盖言学者不当刻舟求剑，胶柱鼓瑟也。然必神游象外，方能意到圜中。……古人所云"不求形似"者，不似之似也。（按苏轼原诗："论画以形似，见与儿童邻。赋诗必此诗，定非知诗人。"）

对此大加张扬者，则是清初石涛，其题画诗曰：

  天地浑溶一气，再分风雨四时。明暗高低远近，不似之似似之。（《题青莲草阁图》）
  名山许游未许画，画必似之山必怪。变幻神奇懵懂间，不似之似当下拜。（《题画山水》）

"画必似之山必怪"，当正指形神之似耳，画而止此，在他言则山必生怪，因为真正的画当在"不似之似"后的那个"似"。总之，不论"意似"或"不似之似"说的提出，都是中国诗画创作进入更高阶段的标志，而导其源者即是司空图提出的"离形得似"说，其在文艺理论批评史的地位亦不言自明。

四、司空图的"知道非诗"说

司空图还曾提出一个在当时很"另类"的观点，尽管简略但也极值得一谈。其《诗赋赞》曰：

  知道非诗，诗未为奇。研昏炼爽，戛魄凄肌。神而不知，知而难状。挥之八垠，捲之万象。河浑沈清，放恣纵横。涛怒霆蹴，掀鳌倒鲸。镜空擢壁，玲冰掷戟。鼓煦呵春，霞溶露滴……历诋自

【卷三】

是，非吾心也。

"知道非诗，诗未为奇"，知，习知，熟知。意思是说仅仅习好学问道德，未必就能写好诗。甚至说过一点，他认为以学问道德写成的诗，根本就不是诗。那么，像那些"研昏炼爽，戛魄凄肌"的优秀诗篇，又是如何获得成功的呢？他坦白承认："神而不知，知而难状。"其实他也并非真的不知，《二十四诗品》不就在阐述真知且进行穷形尽相的描绘么？此处则只言其神奇，不愿多说罢了。自"挥之八垠"以下，则又充分发挥其所长，以形象生动的语言，对诸如兴会淋漓之情，想象飞动之状，炼字成篇之艰等创作问题，都以形似之言一一作了譬喻描状，其实正是对"知而难状"的努力破解。最后，他则不无歉意地说："历诋自是，非吾心也。"赶快声明如果认为这是我诋人自是之言，则并非我的初衷。看来司空图也很清楚，他这番言论显而易见是有悖传统诗教的，招来各种批评责难已是必然。明杨慎《杨升庵集》载此赞时即径改首句为"自知非诗"，并解释说"自知非诗，乃是诗也；诗未为奇，乃是奇也。句法亦险怪"。而四库从刊本《诗赋赞》则易首二句为"知非诗诗，未为奇奇"。都以不解而强解之，遂使面目全非。尤其是许印芳跋此赞曰：

> 愚按文为载道之器，孔子赞《鸱鸮》《烝民》二诗，以为知道，一则明乎治乱安危之机，一则究乎天人性命之理，是知道之大者。推而概诸《三百篇》，或通讽谕而尽忠孝，或申美刺而著劝惩，见浅见深，无非知道之人。后之学者，舍道无以为诗。于道苟无所知，纵解讴吟，发乎性情，必不能止乎礼义。

于是他还把"奇"和"道"联系起来，并得出结论说："诗之奇者，不离乎道。"这即是他对《诗赋赞》首二句进行的反驳，尽管也说了些曲为回护之言，但根本上是否定的。故结尾即曰：

> 学者误信其说，舍道求奇，必将亡逞笔锋，横发议论，寄愁埋忧者，不难叛散五经，灭弃风雅矣。一言不智，流弊无穷，安可不

驳正其失，以去后学之惑哉！[①]

在许印芳等正统文人们看来，文必宗经载道，以圣人为师，"知道"才是万古不变的真理。至于一般文章和诗歌创作究竟有何区别，他们似乎从未细想过，若要说"知道非诗，诗未为奇"，肯定是叛散五经，灭弃风雅之言，不口诛笔伐而"驳正其失"，将会贻害无穷。然而随着文学时代新风的转变，司空图却敏锐地觉察到，仅靠学问道德修养并非文学创作的充分条件，因为文学还有其自身创作的特殊规律，而这是更为重要的。若说司空图有何考虑未周之处，那就是话说得太绝对，忽视了学问道德对文学创作有提高或升华作用。因此在他启发之下，到南宋严羽的《沧浪诗话》便讲得比较辩证了。《诗辨》曰：

> 夫诗有别材，非关书也；诗有别趣，非关理也，然非多读书多穷理，则不能极其至。所谓不涉理路，不落言筌者，上也。诗者，吟咏情性也，盛唐诸人惟在兴趣，羚羊挂角，无迹可求。

诗歌是用来吟咏情性的（即表现性的），文章是用来说理议论的（非文学性的），二者的性质根本不同，各有其写作的基本规律，自然不应混同。故才说"诗有别材，非关书也；诗有别趣，非关理也"。单靠书本知识或说理写作，是有悖文学创作规律的。但是，要写好诗又不能没有书本知识和明理知道的提高作用，所以又说"然非多读书多穷理，则不能极其至"。但也不能说成"舍道无以为诗"，几微之差，相去千里。沧浪批评宋人诗曰："近代诸公，乃作奇特解会，遂以文字为诗，以才学为诗，以议论为诗，夫岂不工，终非古人之诗也。"（沧浪诗话·诗辨）以此态度写诗，正司空图所说"知道非诗"者，因为他们丢掉了作为诗歌核心的"意境"创造，其根本分歧者在此。李梦阳《缶音序》曾质询批评者曰："宋人主理，作理语。诗何尝无理，若专作理语，何不作文而诗为邪？"（《空同集》卷五十二）李东阳更嘲笑说："彼小夫贱隶，妇人女子，真情实意，暗合而偶中，固不待于教。而所谓

[①]《诗品集解》附录，52页，人民文学出版社，1981。

骚人墨客，学士大夫者，疲神思，弊精力，穷壮至老而不能得其妙，正坐是哉！"（《怀麓堂诗话》）总之，司空图"知道非诗，诗未为奇"的提出，虽一语之略，却打开了后人重新认识和思考诗歌创作，乃至整个文学创作的极大空间，正是他诗歌美学思想的有机组成部分，对后世产生巨大而深远影响，自不难理解。

《沧浪诗话》读解

在我国古典诗学思想史上，其引起的反响如此强烈，但又伴随着如此大争论的专著，恐怕莫过于南宋严羽的《沧浪诗话》。羽，字仪卿，一字丹邱，邵武人，号沧浪逋客，有《沧浪吟卷》行世，诗话即附刻集中。按《福建通志》曰："自羽以妙远言诗，扫除美刺，独任性灵，邑人上官伟长、吴梦易、朱叔大、黄裳、吴陵盛传宗派，几与黄鲁直江西诗派并行。"[1]可知即在当时已产生很大影响，至于后来引起之鼎沸争议，究其实质不过是固守传统与新兴意境文学立论之争，是非并不难断。

一、《诗辨》之理论体系梳理

严羽《沧浪诗话》虽包括诗辨、诗体、诗法、诗评、考证五大部分，且各部分亦不乏一些精辟之见，但其论诗的核心则集中在《诗辨》一篇，故后世所重者在此一篇，而围绕《诗话》展开的种种争论亦主要在此一篇。他曾自述说："仆之《诗辨》，乃断千百年公案，诚惊世绝俗之谈，至当归一之论。……是自家实证实悟者，是自家闭门凿破此片田地，即非傍人篱壁，拾人涕唾得来者，李杜复生，不易吾言矣。"（《答出继叔临安吴景仙书》）可知他关于诗歌美学的种种真知灼见，确是凝注于此篇，而为后人矢之的亦属必然。

首先，不同于司空图《诗品》纯粹谈论抽象诗理，他则专为学诗者说法，且为了说得透彻，又借禅以喻诗，从而遂建立起他的诗学认识理论体系。故《诗辨》第一段即具有总纲意义：

---

[1] 转引自郭绍虞《沧浪诗话校释》第236页，人民文学出版社，1962，北京。

【卷三】

　　夫学诗者以识为主，入门须正，立志须高，以汉魏盛唐为师，不作开元天宝以下人物。若自退屈，即有下劣诗魔入其肺腑之间，由立志之不高也。行有未至，可加工力，路头一差，愈骛愈远，由入门之不正也。故曰：学其上，仅得其中，学其中，斯为下矣。又曰：见过于师，仅堪传授，见与师齐，减师半德也。工夫须从上做下，不可从下做上。先须熟读《楚词》，朝夕讽咏，以为之本；及读《古诗十九首》乐府四篇，李陵苏武汉魏五言，皆须熟读；即以李杜二集枕藉观之，如今人之治经，然后博取盛唐名家，酝酿胸中，久之自然悟入。虽学之不至，亦不失正路。此乃是从顶颔上做来，谓之向上一路，谓之直截根源，谓之顿门，谓之单刀直入也。

　　在此他明确提出"向上一路"的诗学主张，即"以汉魏盛唐为师，不作开元天宝以下人物"，是为学诗者说法，乃一篇主脑所在。不过更值得注意的是，其诗学体系亦尽浓缩在这段话中了。他首先拈出一个"识"字，谓"学诗者以识为主"，即"入门须正，立志须高"；继而提出"熟读"，即后面所说"熟参"，为其入门路径；最后则以"悟入"收结，亦即后面所说"妙悟"，当是学诗所要达到的最终境界或目的。于是他"识·参·悟"的概念体系及逻辑关系，遂隐然呈现出来，成为理解其诗学建构的基点。不过在今天看来，他诗学理论的真正贡献，不在这一系列的精心设计，而在后半篇关于"妙悟"和"别材别趣"的论述，因为这才关涉到文学创作思维有别于其他理性思维，以及文学创作有别于其他理论著作的根本特征问题，而这在我国古人却是很少有人认真加以区别的。

　　那么何谓"识"？他的解释是"入门须正，立志须高，以汉魏盛唐为师，不作开元天宝以下人物"。因为，"学其上，仅得其中；学其中，斯为下矣"。当是指一种分析批判，识辨领悟以分清正邪是非的能力，应是学诗者主体方面首应具备的天赋条件。如果缺少"识"，则起步即错，故曰"行有未至，可加工力，路头一差，愈骛愈远"，此之谓"入门不正"。所以，"工夫须从上做下，不可从下做上"，只要学习的道路正确，从最上乘的作家学起，"虽学之不至，亦不失正路"，这就叫"向上一路"。而辨别是非选择上下途径之能力又靠什么呢？那就是"识"，故总括一句曰："夫学诗者以识为主。"

具备了先决条件"识",他遂进而提出学诗的主要路径——"熟参"。于是他这样写道:

> 试取汉魏之诗而熟参之,次取晋宋之诗而熟参之,次取南北朝之诗而熟参之,次取沈宋王杨卢骆陈拾遗之诗而熟参之,次取开元天宝诸家之诗而熟参之,次独取李杜二公之诗而熟参之,又取大厉十才子之诗而熟参之,又取元和之诗而熟参之,又尽取晚唐诸家之诗而熟参之,又取本朝苏黄以下诸家之诗而熟参之,其真是非自有不能隐者。倘于此而无见焉,则是野狐外道蒙蔽其真识,不可救药,终不悟也。

可知"熟参"的要义,是将汉魏以来各家之诗一一"酝酿胸中"之后,以体认分辨哪些是正确的,哪些是错误的,即所谓"其真是非自有不能隐者",从而选择出正确的学习方向来。选择当然还是靠"真识",方向则仍是他所说"以汉魏盛唐为师,不作开元天宝以下人物"。不过,所谓"参"和"悟",并非严羽首创,而是借禅喻诗,并且已成当时人谈诗的普遍用语,如吴可等人《学诗诗》即说:

> 学诗浑似学参禅,竹榻蒲团不计年。直待自家都了得,等闲拈出便超然。(吴可)
> 学诗浑似学参禅,悟了方知岁是年。点铁成金犹是妄,高山流水自依然。(龚相)
> 学诗浑似学参禅,要保心传与耳传。秋菊春兰宁易地,清风明月本同天。(赵蕃)
> 学诗浑似学参禅,不悟真乘枉百年,切莫呕心并剔肺,须知妙悟出天然。(都穆)

此外,如韩驹《赠赵伯鱼》说:"学诗当如初学禅,未悟且遍参诸方。"葛天民《寄杨诚斋》说:"参禅学诗无两法"。杨万里则对此谈到更多,如说:"要知诗客参江西,政如禅客参曹溪"(《送分宁言簿罗宏材秋满入京》)、"半山便遣能参透,犹有唐人是一关"(《读唐人及半山诗》)、"忽梦少陵谈句法,功参庾信谒阴铿"(《书王右丞诗后》)等。对欤于作逻辑分析的我国宋人来说,要说清诗歌创作尤其是唐诗的审美内涵,却并非一件易事,所以他们要借禅喻诗,以参禅说学诗,或为不得已之事,何况二者确有相通之处。后人为此对严羽提出不少否定性批评,或可大为不必,领会其精神而已。比如"熟参",即是讲学诗同参禅一样,都要经过长期诵读修炼,并一一醖酿胸中,再经过精研体悟,去伪而存真,掌握奥要,不为野狐外道所蒙蔽而已,何必定要说成诗即禅,禅即诗,将二者等同而痛加批判呢?然而,历来学诗者未尝不饱读前人诗书,却未必即能诗,其原因又何在呢?于是他进而提出一个"悟"字,故知"悟"才是学诗要达到的更高境界。

至于学、参、悟三者之关系,从逻辑层面看,学的关键是参,参的最终目的则是悟。前者属后天功力,后者属先天禀赋,徒有功力而乏禀赋,便难写出好诗,所以"悟"才是学诗的决定因素。不过,三者的关系又并非仅是逻辑的,似乎还存在广度和深度的不同。《诗辨》首段在罗列汉魏至盛唐诸家诗并要求"熟读之"之后,次段接着写道:

> 诗之法有五:曰体制,曰格力,曰气象,曰兴趣,曰音节。诗之品有九:曰高,曰古,曰深,曰远,曰长,曰雄浑,曰飘逸,曰悲壮,曰凄婉。其用工有三:曰起结,曰句法,曰字眼。其大概有二:曰优游不迫,曰沈着痛快。诗之极致有一:曰入神。诗而入神,至矣尽矣,蔑以加矣!惟李杜得之,他人得之盖寡矣。

上所列诸条,有些是属于创作技巧问题,如字眼、句法、起结、音节、体制、格力等;有些是属于艺术风格的问题,如高、古、深、远、雄浑、飘逸(大多来自司空图《诗品》)等;以及悬为最高成就的优游不迫,沉着痛快和入神,大都通过学习即"熟参"均可掌握,但如那个看似并不起眼的"兴趣",从第五段作为重点论述对象来看,则非"悟"不可了。由此亦可知"参"和"悟"的内涵,并不完全相同。《诗辨》全篇可分作五段(从郭绍虞《诗话校释》说),首段讲学诗标一"识"字,并提出"熟参"问题;二三段讲学诗途径即"熟参"的具体内容,如诗法有五、诗品有九、用工有三等;

四段则专讲"妙悟",当是讲艺术思维特征问题;五段则顺理成章讲"妙悟"之对象——唐诗之精髓所在"兴趣"问题了。故五段开首即说:

> 诗者,吟咏情性也。盛唐诸人,唯在兴趣,羚羊挂角,无迹可求。故其妙处,透彻玲珑,不可凑泊,如空中之音,相中之色,水中之月,镜中之象,言有尽而意无穷。

他指出盛唐成就的妙处"唯在兴趣",而沧浪论诗的指归亦"唯在兴趣",故许多新人耳目之论皆由此生发出来。然何谓"兴趣"?他除借用佛语作种种生动形象的比喻说明外,还特总结一句曰"言有尽而意无穷"。远一点说,此说则来自钟嵘"文已尽而意有余"的"兴味"说;近一点说,则直承司空图"味外之味"、"象外之象"的"滋味"说。趣、味二字,本常连用,其所以改钟嵘说之"味"为"趣"者,当是弃味觉之感受为艺术鉴赏之感受,却仍涵盖"味外""象外"之说在内。关于"趣",袁宏道曾说过一段精彩的话,可与此相互发明。其《叙陈正甫会心集》曰:

> 世人所难得者,唯趣。趣如山上之色,水中之味,花中之光,女中之态,虽善说者不能下一语,唯会心者知之。夫趣得之自然者深,得之学问者浅。当其为童子也,不知有趣,然无往而非趣也。面无端容,目无定睛,口喃喃而欲语,足跳跃而不定,人生之至乐,真无踰于此时者。孟子所谓不失赤子,老子所谓能婴儿,盖指此也。趣之正等正觉,最上乘也。(《袁中郎全集》卷一)

这就比严羽那些拟喻性说明讲得具体多了,然无论山之色、水之味、花之光、女之态、婴儿之喃喃跳跃目无定睛,皆可感可知而不可说,其妙正在"象外""味外",确如司空图曾引戴叔伦话所说:"诗家之景,如蓝田日暖,良玉生烟,可望而不可置于眉睫之前也。"(《与极浦谈诗书》)用"言有尽而意无穷"总括之,最之贴切。他还说,"趣得之自然者深,得之学问者浅",则更提醒我们,沧浪之改前人"兴味"说为"兴趣"者,亦非泛泛之言,而与下面之"别材""别趣"说实一脉相通也。然同司空图一样,由于时代之局限,严羽亦始终未能明确提出"意境"这一最高诗学审美概念,不过其所讲又无不与意境内涵息息相通。需要说明的是,学诗而通过"熟参",固然可以掌握诗歌的修辞、起结、格力、气象、风格等各种创作技巧,甚至达到一通皆通,得心应手,四无窒碍化境,但对诗歌中那种"可望而不可即"的意境,或曰只可意会难以言传的"兴趣",却不是仅靠苦读苦学的"熟参"所能领悟的,故严羽才借禅喻诗,从佛学中搬来"妙悟"一词,以透彻说明之。而这才是四、五段乃至全篇所要论述的重点,而引起历来争议最多者亦正在此。"妙悟"之说,上面虽有所涉及,却并未展开,需要阐明者正多;"兴趣"之论,更是全篇重心所在,无此则《诗辨》乃至整部《诗话》都无存在的必要,故后面特设专节分述之。

至于其诗学体系,可概括列表如下:为学诗者说法

以识为主	遍参诸方	唯在妙悟	贵在兴趣
(入门须正,立志须高。以汉魏盛唐为师,不作开元天宝,以下人物)	(诗法有五,诗品有九,用工有三,大概有二,极致有一)	(惟悟乃为当行,乃为本色。有透彻之悟有但得一知半解之悟)	(诗有别材非关书,诗有别趣非关理。不涉理路,不落言答者上也。以文字、才学、议论为诗者非诗)

二、"透彻之悟"及"悟第一义"

《诗辨》谈"悟"主要集中在第四段:

> 禅家者流,乘有小大,宗有南北,道有邪正。学者须从最上乘,具正法眼,悟第一义。若小乘禅,声闻辟支果,皆非正也。论诗如论禅:汉魏晋与盛唐之诗,则第一义也;大历以还之诗,则小乘禅也,已落第二义矣;晚唐之诗,则声闻辟支果也。学汉魏晋与盛唐诗者,临济下也;学大历以还诗者,曹洞下也。

大抵禅道唯在妙悟，诗道亦在妙悟。且孟襄阳学力下韩退之远甚，而其诗独出退之之上者，一味妙悟而已。唯悟乃为当行，乃为本色。然悟有浅深，有分限，有透彻之悟，有但得一知半解之悟。汉魏尚矣，不假悟也；谢灵运至盛唐诸公，透彻之悟也；他虽有悟者，皆非第一义也。吾评之非僭也，辨之非妄也，天下有可废之人，无可废之言，诗道如是也。

　　关于这段话，有三方面问题引起的争议最大。第一个问题：严羽借禅喻诗，是否合适恰当？此处他明确说"论诗如论禅"，可知这是一种比喻，并非是将诗和禅等同或混同。《诗辨》第五段即说："故予不自量度，辄定诗之宗旨，且借禅以为喻，推原汉魏以来，而截然谓当以盛唐为法，虽获罪于世之君子，不辞也。"又《答出继叔临安吴景仙书》说："以禅喻诗，莫此亲切，是自家实证实悟者，是自家闭门凿破此片田地，即非傍人篱壁，拾人涕唾得来者，李杜复生，不易吾言矣！"既然反复强调这只是比喻，而哲人们早就说过：任何比喻都是跛脚的。那么诗禅之间也就不可能完全等同，纵有不合之处，亦是意料中事。然而，那些以维护传统自居的文人们，却抓住这点而大加挞伐之，只见其异而否认其同，岂能不失偏颇？如钱振锽《诗话》即批评沧浪既不知诗，更不知禅曰：

　　禅悟者，活泼泼之谓也。何谓活泼？不拘泥之谓也。分界大乘小乘，一义二义，拘泥极矣。天下有拘泥不活泼而谓知禅理者乎？须知禅中分别一一名目，都是不知禅理之蠢秃所为，岂有活泼不拘泥而有沾沾于禅理中，分甚大小邪正哉！诗也者，写性情者也。开辟以来，非有紮就一种老诗架子也，非谓作诗必戕贼性情而俯就架子也。羽乃分界时代，彼则第一义，此则第二义，索性能指出各家优劣，亦复何辨？无奈他只据一种荣古虐今见识，犹自以为新奇，此真不可教训！

　　严羽借禅喻诗，可分作两方面内容：一是借禅学中大乘小乘、一义二义之说，以说明历代诗歌之高下优劣，为学诗者引路指的；二是借禅学中"妙悟"之说，以说明学诗或作诗都必须具备一种特殊思维方式，即不同于一般理性逻辑思维的艺术思维方式，因无以名之，故才借用"妙悟"一词表述之。钱氏所批评者，即针对前一方面。钱氏乃"性灵说"的倡导者，故可不分时代、大乘小乘、一义二义，但言诗（尤为初学者言诗）却不能不分汉魏六朝、初盛中晚唐乃至宋诗，以比较其优劣高下。钱氏所言实乃门户之见，以"活泼泼"或"不拘泥"评历代诗，恐较严羽失之更远，更难证明己之确而他之谬也。严羽说"禅家者流，乘有大小，宗有南北"云云，亦并非纯出杜撰。按佛家本有三乘，且分大小：菩萨乘普度众生，称大乘；辟支、声闻仅求自度，故称小乘。辟支，梵语乃独觉之义，谓并无师承而独自悟道者也；声闻，谓由诵经听法而悟道者也，故知辟支、声闻并无高下之分，遂统称小乘。但严羽不仅有大乘小乘之分，且有小乘和声闻辟支之分，确与佛理不合，如谓"大历以还之诗，则小乘禅也，已落第二义矣。晚唐之诗，则声闻辟支果也"即是批评严羽不知禅的根据所在。然而，这只是严羽借禅喻诗所作比喻，为了说得贴合实际，遂不免有所变通乃至改造，并不影响其论诗的基本观点。他还说："学汉魏晋与盛唐诗者，临济下也；学大历以还之诗者，曹洞下也。"然临济、曹洞，实皆宋时禅宗之分派，并无高下之分，故陈继儒《偃曝余谈》即批评说："临济、曹洞，有何高下？而乃勒其门庭影响之语，抑勒诗法，真可谓杜撰禅！"其实这也是把借禅喻诗同以禅言诗混为一谈了，把本来跛脚的比喻硬要拿来与所喻者一一对照，自然觉得处处不合处处扞格。然就诗禅相通处言，正如严羽所说："以禅喻诗，莫此亲切。"他们却弃此不顾而言他，岂非公允？何况本是谈诗，却弃诗而抠禅理，路头一差，又岂非愈鹜愈远乎？立脚点或角度不同，各说各话，争议起来也意义不大。

第二个问题，严羽借用禅学"妙悟"一词言诗，是否合适妥当？关于"禅道唯在妙悟，诗道亦在妙悟"之说，更是历来争议之焦点。如前所引，不过这也是时人论诗的常用语，并非严羽独家所得之秘。如龚相《学诗诗》曰"学诗浑似学参禅，悟了方知岁是年"；都穆《学诗诗》曰"学诗浑似学参禅，不悟真乘枉百年"；韩驹《赠赵伯鱼》曰"学诗当如初学禅，未悟且遍参诸方"；而吴可《藏海诗话》则说"凡作诗如参禅，须有悟门"等。他们都如此强调学诗需"悟"，那么"学"和"悟"又是什么关系呢？崔旭《念堂诗话》认为，学乃"识"之体，悟为"识"之用，它们是本末体用的关系。即是说"识"是以博学为前提条件的,学富者自然识高;然学的最后归宿却不在"识",而是要"悟",因彻悟之后则一通百通,左右逢源,直达妙解,方能见出"识"的作用。此说虽辩,然同严羽所说"妙悟"似并不完全合拍。如前述"识"要解决的是"入门须正,立志须高"的问题,而"悟"要解决的则是"唯在兴趣"的问题,二者目的不同,自非体和用的关系。因为在严羽看来,对诗歌创作中山岚女态、镜花水月般可望而不可即的"兴趣"之领悟把捉,是不能单靠一般的"识"即理性逻辑思维去认知的,正如释子参禅那样二者确有相通之处,所以才取禅以为喻。禅道常借助具体形象来启迪或暗示某种深奥道理,绝不能嚼饭喂人,落于迹象。同样诗道也往往要化抽象情思为具象景物,以生动之意象(兴趣)来显现深厚内涵,而不是用抽象概念作直白说明,亦不能落于迹象。所以,学诗和参禅都需要一种特殊思维方式,古人无以名之,遂借禅学中之"悟"或"妙悟"名之。

如果撇开所喻之禅学不谈,单就被喻之文学创作"妙悟"言之,则所谓"妙悟"实与六朝人所说"感兴"或后来所说"天机自启(即灵感)密切相关。《文心雕龙·物色赞》言感兴曰:"山沓水匝,树杂云合。目既往还,心亦吐纳。春日迟迟,秋风飒飒。情往似赠,兴来如答。"目既往还是"感",心生吐纳是"兴",故称之为"感兴"。当诗人面对自然美景而产生创作冲动时,心和物之间便会发生交流契合,情和景之间也会出现双向转化,所以才会有那种一"赠"一"答"式的灵感触发,从而进入创作的最佳心理状态。而这种文学创作的思维方式,既不是靠理性逻辑思维来完成,更不能靠学习知识积累而造就,它往往是在情景的瞬间触发中形成的,神之又神,故曰妙悟。又《文心雕龙·神思》曰:

> 夫神思方运,万涂竞萌,规矩虚位,刻镂无形。登山则情满于山,观海则意溢于海,我才之多少,将与风云而并驱矣!

则可看作是对"妙悟"这一思维特征的进一步阐释。每当"情往似赠,兴来如答"的艺术思维——"神思"活跃起来的时候,想象灵感都会被一一激活,于是原本虚幻的存在就会逐渐变成实在,而原本无形的东西也会逐渐化作有形,物被心灵化了,景被情感化了,"登山则情满于山,观海则意溢于海",那种镜花水月般"可望而不可即"的兴象(严羽称"兴趣")遂不断呈现于脑际而趋于定型。至于诗人才能之多少,在此已提供了充分的空间,那就尽兴去发挥吧。然而,这种瞬间产生的心物交媾,主客体之间的契合同一,靠什么去捕捉呢? 不是靠一般的思维方式而是艺术敏感:妙悟!

最早谈到创作灵感的,是陆机《文赋》。也可为严羽之说作一例证:

> 若夫应感之会,通塞之纪,来不可遏,去不可止,藏若景灭,行犹响起。方天机之骏利,夫何纷而不理? 思风发于胸臆,言泉流于唇齿,纷葳蕤以馺遝,唯毫素之所拟,文徽徽以溢目,音泠泠而盈耳。……

所谓"方天机之骏利",讲的即是灵感。它的一大特征即是"来不可遏,去不可止",是完全不以人的主观意志为转移的。然而,每当"应感之会"而天机自启即"灵感"来临时,便会想象飞动,思如泉涌,美妙的思绪无端丛生,精美的言词俯拾即是,生动意象徽徽满目,自然清音泠泠盈耳,人籁悉归天籁矣。于是,整个创作也就进入一通皆通,四无窒碍的妙境,而显得特顺畅流利。然则,禅在一悟之后,同样也会进入一通皆通,四无窒碍,万法皆空的圣境,呻吟咳唾,则无非至理,棒喝怒呵,亦头头是道。由此看来,诗悟和禅悟确有相似相通之处,以禅喻诗亦非全出无稽之谈。稍后于严羽的刘克庄在《题何秀才诗禅方丈》中说:"诗家以少陵为祖,其说曰'语不惊人死不休';禅家以达摩为祖,其说曰'不立文字'。诗之不可为禅,犹禅之不可为诗也。"(《后村大全集》第九十九)因为有所差别,便把诗和禅完全对立起来,恐怕说得过于绝对,是只见其异而不见其同。不过对"妙悟"言诗持肯定态度的则更多,但持论并不相同。潘德舆《养一斋诗话》卷一说:"以妙悟言之,犹之可也,以禅言诗则不可。"此虽肯定以妙悟言诗,却反对"以禅言诗",然而沧浪只是"喻诗",并非直接以禅"言诗",既然曲解了沧浪原意,可以不论。又王应奎《柳南续笔》说:"夫妙悟非他,即儒家所谓左右逢源也,禅家所谓头头是道也。诗不到此,虽博极群书,终非自得之境,其能有句皆活乎? 其能无机不灵乎?"虽说全面肯定了"妙悟",并指出非"博极群书"所能致,可以说理解得比较准确。但他以儒家之"左右逢源"拟之,终于还是融了一层，因为创作灵感之天机启动，并非仅是写作中左右逢源之顺境而已。

因此所谓"妙悟"者，当指诗歌创作中之感兴思维或灵感思维而言，是在瞬间心物同构契合之触发，或情景双向交流之撞击，因而直达妙解或直击真实的一种认识活动，确如王应奎所说与"博极群书"之个人学问修养或曰理性逻辑思维，并无直接之关联。叶燮《原诗·内编》即说："原夫创始作者之人，其兴会所至，每无意而出之，即为可法可则。如《三百篇》中，里巷歌谣，思妇劳力吟咏居其半。彼其人非素所诵读讲肄推求而为此也，又非有所精研极思、腐毫辍翰而始得也。情偶至而感，有所感而鸣，斯以为风人之旨。"诗歌是感兴或灵感分娩的娇儿，虽不能没有后天学问功力的哺育，但也不是靠讲肄诵读、研精极思、腐毫辍翰即能成就。兴会所至，有感而鸣，"每无意而出之"，才是其真正的催生剂。其实严羽所说"且孟襄阳学力下韩退之远甚，而其诗独出退之上者，一味妙悟而已"，亦正此意。韩愈"文起八代之衰"，学问地位何等显赫，但所作诗却不如孟浩然之脍炙人口，其原因又安在？却引起人们极大争议。许学夷《诗源辨体》即说"浩然造思极精，必待自得，故其五言律皆忽然而来，浑然而就，而圆转超绝多入于圣矣。须溪谓浩然不刻画，祇似乘兴；沧浪谓浩然，一味妙悟，皆得之矣。"在他看来孟浩然诗成功的奥秘，即在"祇似乘兴""必待自得"，即沧浪据说"妙悟"者，此为严说而张目。但批评沧浪者亦不少，如钱振锽《诗话》："退之大才，不过失之偏失之刚而已。浩然小才，笔笔落入意中，才力短浅，未可与退之并论。"这就有点失实而曲为回护了，因韩愈诗作之失，并非只是失之偏失之刚，或才力大小浅深的问题，正如《后山诗话》所说："退之以文为诗，虽极天下之工，要非本色。"并谓"退之于诗本无解处，以才高而好耳"。其实正严羽所批评之以文字为诗、以才学为诗、以议论为诗而开宋人诗风者，谓其"本无解处"亦非苛论。

然而，妙悟本身虽与才识学问无直接关联，但《诗辨》开首即提出"识"之重要，更强调"熟读""熟参"，即学习的重要，岂非前后矛盾？其实这又是误解。就整体而言，严羽的初衷是为学诗者说法的，学习的内容也非常广泛，诸如诗法有五，用功有三，诗品有九，大概有二等，所以要下功夫苦读熟参，以领会而掌握之，这就要靠"识"。但这只是作诗的后天功夫，而诗歌创作的真正奥秘却并不在此，而在"言有尽而意无穷"的"兴趣"，这并非单靠下苦功夫即能"学"到的，所以才有赖于"妙悟"。可知"学"和"悟"的针对性本不相同，在沧浪诗论体系中二者并不扞格。然尽管如此，"学"和"悟"的关系问题还是引来极大争议。如谢肇淛《小草斋诗话》卷一批评说："今人藉口于悟，动举古人法度而屑越之，不知诗犹学也。……智不逮古人，而欲以意见独刱并废绳墨，此必无之事也。"对此可有两点提出商榷：一是批评言"悟"者即弃古人法度而不顾，这却有点冤屈严沧浪，《诗辨》开篇即专谈"熟读""熟参"的重要，他何尝废学？又大谈诗法、诗品、用工等，又何尝废弃过古人法度？即使在提出"诗有别材非关书，诗有别趣非关理"之大胆言论时，也不忘随之加上一句"然非多读书多穷理则不能极其至"的话，本是十分全面辩证的，岂容他人支解！二是说"诗犹学也"，把诗歌创作完全归诸学，这才是十分片面的，根本不知诗歌创作之奥秘岂非一个"学"字所能穷尽！且不说只有现代人才能明确的根于生活的问题，即使当时人对严羽所作补正，也应该避免这种偏颇。如胡应麟《诗薮·内编》卷二说：

> 严氏以禅喻诗，旨哉！禅则一悟之后，万法皆空，棒喝怒呵，无非至理；诗则一悟之后，万象冥会，呻吟咳唾，动触天真。禅必深造而后能悟，诗虽悟后仍须深造。自昔瑰奇之士，往往有识窥上乘，业弃半途者。

前半讲禅悟和诗悟之相通，与严说完全契合；后半讲学（深造）识、悟的关系，至于说禅以悟为止境，诗虽悟后仍须力学，则需作进一步分析。就妙悟本身而言，它是心物发生同构契合而突然触发的创作感兴或灵感，可以说与"学"无关。然就诗歌创作整体而言，无论悟前或悟后则均需力学，钱钟书《谈艺录》对此曾作过深入分析："禅家讲关捩子，故一悟尽悟，快人一言，快马一鞭，一指头禅可以终身受用不尽。诗家有篇什，故于理会法则以外，触景生情，即事漫兴，有所作必随时有所感发，大判断外尚须有小结果。"诗歌创作是要讲理会法度，所以不能废学；但在理会法度之外，还有"触景生情，即事漫兴"这一妙悟阶段，或曰"随时有所感发"的存在，这就不是"学"和"识"所能致力的了。他还举陆桴亭《思辨录辑要》卷三所作譬喻:"人性中皆有悟,必工夫不断,悟头始出。如石中皆有火,必敲击不已,火光始现。然得火不难,得火之后须承之以艾,继之以油,然后火可不灭。故悟亦必继之以躬行力学。"并赞之曰:"罕譬而喻,可以通之说诗。"这和严羽所说则完全一致,即"大判断外尚须有小结果"。诗歌创作中的妙悟,只是"随时有所感发"而产生的"漫兴",这是与"学"无关的。然而在有所感发之妙悟之前之后呢?却必须躬行力学,以作为感发的前提准备,因为"学"与"不学",在"悟"的质量或境界上都会有雅俗、精粗、高下之不同,也就不能说"学"和"悟"完全没有关系,对此袁守定《占毕丛谈·谈文》说:

  文章之道,遭际兴会,摅发性灵,生于临文之顷者也。然须平日餐经馈史,霍然有怀,对景感物,旷然有会,尝有欲吐之言,难遏之意,然后拈题此笔,忽忽相遭。得之在俄顷,积之在平日,昌黎所谓有诸其中是也。

"得之俄顷,积之在平日",可谓一语道破"妙悟"这种艺术思维长期积累,偶然得之的发生机理。俗语说机会总会光顾那些平时有准备的幸运儿,即此道理所在。袁氏还进而举例说,"作文必有一段兴致,触景感物,适然相遭,遂造妙境",如"史称张说至岳州诗益进,得江助(《新唐书·张说传》)。王文恪鳌谓柳子厚至永州文益工,得永州山水之助(震泽长语)。吴应夫谓:胸中无三万卷书,眼中无天下奇山水,未必能文,纵文亦儿女语耳。皆是此理。"(同上)即说得更加清楚,胸中三万卷书和眼中天下奇山水,是相辅相成的,二者并不相悖,由此而产生的"妙悟"才不致落于粗落于俗。那么再回过头来看《诗辨》,他一方面说"非关书"、"非关理",另方面又说要"多读书多穷理",才能"极其至",就十分辩证而且圆满了。

  第三个问题:严羽所说"妙悟"是否有"透彻之悟"和"第一义之悟"之分?此说之提出为郭绍虞先生首创,他认为妙悟之说"可别为二义。一是第一义之悟,即沧浪所谓'学者须从最上乘,具正法眼,悟第一义'之说。又一是透彻之悟,即沧浪所谓'有透彻之悟,有但得一知半解之悟'之说"。

于是又进一步发挥说：

> 此二义有关联，也有差别。就其有关联处言之，则沧浪以盛唐为第一义，而复以盛唐为透彻之悟，其说原不相枘凿。就其有差别处言之，则此后格调派即宗沧浪第一义之说，而神韵派所取于沧浪者，又在透彻之悟。①

按沧浪对"悟"确实作过分类，他是这样说的：

> 大抵禅道唯在妙悟，诗道亦在妙悟。……唯悟乃为当行，乃为本色。然悟有浅深，有分限，有透彻之悟，有但得一知半解之悟。

由此可知，他对"悟"分作两个层级，即"透彻之悟"和"一知半解之悟"，其中并无"第一义之悟"这一概念。那么"第一义"一词他是用来干什么的呢？是对诗歌层级的分类或评价。《诗辨》说：

> 论诗如论禅：汉魏晋与盛唐之诗，则第一义也。大历以还之诗，则小乘禅也，已落第二义矣。晚唐之诗，则声闻辟支果也。

他说得很清楚，所谓"第一义""第二义"等，即是对汉魏盛唐大历中晚"之诗"的评级或分类，与"悟"可以说毫不沾边。那么郭先生所说"学者须从最上乘，具正法眼，悟第一义"又是什么意思呢？《诗辨》全文是这么说的：

> 禅家者流，乘有大小，宗有南北，道有邪正。学者须从最上乘，具正法眼，悟第一义。若小乘禅，声闻辟支果，皆非正也。

显然，所谓"悟第一义"，是就佛学中"乘有大小"因而"道有邪正"之

---

①《沧浪诗话校释》18-19，人民文学出版社，1962。

代表"大"和"正"之"道"说的,并非说"悟"。又"悟第一义"乃动宾结构,"第一义"乃"悟"之宾语,因而这句话就不能译作"悟第一义之悟"。即以佛学言,"第一义"之说也从来不指"悟"。《传灯录》卷九曰:"心即是法,法即是心,不可将心更求于心,历千万劫终无得日,不如当下无心,便是本法。……故佛言,我于阿耨菩提实无所得,恐人不信,故引五眼所见,五语所言,真实不虚,是第一义谛。"此所谓"五眼所见,五语所言"之"第一义谛",与"悟"能扯上关系吗?显然不能,其所指者还是佛理佛法。不过,《诗辨》中还有一段话,也可能被误解为"第一义"乃言妙悟:

> 汉魏尚矣,不假悟也。谢灵运至盛唐诸公,透彻之悟也,他虽有悟者,皆非第一义也。吾评之非僭也,辨之非妄也,天下有可废之人,无可废之言,诗道如是也。

"他虽有悟者,皆非第一义也"句,能否读作"皆非第一义之悟"?恐怕不能。若按前引严羽对诗歌层级分类之例,在汉魏和谢灵运至盛唐诸公后,再加"之诗"二字语意才算完满。因此,"皆非第一义"应指诗言,同样加上"之诗"二字语意才算完满,而不是理解为"他虽有悟者皆非第一义之悟也"。也就是说"第一义"与"悟"的关系,并非同位或等位关系,而是作为"悟"的对象存在的,才会顺理成章。

还有,严羽前面说"汉魏晋与盛唐之诗,则第一义也",而此处又说"汉魏尚矣,不假悟也"。按不假悟,即不借助于悟。那么,不借助于悟也能创造第一义之诗,岂非自相矛盾?其实他如此说,固然反映出其逻辑的混乱,但更重要者还存在深层原因。具体而言,一方面说明他确已看到魏晋以前诗,同谢灵运至盛唐诸公诗的根本不同,另方面在理论上又难以说得清楚,于是才有"不假悟也"的含混说法。无可讳言,沧浪论诗的一大弱点,即缺少历史唯物的观念,故不能正确理解传统"比兴"与唐诗"兴趣"之间的联系和区别,而是悬"兴趣"为诗歌创作的最高准则,并以之评论一切时代之诗歌,却不知我国早期诗歌曾经历过一个以比兴、象征、寄托为主流的喻象文学阶段,并同样创造了我国文学的首度辉煌和取得杰出成就,而这是同晋宋以后兴起的新型意象文学根本不同的。他不辨青红皂白,却将其笼统纳入其

诗学体系规范评说之,岂能不南辕而北辙?而《沧浪诗话·诗评》中的这段话似乎说得更清晰些,可参看:

> 诗有词、理、意兴。南朝人尚词而病于理,本朝人尚理而病于意兴,唐人尚意兴而理在其中。汉魏之诗,词理意兴无迹可求。

"意兴"一词,可作"兴趣"之同义或近义词读,此不赘。故"唐人尚意兴"即"盛唐诸人唯在兴趣"也。他认为,唐人抓住的是诗歌创作最本质的东西"意兴",而词和理则自然包纳其中,从而达到内容和形式的完美统一,这是凭借"妙悟"才能把握的。而南朝人和本朝(宋)人,或在词上用功夫,或在理上用功夫,抓住的只是诗歌创作浅层方面,故"路头一差愈骛愈远",只靠"熟读"或"熟参"即能办到。但对汉魏之诗,他何以要说"词理意兴无迹可求"呢?所谓"无迹可求",同"不假悟"一样,貌似顶礼褒赞,其实都是含糊其词,是说自己也说不清楚。既然说不清楚,为何还要推尊为"第一义"?这说明他认识到汉魏古诗的杰出成就,但纳入其诗学体系中,又深感同"谢灵运至盛唐诸公"诗有本质不同。因其有杰出成就,故不能推尊为"第一义";又深感有本质不同,故既不能说"唯在兴趣",也不能称之为"透彻之悟"。总之,这是严羽诗学体系难以解决的矛盾。

三、"别材别趣"和"多读书多穷理"

诗歌创作需要一种特殊思维方式,严沧浪曰"妙悟"。由此延展开去,推导出的必然结论是:这是由文学自身的特殊性决定的。因此,研究诗歌创作同其他文章写作的本质不同,遂成为《诗辨》的重中之重。其第五节曰:

> 夫诗有别材,非关书也;诗有别趣,非关理也。然非多读书多穷理,则不能极其至。所谓不涉理路,不落言筌者,上也。诗者,吟咏情性也。盛唐诸人,唯在兴趣,羚羊挂角,无迹可求。故其妙处,透彻玲珑,不可凑泊,如空中之音,相中之色,水中之月,镜中之象,言有尽而意无穷。
>
> 近代诸公,乃作奇特解会,遂以文字为诗,以才学为诗,以议

论为诗，夫岂不工，终非古人之诗也，盖于一唱三叹之音有所歉焉。且其作多务使事，不问兴致，用字必有来历，押韵必有出处，读之反复终篇，不知著到何在。其末流甚者，叫嚣怒张，殊乖忠厚之风，殆以骂詈为诗。诗而至此，可谓一厄也。然则近代之诗无取乎？曰：有之，吾取合于古人者而已。

首节阐明诗歌创作的独特性，以呼应上面"妙悟"之说；次节批评宋诗之失，以补足"别材别趣"之说。这是《诗话》最具理论创新价值的部分，然引起的争论亦最多，下面亦分作几个问题谈。

第一个问题，关于"别材别趣"说之争。严羽此说之目的，是为说明创作真正好诗之奥秘，应是创造"羚羊挂角，无迹可求""言有尽而意无穷"之"兴趣"，即后来所说之意境，而意境的生成，却是由"情往似赠，兴来如答"这一心物之间的双向互动和主客交流而完成的，它表现的突出特征即感兴或灵感，在严羽则称作"妙悟"。显然，这不是单靠研精积学，频掉书袋所能成就；亦非单靠明经说理，把诗写成理学讲议所能奏功，于是才提出"诗有别材非关书也，诗有别趣非关理也"之说。这本来是生活中很普通的道理，强调诗歌创作要具备特殊才能，也并不难理解。可是对那些只知在书本中讨生活，皓首穷经以高其地位的传统文人来说，却是不能接受的，因为这无异于将其逐出神圣诗坛。他们甚至不顾沧浪明文写着的"非关书也"，而硬要说成"非关学"而大加挞伐，其动机就值得怀疑。譬如，黄道周《书双荷庵诗后》即说："此道关才关识，才识又生于学，而严沧浪以为诗有别才非关学也，此真瞽说以欺诳天下后生，归于白战打油钉铰而已。"（《漳浦集》卷二十三）《诗辨》开头即大讲熟读熟参，沧浪何尝废学？黄氏根本没有弄明白，诗歌创作中哪些是可学的，哪些是不可学而须妙悟的，却不顾原文而横加指责，其出发点即已错误，其识见更去沧浪远甚。又朱彝尊则说："今有称诗者，问以七略四部，茫然如堕云雾，顾好坐坛坫说诗，其亦不知自量矣。"（《静志居诗话》卷十八）更以读七略四部而炫博，把作学问和创作等同，不知"工夫在诗外"者为何，岂非失之更远！汪师韩则说："我生于古人之后，古人则有格有律矣，敢曰不学而能乎？……传曰：不学博依不能安诗。读诗且不可不博依也，而顾自比于古妇人小子为诗也哉！"（《诗学纂闻》）

【卷三】

显然他看到了诗歌创作可学的一面，其实严羽谈的比他更广，如诗法、诗品、用工等，至于不能单靠学的方面如意境创造等，他似乎全未梦见，只能说他同严羽并非同一理论层级的学人。

然而，赞同严说而为之辩护者亦不少。如沈德潜即说："严仪卿有诗有别才，非关学也之说，谓神明妙悟不专学问，非教人废学也。"（《说诗晬语》）虽然还未能改正"非关学"这一引文的错误，但认为严羽既讲"别材"又非"废学"，理解是比较全面的，并且所谓"别才"是专就创作灵感妙悟而言的，分清这一界划才可以评论严沧浪，否则便只是曲解。而更值得注意的则是崔旭这段驳正：

> 朱竹垞诗："诗篇虽小技，其源本经史，必也万卷储，始足供驱使。别材非关学，严叟不晓事。"按《沧浪诗话》："诗有别材，非关学也。然非多读书多穷理，则不能极其至。"竹垞但摘上二语讥之，徒欲自畅其说，则厚诬古人矣。（《念堂诗话》卷一）

张宗泰则直谓："朱氏读沧浪语未终，遽加排诋，不免轻于诗论。"（《鲁岩所学集》卷十三《书潜研堂文集欧北集后》）都对这种只取一端、不顾全文而肆意曲解的文风，提出严厉批评，还沧浪诗论以本来面貌。其实，竹垞诗开篇即说"诗源本经史"，把诗歌创作的源泉归于书本知识，而无视感兴或灵感发生的生活基础，即大错特错，其观念之陈旧亦不言自明。这些传统封建文人的通病，即缺少辩证思维观念，在他们看来，沧浪既说"诗有别材非关书也"，又说"然非多读书多穷理则不能极其至"，本来就是矛盾不通，自然也就不存在断章取义问题。然而"诗有别才非关学"也是不可否认的事实，徐经即说："诗学自有一副才调，具于性灵，试观古人未尝不力学，而诗则工拙各异，则信乎才自有别，非一倚于学所能得也。"（《雅歌堂氅坪诗话》卷二）张宗泰则说："余则以严氏所谓别才别趣者，正谓真性情所寄也。试观古往今来文人学士，往往有鸿才硕学，博通坟典，而于吟咏之事，概乎无一字之见于后，所性不存故也。"（同前）如凌扬藻则更指出："亦有不读书而能诗者，北齐斛律金不解押名，而《敕勒歌》乃为一时乐府之冠。"（《蠡勺编》）梁章钜甚至推为普遍存在的现象："古人不朽之作，类多率尔造极，

193

不可攀跻。"(《退庵随笔》卷二十)总之,诗歌创作必须具备特殊才能和机趣,这不是靠做学问死读书所能弥补的,所以严羽才提出"妙悟"之说。尽管作家的非学者化,未必是一种好的倾向,但单靠做学问积累的丰富书本知识,并不能保证那些冬烘先生、理学钜子,成为优秀诗人。

至于"别趣"之说,则更是人们争论的焦点。如前所述,所谓"趣"者,如山上之色,花中之光,女中之态,小儿之喃喃跳跃等,皆其表现之形态也。它是可以意会而难言传的,故戴叔伦才比喻说:"如蓝田日暖,良玉生烟,可望而不可置于眉睫之前也。"也就是说,它是人人都能真切感受到,但又不是一般叙述语言所能描状,更不是抽象说理语言所能说清的,故只能用诗歌特有的艺术语言才能有效展现,严羽所说"诗有别趣,非关理也"者,即是要厘清这个道理。然而,那些思想守旧的传统文人们,或拘于古今之见,或拘于雅俗之说,或拘于儒释之分,却对此提出种种责难,他们认为沧浪此说,即是不要学、不要理,实在都是曲解。如毛奇龄即说:"天下唯雅须学而俗不必学,唯典则须学而鄙与夯则不必学,唯高其万步,扩其耳目,出入乎黄钟大吕之音须学,而裸裎袒裼、蚓呻而釜戛即不必学。"(《东阳李紫翔诗集序》)、(《西河合集》卷三十四)刘仕义《新知录》则说:"杜子美诗所以为唐诗冠冕者,以理胜也。彼以风云色泽放荡情怀为高,而吟写性灵为流连光景之词者,岂足以语《三百篇》之旨哉!"他们把沧浪所说"书"错解作"学",又把沧浪所说"理"认作无理,于是大加挞伐,其实是各说各话。当知沧浪所否定的"书",是指炫博矜学,以学问代替作诗;所说"理",是指以抽象说理代替意象描写,把诗写成文。正如李梦阳《缶音序》所批评者:"宋人主理,作理语。诗何尝无理,若专作理语,何不作文而诗为邪?"(《空同集》卷五十二)胡应麟则直斥之曰:"禅家戒事理二障,苏黄好用事而为事使,事障也;程邵好谈理而为理缚,理障也。"(《诗薮·内编》卷二)因此,诗中藏理和为"理障",根本就不是一码事,而毛奇龄等人就是参不透其中奥妙。刘仕义甚至连以"化景为情"为创作基点的新兴意象文学都否定了,轻蔑地称之为写"风云色泽放荡情怀"的"流连光景之词"。若按其说,将杜诗中如"窗含西岭千秋雪,门泊东吴万里船"、"五更鼓角声悲壮,三峡星河影动摇"这类风云色泽之作都剔除掉,"唐诗冠冕"的荣耀还能戴在他头上吗?由此可知其思维的守旧性。尤奇怪的是潘德舆,他说:"理语不必入诗中，诗境不可出理外。谓诗有别趣非关理也，此禅宗之余唾，非风雅之正传。"（《养一斋诗话》卷一）本来与沧浪之说并不相左，如"理语不必入诗中"，更是沧浪别趣说之核心所在，何以要斥之为"禅宗余唾"而非"风雅正传"？岂非指白为黑！相较而言，李东阳所说就全面深刻多了，其《怀麓堂诗话》写道：

> 诗有别材非关书也，诗有别趣非关理也，然非读书之多，明理之至者，则不能作。论诗者无以易此也。彼小夫贱隶，妇人女子，真情实意，暗合而偶中，固不待于教。而所谓骚人墨客，学士大夫者，疲神思，弊精力，穷状至老而不能得其妙，正坐是哉！

这些无可辩驳的事实说明，读书研理虽是创作的必要因素，但却不是决定因素，更非文学创作的本质特征所在。正如严羽所说"非多读书多穷理则不能极其至"，它可以起到借鉴作用，提高作用，却不能代替创作，更非谢肇淛所说"诗犹学也"，把写诗完全归结于学。

第二个问题，关于"不涉理路，不落言筌"之争。这本是"别材别趣"说的延伸，即由此得出的必然结论。从逻辑角度说，严羽既提出"非关书"、"非关理"的大胆而新鲜的论断，若要落实到创作实践上，其得出的必然结论即是"不涉理路，不落言筌者上也"。然而，这却引起人们更加猛烈的抨击，如清人冯班即曾写过一篇《严氏纠谬》的专文，曰：

> 诗者言也，言之不足故长言之，长言之不足故咏歌之，但其言微，不与常言同耳，安得有不落言筌者乎？诗者讽刺之言也，凭理而发，怨诽者不乱，好色者不淫，故曰思无邪，但其理玄，或在文外，与寻常文笔言理者不同，安得不涉理路乎？

严羽只说"非关书""非关理"，当然不是说不要读书，不要穷理；同样他只说"不涉理路，不落言筌"，也不是否认诗歌首先是语言的艺术，可以不用语言写作，而是反对在诗中使事典，挦撦文字，讲什么"无一字无来历"。故而他才批评宋诗曰："且其作多务使事，不问兴致，用字必有来历，押韵必有出处,读之反复终篇,不知着到何在。其末流甚者,叫噪怒张,殊乖忠厚之风,殆以骂詈为诗,诗而至此,可谓一厄也。"此即其提出"不涉理路,不落言筌"的用意所在,何尝真的反对读书穷理,甚至摒弃一切语言文字。冯班明知诗歌语言"不与常言同耳",明知诗歌言理也"与寻常文笔言理不同",这不就是在肯定"别材""别趣"么?却要摆出卫道者的面孔教训沧浪曰:"沧浪论诗,止是浮光掠影。如有所见,其实脚跟未曾点地。"冯氏所言本不与沧浪相左,他何还要作如此激烈的惊人之语?稍加分析即会发现,其言虽相近,而所得者却大异其趣,因为一个是恪守传统儒学以"美刺"观念论诗的,另一个则是另辟新说以"兴趣"论诗的,宗旨根本不同,结论必然相去甚远。然而,由于冯班引用了几句"思无邪"之类圣训,遂被今人誉为"是从根本上攻击兴趣说,抓住了问题的核心"。(《沧浪诗话校释》)岂非一叶遮目也?

更叫人不解的是,钱钟书《谈艺录》也说:

> 透彻玲珑,不可凑泊,不涉理路,不落言筌云云,几同无字天书,以诗拟禅,意过于通,宜招钝吟之纠谬,起渔洋之误解。……诗自是文字之妙,非言无以寓言外之意,水月镜花,固可见而不可捉,然必有此水而后月可印潭,有此镜而后花可映面。……诗中神韵之异于禅几在此,去理路言筌,固无以寄神韵也。

他同样认为严羽"不落言筌"之说,就是不要语言文字,否认诗歌是语言的艺术。犹如镜花水月之喻,其所看到的只是月和花的映像,而根本无视水和镜的存在,岂非谬误!可是把本来很美的比喻,叫他诠释得如此不堪,于理又有何据?禅宗是有不立文字之说,但严羽之说未必就只是"禅宗余唾"!因为在他之前,唐末司空图即说"不著一字,尽得风流";皎然也说"但见性情,不睹文字"。以为他们所说都是摒弃语言文字,岂非故作曲解?其实此说之共同出处,上可追溯到魏晋玄学中的"言象意之辨",如王弼《周易略例·明象》曰:

> 夫象者出意者也,言者明象者也。尽意莫若象,尽象莫若言。

言生于象，故可寻言以观象；象生于意，故可寻象以观意。意以象尽，象以言著。故言者所以明象，得象而忘言；象者所以存意，得意而忘象。……是故存言者非得象者也，存象者非得意者也。象生于意而存象焉，则所存者乃非其象也；言生于象而存言焉，则所存者乃非其言也。然则，忘象者乃得意者也，忘言者乃得象者也。得意在忘象，得象在忘言。

哲学家的语言有点深奥，且分作两层解读，前半突出强调的是"尽意莫若象，尽象莫若言"，简化点说即"尽意莫若言"，正钱先生所说"必有此水而后月可印潭，有此镜而后花可映面"，所以"意"是不能离开"言"而存在的，诗歌首先是语言的艺术。但哲学家看事物并不像文人们那样单一，故后半即突出强调它的另一面："得意在忘象，得象在忘言"，简化点说即"得意而忘言"，亦正皎然所说"但见性情，不睹文字"，引申开说亦司空图所言"不著一字，尽得风流"。严羽所谓"不落言筌"者即承此而来，怎能说成是否定语言文字的表达功能，不要语言文字呢？

其实王弼这段话所揭示的，是这样一种艺术辩证法：艺术的形式对其内容来说，固然是必要而不可缺少的，因为只有通过一定的物质形式，内容才得以充分显现，故没有形式的内容是不存在的。王弼说"尽意莫若象，尽象莫若言"、"意以象尽，象以言著"，即是这个意思。但是，形式又必须是内容的形式，因为在真正完美的艺术作品中，形式又不应过分突出自己、表现自己，而是使自己完全消匿到内容中去，成为内容本身，欣赏阅读者也就不再看到或想起形式，这样的形式才是真正内容的形式，有生命的形式。王弼说"象生于意而存象焉，则所存者乃非其象也；言生于象而存言焉，则所存者乃非其言也"，即是这个意思。因此，形式只有否定了自己，才能在另一方中实现自己，并且否定得越彻底，实现得也就越充分。如果它只一味地突出自己，也就否定了内容而最终丧失自己，因为它不再是内容的形式，而是为形式而形式，从而走向形式主义。王弼又说"存言者非得象者也，存象者非得意者也"，即是这个意思。总之，在言、象、意的关系问题上，王弼提出"得意在忘象，得象在忘言"这一崭新艺术辩证法，正是当时新兴意象文学其所以发生的根本哲学基础之一，所以范晞文才定义说"化景物为情思"，王夫之则说"情不虚情,情皆可景;景非滞景,景总含情",而王国维则认为"一切景语皆情语也"。即是说"言"和"象"只有化作情感而出现,才有其存在的价值和意义。严羽提出"不涉理路,不落言筌",批评宋人"以文字为诗,以才学为诗,以议论为诗","且其作多务使事,不问兴致,用字必有来历,押韵必有出处,读之反复终篇,不知着到何在",是因为他们恰恰违背了存言存象者非得意者这一基本艺术原则,而只是在语言文字技巧上用功,岂不谬哉!

其实严羽所言,稍加追究,实皆承前人而来,且是有为而发,针对性亦极强,并非所谓"禅宗余唾"或"浮光掠影"、"脚跟未曾点地之言"。他曾自许说:"仆之《诗辨》,乃断千百年公案,诚惊世绝俗之谈,至当归一之论。其间说江西诗病,真取心肝刽子手。"(《答出继叔临安吴景仙书》)亦非故作夸张之言,而是有传统哲学思想作根据的。前面曾提到,吴乔批评他说:"然彼不知比兴,教人何从悟入?"而冯班又以"诗者讽刺之言也"、"其理玄,或在文外"来驳严羽,实皆文不对题,把两种不同质的文学搞混淆了。所谓"比兴"之文外之意,同新兴文学之意境含蓄,二者之间实有本质不同,不可混而不分。对此,钱钟书先生在后期巨著《管锥编》中即有明确辨析,抄录如下:

> 夫"言外之意",说诗之常,然有含蓄与寄托之辨。诗中言之而未尽,欲吐复吞,有待引申,俾能圆足,所谓"含不尽之意,见于言外"此一事也。诗中所未尝言,别取事物,凑泊以合,所谓"言在于此,意在于彼",又一事也。前者顺诗利导,亦即蕴于言中;后者辅诗齐行,必须求之文外。含蓄比于形与神,寄托则类神之与影。①

动辄据《三百篇》之比兴美刺,而批评六朝唐宋诗及诗论者,都值得深诫,因为这是两种不同质的文学,不能以此是而彼非,便随意挞伐。它们虽然都讲"言外之意",但前者只是寄托,所谓"言在此而意在彼";后者才是真正意义的含蓄,所谓"含不尽之意见于言外"。寄托有如神之与影,中间还

---

① 《管锥编》第一册,108页,中华书局,1986。

隔着一层形,因为是"别取事物,凑泊以合",故物和我还处在相互孤立外在的拟喻状态,自然不会构成心物同一、情景契合的意境。大致《诗》《骚》所长者,即在于此。然自晋宋以降,我国文学则进入情景渐趋融浑的新兴意象文学时期,心和物、情和景非一亦非异,不即亦不离,有如形同神之浑然一体,盛唐则是其发展之完美顶峰,故特称之曰含蓄。

第三个问题,关于"王孟家数"和"宗主李杜"之争。《诗辨》在诗法有五、诗品有九等之后,曾写下这样一段话:

> 其大概有二:曰优游不迫,曰沉着痛快。诗之极致有一:曰入神。诗而入神,至矣尽矣,蔑以加矣!唯李杜得之;他人得之盖寡也。

文中他曾反复强调"谢灵运至盛唐诸公"诗为第一义,又认"谢灵运至盛唐诸公"为透彻之悟,此处则说"惟李杜得之,他人得之盖寡也"。可谓对李杜推崇备至,其尊崇之意甚明,那为何还会引起误解而争议不断呢?许印芳《沧浪诗话跋》是这样说的:

> 严氏虽知以识为主,犹病识量不足,僻见未化,名为学盛唐,准李杜,实则偏嗜王孟冲淡空灵一派。故论诗唯在兴趣,于古人通讽谕、尽忠孝、因美刺、寓劝惩之本意,全不理会。

黄宗羲《张心友诗序》则说:

> 沧浪论唐虽归宗李杜,乃其禅喻谓"诗有别才,非关书也;诗有别趣,非关理也",亦是王孟家数,与李杜之海涵地负者无与。(《南雷文定》前集卷一)

郭绍虞先生则承许说而发挥曰:"这就是说他没有顾到内容方面,所以不会领会李杜的精神。正因如此,所以即就形式而言,即就艺术技巧而论,也不会看到李杜的真面目。"①首先,"名为准李杜,实则偏嗜王孟",似乎是说沧浪言不由衷,口是而心非,有失治学节操。他提出的理由是"论诗唯在兴趣",恐怕只是口无遮拦的主观臆猜,乃至强加于人,则不免厚诬之嫌。关于"兴趣",在谈司空图《诗品》一章中,已作过较为详细的叙述,实由钟嵘"兴味"说和司空图"味外"说发展而来。钟嵘说"文已尽而意有余,兴也";严羽说"盛唐诸人唯在兴趣……言有尽而意无穷";再加司空图"味外""象外"说的补充,它实际是讲诗歌中所特有的那种韵外之致,味外之旨,象外之象,景外之景,即含蓄蕴藉之丰富审美内涵。难道只能将之归诸王孟之"冲淡空灵一派",而与李杜之"海涵地负者无与"?盛唐诗歌的风韵格调固然是多种多样的,所以沧浪有"诗之品有九"、"其大概有二"之说,即是对其多样性的概括总结,但就其总体成就而言,其所以能超迈前古者,不就在意象圆融、境界隽永、含蓄蕴藉、言有尽而意无穷吗?又怎能说这只是"王孟家数"而非李杜本色!

  其次,关于"兴趣"同比兴美刺的关系,前已反复论及,此不赘。然许印芳却把诗歌的内容,完全归结为因美刺、通讽谕、寓劝惩,则不免过于偏颇。而郭说则以为谈"兴趣",那便是只"就形式而言,就艺术技巧而论",根本忽视其本身包蕴之内容义涵,则失之更远。宋人论诗言"兴趣",亦犹今人论诗言"意境",岂能谓之与内容无关而只是形式技巧问题,那"意"之一字又于何处落脚?前已说过,"兴趣"这一审美概念,实由"兴味"说和"味外"说发展演化而来,其真正内涵即在"言有尽而意无穷"。因此,它恰恰是就内容而言的,而非形式或艺术技巧。也正因此还造成其概念内涵之内容和形式的不对称,甚至是对形式的忽视,所以才更新审美概念——"意境"的提出,终于使"象"和"意"、"意"和"境"完美统一起来,并取代"兴趣"而被广泛接受。因而指严羽说"诗唐诗人唯在兴趣",就是从形式或艺术技巧方面着眼,"所以不会领会李杜的精神"、"不会看到李杜的真面目",甚至斥之为"目翳者别见空华,热病者旁指鬼物,严氏之论诗,亦其翳热之病耳"(钱谦益《唐诗英华序》)云云,岂非失诸千里而厚诬古人乎?有这样一批传统文人,他们死抱着"六义"观念不放,以为万世不变之永恒准则,并

---

① 《沧浪诗话校释》38页,人民文学出版社,1962。

以此要求一切时代之文学,就是不接受不研究新事物,其观念之凝固保守可知。而严羽正是自觉地以总结更为成熟的盛唐意象、意境文学之创作经验为己任的,尽管还存在这样那样时代造成的缺点,然亦正是其诗学理论不朽之价值所在。时移世改,文变日新,理论之构建亦将随之演进,非唯文学而万事万物皆然,岂可抱残守缺以为永恒之定制哉!

其三,关于批评严羽"名为学李杜,实则偏嗜王孟"之说,还有一种曲圆其说的言,可以称作时代风气压力使然说,亦值得一辨。据《蔡宽夫诗话》载宋人学杜之情况曰:"杜子美最为晚出,三十年来学诗者非子美不道,虽武夫女子皆知尊异之。"于是郭绍虞先生发挥说:"可知宋人以学古而归宗杜甫,是最后最有权威的结论。这个压力相当重,沧浪亦不能摆脱这种风气,于是只在学杜方法上转变了一个方向。"①言下之意是,严羽在时代学诗风气的重大压力下,虽心仪王孟却不得不拉虎皮作大帐,而标举李杜以为号召。对此可分作三方面来看:一是严羽除在《诗辨》中推尊李杜曰"诗而入神,至矣尽矣,蔑以加矣,唯李杜得之,他人得之盖寡也",其《诗评》一篇中更作了集中重点的评论,现摘其要者如下,以见其是否乃跟风趋时,言不由衷,浮光掠影之言:

> 李杜数公,如金鹜擘海,香象渡河,下观郊岛辈,直虫吟草间耳!
> 李杜二公,正不当优劣。太白有一二妙处,子美不能道;子美有一二妙处,太白不能作。
> 子美不能为太白之飘逸,太白不能为子美之沉郁。
> ……论诗以李杜为准,挟天子以令诸侯也。
> 少陵诗法如孙吴,太白诗法如李广。少陵如节制之师。
> 少陵诗,宪章汉魏,而取材于六朝。至其自得之妙,则前辈所谓集大成者也。
> 观太白诗者,要识真太白处,太白天才豪逸,语多率然而成者,学者于每篇中,要识其安身立命处可也。

---

① 《沧浪诗话校释》37页,人民文学出版社,1962。

> 太白发句，谓之开门见山。

难道他这些评论，都是沧浪对李杜诗未经"熟参"进行深入研究，所作的门面语、浮泛语、矫饰语？恐怕未必。因为，即使在宋人对李杜的研究中，沧浪也算得上最能深刻理解李杜诗歌精神和艺术特征的人，尤其是对二人诗风的对比区分，都并非老生常谈，更非一般浅学者所能道，故至今还屡为人们征引，大概并非偶然。二是《诗评》全篇共五十则，由汉魏至宋人皆有涉及，然评李杜者几占全篇五分之一，而评孟浩然者仅一条，至于王维则只字未提。其评孟浩然诗曰：

> 孟浩然之诗，讽咏之久，有金石宫商之声。

就不只是份量少的问题，而其所以肯定孟诗者仅在声韵之和谐优美，此外并不及他。与对李杜进行多角度多层面评价，并说"论诗以李杜为准，挟天子以令诸侯也"。孰轻孰重，可谓一目了然。尤其不可理解的是，就算沧浪不敢自觉倡导"王孟家数"，而仅仅是"偏嗜"，《诗评》中谈到那么多唐代诗人，何以对"王孟家数"的代表人物王维，却不置一语呢？岂非有悖常理。只有一种解释，那就是"名为准李杜"是真，"实则偏嗜王孟"乃揣猜之词，甚或是批评者的主观臆断和强加于人。且明明置严羽大加推赞并深有悟解的李杜而不顾，却硬要把严羽只是偶尔提及乃到根本没有提及的王孟，说成是其诗学真正核心所在，岂非想当然之词？何况，既然严羽根本未曾谈及，那么在其心目中的所谓"王孟家数"，又有谁能代言说清呢？凡此类悖谬之存在，只能说明那些批评者们，根本未曾读懂《沧浪诗话》，只是以固有之成见看沧浪而已。

三是严羽对自己诗学理论的高度自信，以及其独立行世的高傲性格，也使他不可能为世风压力所屈，而随声附和放弃自己。这是有他多次明确表态为据的，《诗辨》分盛唐诗人为一义二义后即说："吾评之非僭也，辩之非妄也。天下有可废之人，无可废之言，诗道如是也。若以为不然，则是见诗之不广，参诗之不熟耳。"这是谈自己提出之"悟"之不容辩驳性。在广泛批评了苏黄等宋人学唐之错误后又说："今既唱其体曰唐诗矣，则学者谓唐诗诚止于是耳,得非诗道之重不幸邪!故予不自量度,輙定诗之宗旨,且借禅以为喻,推原汉魏以来,而截然谓当以盛唐为法,虽获罪于世之君子,不辞也!"他明确亮明态度说虽获罪于世之君子而不辞,那么还能说"沧浪也不能摆脱这种风气"之压力而说的是违心话吗?其实这还是有所顾忌之言,等到他与其"出继叔"吴陵私人书信交流时,便无所顾忌而一敞心扉了:"仆之《诗辨》,乃断千百年公案,诚惊世绝俗之谈,至当归一之论。其间说江西诗病,真取心肝刽子手。以禅喻诗,莫此亲切,是自家实证实悟者,是自家闭门凿破此片田地,即非傍人篱壁,拾人涕唾得来者,李杜复生,不易吾言矣!"对其诗论,他是何等自信,又是多么自觉,即无托词,又毫不掩饰,只是和盘托出。尤其他更明确表明,这是自家实证实悟,闭门凿破此片田地得来者,故绝非傍人篱壁、拾人涕唾之个人独创见解。在这种张狂甚至有点跋扈的个性面前,恐怕一切所谓时代风气压力说都将灰飞烟灭了。

综言之,我们民族的悠久历史文化,固然积累了极为丰富的宝贵文化遗产,但也形成不少固执偏见,从而背上沉重的思想包袱,个别有识之士如严羽者,欲求新说而建立全新诗学体系,又是何等不易!打破传统,又岂可轻言哉!

《姜斋诗话》《古诗评选》的情景论

我国自晋宋以后，其新兴意象文学之所以发生，从哲学认识论角度说，它源于"天人合一"的天道观；从哲学方法论角度说，则根于"意象契合"的玄学论辩；从审美心理角度说，则又基于"心物同一"的感兴论；反映在艺术创作论上，则必然表现为心物之间的同构契合、互根互生。故说到底，其实就是情和景、心和物、人生和自然之间发生的关系新变。而所谓"意象"，作为这一时期创作思维和审美理想的崭新理论概括，它已不再是活跃于创作构思中的简单形象，而是作家从现实生活概括提炼出来，又经过主观再创造并赋予丰富内涵和内在生命的主客观统一体。换句话说，作品中的"象"是被主观的"意"所情感化心灵化的象，而主观的"意"则是被客观的"象"所外在化对象化的意。马克思所说"对象的人化"和"人的对象化"，当正是此意。

然而，自晋宋以降的我国千多年文学理论批评史上，虽然人或开口不离情景，但都只是简单地数语说明而已，能对其作为主要思考对象并进行理论阐释者，却并不多见，有之则唯清初王夫之。这种现象的奇怪存在，似乎更加突出了姜斋诗论的特殊地位。

一、关于意象文学情景结构问题的探讨

先简略回顾一下历史。最早提出"意象"一词对文学创作理论说明的，应该是刘勰，其《文心雕龙·神思》曰："是以陶钧文思，贵在虚静。……然后使玄解之宰，寻声律而定墨；独照之匠，窥意象而运斤。此盖驭文之首术，谋篇之大端。"这是他就陶钧文思说的，故知"意象"还只存在于创作构思阶段，尚难见出情景结构之关系。然《物色》赞曰说：

> 山沓水匝，树杂云合。目既往还，心亦吐纳。
> 春日迟迟，秋风飒飒。情往似赠，兴来如答。

这便接触到意兴文学的本质特征问题，但也主要是讲心物关系，而非情景关系，即六朝人所说"感兴"或"兴会"。目往心纳，乃心物之间产生的双向交流；情赠兴答，则是主客之间形成的同构互动。因而，这是一种由外界自然景物感发而产生的强烈审美冲动，即创作进行的原动力所在，也是根本不同于拟喻性象征或比兴以及直抒胸情之作的，故"感兴"的提出遂具有文学转变的崭新时代意义。《神思》篇还有一段话更值得重视：

> 夫神思方运，万涂竟萌，规矩虚位，刻镂无形。登山则情满于山，观海则意溢于海，我才之多少，将与风云而并驱矣。

这才接触到意象文学的核心——情景关系问题。但同样聚焦于艺术创作思维的情感外射，即西方所说移情作用。然对"意象"本质特征的揭示，似还尚隔一层。对此作出明确理论阐释的，宋范晞文应为第一人。《对床夜话》第16则记其言曰：

> 不以虚为虚，而以实为虚，化景物为情思。从首至尾，自然如行云流水，此其难也。

"化景物为情思"可谓一语中的，精辟地道出意象文学根本不同于此前文学本质特征。然而，理论阐发究竟过于简洁而显不足，不过这却恰恰给后人留下发挥的空间。自此以后，情景问题遂成为文学创作谈论的中心，尤其是"化"的问题启示人们产生许多妙解。如明谢榛说：

> 作诗本乎情景，孤不自成，两不相背。……景乃诗之媒，情乃

诗之胚，合而为诗。①

即把"化"定位为"媒"和"胚"的关系，并说"孤不自成"，即认为情不离景，景亦不能离情，正与范晞文所说相合。又清吴乔说：

夫诗以情为主，景为宾。景物无自生，惟情所化，情哀则景哀，情乐则景乐。②

又把"化"定位为主宾关系，而特别强调"言情"乃意象文学创作的根本目的，尽管"情"也不能离"景"而作纯粹的抽象展现。但是，他却提出一个极重要的问题："景物无自生，唯情所化。"在唯物主义者看来，景物是不以人的主观意志转移的客观存在，那么怎能说它并非"自生"而是人的情感"所化"呢？然而"情哀而景哀，情乐则景乐"这种现象，在创作中又是确实普遍存在的，刘勰不就说"登山则情满于山，观海则意溢于海"吗？其实世间的一切事物，对理性思维来说，它是完全的客观存在，但对艺术创作思维来说，却又是浸染着深厚主观情感色彩，即所谓"唯情所化"的审美之物，郭璞《山海经序》即曾说："物不自异，待我而后异；异果在我，非物异也。"即是基于同样哲学观而得出的认识。在中国人"天人合一"的宇宙审美观中，情和物、人和自然的关系，总是相互依存、互根互生而不可分离的存在，反映在艺术创作论上，故才有"化景为情"情景相生相融的美学艺术观。正如况周颐所说："盖写景与言情，非二事也。善言情者，但写景而情在其中。"③而王国维则说："昔人论诗词，有景语情语之别，不知一切景语皆情语也。"④其实这就是中国古典诗学所建构起的特有逻辑体系。

然而，上诸人对这一诗学体系的表述，究竟只是数语片言，终难构成清晰的系统。王夫之的"情景"论，其重要意义在于虽然仍采用的是"诗话"形式，但是大量的集中的，不仅内容丰富，往往发前人之所未发，故尤显珍

---

①《四溟诗话》卷三，人民文学出版社，1962。
②《围炉诗话》卷一，人民文学出版社，1962。
③《蕙风词话》卷二，人民文学出版社，1962。
④《人间词话》删稿，人民文学出版社，1962。

贵，看来他对创作中的情景问题是作过认真思考的。至于其谈诗的出发点亦然为范晞文的"化景为情"说，如：

评程嘉燧《十六夜登瓜州城看月怀旧寄所亲》曰："'暮山欲尽离声歇'，真好景语，能化景为情也。"（《明诗评选》卷六）

评李白《彩莲曲》曰："卸开一步，取情为景。诗文至此，只存一片神光，更无形迹矣。"（《唐诗评选》卷一）

评王维《使至塞上》曰："右丞每于后四句入妙，前以平语养之，遂成完作。……盖用景写意，景显意微，作者之极致也。"（《唐诗评选》卷三）

与此相近而更换一种说法的如：

评谢灵《邻里相送至方山》曰："情景相入，涯际不分，振往古，尽来今，唯康乐能之。"（《古诗评选》卷五）

评谢惠连《西陵遇风献康乐五章》之二曰："回塘隐舻枻，即景含情，古今妙语。"（同上）

评刘禹锡《松滋渡望峡中》曰："自然感慨，尽从景得，斯谓景中藏情也。"（《唐诗评选》卷四）

评张治《秋郭小诗》曰："龙湖高处，只在藏情于景间，一点入情，但就本色上露出，不分涯际，真五言之圣境也。……必触目警心时，如此可云乃是情中景。"（《明诗评选》卷五）

我国诗歌的达意方式，大概而言两汉以前用比兴拟喻，汉末魏晋则用直抒胸情，至意象文学兴起则创造出第三种方式——"化景为情"。既然他们总是把情感化作景物表达，景物描写遂成为诗人抒写情感的载体，因而王夫之才有取情为景、用景写意、情景相入、即景含情、景中藏情、藏情景间等种种说法，其实都是为"化景为情"这一诗学新则张目。当然，王夫之在诗学理论建构上的贡献并不在此，而是他对情景关系提出的精辟新说。如《诗绎》说：

> 关情者景，自与情相为珀芥也。情景有在心在物之分，而景生情，情生景，哀乐之触，荣悴之迎，互藏其宅。天情物理，可哀而可乐，用之无穷，流而不滞，穷且滞者不知尔。①

吴乔说"景物无自生，唯情所化"；王夫之则说"景生情，情生景"，其实都是同一个意思。其实王夫之也很清楚，情和景有在心在物之分，那他为何还要说景能生情、情能生景呢？前面已经说过，这当然不是说情感就真能创造产生出景物来，正如前引郭璞《山海经序》所说，景物是客观存在且固定的，它本身并没有发生变异，只是它被主体心灵所感受或观照时，却往往带上了浓厚的情感色彩，即被主体所情感化心灵化了，故同一景物在不同人眼里才呈现出很大不同，因而被称作"唯情所化"或唯情所"生"便没有什么不妥，在王夫之看来，事物有荣悴，人情有哀乐，以哀乐之触而迎荣悴之景，产生不同的主观心理感受是必然的，所以说"互藏其宅"，即互为存在乃至发生的先决条件。应注意的是，这不只是说景是情发生的先决条件，而且情也是景发生的先决条件。因此在中国文学中，景绝非纯客观的物，而是被心灵情感化的物，所以才有"意境"这一审美概念的提出。他评岑参《首春渭西郊行呈蓝田张二主簿》诗说："起束入化。景中生情，情中含景，故曰景者情之景，情者景之情也。"（《唐诗评选》卷四）故在中国诗人们看来，情和景的关系是非常辩证的，两不分离，孤不自成，一言以概之则曰"互藏其宅"。

他评谢灵运《登上戍石鼓山》对此说得更加透彻：

> 谢诗有极易入目者，而引之亦无尽；有极不易寻取者，而径遂正自显然。顾非其人，弗与察尔。言情，则于往来动止，缥缈有无之中，得灵蠁而执之有象；取景，则于击目径心，丝分缕合之际，貌固有而言之不欺。而且，情不虚情，情皆可景；景非滞景，景总含情。神理流于两间，天地供其一目，大无外而细无垠，落笔之先，意匠之始，有不可知者存焉。（《古诗评选》卷五）

---

① 《姜斋诗话》卷一，人民文学出版社，1962。

【卷三】

他以谢灵运的诗歌创作为例,说明我国诗歌中的景物,绝非纯客观的景物,因为纯客观的景是"滞景",即没有生命的景,故必须化作情感的载体来写,即所谓"景总含情"。而诗歌中的情感亦非纯抽象的情感,因为纯抽象的情是"虚情",即未经化虚为实的情,故必须使其物态化外现为景物来写,即所谓"情皆可情"。所以,中国文学既非客观现实的真实反映,不能与再现文学者等同,更不能以再现文学的真实观去评价。但也并非主观情感的径情直书,与"直抒胸情"者等同,故历来反对叫嚣怒骂,直白说理。他评杜审言《登襄阳城》诗说:"起联即自然,是登襄阳城语。不景之景,不情之情,知者希矣!"(《唐诗评选》卷三),此所谓不景之景,其实即不是"滞景"之景,而所谓不情之情,亦即不是"虚情"之情。因为此时之情感已被景物对象化了;而此时之景物,亦被心灵情感化了,它们都已不是纯粹原来的自己。故《姜斋诗话》卷二才说:"夫景以情合,情以景生,初不相离,唯意所适,截分两橛,则情不足兴,而景非其景。"若硬要把情和景割裂开来,甚至对立起来,分作两橛子去写,那就违背中国文学创作的根本规律,必然招致"情不足兴而景非其景"的失败。

既然,情景互根互生之原则如此重要,它不仅标志着意象文学之本质特征,还决定着文学创作的成败,所以王夫之还进而以此划分文学之不同类型。《姜斋诗话》卷二曰:

> 情景名为二,而实不可离。神于诗者,妙合无垠。巧者则有情中景、景中情。如"长安一片月",自然是孤栖忆远之情;"影静千官里",自然是喜达行在之情。情中景尤难曲写,如"诗成珠玉在挥毫",写出才人翰墨淋漓,自心欣赏之景。凡此类知者遇之,非然亦鹘突看过,作等闲语耳。

情景妙合无垠,自然是我国诗词所追求的最高艺术境界,不过亦可分作不同结构层次,譬如有情中景和景中情之不同。他举实例加以说明,似仍比较模糊。景中情容易理解,不必多说,但他强调"尤难曲写"的情中景,其实亦可随手举出很多,如杜诗《登高》之"万里悲秋常作客,百年多病独登台",如《秋兴八首》之"丛菊两开他日泪,孤舟一系故园心"等,本来都是诗中抒情句，却总化情为景，写得形象如此鲜明而两相融洽，情外自有景在。他评曹植《当来日大难》说："于景得景易，于是得景难，于情得景尤难。'游马后来，辕车解轮'，事之景也。'今日同堂，出门异乡'，情之景也。子建而长于此，即许之天才流丽，可矣！"（《古诗评选》卷一）同样强调"于情得景尤难"，可作上则诗话的补充。他对诗中情景结构作如此细致分解，其意义自不可小觑，因为这可提升人们对创作和欣赏更加深入的理解，而且对传统创作理念也是一次既陌生又新鲜的洗礼。后来王国维提出著名的"三境"说，虽说后出者转精，实即由此生发而来。他托名樊志厚所写《人间词乙稿序》说："文学之事，其内足以摅已，而外足以感人者，意与境二者而已。上焉者意与境浑，其次或以境胜，或以意胜。苟缺其一，不足以言文学。原夫文学之所以有意境者，以其能观也。出于观我者，意余于境；而出于观物者，境多于意。……故二者常互相错综，能有所偏重，而不能有所偏废也。"①他除把情景关系改换成意境关系，并引入叔本华哲学解说外，其实本质上二者是基本一致的。意境关系的基础，本来就是传统诗论中的情景关系，以前者取代后者，乃文学发展至"意境"论阶段之必然。意与境浑自是妙合无垠说之翻版，而意余于境即是情中景，境多于意即是景中情。他还说"苟缺其一，不足以言文学"、"能有偏重而不能有偏废"等，正王夫之所说"情景名为二，而实不可离"、"截分两橛，则情不足兴，而景非其景"。即此可以说明，王国维诗歌美学的根基，其实仍然是传统诗学。此外，王夫之还谈到"以乐景写哀，以哀景写乐，一倍增其哀乐。"（《姜斋诗话》卷一）"有大景，有小景，有大景中小景。"（同前）"景语之合，以词相合者下，以意相次者较胜"（《古诗评选》卷四）等，都有一定的创作指导意义，此处略而不谈了。

综前所述，我国文学进入意象文学阶段后，既以"化景物为情思"作为创作基本原则，于是王夫之还大胆提出这样的结论：

> 不能作景语，又何能作情语邪？古人绝唱多景语，如"高台多悲风"、"蝴蝶飞南园"、"池塘生春草"、"亭皋木叶下"、"芙蓉露下

---

①《人间词话附录》256页，人民文学出版社，1962。

落"皆是也,而情在其中矣。以写景之心理言情,则身心中独喻之微,轻安拈出。(《姜斋诗话》卷二)

对此有学者曾提出批评说,"不能作景语又何能作情语",这话未免说得太片面,也过于绝对,因为他既以此为"古人绝唱",便完全否定了"直抒胸情"之作。这批评固然不无道理,因为直抒胸情之作,也往往不乏佳构,如《古诗十九首》,建安文学,正始之音以及西方诗歌等,他们都曾取得过彪炳史册的辉煌成就,岂能一概否定!但是,中国文学向来推崇"化景为情"式的意境含蓄美,并自晋宋以降延续了将近两千年,成为我们民族最富特征的艺术精神所在。王夫之即以此为理论基点,来建构其诗学体系并阐述崭新原则的。不理解此,便不能理解王夫之,更不能真正理解中国文学。中国文学中的"情",必须"化虚为实"即转化为景物来表现,否则就叫情非其情,景非其景,亦即未经对象化的"虚情"和没有生命的"滞景"。从这个角度来说,不能作景语便确难写出好的情语,这是以六代唐宋以来大量文学史实为依据的,并非凭空臆断。所以才说,要"以写景之心理言情",如此则情感的表达才会含蓄不露,韵味无穷,所谓"语不及情而情自无限"者,是之谓也。由于我国文学太过漫长且完整的历史,几乎经历过人类文学发展的各个阶段,如先秦两汉的象征喻象文学,晋宋以后的表现型意象文学,宋元以后再现写实型文学等,故批评者必须认清所针对的对象,不可认甲为乙或认乙为丙,眉毛胡子一把抓,才可避免偏颇走样。

二、关于意象文学创作思维问题的探讨

与喻象文学或"直抒胸情"之作不同,意象文学则是继而兴起的一种崭新文学形态,在创作思维上也必然表现出与以往不同的特征。简而言之,喻象文学在思维上,主要表现为巫术性"相似联想"[1]或曰"隐喻式思维"。[2]因为,在原始人群中存在着"一种要看出事物之间的相似的强烈倾向,而我们叫做不同类现象的那种东西,则被他们看作是同一的东西"。[3]而这种要找出

---

[1] 弗雷泽《金枝》20页,中国民间文艺出版社,1987。
[2] 卡西尔《语言与神话》102页,三联书店,1988。
[3] 列维·布留尔《原始思维》119页,商务印书馆,1981。

不同类事物之间"相似"的思维倾向，便必然造成"以彼比此"的拟喻性思维方式。我国汉以前普遍存在的"引类譬喻"说，即正是这样一种思维方式。类者，类似、类同也，而用类似或类同的彼物以说明此物，反映在文学创作上便必然是喻象性的，如《诗经》中的比兴，《屈骚》中的象征，"比体云构"的汉赋及后来的兴寄，寄托，即均属此类。

至于"直抒胸情"之作，则缘于"感物而动"的创作冲动。此说在汉人即已萌生，如《礼记·乐记》说："凡音之起，由人心生也，人心之动，物使之然也。感于物而动，故形于声。……乐者，音之所由生也，其本在人心之感于物也。"《诗大序》则说："诗者，志之所之也。在心为志，发言为诗，情动于中而形于言。"《淮南子·缪称训》则说："文所以接物也，情系于中而欲发于外者也。"其真正兴盛则在建安魏晋。如曹丕赋曰：

南征荆州，还过乡里，舍焉，乃种诸蔗于中庭。涉夏历秋，先盛后衰，悟兴废之无常，慨然永叹，乃作斯赋。（《感物赋序》）

在余年之二七，植斯柳于中庭，始围寸而高尺，今连拱而九成。嗟日月之逝迈，忽冉冉以遒征，昔周游而处此，今倏忽而弗形。感遗物而怀故，俯惆怅以伤情。（柳赋）

曹植赋则说：

于是仲春之月，百卉丛生，萋萋蔼蔼，翠叶朱茎，竹林青葱，珍果含荣。觊风发而时鸟欢，微波动而水虫鸣。感气运之和润，乐时泽之有成。《节游赋》

依高台之曲隅，处幽辟之闲深，望翔云之悠悠，羌朝霁而夕阴，顾秋华之零落，感岁暮而伤心……何余心之烦错，守翰墨之能传。（《幽思赋》）

虽然都说的是"感物"，但他们与汉人所说已有很大不同，这正反映出文学创作领域发生的巨大变化，汉人所说"物"，总是同儒家伦理政教观念联系在一起，主要是指王功政运的兴衰治乱等社会事物。其"情"亦是被严格限制在纲常名教的范围之内。如《乐记》说"声音之道，与政通矣"，是和政治密切联系的；《诗大序》说"风，风也，教也。风以动之，教以化之"、"变风发乎情，止乎礼义"，情感是不离开政教礼义的钳制而存在的。但到建安诸人，在那些感物伤怀的深沉吟唱中，或叹兴废之无常，或悲时光之易逝，或觏遗物而怀故，或觉岁暮而伤心，总之他们都是以纯审美的心灵感受自然物、看待自然物的，无论"情"或"物"都不再受政教礼义牵扯羁绊，反射出的正是"文学的自觉"之时代气息。

到了魏晋人笔下，这一特征则表现得更加明显。如张协说："感物多所怀，沈沈结心曲。"（《杂诗》"感物怀殷忧，悄悄令心悲，多言焉所告，繁辞岂诉谁？"《咏怀》十四）潘岳说："感冬索而秋敷兮，嗟夏茂而秋落"、"临川感流而叹逝兮，登山怀远以悼近。"（《秋兴赋》）陆机则说的更多，如"感物多念远，慷慨怀古人"。（《吴王郎中时从梁陈作》）"伊我思之沉郁，怆感物而增深。"（《思归赋》）"悲情触感物，沉思郁缠绵。"（《又赴洛中二首》）"羡品物以触感，悲绸缪而在心"（《行思赋》）等。其实汉人所谓"感物而动"，说明的则只是心和物的一般关系，也并非文学创作所特有，故对艺术思维来说尚缺少个性特征的揭示。但魏晋人眼里，所谓"物"则是生机灵动洋溢着审美感受的大自然，这才是文学创作的真正对象，因而也是启动创作思维，引发灵感的客观物质基础。当时人们还创造出一个新的审美概念表述，即盛行于六朝的"感兴"或"兴会"。如陆机《文赋》说："或托言于短韵，对穷迹而孤兴。"《怀士赋序》说："曲街委巷，罔不兴焉，水泉草木，咸足悲焉。"孙绰《三月三日兰亭诗序》说："情因所习而迁移，物触所遇而兴发。"总之，可以明显看出，无论就创作实践或理论建设来说，这一时期的中国文学确已进入其自觉阶段。

在心和物的关系上，再一次发生巨变则是新兴意象文学崛起的晋宋之际，陆机《文赋》说："遵四时以叹逝，瞻万物而思纷，悲落叶于劲秋，喜柔条于芳春，心懔懔以怀霜，志眇眇而临云。……慨投篇而援笔，聊宣之乎斯文。"刘勰《文心雕龙·物色》说："春秋代序，阴阳惨舒，物色之动，心亦摇焉。"钟嵘《诗品序》说："气之动物，物之感人，故摇荡性情，形诸舞咏。"似乎还都只是魏晋时期"物感"说的翻版，并无根本性质的不同。但是，刘勰《物色》却接着写道：

> 盖阳气萌而玄驹步,阴律凝而丹鸟羞,微虫犹或入感,四时之动物深矣。若夫珪璋挺其惠心,英华秀其清气,物色相召,人谁获安?……岁有其物,物有其容,情以物迁,辞以情发。一叶且或迎意,虫声有足引心,况清风与明月同夜,白日与春林共朝哉!是以诗人感物,联类不穷,流连万象之际,沉吟视听之区,既随物以宛转,属采附声,亦与心而徘徊。

前半是标准的"物感"说,故曰"物色相召,人谁获安"?然自"情以物迁,辞以情发"以下,这种心物之间的单向运动,却发生了微妙的变化。于是由心而物的直线式活动,却变作另一种表述:作为创作主体的诗人,不仅满含着积极的审美激动,整个身心都向外敞开而包诸万有。"诗人感物,联类不穷,流连万象之际,沉吟视听之区";而且还进行着能动的再创造,心物之间形成一种双向交流:"写气图貌,既随物以宛转;属采附声,亦与心而徘徊"。总之,这已不是心对物的单向被动接受,而是在"随物宛转"同"与心徘徊"之间进行着互根互生的创造性建构。前引《物色赞》所说"目既往还,心亦吐纳"、"情往似赠,兴来如答",亦正是此意。在这一"赠"一"答"的心物往来之间,主体的情被对象化物态化了,而客体的物也被心灵化情感化了,心物之间的交流遂变作双向甚或多向。此赠之以"情",彼回馈以"兴",于是心物媾合,情景交会,想象飞腾而情思喷涌,人和自然在审美静观中契合同一,因而产生强烈的创作欲望和冲动。这即是新兴意象文学所特有的艺术思维特征。从此,前人那种锻岁炼年、雕肝镂肾式的苦吟时代已经远去,留给后人的则是建构一种新型诗歌美学。而王夫之正是以此为其理论基点,对艺术思维进行深入悟解探讨,并作出具有时代意义的贡献。

首先,六朝人讲感兴或兴会,但"兴"在创作中究竟发生何种作用,其实他们并未有明晰说明,而是留给后人待解的课题。故自宋以后才渐有涉及,但大都言简意赅,如邵雍《谈诗吟》说:"兴来如宿构,未始周雕琢。"杨万里《春晚往永和》说"郊行聊着眼,兴到漫成诗"。谢榛则说:"诗有不立意造句,以兴为主,漫然成篇,此诗之入化也。"(《四溟诗话》卷一)王渔洋也说:"王士源序孟浩然诗曰:'每有制作,伫兴而就'。余平生服膺有此言,故未尝为人强作,亦不耐为合韵诗也。"(《渔洋诗话》卷上)吴雷发更提出"诗来寻我"的奇论曰:"作诗固宜搜索枯肠,然着不得勉强。故有意作诗,不若诗来寻我,方觉下笔有神,诗固以兴之所至为妙。"(《说诗晬语》)他们虽都谈到这种思维特征的突出特点,但尚停留在感性层面,缺少理论性深入阐发。谈得较好的是叶燮,其《原诗·内篇上》曰:

> 原夫作诗肇端,而有事乎此也,必先有所触而兴起其意,而后措诸辞,属为句,敷之为章。当其有所触而兴起也,其意其辞其句,劈空而起,皆自无而有,随在取之于心。出而为情为景为诗,人未尝言之而自我始言之,故言者与闻其言者,诚可悦而永也。

他以"兴"为作诗"肇端",即创作思维的被激活,是和六朝人一致的。然而,当其进入措辞属名敷章,即进入创作实践活动之后,无论意、辞、句等,则皆如宿构,"劈空而起,自无而有,随在取之于心",那就不是一般所说创作思维了,当正是"诗来寻我"。那么,对此王夫之又是如何说明的呢?其评谢灵运《游南亭》诗曰:

> 天壤之景物,作者之心目,如是灵心巧手,磕着即凑,岂复烦其踌躇哉!(《古诗评选》卷五)

又评沈明臣《渡峡江》曰:

> 情景一合,自得妙语。撑开说景者,必无景也。(《明诗评选》卷五)

他虽没有提到"兴",实则讲的正是"兴"。他指出"兴"的核心,即在景物和心目之"磕着即凑",或曰"情景一合,自得妙语",从而一扫长期笼罩在"兴"上面不可知论阴霾,如"兴来如宿构"、"兴到漫成诗"之类。然而,这种"磕着即凑"的内在运行机制,又是什么呢?王夫之是这样回答的:

> 然则情者,不纯在外,不纯在内,或往或来,一来一往,吾之

动几与天之动几，相合而成者也。（《船山学谱》卷三）

情者，阴阳之几也；物者，天地之产也。阴阳之几动于心，天地之产应于外。故外有其物，内可有其情矣；内有其情，外必有其物矣。（《诗广传》卷一）

在他看来，情感的存在虽是主观的心灵现象，但其发生却因触物兴感而起，故不论内容或形式又都具有客观性，所以说"不纯在外，不纯在内"。因此，每种情感总是和特定对象相联系，而脱离开对象的纯抽象情感，是不会存在的。故他又说："外有其物，内可有其情矣；内有其情，外必有其物矣。"即认为创作中的"物"，是诗人所感受的特定的物（主体心灵化的物），其"情"则是物所触发的特有的情（客观对象化的情），故有是物则必有是情，有是情则必有是物，二者相靡相荡、互根互生，实不可离，西方格式塔心理学认为，自有人类以来，人和大自然便处在相互依存的关系中，经过数万年的彼此交流适应，于是自然的物理力场同人的心理力场之间，便形成一种"异质同构"。当二者发生同构契合时，物才会进入人的注意，成为人认知和审美的真正对象，否则就会人自人而物自物，只能处在各自疏离，相互外在状态。此说与王夫之所言，似有极大相通之处。王所谓"动几"，当正是"力场"之意，而"吾之动几与天之动几相合"，无疑讲的正是"异质同构"了。然而，这种"相合"却不是任何时候都可发生的，只有当"情景一合""磕着即凑"，才会发生"劈空而起，皆自无而有，随在取之于心"那种创作冲动，即所谓"兴"。从这个角度说，则确如王夫之所言有其情必有其物，有其物必有其情，否则它根本就不是主体认识或审美对象，所以，王夫之才称作"虚情"或"滞景"，甚至谓之为"情不只兴，而景非其景"。王夫之始终强调"情景名为二，而实不可离"、"景生情，情生景"，其根源实亦在此，也可以说王夫之的整个诗学，即以此为理论基础。他又进一步写道：

两间之固有者，自然之华，因流动生变而成其绮丽。心目之所及，文情赴之，貌其本荣如所存而显之，即以华奕照耀动人无际矣，古人以此被之吟咏，而神采即艳。（评谢庄《北宅秘园》、《古诗评选》卷五）

【卷三】

　　游览诗，固有适然未有情者，俗笔必入以情。……写景至处，但令与心目不相睽离，则无穷之情正从此而生。（评宗孝武帝《济曲阿后湖》同上）

　　这还是讲"吾之动几与天之动几相合而成"问题。首则讲"两间之固有"和"心目之所及"，似乎也只是反映和被反映的问题，并无多少新意。其实那其间的机理要复杂得多，关键即在"文情赴之"，心和物产生同构契合，则一切都会变样，而纯客观的"自然之华"也就会变得"华奕照耀动人无际矣"。对此，第二则又可作为补充。他前面说游览诗"固有未有情者"，似乎是纯写景诗，但接着却说"写景至处但令与心目不相睽离"，即主客之异质同构而契合不分，那么一切"景"又无不生"无穷之情"，既矛盾又辩证，创作之奥妙正在此也。其评杜甫《废畦》诗则说得更妙：

　　两间生物之妙，正以形神合一，得神于形，而形无非神者。……譬如画者，固以笔神墨气曲尽其理，乃有笔墨而无物体，更无物矣。（《唐诗评选》卷三）

　　这是谈绘画以喻一切艺术创作。绘画本是对"两间生物之妙"的摹写再现，讲求忠实于客体即可。然中国画却并非如此，它是偏于"写意"即表现性的，因此经过画家的"笔神墨气"而"曲尽其理"后，那画出来的东西也就不再是纯客观的，故读者所看到的便只"有笔墨而无物体"，甚至连作为创作原型的"物"都不存在了。清初画僧作画讲"不似之似"，正可与此印证。石涛《题画山水》说："名山许游未许画，画必似之山必怪。变幻神奇懵懂间，不似之似当下拜。"弘仁（渐江）题黄山真景五十幅诗也说："坐破苔衣第几重，梦中三十六芙蓉。倾来墨渖堪持赠，恍惚难明是某峰！"他们明明都是对着真景作画，但对画出来的作品，一个说"画必似之山必怪"，另一个说"恍惚难明是某峰"，岂非有悖常理？其实他们的画，经过心灵再创造而表现于笔墨者，已非原物，而是"不似之似"之物，所以王夫之才说"有笔墨而无物体，更无物矣"。中国艺术之真正奥妙者在此。

　　其三，关于"情景一合""磕着即凑"式的创作思维特征，王夫之还常借用佛学"现量"一词作说明。如评杜甫《野望》说："如此作,自是'野望'绝佳写景诗,只咏得现量分明,则以之怡神,以之寄怨,无所不可。"(《唐诗评选》卷三)又评石宝《长相思》说:"只写现量不可及。"(《明诗评选》卷一)又评皇甫淳《谒伍子胥庙》说:"吊古诗必如此,乃有我位,乃有当时现量情景。"(同上卷四)当然这都只是简单的概念借用,并未细加说明,理解上会产生障碍。但若下面所说,则容易理解多了。《姜斋诗话》卷二曰:

"僧敲月下门",只是妄想揣摩,如说他人梦,纵令形容酷似,何尝毫发关心?知然者,以其沉吟推敲二字,就他作想也,若即景会心,则或推或敲,必居其一,因情因景,自然灵妙,何劳拟议哉!"长河落月圆",初无定景;"隔水问樵夫",初非想得,则禅家所谓现量也。

又《题芦雁绝句序》说:

家辋川,诗中有画,画中有诗。此二者同一风味,故得水乳调和,俱是造未造化未化之前,因现量而出之。一觅巴鼻(按即根据来由)鹞子即过新罗国去矣![1]

那么,何谓"现量"?他在《相宗络索》中说:"现者,有现在义,有现成义,有显现真实义。现在,不缘过去作影;现成,一触即觉,不假思量计较;显现真实,乃彼之体性本自如此,显现无疑,不参虚妄,五根于尘境与根合时,即时如实觉,知是现在本等色法,不待忖度,更无疑妄。"故知文学创作中所谓"现量",当指心物瞬间同构契合(五根于尘境与根合)而产生的审美直觉,或曰突然触发的创作冲动或灵感,王夫之所说"即景会心,自然灵妙"者即是。故它是一触即觉,不假思量计较,不待忖度推敲而直指"实觉"以显现真实的,实际也就是创作中经常出现的"兴"或"兴会",与钟嵘所说"直寻"、皎然所说"直致所得"、严羽所说"妙悟"者相近。按法相唯

---

[1] 载《王船山诗文集》第480页。

识之学，于六识之内又有自性分别和随念分别，计度分别之不同，前者即所谓"现量"，它是远离一切种类名言，即不用思想概念，不用判断推理的自性分别思维活动。故《因明正理门论》说："此中现量，除分别者，谓若有智于色等境，远离一切种类名言，假立无异诸门分别，由不共缘现在别转，故名现量。"（《大正藏》二十二函第一册）熊十力《原儒》上卷释现量也说："无所能，无内外，唯是真体现前，默然自喻。"又说："止息思维，扫除概念，只是精神内敛，默然反照，孔子'默识'即此境界。人生唯于证量（按即现量）中，浑然与天道合一。"在我国文学之意象创造中，因为总表现为一种见相交融、情景浑含，客观事物之形神气韵同诗人主观之思想感情同构契合状态，故见诸思维活动过程，也往往会进入心物同一、物我两忘的精神境界，主体和客体即呈现为一种不期然而然的偶合触发，确是绝思维、息概念、无名理而排斥判断推理的。王夫之说"故得水乳调和，俱是造未造化未化之前，因现量而出之"者，即是此意。譬如贾岛"僧敲月下门"这一名句，在"推"字和"敲"之间费尽思索，因而长期被传为美谈。但在王夫之看来，这根本就不需苦心推敲，因为那只是妄想揣摩，如果诗人真已进入心物缘合的不期然而然之兴会淋漓状态，那么"兴来如宿构"，则"即景会心，或推或敲，必居其一"，直截顿悟，自然灵妙，何劳苦苦经营哉！他说"天壤之景物，作者之心目，磕着即凑"、"情景一合，自得妙语"等，即是对此最好的概括。因此，意象文学的创作思维方式，无论在艺术创造的心理特点或表达才能上，是同喻象文学如比兴、象征、寄托等的运用，都存在根本不同。因为在后者那里，并不需要主客体之间的异质同构契合，"物自物而己自己"，也就没有一触即觉的"现量"了。如果仅仅注目于比兴、象征、寄托等意义的选取，心和物即"截分两橛，则情不足兴，而景非其景"，那是佛学所说"比量"了。

又何谓"比量"？他评王籍《入若耶溪》说：

"蝉噪林逾静，鸟鸣山更幽"，论者以为独绝，非也。……逾、更二字，斧凿露尽，未免拙工之巧。拟之于禅，非比二量语，非现量也。（《古诗评选》卷六）

"比量"和"现量"是相对的概念。《相宗络索》说:"比者,以种种事比度种种理。以相似比同,如以牛比兔,同是兽类。或以不似比异,如以牛有角比兔无角,遂得确信。比量于理无谬,而本等实相原不待此,此纯以意计分别而生。"故显而易见,它是一种从抽象概念出发的类比拟喻方法,即"以种种事比度种种理",对于其"本等实相"并不产生实质影响,故说"纯以意计分别而生",自然同"不假思量计较"的现量正好相反,而是诉诸概念推理的抽象判断思维方法。用法相唯识之学的话说,又叫"因生"——"因生者,谓智是前智,余从如所说能立生因,是缘彼义"。(《因明正理门论》)所以说它是有前因可寻的逻辑推理判断,又称"随念分别"或"计度分别"。即是以事物之共相为认识前提,从已知推到未知的认识活动。文学中所说比兴、寄托、象征等即属此量,它虽说"于理无谬",然与心物之间因同构契合而"磕着即凑"的"兴",却大不相同。因为它只是概念之推理类比,而非心物之间同构契合;只是思想之援物侧附,而非物我之融通合一;甚至只是某种理念之缩略符号,如竹、菊、梅、兰之以喻"四君子"等。因此王夫之对贾岛之"推敲"、王籍之名句提出批评,乃因他们都是"纯以意分别而生",故曰"只是妄想揣摩"、"斧凿露尽"。他又评王俭《春诗》曰:

> 此种诗直不可以思路求佳。二十字如一片云,因日成彩,光不在内,亦不在外,既无轮廓,亦无丝理,可以生无穷之情,而情了无寄(《古诗评选》卷三)。

又评王绩《野望》曰:

> 天成风韵,不容浅人窃之。当其为景语,但为景语,故高。"树树皆秋色",可云有比?"牧人""猎马",亦可云有比乎?(《唐诗评选》卷三)

后以总喜欢沿用传统比兴概念释诗,他则一曰"情了无寄"、二曰"可云有比乎?"当是对传统观念的正面反驳。闻一多先生《说鱼》曾说:"《易》中的象与《诗》中的兴……本是一回事,所以后世批评家也称诗中的'兴'

为'兴象'。西洋人所谓意象、象征，都是同类的东西，而用中国术语来说，实在都是隐。"①显然是把二者给弄混淆了，并称它们都是"隐"。对此，钱钟书先生曾有明确界定："夫'言外之意'，说诗之常，然有含蓄与寄托之辨。诗中言之而未尽，欲吐复吞，有待引伸，俾能圆足，所谓'含不尽之意，见于言外'，此一事也。诗中所未尝言，别取事物，凑泊以合，所谓'言在于此，意在于彼'，又一事也。前者顺诗利导，亦即蕴于言中；后者辅诗齐行，必须求之文外。含蓄比于形与神，寄托则类神之与影。"②确实含蓄与寄托，本属两类文学，不能混淆。含蓄乃意象文学所独具，意和象如水乳交融，就像形和神的关系，总为一体。而寄托则是喻象文学才有，意和象的关系，犹如神之与影，中间终隔一层，二者岂可同以"隐"括之而不分乎？而陈骙《文则》更直言曰："易之有象，以尽其意；诗之有比，以达其情。文之作也，可无喻乎？"似乎诗文之作，则非"喻"不办，岂非过于绝对！其实，《文镜秘府论·论文意》早就说过：

诗有平（按当作凭）意兴来作者。"愿子励风规，归来振羽仪；嗟余今老病，此别恐长辞。"盖无比兴，一时之能也。

所谓"意兴"，乃是晋宋以后伴随着新兴意象文学兴盛而产生的审美批评概念，同六朝人所说"兴会"、唐人所说"情兴"、严羽所说"兴趣"等略同，是人们用以表述创作中一种特殊心物关系，如"化景物为情思"而说的，与传统所说"比兴"根本不是一回事，"凭意兴作诗"和用比兴写诗，其间存在质的不同。而这正是王氏诗学，所力求探讨并加以说明的。比如他所说王俭《春诗》："兰生已匝苑，萍开欲半池。轻风摇杂花，细雨乱丛枝。"即是一首典型的六朝意象诗，诗人并未在诗中直接表达感情，而是抓住南国新春最富特征的几组景物着笔，给人以生机蓬勃、春意盎然的生动感受，诗中景物也不是出于某种比兴寄托之目的而选取，然却充分表现出诗人怜爱春光春趣之一片深情，故王夫之说："可以生无穷之情，而情了无寄。"因为情感已化作景物，成为有生命的意象了。再如王绩诗中名句"山山唯落晖，树树

---
①《闻一多全集·神话与诗》118-119页，生活·读书·新知三联书店，1947。
②《管锥编》第一册，108页，中华书局，1986。

皆秋色",其最大特征即在"当其为景语但为景语",不过也并非单纯写景,而是"景非滞景,景总含情",所以说"故高"。其实这类六朝意象诗,正所谓"盖无比兴,一时之能也",即心物同构契合时,"磕着即凑"而在一时之间自然产生的,意象文学之创作思维确实在此,故可用佛学"现量"概言之。

三、关于"非诗"及杜诗等的批评

正是基于前面对意象诗歌创作原则的认识,王夫之还对那些似诗非诗之作,提出了尖锐的批评。此说当导源于严羽,他则进而加以扩展和深化,而且所谈也更具体透彻,肆意直书,不避忌惮。如评鲍照《登黄鹤矶》曰:

> 木落,固江渡;凤寒,江渡之寒,乃若不因木落。试当"寒月临江渡",则诚然乃尔。故经生之理,不关诗理;犹浪子之情,无当诗情。(《古诗评选》卷五)

在此他提出"非诗"的两种表现形态:一是"经生之理,不关诗理";二是"浪子之情,无当诗情"。前者是说作诗不是谈经论道,故不能写成论说讲议;后者是说一味直白言情,叫噪怒号者亦非诗。前者如评江淹《清思》二首曰:

> 诗固不以奇理为高。唐宋人于理求奇,有议论而无歌咏,则胡不废诗而著论辩也?雅士感人,初不恃此,犹禅家之贱评唱。(《古诗评选》卷五)

这里所说"理",当指抽象之义理,即严羽所说"以议论为诗"者,故曰"胡不废诗而著论辩也"。前面曾提到李梦阳批评宋人说:"若专作理语,何不作文而诗为邪?"(《缶音序》)亦正此意,即不能把诗写成专门说理的议论文,因为二者的性质根本不同,一为理论的,一为艺术的,此正诗同非诗的界划所在。他评高启《凉州词》也说:

> 唐人以意为古诗,宋人以意为律诗绝句,而诗遂亡。如以意,则直须赞《易》陈《书》,无待诗也。"关关雎鸠,在河之洲,窈窕

淑女，君子好逑"，岂有入微翻新，人所不到之意哉！（《明诗评选》卷八）。

赞《易》陈《书》者，正谓恒发议论，写经学讲议也，"有议论而无歌咏"，当然是违背文学创作规律的。宋人专事于此，遂为历来人们诟病的对象，谓之"诗遂亡"亦不为过。其评庐山道人《游石门诗》曰："此及远公诗，说理而无理曰，所以足入风雅。唐宋人一说理，眉间早有三斛醋气。"（《古诗评选》卷四）他举慧远诗为例，说明理非不可入诗，但须"说理而无理曰"，即要化作艺术意象出之方可，就像不能抽象言情，亦不能抽象说理。可看作是对前条的补充。于是评张载《招隐》诗又进一步说：

议论入诗，自成背戾。盖《诗》立风旨以生议论，故说诗者于兴、观、群、怨而皆可。若先为之论，则言未穷而意已先竭，而欲以生人心，必不任矣。（《古诗评选》卷四）

既是发议论讲道理，就要说得明白透彻，言尽意尽，来不得半点含混。诗则不然，不但不能说白说尽，尽情直达，而是讲含蓄蕴藉，"不尽之意见于言外"、"言有尽而意无穷"。故他说"若先为之论，则言未穷而意已先竭"，欲求其能动人心而感人者，则必南辕北辙。因为它是作用于人的理性思维的，诗歌则是审美感受的产物，二者的性质亦不同。因此，王夫之对历来尊崇的"诗言志"说，亦提出新的解释，如曰：

亦但此耳，乃生色动人，虽浅者不敢目之以浮华。故知"以意为主"之说，真腐儒也。诗言志，岂志即诗乎？（《古诗评选》卷四，评郭璞《游仙诗九首》之二）

故曰"诗言志，歌永言"，非志即为诗，言即为歌也。或可以兴，或可以不兴，其枢机在此。（《唐诗评选》卷一，评孟浩然《鹦鹉洲送王九之江左》）

"诗言志"之说，是我国最初对诗歌功能的认识和界定，意谓诗歌是表现人的思想感情的，然这只说明诗歌在社会生活中的功用，却并未说明其表现方式方法的特殊性，遂给后人留下发挥的极大空间。如果连孔子所说"兴观群怨"都加在一起来看，也不过是说诗歌有感发、认识、集群、怨刺的功效，同样没有关涉到方式方法问题。就诗歌表现的特殊性来说，诗固然是"言志"的，但并非一切言志之作，如抽象地发议论、直白地讲道理、细致地说史事等，即都不是诗歌创作之功能所在，故他才说"诗言志，岂志即诗乎？""非志即为诗，言即为歌也"。区分开这点很重要，因为"诗"和"非诗"的界限者即在此。严羽批评宋人"以文字为诗，以才学为诗，以议论为诗"，其依据亦在此，不只为死抱着书本子作诗的封建文人一新耳目而已。

至于他所说第二种形态"浪子之情，无当诗情"，似亦可纳入"非志即为诗"的判断中。如果说前面是讲"理"，此则转讲"情"。他评陆厥《中山孺子妾歌》说：

> 可以群者，非狎笑也；可以怨者，非诅咒也。不知此者，直不可以语诗！……鄙躁者非笑不欢，非哭不戚耳。自梁陈隋唐宋元以来，所以亡诗者在此。（《古诗评选》卷一）

在诗中直白说理发议论者，固然非诗；同样在诗中直白言情而叫噪怒号者，亦非诗。二者之所失其原因虽各不相同，但共同点却是违背意象文学"化景物为情思"这一创作根本原则，而艺术的生命即在"言尽意余"的含蓄，倾阃倒廪者自然非诗。故评曹学佺《寄钱受之》说：

> 古今人能作景语者，百不一二，景语难情语尤难也。"世人皆欲杀，吾意独怜才"，非情语；"不才明主弃，多病故人疏"，尤非情语。倥偬讼理，唐人不免，况何大复一流，冲喉直撞，如里役应县令者哉！（《明诗评选》卷五）

杜、孟二公之失，就在"冲喉直撞"，说得太直太白，谓之"言志"或可，但并非"诗言志"，即诗歌艺术的言志，此即"景语难情语尤难"的根本原因所在，否则言情人人皆知，有何难哉？故评陈子昂《送客》又说：

【卷三】

历下谓"子昂以其古诗为古诗,非古也"。若非古而犹然为诗,亦何妨?风以世移,正字《感遇诗》似诵,似说、似狱词、似讲议,乃不复似诗,何有于古?故曰:五言古自是而亡。(《唐诗评选》卷二)

被历来很多史家称赏的陈子昂《感遇诗》,在王夫之看来,其失并不在把古诗写成不是古诗的古诗,"若非古而犹然为诗,亦何妨?"问题是他把诗写成诵说、狱词或讲议,一句话"不复似诗",这才是其根本错失所在,亦何谈诗?故评徐渭《严先生祠》则说:

五六非景语,结构故纯。……诗以道性情,道性之情也。性中尽有天德王道、事功节义、礼乐文章,却分派与《易》、《书》、《礼》、《春秋》去。彼不能代《诗》而言性之情,《诗》亦不能代彼也。决破此疆界,自杜甫始,桎梏人情以掩性之光辉,风雅罪魁,非杜其谁邪?(《明诗评选》卷五)

这就是说在他看来,无论《诗》或《书》《易》《礼》《春秋》,都有各自表现的特定范围,也有各自的局限性,彼不能代此,此亦不能代彼,疆界应该分明。而杜甫则是打破这一疆界且混淆诗与非诗的始作俑者,所以成了"风雅罪魁"。当然,对诗圣杜甫来说,此亦未免有失公平,但也不是毫无道理。早在北宋张戒即说:"诗以用事为博,始于颜光禄,而极于杜子美;以押韵为工,始于韩退之,而极于苏黄。……苏黄用事押韵之工,至矣尽矣,然究其实乃诗人中一害!"(《岁寒堂诗话》)即已透露对杜的否定性评价,而杜亦被公认乃宋人"以才学为诗,以议论为诗"之先导。故评杜甫《后出塞二首》亦曰:

杜陵败笔,有"李瑱死歧阳"、"来瑱赐自尽"、"朱门酒肉臭,路有冻死骨"一种诗,为宋人谩骂之祖,定是风雅一厄!(《唐诗评选》卷二)

225

对宋人以谩骂为诗,最早提出批评的是严羽。他说:"且其作多务使事,不问兴致,用字必有来历,押韵必有出处,读之终篇,不知着到何在。其未流甚者,叫嘈怒张,殊乖忠厚之风,殆以骂詈为诗。诗而至此,可谓一厄也,可谓不幸也。"(《沧浪诗话·诗辨》)王既推杜为"宋人谩骂之祖",将其列入被否定批评之列,也就并不奇怪。但令人不能接受的是,他何以将"朱门酒肉臭,路有冻死骨"一联也目为谩骂呢?却不能引人深思。究其原因,不能不说源于其诗学观的局限性。中晚唐时期,正是我国文学由意象型表现文学,向反映生活真实的再现文学转变的关键时期,而杜甫的"三吏""三别"和白居易的《秦中吟》《新乐府》即是标志这一转变的代表之作。王夫之缺失的即是这种历史观,仍然拿着意象文学的批评标准,却衡量其他不同质的文学,如杜甫深刻反映现实生活之作,其错误自难避免。如评庾信《燕歌行》又说:"子山自歌行好手……非五言之谓也。杜以庾为师,却不得之于歌行,而仅得其五言。《哀王孙》《哀江头》《七歌》诸篇,何尝有此气韵?"(《古诗评选》卷一)又评古诗《上山采蘼芜》说:

> 诗则即事生情,即语绘状,一用史法则相感不在永言和声之中,诗道废矣。此《上山采蘼芜》一诗,所以妙夺天工也。杜子美仿之作《石壕吏》,亦将酷肖,而每于刻画处尤以逼写见真,终觉于史有余,于诗不足。论者以"诗史"誉杜,见驼则恨马背之不肿,是则名为可怜闵者!(《古诗评选》卷四)

可知他所否定者,全是杜诗那些真实描写生活时事之作。而"诗史"一词,则是后人对杜诗"因事立题"、"即事名篇"、"刺美现事"的美称。王夫之则坚持"即事生情,即语绘状",即抒情表现的创作原则,如果要真实再现"事"之本身,他就认为那是"史法",而"一用史法"则"每于刻画处尤以逼写见真",便是"史"而非"诗",所以说"于史有余,于诗不足",自然在挞伐之列了。王夫之是当时进步思想家,但在文学史观上却缺少历史发展意识,故批评上出现错误亦属必然。不过因此也影响到他对白居易的评价,如评庾信《杨柳行》即说:

【卷三】

> 七言长篇，此为最初元声矣。一面叙事，一面点染生色，自有次第，而非史传、笺注，论说之次第，逶迤淋漓，合成一色。……若白乐天一流人，才发端三四句，人即见其多，迨后信笔狂披，直如野巫请神，哝哝数百句犹自以为不足而云略，请一圣千圣降临，然后知六代之所谓纵横者，异唐人之纵横远矣！（《古诗评选》卷一）

他指出诗歌的叙事条理，不同于史传笺注、论说的条理，这是有道理而且正确的。但认为白居易的一些叙事性诗歌，"哝哝数百句犹自以为不足而云略"，如《新乐府》《长恨歌》者，恐怕批评的动机又不仅在此。北宋张戒曾说："元、白、张籍，其病正在此，只知道得人心中事，而不知道尽则又浅露也。"（《岁寒堂诗话》）王氏批评之底里，恐怕正是嫌其"道尽"而流于"浅露"。因为，既要"道得人心中事"，便不免"哝哝数百句犹自以为不足"，所以在他看来乃是"信笔狂披，直如野巫诸神"而陷于"浅露"，不复有言尽意余、象外景外的含蓄蕴藉，同前面批评的"冲喉直撞，如里役应县令者"之理念，是完全一致的。

王夫之对文学中的表现和再现两种类型，虽没有明确的认识，但似乎已意识到这一点，故对文学的再现性提出明确的否定，如说：

> 把定一题一人一事一物，于其上求形模，求比似，求词彩，求故实，如钝斧子劈栎柞，皮屑纷霏，何尝动得一丝纹理？以意为主，势次之。势者，意中之神理也。唯谢康乐为能取势，宛转屈伸，以求尽其意，意已尽则止，殆无剩语。天矫连蜷，烟云缭绕，乃真龙非画龙也。（《姜斋诗话》卷二）

他反对"把定一题一人一事一物，于其上求形模、求比似"等，似乎就是针对白居易而发的。首先，白居易在《新乐府诗序》中说，"为君为臣为民为物为事而作，不为文而作"，其重心当在为物为事，故在《与元九书》中遂凝定为两句名言："文章合为时而著，歌诗合为事而作。"王夫之不敢妄议君和臣,遂改作"一题一人"云云,其实所指正是白氏新乐府诗的再现论。其次,他反对"求形模",即反对形体或形象的模仿,其实也是针对文学再现功能的。按西方自古希腊时期起,即把文学定义为"摹仿",至十九世纪而演化为"再现"。白居易提出"为时""为事"说,一改我国文学传统之"言志""缘情"说,本质上反映的正是我国文学由前期之"表现"向后期之"再现"的转变。又反对"求比似",实即反对传统所说比兴美刺。而《与元九书》对自己的作品分类说:"自拾遗以来,凡所适所感,关于美刺比兴者;又自武德迄元和,因事立题,题为新乐府者,共一百五十首,谓之讽谕诗。"可知此亦非泛泛之谈,还是针对白居易的。总之,传统喻象文学和当时开始起步的再现文学,似乎都在王氏批评之范围内,只有意象文学才是他守护的诗学原则。

至于他提出的"以意为主,势次之",则尤值得注意,当是其抛弃"求形模、求比似"之后,能够取得创作成功之奥秘所在。《姜斋诗话》卷二说:

> 无论诗歌与长行文字,俱以意为主。意犹帅也,无帅之兵,谓之乌合。李杜所以称大家者,无意之诗十不得一二也。烟云泉石,花鸟苔林,金铺锦张,寓意则灵。若齐梁绮语,宋人抟合成句之出处(宋人论诗字必求出处),役心向彼掇索,而不恤己情之所自发,此之谓小家数,总在圈缋中求活计也。

故知所谓"意",其实就是创作中关于主体心灵情思的总称,亦即玄学家言、象、意之辩中所讲之"意",或意象、意境所说那个"意"。"意犹帅也",乃是一篇文章的主脑,如何强调都不为过。譬如烟云泉石、花鸟苔林之类自然美景,"寓意则灵",若失其意,便只是齐梁式的绮语,或宋人字必讲来历,讲出处的"以才学为诗",从而失去生命。因为他们只知向描写对象掇索,却忘记自己情感所自发而激起的创作初衷。即只知写视觉观照的景物,而忘记写观照景物的心灵。由此他又引申出"景中有人"的著名论断。如评刘令娴《美人》即说:"景中有人,人中有景,巧思遽出诸刘之上,结构亦不失。"(《古诗评选》卷三)又评谢朓《之宣城郡出新林浦向板桥》说:

> 语有全不及情而情自无限者,心目为政,不恃外物故也。"天际

识归舟,云间辨江树",隐然一含情凝眺之人,呼之欲出!从此写景,乃为活景。故人胸中无丘壑,眼底无性情,虽读尽天下书,不能道一句。(《古诗评选》卷五)

既要胸中有丘壑,又要眼底有性情,即心和物、人和自然达到完全之同构契合,写出的才是真诗。并且,景物总是化作情感并为情感的表达存在的,所以说"从此写景乃为活景",这就叫"以意为主"。其评陶渊《拟古六首》之四说:"'日暮天无云,春风扇微和',摘出作景语,自是佳胜。然此又非景语,雅人胸中胜概。天地山川,无不自我而成其荣观,故知诗非行墨埋头人所办也。"(《古诗评选》卷四)既是景语佳构,又非景语者,实即不能单纯作景语看,因为景中有人。而此所谓"人",即暗藏于其中(对象化)的"雅人胜概"一类东西,或曰胸中丘壑,眼底性情,是内在精神世界的无意识外化,如某种情思、意绪、心境、胸次等,往往属隐意识或潜意识范围。中国诗歌之真正含蓄者在此,所以他才说"经生之理不关诗理,浪子之情无当诗情"。另外需提醒的是,前面他曾说"故知以意为主之说,真腐儒也",此则又说"无论诗歌与长行文字,俱以意为主",岂非自相矛盾?然细绎其意,前者是为说明"诗言志,岂志即诗乎"的道理,即阐明诗与非诗的界限,与此所说艺术创作中的"意"其内涵并不相同,不可贸然相混。

至于论"势",他前曾定义说:"势者,意中之神理也。"对此他亦有所发挥,《姜斋诗话》卷二曰:

论画者曰:"咫尺有万里之势。"一势字宜着眼。若不论势,则缩万里于咫尺,直是《广舆记》前一天下图耳。五言绝句,以此为落想时第一义,唯盛唐人能得其妙。如"君家何处住?妾住在横塘。停船暂借问,或恐是同乡"。墨气所射,四表无穷,无字处皆其意也。

由"一势字宜着眼"起,最后又以"无字处皆其意"结,可知势和意关系密切,正所谓"意中神理"之谓。前面引文中他曾说"非按舆地图便可云'平野入青徐'也",此则又云"直是《广舆记》前一天下图耳",故知诗歌论

"势",是不能按图索骥,以舆地图的真实来要求的。其内含的深刻意蕴,当是对客观真实再现的否定,即艺术的真实不在感观物理的真实,而是心灵能动再创造的真实,所以才称之为"写意"。元汤垕《画论》曾说:"山水之为物,禀造化之秀……自非胸中丘壑,汪汪洋洋如万顷波者,未易摹写。"笔者以为,王夫之所说"势",实在就是作者之胸中丘壑、笔底波澜,即根于物又不拘于物之心灵能动再创造,并非只是模写"禀造化之秀"的山水之物而已。或者可说,它根本就不是自然之真实所有,故方士庶才说:"山川草木,造化自然,此实境也。因心造境,以手运心,此虚境也。虚而为实,是在笔墨有无间。故古人笔墨,具此山苍树秀,水活石润,于天地之外别构一种灵奇。"(《天慵庵随笔》)恽南田题洁庵画亦说:"谛视斯境,一草一木,一丘一壑,皆洁庵灵想之所独辟,总非人间所有。"(《题洁庵图》)

一个说艺术乃"灵想之所独辟",一个说是"于天地之外别构一种灵奇",那么他所谓"势",便非一般所说之行文的结构或气势,而是基于灵想别构之心灵跃动的形态、节奏或韵律,即"意中神理"者。故曰"非史传、笺注、论说之次第",其"异于唐人之纵横远矣!"那么,这是否是说"势"乃纯主观心灵的东西呢?又非。还是前面那句话,同样它根于物又不拘于物,高于物却不离于物,所谓"外有其物,内可有其情;内有其情,外必有其物",总是心和物相靡相荡造成的结果。所以王夫之还特别强调饱游沃看、亲身所历对创作的决定作用。《姜斋诗话》卷二即曰:

> 身之所历,目之所见,是铁门限。即极写大景,如"阴晴众壑殊"、"乾坤日夜浮",亦必不踰此限。非按舆地图便可云"平野入青徐"也,抑登楼所得见者耳。隔垣听演杂剧,可闻其声,不见其舞;更远则但闻鼓声,而可云所演者何齣乎?前有齐梁,后有晚唐及宋人,皆欺心以炫巧!

这是创作的铁门限,当然也是其"势"的铁门限。为何他只说"前有齐梁",而不及晋宋?因为齐梁乃宫体诗盛行的时代,诗人们都被豢养在宫廷的小圈子中,已失去如陶谢那样"性本爱丘山"而广游名山大川的兴趣,只"在圈缋中求活计也"。所以,他论"势"对谢灵运才致以特别赞赏:"唯谢康乐为能取势……天矫连蜷，烟云缭绕，乃真龙非画龙也。"总之，它不是技巧性的人工安排，而是意中天矫连蜷之神理而已！

综前所述，无论是对意象文学之互根互生的景情结构认知上，还是对其心物同构契合之思维特征认知上，以及诗与非诗的批评界定方面，王夫之同他的前人如司空图、严羽等比较起来，都作出了更为准确而清晰的阐释，在我国古典诗学的成熟性上跨越了一大步。因此也可以说，对意象文学之理解最为深刻透彻者，自唐宋诸大家以来莫过王夫之。尽管在其批评中，也不免存在偏颇或失误，如对杜甫、白居易等反映现实生活的再现之作，持一概否定态度即是明显的例子。但就总体而言，并不能掩盖其诗学的熠熠光辉。

《人间词话》读解

王国维（1877—1927）从事文学批评和研究，其实不过短短十年左右时间，即自26岁（1902年）至35岁（1911年）前后。这一时期，正是列强虎视，清政府积弱难返，中华民族为救亡图存而寻找新出路的时期。另方面，这又是西学东渐，欧风西雨劲吹，为中华民族提供新学说新思想而进行选择的时期。王国维正是呼应着这一时代新风，成为最早的先知先觉者，试图将西方哲学美学应用到中国古典文学研究中来，遂令人耳目一新。由于时代的局限，他的研究固然有得亦有失，但不能不说是改变一时风气的前卫人物，此即其文学研究之历史意义所在。

一、王国维文学研究之两个阶段

他的文学研究可分两个阶段，有承续相同的一面，但又存在质的不同，应该将其加以特别区分。

幼时曾入私塾习举子业，然不喜时文，其兴趣却在史书，暇时亦颇攻诗古文辞及书画篆刻。他在《静安先生文集续编·自序》中曾回忆说："时方治举子业，又以其间学散文骈文，用力不专，略能形似而已。"至"十六岁见友人读《汉书》而悦之，乃以幼时所储蓄之岁朝钱万，购前四史于杭州，是平生读书之始"。[1]其学习生涯之发生重要转变当在18岁，时中日甲午战争失败的惨痛教训，使他深感传统国学之无用，于是遂转而他求，才接触到当时流风渐盛的新学。如《自序》说："未几而有甲午之役，始知世尚有新学者，家贫不能赀供游学，居恒怏怏。"然而机缘有巧，命运总会照顾这个幸运儿。

---

[1]《王观堂先生全集》第五册，1823页，台北文华出版公司，1968。

【卷三】

"二十二岁正月始至上海,主《时务报》馆,任书记校雠之役。二月而上虞罗君振玉等私立之东文学社成立,请于汪君康年,日以午后三小时往学焉"。(同前)这是他学习西学之开始。不过,他进入东文(日文)学社以后,其学习兴趣却不在当时人所提倡的数学物理等实用科学,而是偶尔从英文教师《田冈佐代治文集》中看到的康德叔本华之哲学。《自序》说:"是时社中教师为日本文学士滕田丰八,田冈佐代治二君,二君故治哲学。余一日见《田冈文集》中有引汗德,叔本华之哲学者,心甚喜之,顾文字睽隔,自以为无读二氏之书之日矣。"这又是他接触康德叔本华哲学之始,然此后不久,又发生"庚子之变,学社解散",遂辍学回归故里。不过王氏在学习追求上,是不会轻易放弃的人,于是苦攻英文,几经周折后终于立志专学哲学。亦如《自序》所说:"盖余之学于东文学社也,二年有半,而其学英文亦一年有半,时方毕第三读本,乃购第四第五读本,归里自习之。……而乱稍定,罗君乃助以赀,使游学于日本,亦从藤田君之劝拟专修理学。故抵日本后,昼习英文,夜至物理学校习数学。留东京四、五月而病作,遂于是夏归国。自是以后,遂为独学之时代矣。体素羸弱,性复忧郁,人生之问题,日往复于吾前,自是始决从事于哲学。"[1]由此可知,他最终下决心专修康德叔本华哲学的原因,是身心感悟之所近并喜欢思考"人生之问题"决定的。尤其是叔氏的"唯意志论"哲学,与之体弱忧郁之性格可谓心有灵犀焉,而其"审美解脱"之论,更为王氏学术观的形成起了决定作用。

按叔氏之"唯意志论"哲学,"意志"作为先天的自在之物,它表现为一种盲目的永不停息的自发冲动,乃是人或宇宙万物存在的本体,无论植物、动物、人乃至无机物,则都是这种意志在不同等级的客观表象的外化。在人身上,则表现为种种不同的生活之"欲",此即产生人生之无尽苦痛及罪恶之根源。与"意志"相对应的是"理念",它作为一个形而上学的概念,乃是"意志之恰当的客观化"。所以它包括两个方面:就其内容言,它是存在于某一物(自然物或人)本身的"内在本性"或"本质力量";就其形式言,则是代表该物的"全体族类"一种可观照的"恒久的形式"。换言之,它是一种超时空超因果的"单一的感性图画"。故所谓"理念",其实就是物的"内在本

---

[1]《全集》第五册,1824-1825页。

质力量"采取其"代表全体族类"的"恒久形式"而得以感性显现。它既不是单一的抽象意志，也不是单一的个体形象，而是"意志之恰当的客观化"。而"恰当"一词，既指表现的合理合适，更指表现形式"代表全体族类"的恒久性。

不过，叔氏哲学最叫他心动而产生共鸣的还不止此，而是其"审美解脱"之论。依叔本华的观点，人们通过认识，意志本身又是能够被超越的，从而达到痛苦的解脱。因为，意志只有通过"个象"而获得"恰当的客观化"（理念）时，它的本性才能认识和领悟。故说："只有作为这种认识的结果，意志才能超越它自己，从而终止跟它的表现密不可分的痛苦。"[1]因而被"引向光明"而进入那种"纯粹的无意志的认识之境界"，亦即"无痛苦的境界"，从而产生"审美的愉悦"。此即一切艺术产生之真正根源及审美价值所在。叔氏接着写道："假如我们以艺术家之眼审美地静观一棵树，那么认出的不是这株树，而是这树的理念。"此时一切时间、空间、个体和认识主体的人，都消失了，"剩下来的只有这个理念和这个认识的纯粹主体，它们共同构成在这个等级上的意志之恰当的客观化"。（同前）这就是说，当我们以审美静观的态度认识事物时，才能超越单个个体而见到其"代表全体族类"的"恒久形式"；同样，只有审美静观的态度，也才能脱弃现实的种种利害冲突从而超越意志，此时我们所见到的便只是代表最高境界的"理念"。如此说来，我们要超越意志带给我们的种种痛苦，只有在这种情况下才能实现，那就是艺术创造或艺术欣赏的审美静观中。对此，王国维曾反复谈及过，如《红楼梦评论》即说："吾人之知识与实践之二方面，无往而不与生活之欲相关系，即与痛苦相关系。兹有一物焉，使吾人超然于利害之外，而忘物与我之关系，此时也，吾人之心无希望，无恐怖，非复欲之我而但知之我也，此犹积阴弥月而旭日杲杲也……然物之能使吾人超然于利害之外者，必其物之于吾人无利害之关系而后可，易言以明之，必其物非实物而后可，然则非美术何足以当之乎？"又《叔本华之哲学及其教育学说》曰："唯美之为物不与吾人之利害相关系，而吾人观美时亦不知有一己之利害。"又《叔本华与尼采》曰："今有一物焉，超乎一切变化关系之外，而为现象之内容，无以名

---

[1] 转引自佛雏：《王国维诗学研究》第三章：《"境界"说与叔本华美学的关系》，北京大学出版社，1987。

之，名之曰实念（按即理念）。问此实念之知识为何？曰美术是已。夫美术者，实以静观中所得之实念寓诸一物焉而再现之。由其所寓之物之区别，而或谓之雕刻，或谓之绘画，或谓之诗歌、音乐，然其唯一之渊源则存于实念之知识。"而超越一切利害关系，或超越一切变化关系者，即解脱之谓也。他这样反复强调艺术的功能，足见其受叔本华美学影响之深刻，也许这正是他后来又从哲学转习文学之深层原因所在。

上面所述，只是王氏接受叔本华美学思想的简略概括，其细节在后面谈到具体问题还会说到，故此处不赘。

王国维学术研究的第二阶段，即放弃哲学而转向文学，当在三十岁前后。《文集续编·自序》是这样说明其原因的："余疲于哲学有日矣。哲学上之说，大都可爱者不可信，可信者不可爱。……知其可信而不能爱，觉其可爱而不能信，此近二、三年中最大之烦闷。而近日之嗜好所以渐由哲学而移于文学，而欲于其中求直接之慰藉者也。"这就是说，经过数年的精心钻研，他对康德叔本华的哲学终于产生了怀疑，"觉其可爱而不可信"，即并不能解决现实人生的实际问题，于是弃而他求，转向文学"欲于其中求直接之慰藉"。充分体现出他对新学的批判接受精神。当然，他对叔本华哲学还是有所取的，并非全盘否定，那就是能"使人超然于利害关系之外而忘物与我之关系"，即"非复欲之我而但知之我"的文学审美阐释。只有在文学艺术的世界中，人们才能充分获得精神和思想的自由，而从日常生活的欲望痛苦中解脱出来，才是王氏所终生追求的人生境界，于是沉潜于文学也成为其贯穿此后文学研究始终的主导思想。细说起来，王氏的学术研究还发生过第三次转变，即1911年辛亥革命后，由文学又转向金石考古之学的研究。不过在此之前，即文学研究的晚期，其兴趣已经转移，代表作乃专为我国戏剧发展探本溯源的巨著《宋元戏剧史》。其《文集续编·自序二》曾说："欲为哲学家，则感情苦多而知力苦寡；欲为诗人，则又苦感情寡而理性多。"由此即可探知其转变原因之端倪，不过与我们的研究关系不大，故略而不谈。

总之，王国维从事与文学有关的学术研究，主要可分为两个阶段即耽于哲学和专精文学的不同阶段。因此，他这一时期所写文论亦可分为两类：一是自1902以后的五六年间，陆续发表在《教育世界》杂志上的杂论，如《叔本华之教育学说》、《叔本华与尼采》、《论哲学家与美术家之天职》、《教育偶感》、《论教育之宗旨》等，大都是述评叔氏哲学或以叔氏哲学阐述教育问题，与文学关系不是很大；另如《人间嗜好之研究》、《古雅之在美学上之位置》、《文学小言》、《屈子文学之精神》、《红楼梦评论》等，则与文学关系密切，后几篇则是文学专论。但就其总体成就来看，却并不很成功，原因是直接搬用叔氏哲学理念来说中国文学，尚难交汇融通，不免有生硬扞格之感。即如古典文学研究可谓开山之作的《红楼梦评论》，尽管开启一代新风，其功甚伟，但仍以叔氏"灭绝生活之欲""寻求解脱之道"之论，作为《红楼梦》全书主旨进行阐释，就很难贴合全书内容，甚至曲解了《红楼梦》的社会意义。如该论第一章即说："生活之本质何？欲而已矣"、"欲与生活与痛苦，三者一而已矣。"接着又说"优美与壮美皆使吾人离生活之欲而入于纯粹之知识者"，即所谓"非复欲之我而但知之我"者。故此时之我也就会忘却生活之痛苦，从而得到解脱。于是他说："吾人且持此标准以观我国之美术……吾人于是得一绝大著作曰《红楼梦》。"而《红楼梦》就也成为叔氏哲学的翻板。其第三章又援引叔氏三种悲剧说释《红楼梦》曰："由叔本华之说，悲剧之中又有三种之别，第一种之悲剧由极恶之人极其所有能力以交构之者，第二种悲剧由于盲目的命运者，第三种悲剧由于剧中之人物之位及关系而不得不然者，非必有蛇蝎之性质与意外之变故也。……若《红楼梦》则正第三种之悲剧也。"并且为抬高《红楼梦》的地位，还特别总结说："叔本华置诗歌于美术之顶点，又置悲剧于诗歌之顶点，而于悲剧之中尤重第三种，以其示人生之真相及解脱之不可已故。"他称《红楼梦》为一大悲剧没错，但将其作为叔氏美学的例证而阐释之，则不免削足适履之失。对此他似乎也是意识到了的，故在《静安文集·自序》中说："去夏所作《红楼梦评论》，其立论虽全在叔氏之立脚地，然于第四章内已提出绝大之疑问。"

另一组评论文章则是写于1908至1909年，并陆续发表在《国粹学报》上的《人间词话》。首发共64则，余平伯曾录交朴社印为单行本。后经赵斐文、徐调孚、陈乃乾、王幼安等先生不断补充，共辑出《词话》未刊稿共49则，其他序跋手批文字共29则，编为"词话"、"词话删稿"、"附录"共三卷142则，是为今日最完备之《人间词话》本。此乃他研究兴趣，由西方哲学完全转向中国古典文学后的精心之作，虽不时仍可看到叔氏哲学影响之痕迹，但无论从全书体裁、批评方式或语言风格来看，实已完全回归典型的传统诗话词话了。故可看作他以中学为主,又借鉴西学而写作的成熟之作,既代表了他文学研究的最高成就,对后世也产生了广泛而深刻的影响,至今为人研读不衰。因此,本文即以此为研究的对象,选取主要的几个问题展开评述。

现代学者对王国维研究西方哲学的一些评论,对我们今日理解王国维的文学批评应有很大启示作用,兹录数则如下。缪钺先生《王静安与叔本华》一文说:"王静安对于西方哲学并无深刻而有系统之研究,其喜叔本华之说而受其影响乃自然之巧合。"[1] 叶嘉莹教授则说:"所以静安先生之对于西方的哲学思想,实在并非全盘之研究与介绍,而只是掌握某些他自己性之所近的概念来'揭示他自己的思想'而已。"[2] 也就是说,我们阅读王国维,不必斤斤于从叔本华哲学的角度看,更应从他对我国传统文学的精深修养来理解,而这正是目前做得不够的。

二、王国维"境界"说试析

翻开《人间词话》就会发现一大显著特征:象前期叔本华哲学中的"意志"、"理念"、"欲之痛苦"、"解脱"等词语不见了,而独独提出一个新概念——"境界"作为全书展开的中心主旨。"境界"一词,显然不是来源于叔氏哲学,而是产生于本土佛学尤其是禅宗思想。这正标志着他学术思想的重要转变,下面试作简要评析。

(一)"词以境界为最上"

《人间词话》开宗明义第一则即说:

> 词以境界为最上。有境界则自成高格,自有名句。五代北宋之词所以独绝者在此。(《词话》卷一)

"境"或"境界"一词,早在两晋南北朝的汉译佛籍中即已广泛使用,但并未引入文艺评论中,仅仅还只是佛学概念,尚不具有美学评价的性质。然而到了唐代,尤其是中晚唐时期,随着佛学被真正中国化而流派纷起,如华严、三论、禅宗、密宗等皆一时并盛,而其说又往往与当时士阶层的精神心

---

[1]《诗词散论》,68页,台北开明书店,1953年。
[2]《王国维及其文学批评》,174页,中华书局香港分局,1980年。

态和高度繁荣的文艺进程相合拍，于是"境"或"境界"才适时进入诗画评论中，而被广泛使用。后经中晚唐人和宋人的不断探索熔铸，才有"意与境会"说的提出，当可看作我国意境理论，渐趋成熟期的萌芽。如权德舆说："凡所赋诗，皆意与境会。"（《左武卫胄曹许君集序》）五代孙光宪说："骨气浑成，境意卓异。"（《白莲集序》）至苏轼评陶渊明《饮酒》诗曰："因采菊而见山，境与意会，此句最有妙处。"（《东坡志林》）叶梦德评杜甫以一字为工亦曰："不知意与境会，言中其节。"（《石林诗话》卷下）但"意境"一词究竟尚未形成，据已掌握的材料，以"意境"一词评诗，最早见于元人，如赵汸评杜甫《江汉》诗曰："中四句情景混合入化。东坡诗：浮云世事改，孤月此心同。亦同此意境。"此后明清时期，境、境界、意境才成为家常用语而被广泛使用，不仅使用于诗词，而且扩展到书画乃至园林建筑等。然而，虽然人人都在使用，但始终都仅仅是作文学批评的术语，并未将其提高到文学艺术创作的最高准则来认识，可以说其精深的美学意义还处在模糊状态。王国维能超越前人之处，则是以鲜明态度而决然曰"词以境界为最上"，并对其内涵进行种种阐释，如造境和写境，有我之境和无我之境，隔与不隔等，都成为后人讨论的热门话题。并自此以后乃至今日，人们谈诗歌、谈绘画、谈其他艺术，无不开口即讲"境界""意境"，而传统文论中那些显赫的词语如比兴、兴寄、格调、神韵、性灵等都退居到次要地位，可见人们对王氏"境界"说所揭示的中国文学精髓的认同，当然也是对其划时代历史价值之确认。

然而，王氏对"境界"一词并未作过正面说明，那么究竟何谓"境界"？在《二十四诗品读解》一章中，笔者对此曾作过较为系统的考察，下面再简略追述一下，一方面以判明它和文学创作的关系，另方面还可知王氏"境界"说的得失。

"境界"一词，当源自中晚唐时期的佛学典籍，一般使用时则只称"境"。《俱舍诵疏》卷一释"境"说："心之所游履攀援者，故称为境。"又《佛学大辞典》说："心之所游履攀援者，谓之境。如色为眼识所游履，谓之色境，乃至法为意识所游履，谓之法境。"[①]在佛学中称人的眼、耳、鼻、

[①]《佛学大辞典》，1247页，文物出版社，1984。

舌、身、意诸感觉器官为"六根",与其相应的各种官能则称"六识"。主体的六识与外界相应的色、声、香、味、触、法"相游履攀援",即为"六境"。因此,所谓"境"显然不就是色、声、香、味、触、法等物质现象本身,而是属于主体的各种"认"对这些物质现象所感知而产生的结果。换言之,它根因于物,但又并非纯客观的物质存在。因为在佛教徒看来,一切物质世界都是虚幻的不真实的,故有赖于主体心识的作用,使内外和合,因缘相生,才成其为真实的存在。又"六境"是各有界划而不容混淆的,如色为眼识所游履之色境、声为耳识所游履之声境、香为鼻识所游履之香境等,它们都各有界划局限,故才加一"界"字,而称"境界"以示区分。《百法疏》解释说:"界是因义。中间六识,借六根发,六境牵生。为识为因,故名为界。"即是说"界"是用来区分"六境"之成因的,由于境产生的根源有六根至六识的不同,故才用"界"表明,对"境"的内涵并无实质影响,"境"也就可以单独使用了。总之,"境"既不在物,亦不在心,而心物之间因缘相生的产物,故而佛学中又有境不离心、心不离境之说。《禅源诸诠集都序》说:"心空即境谢,境灭即心空。未有无境之心,曾无无心之境。"然而,在这种看似二元均衡的论述中,以为心物二者的作用是对等的,那又大错特错。其实"心"才是发挥主导作用的方面,"境"不过只是一种心相,是"依内识"因缘而生的"假立"。《大乘起信论》即主:"一切诸法,唯依妄念而差别,若离心念,则无一切境界之相。"又曰:"三界虚伪,唯心所作,离心则无六尘境界。"智𫖮也说:"三界别无法,唯是一心作,心如工画师,造种种色。"(《摩诃止观》卷一)所以在佛徒们看来,物质世界虚伪不真实的,自身只是现象而非实体,离开"心念"的作用也就没有"六尘境界",境界不过只是心造之物。正如佛学缘起论所说:"一切法自性本空,无生无灭。缘合谓生,缘离谓灭。"(《大般若经》)即是说世间万物,因自性本空,便无所谓生灭,只是在心物缘合处生,亦在心物缘离处灭,"境"即发生在心物缘合未离之处。如果联系到中国文学来看,这种因缘相生、缘合缘离之说,若脱弃神秘宗教外衣,又与之若合符契。中国文学创作是建立在天人合一世界观基础上的,故在认识论上讲意和象的契合,在审美心理学上讲心和物的同一,在文艺创作论上讲情和景的相融相洽,无不与佛学"境界"说有相通契合之处。中晚唐的文人士子们,与佛学高僧多有密切交往,今存唐代诗文及其他资料即有大量记载，他们深受佛学影响亦是必然。故相较传统所说"意象""兴象"等粗放型的理论建构，佛学中显得更为精致细密的"境界"说，终于取代传统审美概念而进入文学艺术领域，遂成为历史的必然选择。

上面是就总体而言的，其精髓还在细部，我国意境理论的核心精神实皆根源于此。如"境界"即然是心物缘合的产物，故又可"观境见心"，即从境相中去体悟已被外化的主观情感心态。慧能曾说："三界唯心。森罗万象，一法之所印。"即认为世间万象，都打上了心灵的印迹，故又可于万象"反观心源"，即物而见性。马祖道一即说："凡所见色，皆是见心。"（《祖堂集》卷十四）湛然也说："唯于万境观一心。"（《止观义例》卷上）故在佛家看来，境虽由心造，但心也同时外化了自己，所以心灵才能进行再认识，于"万境"反观自己。这一认识直接影响于文学创作，便产生中国文学的情景论。宋范晞文的经典论述说："不以虚为虚，而以实为虚，化景物为情思。"（《对床夜话》16）既然"唯于万境观一心"，也就必须将景物化作情思来写，摒弃直白表述，不作暴噪叫号，这才是创作的无上妙谛。故王夫之才说："不能作景语，又何能作情语邪？古人绝唱多景语。"又说："以写景之心理言情，则身心中独喻之微，轻安拈出。"（《夕堂永日绪论·内编》）就中国意境文艺的创作而言，不能作景语确难写出好的情语，情和景是互根互生融为一体的，所以才能含蓄不露、韵味无穷，这就叫意境。所以他才说必须"以写景之心理言情"，是意境文艺创作的不二法门。对此吴乔也有深刻认识："夫诗以情为主，景为宾。景无自生，惟情所化，情哀则景哀，情乐则景乐。"（《围炉诗话》卷一）蓦然读之，似不可解，难道景非自生而是情感生出来的？思之思之，焕然释怀，这不就是佛学所说"三界虚伪，唯心所作，离心则无六尘境界"么？不过他改"作"为"化"，却是极妙，便少了许多神秘唯心成分，更符合文学创作的实际。正是根于这种心境关系论、情景关系论，才终于造就极富民族特色的中国诗学。如宗密说："心空即境谢，境灭即心空。未有无境之心，曾无无心之境。"（《禅源诸诠集都序》）王夫之则说："情不虚情，情皆可景；景非滞景，景总含情。"（《古诗评选》卷五评大谢语）只有被主体情感灌注了生命的景，才不是纯实象的"滞景"；同样，只有被景物客观对象化的情，才不是纯抽象的"虚情"。因为，"境界"是充盈着生命灵机的主观创造。又如，境界既然是心灵的创造，即艺术家胸中幻化的心相，故往往并非客观世界所实有。黄山谷《题七才子画》说："一丘一壑，自须其人胸次有之，笔间那可得？"汤垕《画鉴》则说："山水之为物，禀造化之秀。……自非胸中丘壑，汪汪如万顷波者，未易摹写。"因此，中国绘画所写者，从来都不是自然界之山川丘壑，而是创作者酝酿于胸中的山川丘壑，它虽不离物，但又超于物，是心里感受或情感体验的真实。故恽南田评洁庵画说："谛视斯境，一草一木，一丘一壑，皆洁庵灵想之所独辟，总非人间所有。"（《题洁庵图》）方士庶则说："虚而为实，是在笔墨有无间。故古人笔墨，具此山苍树秀，水活石润，于天地之外别构一种灵奇。"（《天慵庵笔记》）总之，不论诗歌或绘画创作，在中国人看来都是一种心灵的再创造，并不如实摹仿或再现现实。再如，境界既然是心物缘合的产物，故不单纯在物，也不单纯在心，但又是可感而生动的声、色、香、味、触，故境象的妙处即在万物实象之上之外，于是我国文艺中又有"象外"说。司空图《与极浦谈诗书》说："戴容州云：'诗家之景，如蓝田日暖，良玉生烟，可望而不可置于眉睫之前也'。象外之象，景外之景，岂容易可谈哉？"并还进而加以引伸说："近而不浮，远而不尽，然后可以言韵外之致耳。""倘复以全美为上，即知味外之旨矣。"（《与李生论诗书》）严羽更作象喻性生动描述曰："故其妙处，透彻玲珑，不可凑泊，如空中之音，相中之色，水中之月，镜中之象，言有尽而意无穷。"（《沧浪诗话·诗辨五》）这是就创作和欣赏角度说的，若移用于艺术真实观，则更有"不似之似"说的提出。司空图《诗品》一方面说："超以象外，得其環中。"（《雄浑》）另方面又说："离形得似，庶几斯人。"（《形容》）既然要得之象外，便不能呆守形似，所以要讲"离形得似"。这似乎启发了苏东坡，故写诗曰："论画以形似，见与儿童邻；赋诗必此诗，定非知诗人。"对此，明王绂解释说："东坡此诗，盖言学者不当刻舟剑，胶柱鼓瑟也。然必神游象外，方能意到圜中。……古人所云'不求形似'者，不似之似也。"（《书画传习录》）此后"不似之似"说遂大行，如清初石涛《题青莲草阁图》说："明暗高低远近，不似之似似之。"又《题画山水》说："名山许游未许画，画必似之山必怪。变幻神奇懵懂间，不似之似当下拜。"那么象外之象、不似之似的内涵究竟是指什么呢？据佛学心物缘合论而言，象当指客观物象，象外的那个象，则是心物缘合后产生的境象，境象在物象之上之外，故曰"象外"。如果仅仅执着于物象之似，便只能得其表象之似，即"形似"。然而，艺术是心灵能动创造的产物，它描写的真正对象是"境"，而境在象外，故境象之似，才可称为"不似之似"。在我国文艺创作论中，创作的真谛既不在物，亦不在心，而是心物缘合之处的"境"，我国文艺理论的精髓皆由此生发而来。

总而言之，我国意境文艺理论，都是佛学"境界"说的提炼和升华，又为"境界"所涵盖。王国维以其敏锐的理解能力，将其从一般使用的众多文学批评述语中特别拈出，而谓之曰"词以境界为最上"，可谓独具只眼，其识见之过人亦可知，这是应予充分肯定的。

(二) 境界非独谓景物，喜怒哀乐亦一境界

《人间词话》六曰：

> 境界非独谓景物也，喜怒哀乐，亦人心中之一境界。故能写真景物、真感情者，谓之有境界，否则谓之无境界。

这就是说，在王国维看来，无论单"独"的景物，或是单"独"的喜怒哀乐情感，都可以是境界。然而，这既不合叔本华的"理念"美学，也不合佛学"心物缘合"之说。换言之，无论从前者或后者，都不能得出这一结论。前面已谈过，依叔本华哲学，"意志"只有通过"个象"而获得"恰当的客观化"，即所谓"理念"时，它的本性才能被认识和领悟。因此，反言之"理念"乃"意志之恰当的客观化"。就内容言，它是人和物的"内在本性"或"本质力量"；就形式言，则是代表该物"全体族类"的一种可观照的"恒久形式"，或曰超时空超因果的"单一感性图画"。故作为艺术创作真正对象的"理念"，它既不在单纯的意志之欲（如喜怒哀乐），也不在单个的个体物象（如景）。至于佛学，那就说得更加明白："未有无境之心，曾无无心之境。"王夫之也说："情不虚情，情皆可景；景非滞景，景总含情。"其实王国维自己亦曾说过："昔人论词，有景语情语之别。不知一切景语，皆情语也。"(《词话删稿》一〇）因此，无论从哪方面说，单独的景物或单独的情感，都是不能构成境界的。没有情感灌注生命的景，只能是死的"滞景"；没有从客观对象上揭开本质丰富性的情，也只能是不可认识的和领悟的"虚情"，它们都不是艺术创作的对象。

242

【卷三】

更重要的是，在人们对"境界"和"意境"广泛使用中，其实"意境"一词，是更成熟也更符合艺术创作精神的审美概念。可是王国维恰恰选择了前者，而放弃了后者，不能不说是智者千虑之一失。

在佛学"境界"说中，暗藏着一个大问题：虽然他们非常强调心灵的主导作用，故有"三界无别法，唯是一心作"之说，但却拟心于"镜"，故在心物关系上，又认为心对物的反映，犹如明镜照物，是不能有情感意念参杂其中的，故只能是一种消极被动的纯客观反映，称作"以镜照境"，恰恰抹煞了心灵在创作中能动创造功能。比如在那次标志着禅宗真正确立，即五祖弘忍传授衣钵的重大事件中，弟子神秀所呈诗偈即曰：

身是菩提树，心如明镜台。时时勤拂拭，莫使有尘埃。

即以明镜拟心，而"尘埃"即利害杂念纠缠着的情感了，后被推为六祖惠能却不同意，亦呈偈曰：

菩提本非树，明镜亦非台。佛性常清净，何处惹尘埃。

他也并不否认以明镜拟心，只是佛教以为四大皆空，故菩提明镜亦空，对心的否定更彻底罢了。在他看来，心对物的关系犹如司空图所说"清潭写影"、"古镜照神"，是一种不带任何主观感情色彩和世俗杂念的完全被动消极反映，所以说"何处惹尘埃"。六祖惠能曾说："日月星宿，山河大地，泉源溪涧，草木丛林，恶人善人，恶法善法，天堂地狱，一切大海，须弥诸山，总在空中。"（《坛经·般若品第二》）既然万物皆空、万法皆妄，而能"照境"的心灵，也就犹如一潭死水，绝不被牵惹而荡起丝毫情感的涟漪，否则就根本不成其为"空"了。故从根本性质上说，佛学"境界"说同文艺创作精神又是背道而驰的。因为，文艺创作并不以"景"为粹纯虚幻，更不以"情"为污染心灵的"尘埃"，它们总是处在相激相荡、互根互生的现实关系中，所以才有文艺创作的生活之需。庄子虽也曾拟心于镜，谓"圣人之心静乎？天地之鉴也，万物之镜也"。（《庄子·天道》）但老庄却从来万物为虚妄，内心求寂灭，而是讲"物化"，要"物物而不物于物"，当然更不排斥情

243

了。故中国文艺"境界"论,表面上袭取佛学词语,骨子里仍是道家精神。唐人在引进"境界"概念时,也就不能不作适当改造或变通。王昌龄《诗格》提出诗有"三境",在"物境"之外还相应地加上"情境"和"意境",即是改造变通的结果。皎然谈"境",就更突出强调"情"了,如说"诗情缘境发"(《秋月遥知卢使君游何山寺宿扬上人房论涅般经义》)、"览境情不溺"(《苕溪草堂……简潘承述汤评事衡四十三韵》)、"境胜增道情"(《夏日与綦毋居士昱上人纳凉》)。其《诗式·辨体有一十九字》还这样解说情:"缘境不尽曰情。"在他们看来,境不但不排斥情,二者更是密不可分,它们共同铸就诗人的创作激情。于是用心和物两种基因来创造一个概念,以作为标识高度成熟的唐诗之最高审美范畴,便提上了日程。司空图要求"思与境偕"(《与王驾评诗书》),张彦远要求"境与性会"(《历代名画记·论画山水树石》),权德舆则要求"意与境会"(《左武卫胄曹许君集序》)。而托名王昌龄的《诗格》提"情境",托名白居易的《文苑诗格》则提"境意"。(按《文苑诗格》中有两节标题即为"抒析入境意"、"招二境意")总之,他们都力求把主客两方面的创造功能激发出来统一起来,而不是仅仅着眼于"境"。发展到后来,似乎从魏晋玄学"言、象、意"之辨即已开始,从而积淀深远历史内涵之"意"这一最能代表主体方面含盖量的概念,终于胜出,于是"意境"一词也就跃跃欲出了。如五代孙光宪说"境意浑成"(《白莲集序》),北宋苏轼说"境与意会"(《东坡志林》),叶梦得说"意与境会"(《石林诗话》卷下)等。但据现已掌握的材料,最早使用"意境"一词的当是元人赵汸,他评杜甫《江汉》诗云:"中四句情景混合入化。东坡诗'浮云世事改,孤月此心同',亦同此意境。"值得尤为注意的是,他把情景混合入化,明确作为意境内涵的诠释。较早使用者还有明人朱承爵,其《存余堂诗话》说:"作诗之妙,全在意境融彻,出声音之外,乃得真味。"此后便被人们普遍接受而广泛使用。

综言之,由佛学"境界"说向文艺"意境"论演化的过程,实际就是中国诗学这一最高审美概念,被不断修正、补充、完善和深化的过程。王国维取其前而略于后,不免有欠精审。但是,《人间词话》使用的主词虽是境界,然也常常使用意境,这说明他的态度在二者之间似乎尚游戈不定。如《词话》四二:"古今词人格调之高,无如白居。惜不于意境上用力,故觉无言外之味，弦外之响，终不能与于第一流之作者也。"托名山阴樊志厚的《人间词乙稿序》则说："文学之工不工，亦视其意境之有无，与其深浅而已。自夫人不能观古人之所观，而徒学古人之所作，于是始有伪文学。学者便之，相尚以辞，相习以模拟，遂不复知意境之为何物，岂不悲哉！"尤其是分析意境二元结构的这段话，更是对《人间词话》的明白拔正：

> 文学之事，其内足以摅已，而外足以感人者，意与境二者而已。上焉者意与境浑，其次或以境胜，或以意胜。苟缺其一，不足以言文学。原夫文学之所以有意境者，以其能观也。出于观我者，意余于境；而出于观物者，境多于意。然非物无以见我，而观我之时，又自有我在，故二者常互相错综，能有所偏重，而不能有所偏废也。

并举例说：

> 夫古今人词之以意胜者，莫若欧阳公；以境胜者，莫若秦少游；至意境两浑，则惟太白、后主、正中数人足以当之。静安之词，大抵意深于欧，而境次于秦，至其合作……皆意境两忘，物我一体。

构成意境的二元，虽有以意胜者、有以境胜者，但最高理想却是"意与境浑"或"意境两浑"。所以他才明确说："苟缺其一，不足以言文学"、"二者常互相错综，能有所偏重，而不能有所偏废。"那么，还会有离开"景"而所谓单纯"写真感情"的境界，或离开"情"而所谓单纯"写真景物"的境界吗？显然这是不能成立的，因为那正是"偏废"而违背"偏重"原则。按此序注明写于光绪三十三年十月，而《人间词话》的发表则在光绪三十四年至宣统元年，两者应该写于同一时期，却为何会出现如此截然不同的差异呢？只能说明他还在两个概念之间摇摆游戈。当谈到"意境"时，他有清晰的二元结构意识，但当谈到"境界"时，却对情和景二元不免模糊、混沌。究其原因，则是他缺乏历史发展观。马克思曾说："每个理论都有其出现的世纪。"①恩格斯也说："每一个时代的理论思维，从而我们时代的理论思维，都是一种历史的产物，在不同的时代具有非常不同的形式，并因而具有非常不同的内容。"②即任何理论都是特定历史时期并适应时代需要的产物，"境界"或"意境"的出现也一样，也是特定时代的产物。历史的发展是有阶段性的，每个阶段都存在质的不同，故不能把为适应后一阶段而产生的理论概念胡乱搬用到前一阶段去。"境界"一词，正是适应着中国诗歌发展到一个新的历史阶段，即唐诗鼎盛期之后"意境"理论建构的产物。然王国维却把它当作超时空超历史的美学概念，将其运用到古今一切文学批评中去，谓"喜怒哀乐亦人心中之一境界"、"写真感情者谓之有境界"云云。而我国文学也确实存在过一个尚不知"化景为情"，但知"写真感情"的阶段，那就是同样创造了辉煌成就的《古诗十九首》、"建安风骨"、"正始之音"等，正如沈约《宋书·谢灵运传论》所说"并直举胸情，非傍诗史"。正因为要将这些"直举胸情"之作，一并纳入到他的"境界"论中来，王国维才削履适足地有意忽略"化景为情""意与境浑"等意境文学的本质特征，生硬地提出"喜怒哀乐亦一境界"之说。尤应注意的还是下半句："故能写真景物，真感情者，谓之有境界，否则谓之无境界。"似乎境界的本质就是"真"，实际却偷偷转换了概念。意境文学固然是真景物真感情的交媾融合，但却不是一切"真"都能称为境界，比如单纯的真景物或单纯的真感情，就都不能称为"境界"。如果只讲"真"，固然可将"直举胸情"之作纳入境界范畴，但毫厘之差失诸千里了。而王国维也确实是以此肯定《古诗》等作品的，如说：

> "昔为倡家女，今为荡子妇。荡子行不归，空床难独守"、"何不策高足，先据要路津？无为久贫贱，轗轲长苦辛"。可谓淫鄙之尤。然无视为淫词鄙词者，以其真也。五代北宋之大词人亦然。非无淫词，读之者但觉其亲切动人；非无鄙词，但觉其精力弥满。可知淫词与鄙词之病，非淫与鄙之病，而游词之病也。（《词话》六二）

> "生年不满百，常怀千岁忧。昼短苦夜长，何不秉烛游？""服食求神仙，多为药所误。不如饮美酒，被服纨与素"。写情如此，方为

---

① 《哲学的贫困》，《马克思恩格斯选集》第一卷、113页。
② 《马克思恩格斯选集》第三卷，465页。

不隔。(《词话》四一)

他以"以其真也"来肯定这些《古诗》中的优秀篇章,可谓正中其要。因为那是汉末桓灵时期,一个将乱未乱的社会,人们的思想开始从封建礼教中冲决出来,人性开始觉醒,个性得到独立,一句话"人的自觉"的时代,故敢言人所不敢言的真精神、真性情也袒露得特别耀眼。清吴淇评曰:"畜神奇于温厚,寓感怆于和平,意愈浅愈深,词愈近愈远,篇不可句摘,句不可字求。盖千古元气,钟毓一时,而作者以无意发之,故诣绝穷微,掩映千秋。"[①]谓千古元气钟毓一时,而作者却以无意发之,神奇温厚,感怆平和,正所谓"真"也。可以觉精力弥满,可以感亲切动人,但这不是"意境"。意境者,象外之象,景外之景,言有尽而意无穷也。

(三)言兴趣言神韵不如言境界

《词话》九:

《沧浪诗话》谓:"盛唐诸公,唯在兴趣。羚羊挂角,无迹可求。故其妙处,透彻玲珑,不可凑泊,如空中之音,相中之色,水中之影,镜中之象,言有尽而意无穷。"余谓:北宋以前之词,亦复如是。然沧浪所谓兴趣,阮亭所谓神韵,犹不过道其面目,不若鄙人拈出"境界"二字,为探其本也。

又《词话删稿》一三:

言气质,言神韵,不如言境界。有境界,本也。气质、神韵,末也。有境界而二者随之矣。

中国文学自晋宋之际随着玄学"自然"说的兴盛,发生质的转变而步入发展新阶段以来,人们对文学创作审美特征的认识,曾随其演进过程而有过不同的理论概括,如六朝的意象说、盛唐的兴象说、中晚唐的境界说、严羽

[①]《古诗十九首定论》,载《古诗十九首集释》卷三《汇解》,中华书局,1957。

的兴趣说，乃至王渔洋的神韵说，而最终统归诸于"意境"。王国维以其独到而深刻的认识领悟，断然选择"境界"（意境）悬为创作和欣赏的最高标的，自然是十分正确的，也是为后来人们所广泛接受和使用充分证明了的。然而，境界或意境同兴趣、神韵之间的关系，是否就是面目和实质的本末关系呢？恐怕还需作进一步考察后再作结论。

在《沧浪诗话》一章中，笔者即已指出，严羽的"盛唐诸人唯在兴趣"之说，远绍钟嵘"文已尽而意有余兴也"的"兴味"说，近承司空图"味外之味""象外之象"的"滋味"说，盛唐人的"兴象"论亦根源于此，演化脉络清晰可见。而趣和味二字，本常连用，沧浪其所以易"味"为"趣"者，当是弃纯粹味觉之比附而为艺术之直观感受，不只涵盖"味外"并"象外""景外"亦涵盖其中。关于"趣"，袁宏道《叙陈正甫会心集》有一段话，可揭示其所蕴艺术奥秘之理解：

> 世人所难得者唯趣。趣如山上之色，水中之味，花中之光，女中之态。虽善说者不能下一语，唯心者知之。夫趣得之自然者深，得之学问者浅。当其为童子也，不知有趣，然无往而非趣也。面无端容，目无定睛，口喃喃而欲语，足跳跃而不定，人生之至乐，真无踰于此时者。孟子所谓不失赤子，老子所谓能婴儿，盖指此也。趣之正等正觉，最上乘也。（钟伯敬增定本《袁中郎全集》卷一）

山之色、水之味、花之光、女之态、婴儿之喃喃无定，皆可知而不可知，其妙正在"象外""味外"，所揭示的正是诗境之奥妙所在。由此亦可知，为何严羽说兴趣要用那么多比拟语："羚羊挂角，无迹可求"、"如空中之音，相中之色，水中之月，镜中之象，言有尽而意无穷。"因为他当时还不像后来的袁宏道，能用更加具象的语言去作说明。同样，中晚唐的戴叔伦和司空图，也只能用"诗家之景，如蓝田日暖，良玉生烟，可望而不置于眉睫之前"的拟喻说明，那是时代决定了的。

至于"神韵"之说，亦非泛泛，也有来头。先说"神"——在我国古人看来，构成万物生命的本源，乃是充实于体内的物质性元气，故亦称"生气"。《管子·枢言》曰："有气则生，无气则死，生者以其气。"是说"气"

是构成万物生命的物质本体，得之则生，失之即死，决定着生命的盛衰强弱。然而，它却是生生不息，变动不居的，其功能之外化，即是"神"，或曰精神。由于它和"气"是二而一的，或曰本和体的关系，故一般也称"精气"或"神气"。如《易·系辞》曰："精气为物。"《黄帝内经》曰："神气舍身，魂魄毕具，乃成为人。"至于精和神二者的关系，《白虎通·情性》说："精神者，何谓也？精者静也，太阴施化之气也，象水之化，须待任生也。神者恍惚，太阳之气也，出入无间。总云支体，万化之本也。"是说精和神都是"气"，即生命功能的表现，但有太阴太阳之别，故一质实（如水之化生）而一虚幻（恍兮惚兮），总而言之乃"万化之本"，也就是"气"生化万物功能之表现。弄清这层关系，再回头看形、气、神各自所处地位，也就更加清晰。《淮南子》说："夫形者生之舍也，气者生之充也，神者生之制也。"即认为形体不过是生命寄居的躯壳，元气是充实于体内的物质性生命本原，精神则是生命功能外化的主宰。对此晋代葛洪曾作过一个生动比喻，其《抱朴子·地真》曰："神犹君也，血犹臣也，气犹民也。……民散则国亡，气竭则身死。"神犹君乃生命功能的主宰，精血犹臣乃主生命之生息运化，气犹民则是构成整个生命肌体的物质成分，它们共同卫护着一个国家（万物或人）的健康运行。综而言之，"气"乃生命本原之气，故又称"生气"；"精"乃气血生生不息之生化功能，故又称"精气"；"神"乃精气生化功能之外在表征，故又称"神气"。而后世文艺评论中有所谓"形似""神似"之论，"摹形""传神"之说，概皆来源于此，最初它只用于"月旦人物"以评人，随后则用以评人物画，最后移入诗画评论中，则完全成为审美概念了。

下面再说"韵"。韵之一词，也是在魏晋时人物品藻中开始广泛使用的，不过它常常是同其他词语结合在一起使用，如气韵、神韵、情韵、逸韵、风韵、体韵、韵度、韵态等，而后世最常用的则是气韵、神韵两个概念。虽然六朝人已普遍使用，但对其作出真正解释的则是谢赫，其《古画品录》论"六法"曰："一曰气韵，生动是也。"值得注意的是，他评具体作家时，亦同时使用"神韵"等词，如评顾骏之画曰："神韵气力，不逮前贤。"又评戴逵画曰："情韵连绵。"但他以"生动"说气韵，似乎太简，也难概其全，故钱钟书先生即提出批评说：

谢赫以"生动"诠"气韵",尚未达意尽蕴,仅道"气"而未申"韵"也。司空图《诗品·精神》:"生气远出",庶几可移释,"气"者"生气","韵"者"远出"。赫草创为之先,图润色为之后,立说由粗而渐精也。曰"气"曰"神",所以示别于形体,曰"韵",所以示别于声响。"神"寓体中,非同形体之显实,"韵"裒声外,非同声响之亮彻;然而神必托体方见,韵必随声得闻,非一亦非异,不即而不离。①

他以"气者生气,韵者远出"释气韵或神韵,极确。但把"韵"和"声响"联系起来理解,那就值得商榷了。如前所说,"气"和"神"都是就万物之生命或生命功能而言的,所以钱先生才以"生气"释"气",那么所谓"韵"也就必然与物之生命或生命功能之外化表征相关,而不是"声响"。方东树说:"读古人诗,须观其气韵。气者,气味也;韵者,态度风致也,如对名花,其可爱处必在形色之外。"(《昭昧詹言》卷一)他以"气味"释"气",显系穿凿,但他以"态度风致"释"韵",却甚为新颖,这不就是生命活力外在显现的表征么?并举名花为例,以为可爱动人处不在形色,而形色之外的情态风韵,正所谓象外之象者。对此,袁宏道有更直观具象的说明:

> 山有色,岚是也;水有文,波是也。学道有致,韵是也。山无岚则枯,水无波则腐,学道无韵,则老学究而已。……大都士之有韵者,理必入微,而理又不可以得韵,故叫跳反掷者,稚子之韵也;嬉笑怒骂者,醉人之韵也。醉者无心,稚子亦无心,无心故理无所托,而自然之韵出焉。由斯以观,理者是非之窟宅,而韵者大解脱之场也。(《寿存斋张公七十序》、钟伯敬增定本《袁中郎全集》卷二)

如山之岚、水之波、稚子之叫跳反掷、醉人之嬉笑怒骂,则都是事物生命活力呈现于外观的某种风度韵致,以物态化的形式凝冻于作品,即是传神。

---
①《管锥编》第四册,1365页,中华书局,1979年8月。

【卷三】

符号学美学家苏珊·朗格,在其《艺术问题》一书中谈论艺术之本质,虽没有谈到过"韵",但对我们理解"韵"却极有启发。她曾给艺术下定义说:"(艺术就是)创造出来的表现性形式"或"表现人类情感的外观形式。"亦即克莱夫·贝尔所说著名的"有意味的形式"。她解释说:"一件艺术品,总好像浸透着感情,心境或供它表现的其他具有生命力的经验,这就是我把称为'表现性形式'的原因。对于它所表现的东西,我们不是称它为'意义',而是称为'意味'。"但她所说"表现",却并非一般意义上的表现,故说"所谓艺术表现,就是对情感概念显现或呈现"。因为这种"具有生命力的经验",不是被直接抒写出来的,而是通过"情感意象"以整体的形式被呈现或显露出来的。就像一个活的有机体那样,它的生命内涵不是被有意表现,而是自然而然呈现出来的。故她又说:"当我们看到这个艺术品时,我们并不感到在它身外还有一个属于它的表现形式,而是觉得它本身就是一个表现的形式"。因此它表现的内容,才不能一般地称作"意义",而是称作"意味"。于是她说:"艺术的抽象意义——这就是克莱夫·贝尔在他那隐晦难懂的'有意味的形式'概念中所说的'意味……'就是生命和情感的结构和形态。"因而,"这种有机统一的整体(按指艺术)又是有机的机能和生命活动的物质对应物,这就使这种获得了'有机性'的艺术品具有肌体的结构和生命节奏"。[①]总之,朗格反复论证和要说明的艺术之"意味",即"生命和情感的结构或形态"、"肌体的结构和生命节奏",是不是看起来觉得很眼熟,因为那不就是我们所说"韵"或"神韵"么?因此,所谓"韵"就是事物内在生命活力呈现于外的某种结构形态或节奏韵律,在文艺作品中则是被物态化而凝冻于形式中的生命结构形态或节奏韵律。这不正是方东树所说"态度风致"么?因为它是"只可意会,难以言状"、"羚羊挂角,无迹可求"、"可望而不可置于眉睫之前"的,故才统而称之为"神韵"。而我国古人也正是这样赏鉴诗歌的,略摘数条如次以示例:

> 杜少陵绝句云:"迟日江山丽,春风花草香。泥融飞燕子,沙暖睡鸳鸯。"或谓此与儿童之属对何以异?余曰不然。上二句见两间莫

[①] 苏珊·朗格《艺术问题》,中国社会科学出版社,1983。

非生意，下二句见万物莫不适性。于此而涵咏之，体认之，岂不足以感发吾心之真乐乎？……只把做景物看亦可，把做道理看其中亦自有可玩索处。(罗大经《鹤林玉露》乙编卷二)

古人观理，每从活处看。故《诗》曰："鸢飞戾天，鱼跃于渊。"夫子曰："逝者如斯夫，不舍昼夜。"……皆是于活处看，故曰"观我生，观其生"。又曰"复见其天地之心"。(同上卷三)

石曼卿句云："乐意相关禽对语，生香不断树交花。"朱子赏之，谓得吾与点也之趣。而于邵子"梧桐月向怀中照，杨柳风来面上吹"，每涵咏咀吟之。盖意未尝深，语未尝奇，即眼前景而乐天无闷，物各自得之意，隐然遇于言外。(沈德潜:《南园唱和诗序》)

状难写之景，含不尽之意，何诗为然？(梅)圣俞曰："作者得于心，览者会以意，殆难指陈以言也。虽然，亦可道其仿佛。若严维'柳塘春水漫，花坞夕阳迟'，则天容时态，融和骀荡，岂不如在目前乎？又若温庭筠'鸡声茅店月，人迹板桥霜'、贾岛'怪禽啼旷野，落日恐行人'，则道路辛苦，羁愁旅思，岂不见于言外乎？"(欧阳修《六一诗话》)

其实唐宋人诗词，"只把做景物看亦可，把做道理看其中亦自有可玩索处"，关键是要"观我生，观其生"，从中才能见出"乐天无闷，物各自得之意"，这就是中国艺术所说"韵"。同样，它既在物而根于物，但又不是物象本身，而在"象外"、"景外"，这是其真正之奥妙所在。

综前所述，无论"兴趣""神韵"，或是"境界"(意境)，它们都凝结着中国文艺美学思想的精华，其关系应是相通的、累进的、叠加的，而非对立的，也就不能说前二者"不过道其面目"，只有后者才"为探其本也"。如果要说有什么不同，也只能是相互关联、互有侧重，后者显得更加精致细密，内容也更丰富，正如钱钟书先生所言:有草创之先和润色于后之别，故"立说由粗而渐精也"，也就不存在"本"和"末"的巨大差异。

三、境界类型划分之几种理论

有理论根据地为境界划分类型，这是《人间词话》最具独创性的理论建构所在，如"有我之境"和"无我之境"、"造境"和"写境"等。另外他还谈到"诗人之境"和"常人之境"，本意并不在谈境界类型，但也一并附于此而作简要分析，以尽量括其理论之全也。

（一）"有我之境"和"无我之境"

《词话》三：

> 有我之境，有无我之境。"泪眼问花花不语，乱红飞过秋千去"、"可堪孤馆闭春寒，杜鹃声里斜阳暮"，有我之境也。"采菊东篱下，悠然见南山"、"寒波澹澹起，白鸟悠悠下"，无我之境也。有我之境，以我观物，故物皆著我之色彩。无我之境，以物观物，故不知何者为我，何者为物。古人为词，写有我之境者为多，然未始不能写无我之境，此在豪杰之士能自树立耳。

又《词话》四：

> 无我之境，人唯于静中得之。有我之境，于由动至静时得之。故一优美，一宏壮也。

这是《人间词话》中最富创造性的内容之一，故为学界不断引用、谈论并阐释，且说解五花八门，很难得到统一并作定论。

由于文中提到"无我"和"有我"之境，"一优美一宏壮也"，这自然会叫人想到叔本华美学，于是用叔氏理论来解释"有我""无我"之说，遂是顺理成章之事。在叔氏看来，人在现实生活中存在两个"我"：一个是"欲之我"，即被意志所主导的，充满着欲望杂念，物和我还处在对立状态的充满痛苦的"我"；另一个是"知之我"，即冲破意志的束缚并消除物我对立状态，因而也没有欲望痛苦的"纯粹无欲之我"。毫无疑问，前者即王国维所说"有我"，后者即所说"无我"，那么以此来解王氏的两种境界，似乎不存在任何问题。但是，在叔氏的"审美静观"理论中，亦即艺术创作和欣赏中，"欲之我"却是被排除在外的，如他说："在审美的静观方式中，我们已经发现两个不可分割的组成部分：客体的知识，不是作为个别事物，而是作为柏拉图式的理念,即作为该事物全体族类的永恒的形式;和观照者的自我意识,不是作为个人,而是作为纯粹的无意志的认识主体。"所谓两个组成部分,其实就是中国诗学所说"心"和"物",当然他对"物"的解释有特殊含义:"作为该事物全体族类的永恒形式";对"心"的解释也有特殊界定:"作为纯粹的无意志的认识主体。而所谓"纯粹无意志认识主体",指的正是"知之我",可见"欲之我"在这里根本没有地位。而有学者却力为之曲说,硬要证成这就是"有我之境。"如说,"在抒情诗中,欲望和眼前环境的纯粹观照是奇妙地交织在一起的",因而是"激动的情绪与宁静的观照二者的对立与交错","是我与外物之间冲突与吸引,引起动静交错"。也就是说,这是一种一会儿"有我"(非审美的),一会儿又"无我"(审美的),而反复激荡不停的心灵状态。然果如此,若按叔本华的艺术审美观,你连真正的"审美静观方式"都未进入,何谈什么"境界"?①

那么,据叔本华所说,在审美静观中观照主体"是作为纯粹的无意志的认识主体"而存在的,此即真正的"无我之境"便毫无疑问了。其实不然,同样存在问题。叔氏这样描述道:"他在这个客体中丧失了自己,就是说,甚至忘掉了他的个人存在,他的意志,而仅仅作为纯粹的主体,作为客体的清晰的镜子而继续存在,因此就象那个客体单独存在那儿,而没有任何人去觉察它,于是他不再能从观照中分出观照者来,而两者已经合二为一,因为全部意识是被一种单一感性的图画所充满所占据了。"他又说:"主体当他完全沉浸在被观照的客体中时,也就已经成为这个客体本身了,因为整个意识中除了客体的完全清晰的图画之外,什么也没有了。"②不可否认,这确实也是一种无我之境,因为"他不再能从观照中分出观照者来",或者说"已经成为这个客体本身",物与我已完全合二为一。但问题在于,他把此时的主体却描述成一面"清晰的镜子",故主体对客体的观照(反映)就象明镜照物,是完全被动消极的自然主义的呆板反映,从根本上抹煞了"心"的主观能动作用。这是有背艺术创作规律的。在我国诗人们看来,创作中心和物的关系,即使在"无我"的状态下,也并非完全失去主体功能的纯客观性,而是排除

---

① 参阅佛雏:《王国维诗学研究》:《辨"有我之境"与"无我之境"》节一,北京大学出版社,1987.6。
② 同前,《辨"有我之境"与"无我之境"》节二,北京大学出版社,1987.6。

并脱弃掉一切世俗杂念的心灵绝对自由,故此时的"我"不是与叔氏所说"理念"为一,而是与生生不息充满生机灵动的自然即"道"为一。所以才说"山性即我性,山情即我情"、"以山水为性情,以性情为笔墨"、"我与风云花鸟共忧乐";反映在创作中即"以写景之心理言情"、"情以景会,景以情生"、"化景物为情思",如果心灵只是如"死灰"般的"镜子",那还会有艺术创作可言吗?司空图曾说:"生气远出,不著死灰。"他把"生气"和"死灰"对举,不就是要时时保持住生机灵动的"生气",而否定把心灵变成枯寂的"死灰"么?因此,所谓"无我之境"亦并非真的"无我",而是超越世俗杂念、心灵获得绝对自由的"我"。这即是我国所理解的艺术创作的"无我"心态。

对王国维"有我""无我"之二境说,朱光潜先生曾提出过一种十分独特的解说。他据"物皆著我之色彩"一语,遂引西方之"移情理论"诠释说:"从近代美学观点看,王氏所用名词似尚待商酌。他所谓'以我观物,物皆著我之色彩',就是'移情作用','泪眼问花花不语'一例可证。所以王氏所谓'有我之境'其实是'无我之境'(即忘我之境)。他的'无我之境'的实例为'采菊东篱下,悠然见南山'、'寒波澹澹起,白鸟悠悠下',都是诗人在冷静中所回味出来的妙境(所谓'于静中得之'),没有经过移情作用,所以实是'有我之境'。"[①]他的意思是说,在"移情作用"中,主客体之间已完全是心物同一、物我两忘,所以称"忘我之境",自然是"无我"了。但若仅是"在冷静中所回味",则物自物而我自我,两者还处在相互外在对立状态,也就不会有移情作用发生,自然是"有我"了。由此得出的结论必然是:王氏所说"有我之境"实是无我之境,而所说"无我之境"则正是有我之境。不过,他建议称前者为"同物之境",后者为"超物之境",也许更为合适。因为前者是心物同一中产生的境界,后者则是"我"尚超于物外的境界。其说甚辩,然不论从直感经验上说,或就王国维所举诗句说,都会觉得朱先生之说过于绕口而难接受。这再次说明,搬用西方学说未必就能真正解决中国文学理论问题,运用不当还会适得其反。

其实王氏"二境"说,仍然来自我国传统诗学,尤其是庄学。《庄子·知

[①]《朱光潜美学论文集》第二卷,95页,上海文艺出版社,1982.2。

北游》载孔子问道曰：

> 孔子问老聃曰："今日晏闲，敢问至道？"老聃曰："汝斋戒，疏瀹而心，澡雪而精神，掊击而知。"

这是说体道悟道，要进行一种特殊的心灵或精神修养——斋戒，当是老子《道德经》中"致虚极，守静笃"的进一步发挥。他认为只有心灵的绝对虚静，才能打破一切人为的认识局限而进入"大明"境界，这时候你就会自然认知至高的"道"。为什么呢？《庄子·在宥》写道：

> 至道之精，窈窈冥冥；至道之极，昏昏默默。无视无听，抱神以静，形将自正。必静必清，无劳女（即汝，下同）形，无摇女精，乃可以长生。目无所见，耳无所闻，心无所知，女神将守形，形乃长生。慎女内，闭女内，多知为败。我为女遂于大明之上矣！

"道"和"物"是相对等的概念。"物"是具体的，可触可摸的，故可用耳目视听心知来认知。"道"却是窈冥寂默，无形无象的，那就不能靠耳目视听乃至心知来认识了，所以必须进入一种目无所见、耳无所闻、心无所知、无我无物的"虚极""静笃"的心理状态，才能臻于"大明"而认知"道"。也就是说，只有彻底摆脱一切外界事物的惑乱干扰，使心灵像水一样地平静无私，纤尘不染，成为克服一切片面性局限的"天地之鉴"，才能真正彻底摆脱掉具体局部、主观随意的视听偏见，因而洞察一切，获得对事物之"道"的全面超感官的认知。他说"视乎冥冥，听乎无声。冥冥之中，独见晓焉。无声之中，独闻和焉"（《天地》篇），即是这个意思。

那么，如何才能达到这种"虚静恬淡，寂寞无为"的心灵修养境界呢？显然这不是一蹴而就的事。故他才设计了三步实现法：心斋——坐忘——物化。《庄子·人间世》载：有次颜回对孔子说，我很难再进步了，请问还有啥方法吗？孔子回答说"斋"。颜回说我家穷，早就几个月不喝酒不沾荤腥了，是否可算"斋"？孔子说："是祭祀之斋，非心斋也。"于是：

回曰:"敢问心斋?"仲尼曰:"若一志,无听之以耳,而听之以心;无听之以心,而听之以气。听止于耳(按当作耳止于听),心止于符,气也者,虚而待物者也。唯道集虚,虚者心斋也。"

可知所谓"心斋",就是要通过专一心志的斋戒,以达到一种虚寂恬淡的心灵境界。这不是仅仅清静感官或心智可以达到的,因为感官和心智只能得到事物的现象意义,而"道"则是现象和意义存在的本体,所以要听之以气。"气也者虚而待物者也",那是一种虚寂恬淡的心灵世界,"唯道集虚",那才能体道、悟道、认识"道"。由此可知,"心斋"的根本目的,就是通过斋戒以排除世俗的一切利害荣辱杂念,而培养接纳道真的虚寂心态。《庄子·达生》还讲过一个"梓庆削木为鐻"的故事,则更能说明这点。

梓庆销木为鐻。鐻成,见者惊犹鬼神。鲁侯见而问焉,曰:"子何术以为焉?"

对曰:"臣,工人,何术之有?虽然,有一焉。臣将为鐻,未尝敢以耗气也,必齐(斋)以静心。齐(斋)三日,而不敢怀庆赏爵禄;齐(斋)五日,而不敢怀非誉巧拙;齐(斋)七日,辄然忘吾有四肢形体也。……然后入山林,观天性,形躯至矣,然后见成鐻,然后加手焉。不然,则已。则以天合天,器之所以疑神者,其是与?"

所谓"斋以静心",即"心斋"。通过心斋他忘掉了庆赏爵禄,也忘掉非誉巧拙,甚至忘掉四肢形体(这已关涉到"坐忘"),心灵完全进入虚寂恬淡状态,所以削制出"惊犹鬼神"的鐻来。秘密何在?他说是"以天合天"。天者,自然也。道法自然,自然亦道也。以人之道合万物之道,此即所以成功之奥妙所在。

又何谓"坐忘"?《庄子·大宗师》亦有明确说明:

颜回曰:"回益矣。"仲尼曰:"何谓也?"曰:"回忘仁义矣。"曰:"可矣,犹未也。"他日复见,曰:"回益矣。"曰:"何谓也?"

曰:"回忘礼乐矣。"曰:"可矣,犹未也。"它日复见,曰:"回益矣。"曰:"何谓也?"曰:"回坐忘矣。"

仲尼蹴然曰:"何谓坐忘?"颜回曰:"堕肢体,黜聪明,离形去知,同于大通,此谓坐忘。"仲尼曰:"同则无好也,化则无常也,而果其贤乎!丘也请从而后也。"

此篇主旨同梓庆所说完全一致,都是从"忘"开始的。可知坐者,斋坐也;忘者,"不敢怀"而忘却也。颜回每次见孔子,都说自己有所进步(益矣),问其原因则是忘仁义、忘礼乐等,但孔子都不认可。最后说他"坐忘矣",才引起孔子的惊诧而明其究理。至此,他才较梓庆更进一层,虽然也是从"忘吾有四肢形体"开始的,却接触到"坐忘"的本质内涵:不只是堕肢体,更要排闭视听,抛弃形骸,废除智慧,同无所不通的大道(大通)融为一体,把自己完全忘记,这就叫"坐忘"。《齐物论》有段话也是此意:

南郭子綦隐机而坐,仰天而嘘,苔焉似丧其耦。颜成子游立侍乎前,曰:"何居乎?形固可使如槁木,而心固可使如死灰乎?今之隐机者非昔之隐机者也。"子綦曰:"偃,不亦善乎而问之也。今者吾丧我,汝知之乎?汝闻人籁,而未闻地籁;汝闻地籁,而未闻天籁夫!"

"吾丧我",可谓一语中的,正所谓"坐忘",所以才表现出"苔焉似丧其耦"的那副怡然忘形的样子。不过"忘"还并非"无",更进一步便是"物化"。关于"物化",庄子不是正面解释,而是用讲故事的方式,即象喻的方式来作说明的。其中最著名的当数"庄周梦蝶"那个故事:

昔者,庄周梦为胡蝶,栩栩然胡蝶也。自喻适志与,不知周也。俄然觉,则蘧蘧然周也。不知周之梦为胡蝶与?胡蝶之梦为周与?周与胡蝶则必有分矣。此之谓物化。

即然已分不清周之为胡蝶,抑胡蝶之为周,岂非"物化"者何!又《大宗师》孔子答颜回问孟孙才丧母而哭无涕、心不戚，居不哀却能"以善处丧盖鲁国"的问题时说："孟孙氏不知所以生，不知所以死；不知就先，不知就后，若化为物，以待其所不知之化已乎！"又孔子答子贡问"临尸而歌，礼乎？"的问题时说："彼方与造物者为人（伴），而游乎天地之一气。彼以生为附赘县疣，以死为决疢溃痈。夫若然者，又恶知死生先后之所在！假于异物，托于同体，忘其肝胆，遗其耳目，反复终始，不知端倪，芒然彷徨乎尘垢之外，逍遥乎无为之业。彼又恶能愦愦然为世俗之礼，以观众人之耳目哉？"所谓"若化为物"，所谓"假于异物，托于同体"，即是"物化"。如果说忘其肝胆，遗其耳目形骸是"坐忘"，那么不知所以生，所以死，不知就先就后，才是"物化"。因此，正如由"心斋"到"坐忘"是一个过程，而由"坐忘"到"物化"也是一过程，它是更高层次的人生境界。

　　总而言之，由"斋"到"忘"本是一个动态过程，即"有我"到"忘我"的艰难斋戒过程，并非人人瞬间即能做到，大部分人恐怕终生都难逾越，总是处在"有我"的纠葛之中。所以王国维才说："有我之境，于由动至静时得之。"与此同理，由"坐忘"到"物化"也是一个过程，不过它与"斋"到"忘"的动态过程不同，而是由"忘我"到"无我"的静态提升过程。这里不再存在主体，一切都只是物与物的关系，故恬澹虚寂，排除了人生的所有差别和对立。故王国维又说："无我之境，人惟于静中得之。"前者尚处在"有我"或未能"忘我"的阶段，故其创作也必为"以我观物，物皆著我之色彩"。后者则不只"忘我"而且"若化为物"，故其创作也乃为"以物观物，不知何者我，何者为物"。由于"无我"乃人生之最高境界，不是一般人所能做到，故王氏又说："古人为词，写有我之境者为多，然未始不能写无我之境，此在豪杰之士能自树立耳。"

　　更值得指出的是，即使王氏所说"以物观物"之类概念范畴，也是从我国传统学术中取来的。宋代理学代表人物邵雍在谈"性"和"情"的关系时即说："以物观物，性也；以我观物，情也。"（《观物外篇》）天性静而人情动，可知王国维"有我""无我"、"于静中得之"和"于由动至静时得之"之说，则完全由此化生而来。又《伊川击壤集序》说："以物观物，则虽欲相伤（按指情伤性），其可得乎？""诚能为以物观物，则两不相伤矣。"另一理学大师程颐则说："以物待物，不可以己待物。"（《二程遗书》卷十五）都可看作王国维此说之直接发源地。后来将其引入文艺创作评论中，则苏轼《书晁补之所藏与可画竹》说："与可画竹时，见竹不见人。岂独不见人，嗒然遗其身。其身与竹化，无穷出清新。"更可谓已启王氏之先声了。

还需补充一点，庄子所谓"物化"，并非真如颜成子游所说是"形如槁木，心如死灰"，人的主体心灵变作一片枯寂。而是"唯道集虚"、"虚而待物者也"。即能"同于大通"，接纳万象，处于极富灵感而充满创造活力的状态之中。故《庄子·刻意》说："无不忘也，无不有也，澹然无极而众美从之。此天地之道，圣人之德也。"无不忘是手段，无不有才是目的，忘记一切正是为了获得一切。只有进入那种澹然无极的真正"物化"状态时，"唯道集虚"而才会"众美从之"，此乃取之不尽的审美创造源泉。他甚至认为这就是天地之道、圣人之德，故《刻意》谓代表最高智慧的圣人曰："圣人之生也天行，其死也物化。静而与阴同德，动而与阳同波；不为福先，不为祸始。……虚无恬惔，乃合天德。"故而庄子的哲学或可称审美哲学，它既不同于儒家的伦理哲学，亦不同于西方的思辨哲学，而是建构起一种人生最高审美境界。并且影响着一代又一代中国文人，如玄学大师慧远说："思专则志一不分，想寂则气虚而神朗。气虚则智恬其照，神朗则无幽不沏。"又说："故令入斯定者，昧然忘知，即所缘以成鉴，鉴明则内照交映，而万象生焉。"（《念佛三昧诗集序》）唐刘禹锡则说："能离欲，则方寸地虚，虚而万景入。"（《秋月过鸿举法师寺院便送归江陵引》）苏东坡谈诗亦曰："欲令诗语妙，无厌空且静。静故了群动，空故纳万境。"（《送参廖师》）明李日华更谓：

> 乃知点墨落纸，大非细事。必须胸中廓然无一物，然后烟云秀色，与天地生生之气，自然凑泊，笔下幻出奇诡。若是营营世念，澡雪未尽，即日对丘壑，日摹妙迹，到头只与髹采圬墁之工争巧拙于毫厘也。（《紫桃轩杂缀》）

因此，"物化"的心灵境界，绝非叔本华所说那样一种主体："他在这个客体中丧失了自己，就是说，甚至忘掉了他的个人存在、他的意志，而仅仅作为纯粹的主体，作为客体的清晰的镜子而存在。"因此，"主体当他完全沉浸在被观照的客体中时，也就成为这个客体本身了，因为整个意识中除了客体的完全清晰的图画之外,什么也没有了"。①我国古人把"物化"后的主体,何曾看得如此被动消极,就像镜子照物,除了客体"完全清晰的图画",便什么也没有了。在我国古人看来,那时正是"万景入焉""万象生焉",才使"烟云秀色,与天地生生之气",在"笔下幻出"多少奇诡!窃以为这才是王国维讲"无我之境"的真意所在。若如叔氏所说,他讲"有我"和"无我"之诗境,还有必要和意义吗?何况他把"无我之境"看得比"有我之境"更高也更难达到哩!

(二)"造境"和"写境"

> 有造境,有写境,此理想与写实二派之所由分。然二者颇难分别。因大诗人所造之境,必合乎自然,所写之境,亦必邻于理想故也。(《词话》二)

> 自然中之物,互相关系,互相限制。然其写之于文学及美术中也,必遗其关系限制之处。故虽写实家,亦理想家也。又虽如何虚构之境,其材料必求之于自然,而其构造亦必从自然之法则。故虽理想家,亦写实家也。(《词话》五)

> 客观之诗人,不可不多阅世。阅世愈深,则材料愈丰富,《水浒传》《红楼梦》之作者是也。主观之诗人,不必多阅世。阅世愈浅,则性情愈真,李后主是也。(《词话》一七)

王国维提出的"理想"与"写实"、"造境"与"写境"二元分类说,考诸中国文学史,似乎尚未有与之相同的美学概念范畴存在,当是王氏所创之新说。究其原因,在我国文学中若王氏所说之《水浒传》《红楼梦》一类写实文学出现太晚,且一直被排除在"正统"之外,而始终作为主导性文学形式的则是诗歌和散文,因而也就根本不存在区分"主观诗人"和"客观诗人"、"造境"和"写境"的自觉意识,进行同一坐标位上之分类也就很难进入学界的视阈。比如我国诗学历来尊奉的是"言志""缘情"之说,至中唐时期白居易始倡"为时""为事"说,似与王氏所说"主观""客观"有些相近。然稍

---

① 见前《王国维诗学研究》,北京大学出版社,1987.6。

作分别即会发现,白居易之说固属"写实"派文学主张无疑,但"言志""缘情"说却与有特定内涵之王氏"理想"说相去甚远,何况传统抒情言志的诗文,"写实"和"理想"之作皆有,并非单一体。又方士庶《天慵庵随笔》提出"实境"和"虚境"曰:

> 山川草木,造化自然,此实境也。因心造境,以手写心,此虚境也。虚而为实,是在笔墨有无间。故古人笔墨,具此山苍树秀,水活石润,于天地之外别构一种灵奇。

宗白华先生曾谓这段话"包含了中国画的整个精粹",然与王国维所说"写境"和"造境"很有点相近。前者指忠实描写"山川草木,造化自然"者,自与"写实"之说相合,然恐怕只有我国传统诗画之以情景结构为表达方式者,才能得出如此结论,而与一般所说"写实"并非同一概念。至于"虚境"则指"因心造境"、"虚而为实"、"于天地之外别构一种灵奇",当与王氏所说"造境"更为接近,但味之则方氏是从心物关系上着眼的,王氏是从"关系限制之处"着眼的,其立论之哲学基础不同,自不可混同。自二十世纪中叶以来,又有缘引西方"现实主义"和"浪漫主义"释王氏此说者。然现实主义固属"写实"一派文学,却不能代表写实文学之全部;而浪漫主义固与描写"理想"密切相关,然王氏之所谓"理想"是以"必遗其关系限制"为内容的,与一般所说社会生活理想并非一回事。总之,若从王氏所用语言概念如"理想"、"关系限制"等来看,此说之真正出处当来自叔本华哲学。关于"理想"与"写实",王氏《红楼梦评论》一文即有明确说明:

> 吾人观人类之美后始认其美。但在真正之美术家,其认识之也,极其明速之度;而其表出之也,胜乎自然之为。此由吾人之自身即意志,而于此所判断及发见者,乃意志于最高级(按指人)之完全之客观化也。唯如是,吾人斯得有美之预想。而在真正之天才,于美之预想外,更伴以非常之巧力。彼于特别之物(个别事物)中认全体之理念,遂解自然之嗫嚅之言语而代言之,即以自然所百计而不能产出之美,现之于绘画及雕刻中……唯如是,故吾人

对自然于特别之境遇中所偶然成功者，而得认其美。此美之预想乃先天中所知者，即理想的也；比其现于美术也，则为实际的。何则？此与后天中所与之自然物相合故也。

这段话可分几层意思读：A、吾人之此身即意志，而意志之完全客观化，即所谓"美之预想"。因为此时之"美"，还只是存在于思想中的超验的东西，故只能是一种"预想"。B、实际此即是"于特别之物中"所体认的"全体之理念"。但是，这代表着"全体之理念"，它并非在客观自然物身上随时都能得到完美体现，只有当"自然于特别之境遇中所偶然成功者"，即充分显现出"理念"时，那才是真正的美，亦即艺术创造的对象，能言自然所欲言而不能言者。C、于是，真正的审美对象便分作互为一体而密不可分的两部分：一是超验的"先天中所知"的美之预想，王氏所说"理想"即指此而言；二是体现全体理念而得"偶然成功"的个别事物，由于它是现实中的真实存在，故当其表现于艺术中也，又必"与后天中所与之自然物相合"，所以王氏称作"写实"。而"造境"和"写境"之分亦由此生出。

然而还有一个问题，既然"美之预想"即代表"全体之理念"，王氏在《词话》中为何选用"理想"而非"理念"呢？其实在康德哲学中二者是有区别的，只是叔本华将二者合而为一，统称为"理念"了。如他称"理念"即为代表某一事物全体族类之一种"恒久的形式"，又称其为充分显示其内在"本质力量"之一种"单一的感性图画"，即把上面所说两个方面全归诸"理念"一身了。但康德却不这么看，他说："观念（按即理念）本来意味着一个理性概念，而理想本来意味着一个符合观念的个体的表象。"即明确把二者区分开来，前者还只是一个抽象理性概念，后者则是符合观念的个体表象化的具象事物。于是他进一步解释说："审美观念（译者原按：亦可译审美理想）就是想象力里的那一表象，它生起许多思想而没有任何一特定的思想，即一个概念能和它相切合，因此没有语言能够完全企及它，把它表达出来。"[1]也就是说，在康德看来，"理念"还只是一个比较抽象的概念，即所谓"美之预想"，并非艺术创作的真正审美对象，而当它在"个体表象"上得以充分显

---

[1]宗白华译：《判断力批判》，70页、160页，商务印书馆，1964年。

现，成为个性化的"理念"时，那才是作为真正审美对象的"理想"（宗氏译审美理想）。两相对照，王国维选用"理想"而不用"理念"（按王氏译"理念"为"实念"，似亦有深意），并非随意所为。他曾说："美术上之所表现者则非概念又非个象，而以个象代表其物之一种之全体，即上所谓实念者是也"。（《叔本华之哲学及其教育学说》）在他看来，也许只有"实念"（即实物化的理念）才是能够被欣赏之美之"理想"，而"理念"还只是"美之预想"而已。

综前所言，则艺术美之创造，实连接着上下两端。上端乃是作为美之预想的"理念"，下端则是可感可知之大千世界的万物，就前一方面言之，则有赖于天才诗人的主观创造，故曰"彼于特别之物中认全体之理念，遂解自然之嗫嚅之言而代言之，即以自然所百计而不能产出之美，现之于绘画及雕刻中"，当属于"主观之诗人"，故偏于写"理想"，其所写者曰"造境"，所以"不必多阅世，阅世愈浅，则性情愈真"。就后方面言之，而"理想"则只是一个"符合理念的个体表象"，又不能完全离开个体物象而存在，故曰"比其现于美术也，则为实际的，何则？此与后天中所与之自然物相合故也"，当属于"客观之诗人"，故偏于"写实"，其所写者曰"写境"，所以"不可不多阅世，阅世愈深，则材料愈丰富"。但"理想"作为最高而又真实存在的美，虽于理念和现实二者能有所偏重，却不能偏废，故"虽写实家，变理想家也"，"虽理想家，亦写实家也"，即不存在纯粹的写实家，亦不存在纯粹的理想家。他在谈到写实和理想二派之所由分时即说："然二者颇难分别。因大诗人所造之境，必合乎自然，所写之境，亦必邻于理想故也。"（《词话》二）下面二则词话又是对此所作补充：

> 诗人对宇宙人生，须入乎其内，又须出乎其外。入乎其内，故能写之；出乎其外，故能观之。入乎其内，故有生气；出乎其外，故有高致。（《词话》六〇）
> 诗人必有轻视外物之意，故能以奴仆命风月。又必有重视外物之意，故能以花鸟共忧乐。（《词话》六一）

若孤立的看这几则词话，确实叫人费解。比如，为何"入乎其内"就只能是"写之",而不能同时"观之"?又为何"出乎其外"便只能是"观之",而不能同时"写之"?那么,它们各自的含义究竟何在?若联系前面所讲,其实还是讲的构成"理想"之"个象"和"理念"之关系问题。审美理想只能通过鲜活的个体物象体现出来,故必须"入乎其内"。因为只有深入社会自然生活,对个别事物有深切的体悟认知,心物俱冥,"与花鸟共忧乐",发现"自然于特别之境遇中所偶然成功者",故有"生气"。此即所谓"写之"。但是,审美理想的本质又在"理念",而理念是超个别事物的,要认知它又必须"出乎其外"。以脱弃个别事物的"关系限制",并非本质现象的种种拘缚,"以奴仆命风月"的洒脱态度,"于特别之物中认全体之理念",故有"高致"。此即所谓"观之",即观物见道之谓。不过这又牵涉到《词话》五所说"必遗其关系限制"的问题了。

> 自然中之物,互相关系,互相限制。然其写之于文学及美术中也,必遗其关系限制之处,故虽写实家,亦理想家也。又虽如何虚构之境,其材料必求之于自然,而其构造亦必从自然之法则,故虽理想家,亦写实家也。

这则词话在《词话》原稿是这么写的,可以看得更加清晰:"自然中之物互相关系、互相限制,故不能有完全之美。然其写之于文学及美术中也。必遗其关系限制之处,或遗其一部,故虽写实家亦理想家也……"就是说,在王氏看来纯粹的自然物总是处在纷纭繁杂的关系限之中,并不能充分显现理念,所以是不能有"完全之美"的,只有"遗其关系限制之处",或拔繁就简地排除掉非本质现象的部分,而观照"代表全体族类"的一种"恒久形式"或"单一感性图画",即所谓"理念"时,这即是文学及美术家发现美的创作起点。也可以说,这也是"写实家"和"理想家"的重合点交汇点,是不能截然划分的。王氏在《叔本华之哲学及其教育学说》中说过一段话,可作为对"遗其关系限制"的补充。他说:

> 物之现于空间者皆并立,现于时间者皆相续,故现于空间时间者皆特别之物矣,则此物与我利害之关系不生于心不可得也。若不

视此物为与我有利害之关系而但观其物,则此物已非特别之物而代表其物之全体,叔氏谓之曰实念(Ideas),故美之知识实念之知识也。

故知王氏所说关系限制云云,就是指物我之间的利害关系,若能"遗其关系限制之处",自我"若不视此物为与我有利害之关系,而但观其物",即回归到"纯粹的无意志的认识主体",才是其真正含义所在。因此,王氏所说"观"也有特别含义。它不是一般所说观察、观照,而是排除主体利害意识,亦即摆脱意志束缚的纯粹审美观照。故叔氏说:"主体占据我们的意识愈多,我们对外在世界的观照就会愈弱、愈不完全。"而王国维则发挥说:"必吾人之胸中洞然无物,而后其观物也深,而其体物也切,即客观的知识实与主观的情感为反比例。"(《文学小言》),那么,他说诗人对宇宙人生"须出乎其外,故能观之",由此亦可得到确解。

四、"不隔"和"真"

《词话》四○:

问"隔"与"不隔"之别,曰:陶、谢之诗不隔,延年则稍隔矣。东坡之诗不隔,山谷则稍隔矣。"池塘生春草"、"空梁落燕泥"等二句,妙处唯在不隔。词亦如是。即以一人一词论,如欧阳公《少年游》咏春草上半阕云:"阑千十二独凭春,晴碧远连云。千里万里,二月三月,行色苦愁云。"语语都在目前,便是不隔。至云"谢家池上,江淹浦畔",则隔矣。白石《翠楼吟》:"此地,宜有词仙,拥素云黄鹤,与君游戏。玉梯凝望久,叹芳草,萋萋千里。"便是不隔,至"酒祓清愁,花消英气",则隔矣。然南宋词虽不隔处,比之前人自有浅深厚薄之别。

这则词话,提出"隔"与"不隔"一对新概念,乍看之似无难解之处,但真要说清二者的区别,却是相当困难的事,故历来争议纷纭。为了搞清楚它们各自内涵,先看下面这两则词话:

"生年不满百,常怀千岁忧。昼短苦夜长,何不秉烛游?""服食求神仙,多为药所误。不如饮美酒,被服纨与素。"写景如此,方为不隔。"采菊东篱下,悠然见南山。山气日夕佳,飞鸟相与还。""天似穹庐,笼盖四野。天苍苍,野茫茫,风吹草低见牛羊。"写景如此,方为不隔。(《词话》四一)

"昔为倡家女,今为荡子妇。荡子行不归,空床难独守。""何不策高足,先登要路津?无为久贫贱,轗轲长苦辛。"可谓淫鄙之尤,然无视为淫词词鄙词者,以其真也。五代北宋之大词人亦然。非无淫词,读之者但觉其亲切动人;非无鄙词,但觉其精力弥满。可知其淫词与鄙词之病,非淫与鄙之病,而游词之病也。(《词话》六二)

其所举诸诗,主要都是《古诗十九首》中名篇,然一以"不隔"论,一以"真"论,可知"真"乃"隔"的反面词。凡写真景物真感情者便是不隔,反之则隔矣,可谓古今皆然。他曾说:"故能写真景物,真感情者,谓之有境界,否则谓之无境界。"(《词话》六)又说:"大家之作,其言情也必沁人心脾,其写景也必豁人耳目。其辞脱口而出,无矫揉妆束之态。以其所见者真,所知者深也。诗词皆然。持此以衡古今之作者,可无大误矣。"(《词话》五六)即都是以"真"来衡量有无境界的,也是以"真"来评论古今大作家的,故知"真"在其诗学体系中的重要性,或者即是其奠基石之一。下面先从"真"谈起,再推及"隔"与"不隔"问题。

(一)赤子之心"和"自然之舌"

王国维正是"持此以衡古今之作者"的。他曾在《人间词甲稿序》中说:"于五代喜李后主、冯正中,于北宋喜永叔、子瞻、少游、美成,于南宋除稼轩、白石外,所嗜者鲜矣。尤痛诋梦窗、玉田。谓梦窗砌字,玉田垒句,一雕琢,一敷衍。其病不同,同归于浅薄。"此可谓他评唐五代两宋词的总纲,而贯穿其中的即一个"真"字。如评宋人诗词之别曰:"诗至唐中叶以后,殆为羔雁之具矣。故五代北宋之诗,佳者绝少,而词则为其极盛时代。即诗词兼擅如永叔少游者,词胜于诗远甚。以其写于诗者,不若写之词者之真也。至南宋以后,词亦为羔雁之具,而词亦替矣。此亦文学升降之一关键也。"(《词话》删稿四)又总评唐五代北宋词曰:"唐五代北宋之词,可谓生香真色。若云间诸公,则绘花耳。湘真且然,况其次也者乎。"(《词话》删稿二〇）又说："北宋名家以方回为最次。其词如历下，新城之诗，非不华瞻，惜少真味。"（《词话》删稿六）甚至说："词人之真实，不独对人事宜然。即对一草一木，亦须有忠实之意，否则所谓游词也。"（《词话》删稿四四）至于所谓"游词"，金应珪《词选后序》曰："哀乐不衷其性，虑叹无与乎情。连章累篇，义不出乎花鸟；感物指事，理不外乎应酬。虽既雅而不艳，斯有句而无章，是谓游词。"故知所谓"游词"，亦不真之谓也。总之，去伪而存真，乃王氏诗学之一大关键。

然而，所谓"真"却并非我们一般所说真实、真切、逼真之谓，甚至也不是我们今天所说事物的"本质真实"，它同样有其特殊含义。那就是如前所说"若不视此物为与我有利害之关系而但观其物"的认知之真实，而这实际又回到庄子的"物化"论。只有进入忘我无我状态，并"以物观物"，我们才能排除掉世俗的私心杂念、利害痛苦，而以完全童真的态度去观照物，那就是最高的真实。且看下面两则词话：

　　词人者，不失其赤子之心者也。故生于深宫之中，长于妇人之手，是后主为人君所短处，亦即为词人所长处。（《词话》一六）
　　纳兰容若以自然之眼观物，以自然之舌言情。此由初入中原，未染汉人风气，故能真切如此。北宋以来，一人而已。（《词话》五二）

两则词话共同强调的核心即是：李煜虽贵为一国之君，却未受到世俗风气的污染，故才能始终保持"赤子之心"；而纳兰容若亦出身贵胄，却同样能"未染汉人风气"，始终保持着草原民族之"自然之眼"、"自然之舌"。由于他们都能"遗其关系限制之处"，所以才表现得"真切如此"，而成就为一代杰出诗人。故知王国维所说"真"，是与其美学思想紧密联系着的，并非单一概念。

先说"赤子之心"。此说远绍老庄之学，近则直接来自明代李贽等人的童心说。《老子》第十章曰："专气致柔，能婴儿乎？涤除玄览，能无疵乎？"婴儿，即赤子也。前引袁宏道论"趣"曰："当其为童子也，不知有趣，然无往而非趣也。面无端容，目无定睛，口喃喃而欲语，足跳跃而不定，人生之至乐，真无斁于此时者。孟子所谓不失赤子，老子所谓能婴儿，盖指此也。"（《叙陈正甫会心集》）即是对老子的展开和具体化，已开王氏说先声，而李贽的《童心说》则是直接源头：

> 夫童心者，真心也，若以童心为不可，是以真心为不可也。夫童心者，绝假纯真，最初一念之本心也。若失却童心，便失却真心；失却真心，便失却真人。人而非真，全不复有初矣。

童心之可贵处，即在真；能保持真心，即能保持真人。王国维讲"真性情"即由此而来。那么，童心又是如何丢失的呢？他继续写道：

> 然童心胡然而遽失也？盖方其始也，有闻见从耳目而入，而以为主于其内而童心失。其长也，有道理从闻见而入，而以为主于其内而童心失。其久也，道理闻见日以益多，则所知所觉日以益广，于是焉又知美名之可好也，而务欲以扬之而童心失；知不美之名之可丑也，而务欲以掩之而童心失。夫道理闻见，皆自多读书识义理而来也。

王国维认为李后主"生于深宫之中，长于妇人之手"，故未受到世俗污染，遂能保持赤子之心。而纳兰容若由于"初入中原，未染汉人风气"，同样未受世俗污染，故保持了童心。凡此种种，其实也是从李贽之说直接发挥出来。那么，失却童心的恶果又何在呢？

> 童心既障，于是发而为言语，则言语不由衷；见而为政事，则政事无根柢；著而为文辞，则文辞不能达。……夫既以闻见道理为心矣，则所言者皆闻见道理之言，非童心自出之言也。言虽工，于我何与？岂非以假人言假言，而事假事文假文乎？盖其人既假，则无所不假矣！

若按逻辑顺理而推，则王国维所谓"隔"，不正就是"假人言假言，文假文",即所谓伪文学吗?故知"真"和"隔"乃相反概念,"真"即不隔,而"隔"则是伪,则是假,则是不真。因为它不是"童心自出之言",其所言者"皆闻见道理之言",庄子所说"坐忘"者正以此也。

再说"自然之眼""自然之舌"。自然一词,创自老聃,《老子》二十五章曰:"人法地,地法天,天法道,道法自然。"故道即自然,乃自然而然,物之本然。魏晋玄学家又将其与"名教"对立,用以否定一切虚伪的封建礼教,于是"自然"一词被赋予事物本性尤其人的自然本性的意义,成为那个黑暗动乱社会中张扬个性,鼓动人性解放的哲学,曾产生过深远的社会影响。如王弼说:"万物以自然为性,故可因而不可为也,可通而不可执也。物有常性而造为之,故必败之;物有往来而执之,故必失之。"(《老子道德经注》29)即认为"自然"乃物之"常性",天赋的本性,而本性则应是自然而然的,既不能人为地改变它,更不能给它施加什么。又说:"因物自然,不设不施,故不用关、楗、绳、约而不可开解也。此五者,皆言不造不施,因物之性,不以形制物也。"(同上27)也是说要顺应事物的自然本性,不要妄加施设和改造它。表面上是宣扬君主无为而治的思想,然其骨子里高扬着的却是个性解放的独立人格精神。嵇康《释私论》则说:"体亮心达者,情不系于所欲,矜尚不存乎心,故能越名教而任自然。"就说得更加明确,所谓"任自然"即要听任人之自然本性行事,而不能受闻见道理之言所污染。包括内在的欲望顾忌,和外在的名教道理等,如此才能保持"童心"自然。因此,老子所说"能婴儿",孟子所说"赤子之心",李贽所说"童心",以至玄学家所说"越名教而任自然",其实都是相通的,借用李贽的话说即"绝假纯真,最初一念之本心也"。那么,所谓"以自然之眼观物,以自然之舌言情",也就是以绝假纯真之自然本性观物,以绝假纯真之自然本性言情,而这正与王氏评纳兰性德词"此由初入中原未染汉人风气"之说相合。

不过王氏此说,也可能吸收了康德叔本华哲学的合理成分。康德在谈到艺术天才的四种特性,即把"自然性"列为第三,并说"(艺术家)作为自然赋予它(按指作品)以法则"。[1]叔本华则说,诗人本身"乃自然之一部",故"唯自然能知自然,唯自然能言自然"。并为结论说:"主体占据我们的意

---

[1]《判断力批判》、宗白华译本第46节,商务印书馆,1964年。

识愈多,我们对外在世界的观照就会愈弱、愈不完全。"①这些说辞可能都对王国维有所启发,尽管他们所说这种超越意志后的"自然"之我有点玄奥,并不象我国古人讲得那样真切,但产生的影响亦不容低估。

(二)"隔"与"不隔"

前已谈到,所谓"隔"者乃"假人言假言,文假文"耳,虽然假的程度可能有所不同,然皆非"童心自出之言",而是"闻见道理之言",则可以肯定。故为伪为假,而有悖于"真",终与"写真景物真感情"者隔了一层,故称作"隔"。《词话》五七曰:

> 人能于诗词中不为美刺投赠之篇,不使隶事之句,不用粉饰之字,则于此道已过半矣。

美刺投赠之篇,历史上为人所称道之名篇不少,王国维为何会一概否定?其实道理很简单,因为那正是所谓"闻见道理之言",作者尚未能"遗其关系限制之处",则不免有悖于"绝假纯真最初一念之本心",自然属假属伪,终不与于一流之大家。"不使隶事之句"亦然,《词话》四〇曰:

> 问"隔"与"不隔"之别,曰:陶谢之诗不隔,延年则稍隔矣。东坡之诗不隔,山谷则稍隔矣。"池塘生春草"、"空梁落燕泥"等二句,妙处唯在不隔。词亦如是。

陶谢之诗虽有田园山水之别,但均为其伟大人格精神之外露,正所谓"不失赤子之心"者,所以不隔。而颜延年的诗歌,虽历来颜谢并称,却真情实感不足,遂以连篇累牍之典事补缀之,亦不免伪。《词话》五八说:"以《长恨歌》之壮采,而所隶之事,只'小玉,双成,四字',才有余也。梅村歌行,则非隶事不办。白吴优劣,即于此见。不独作诗为然,填词家亦不可不知也。"即以具体实例作分析,其旨趣更显。至于江西派始祖黄庭坚诗,提倡"夺胎换骨",提倡"点铁成金",更称"无一字无来历",故严羽批评其

---

① 《王国维诗学研究》第三章(二),北京大学出版社,1987年。

"以才学为诗,以议论为诗,以文字为诗","且其作多务使事,不问兴致,用字必有来历,押韵必有出处"。(《沧浪诗话·诗辨》)总之,以王国维的诗学观衡量,那就更伪更假了,不称其"隔"亦不得。至于"不用粉饰之字",亦是同样的道理。他评温庭筠词如"画屏金鹧鸪",乃徒有华彩而乏生气之谓也。又评方回诗"非不华瞻,惜少真味"。又说:"若云间诸公,则綵花耳。"(《词话删稿》六、二〇)岂非皆假之谓?故他评五代三大家曰:"温飞卿之词,句秀也。韦端已之词,骨秀也。李重光之词,神秀也。"(《词话》一四)"真"者在骨,更在传神,唯句秀则末也。正所谓"词之雅郑,在神不在貌"。(《词话》三二)总之,凡是为掩盖真情实感之缺失,而所作妆饰补缀之类东西,在王国维的诗学体系中都是被否定的。又如代字,《词话》三四曰:

  词忌用替代字。美成《解语花》之"桂华流瓦",境界极妙。惜以"桂华"二字代"月"耳。梦窗以下,则用代字更多。其所以然者,非意不足,则语不妙也。盖意足则不暇代,语妙则不必代。此少游之"小楼连苑"、"绣毂雕鞍",所以为东坡所讥也。

又《词话》三五曰:

  沈伯时《乐府指迷》云:"说桃不可直说破桃,须用'红雨''刘郎'等字。咏柳不可直说破柳,须用'章台''灞岸'等字。"若唯恐人不用代替者。果以是为工,则古今类书具在,又安用词为耶?宜其为《提要》所讥也。

按《四库提要》集部词曲类二总其要曰:"又谓说桃须用'红雨''刘郎'等字,说柳须用'章台''灞岸'等字,说书须用'银钩'等字,说泪须用'玉箸'等字,说发须用'绿云'等字,说簟须用'湘竹'等字,不可直说破。其意欲避鄙俗,而不知转成涂饰,亦非确论。"其实所谓代字亦掩盖内容空泛之涂饰也,亦为王氏所抨击者。然王氏所提出的理由——"盖意足则不暇代,语妙则不必代",却极值得注意。是否也可以这样说:意足则不暇补缀涂饰，语妙则不必补缀涂饰，皆言"童心自出之言"而已。

在《人间词话》中，可能最叫王氏纠结的词作家当数姜夔。因为前前后后评其词者略记之亦不下十数条，仅正文中亦近十条，这在《词话》中是仅见的。他一方面说"古今词人格调之高，无如白石"，另方面又说"如雾里看花，终隔一层"。分析此中关系，似乎所谓"隔"者，不只在形容技巧，更与内容密切相关。且看下面几条评语：

> 白石写景之作，如"二十四桥仍在，波心荡，冷月无声"、"数峯清苦，商略黄昏雨"、"高树晚蝉，说西风消息"。虽格韵绝高，然如雾里看花，终隔一层。梅溪、梦窗诸家写景之病，皆在一"隔"字。北宋风流，渡江遂绝，抑真有运会存乎其间耶？（《词话》三九）

> 古今词人格调之高，无如白石。惜不于意境之上用力，故觉无言外之味，弦外之响，终不能与于第一流之作者也。（《词话》四二）

> 咏物之词，自以东坡《水龙吟》为最工，邦卿《双双燕》次之。白石《暗香》《疏影》，格调虽高，然无一语道着，视古人"江边一树垂垂发"等句何如耶？（《词话》三八）

如此说来，王氏对白石词之"格调之高"，是极口称赞的，甚至认为古今词人很少有能赶上他的。然又批评他"如雾里看花"、"无一语道着"、"终隔一层"，故"终不能与于第一流之作者"。这究竟传达出一种怎样信息？所谓"调"，当指诗词的声响节奏，即文学的音乐美。所谓"格"，当指气格、风概、格韵言。《词话》四三："南宋词人，白石有格而无情，剑南有气而乏韵。其堪与北宋人颉颃者，唯一幼安耳。……幼安之佳处，在有性情，有境界。即以气象论，亦有横素波、干青云之概，宁后世龌龊小生所可拟也。"这里所说格韵、气象、风概等，不正就是所谓"格调"么？在南宋词人中，尤其与陆游相较，白石词可谓有"格"有"韵"，只是"无情"，即境界塑造上不够完整。这大概即批评其"终隔一层"的根因所在。辛词不仅有"横素波，干青云"之概，而且"有性情"，所以"有境界"。姜词虽格调高绝，却少情乃至"无情",故无"言外之味,弦外之响",岂非"隔"?白石一生追慕晚唐隐逸诗人陆龟蒙(号天随子),曾写下不少思慕其人之诗句。陈郁曾称其"襟怀洒落,如晋宋间人,语到意工,不期于高远而自高远"。《词话》四五亦称其有"蝉蜕尘埃"之风。其人如此,其词风更表现出一种"冷香幽韵"(刘熙载评语)之涩冷美,固属必然。因此,他的词虽格韵高绝,却很难找到显意识情感的强烈表达,如苏轼词之超旷放达,辛弃疾词之忧国激愤等。《词话》评其"隔",其聚点当正在此。如曰:

"纷吾既有此内美兮,又重之以修能。"文字之事,于此二者不能缺一。然词乃抒情之作,故尤重内美。无内美而但有修能,则白石耳。(《词话》删稿四八)

东坡之旷在神,白石之旷在貌。白石如王衍口不言阿堵物,而暗中为营三窟之计,此其所以可鄙也。(同上四七)

他还引周济《介存斋论词杂著》评姜词"北宋词多就景叙情,故珠圆玉润,四照玲珑。至稼轩白石,一变而为即事叙景,使深者反浅,曲者反直",并赞之为"卓识"。(《词话》删稿十九)从这些评语来看:"无内美而但有修能"、"白石之旷在貌"、"一变而为即事叙景",其实归结为一点,就是嫌其"无情"。而这正是有悖于"能写真景物、真感情"之关于境界定义的。那么,他评姜词如"波心荡,冷月无声"之类写景之作,一面称其"格韵高绝",一面又说"如雾里看花,终隔一层",这一似乎矛盾现象,也就完全可以理解了。尽管"格"和"韵"都是构成境界不可或缺之要素,但若缺少"童心自出"之真情,遂不免"有隔雾看花之恨"。总之,王国维所说"隔",不仅是形式技巧方面的,也是内容方面的,还是他说的那句话:"大家之作,其言情也必沁人心脾,其写景也必豁人耳目;其辞脱口而出,无矫揉妆束之态。以其所见者真,所知者深也"。(《词话》五六)"真"之一言是其核心,若有悖于此,或在语言上矫揉妆束,或在内容上寡情少情乃至无情,都将破坏境界的和谐统一,这就叫"隔"。由此我们还想到他另一则著名词话:

"君王枉把平陈业,换得雷塘数亩田",政治家之言也。"长陵亦是闲邱陇,异日谁知与仲多",诗人之言也。政治家之眼,域于一人一事。诗人之眼,则通古今而观之。词人观物,须用诗人之眼,不可用政治家之眼。故感事,怀古等作,当与寿词同为词家所禁也。
(《词话》删稿三七)

仅从内容的角度看,不论感事,怀古或寿词,以及政治家之诗作,均非"童心自出之言",自然也是"隔"。然亦并非仅此,若政治家之所作,更是质的区别了。再作进一步解析。关于"诗人之眼"和"政治家之眼"的不同,王氏在前引评纳兰性德词时已说得很明白,诗人是"以自然之眼观物,以自然之舌言情"的,政治家则否,应该归于"闻见道理之言"一类。王氏认为,政治家"域于一人一事",诗人则"通古今而观之",此说当来自叔本华哲学。前面谈到王氏关于"理想与写实二派之所由分"时已说过,此说提出之依据当来自叔本华哲学之"理念"说。在叔氏看来,所谓"理念"既为代表某一事物全体族类之一种"恒久形式",又是能充分显示其内在"本质力量"之一种"单一的感性图画",由于它还是一种"理想"存在,故称为"美之预想"。在诗人之眼中,它不只是个别事物的"感性图画",更是代表着此事物全体族类的超时空先验存在,所以要"通古今而观之"。但在政治家眼中,其所见者则只是以"感性图画"存在的个别事物,并未见到代表全体族的那种"恒久形式",所以说"域于一人一事"。前者是艺术的审美的,唯诗人之"自然之眼"才能观之;后者是世俗的经验的,并非艺术创作之真正对象。二者之界划在此,故曰"词人观物,须用诗人之眼,不可用政治家之眼"。他对以政治家之眼写作的诗作,与感事、怀古、寿词并列,而多加非议,是与他的整体美学思想密切相关的,也就不必大惊小怪了。

《人间词话》的内容是很丰富的,值得解读之处还很多。前面所谈乃理论架构的主体,遗漏之处在所难免。然纲举目张,已可概知全面,也就没有遗憾。

卷四

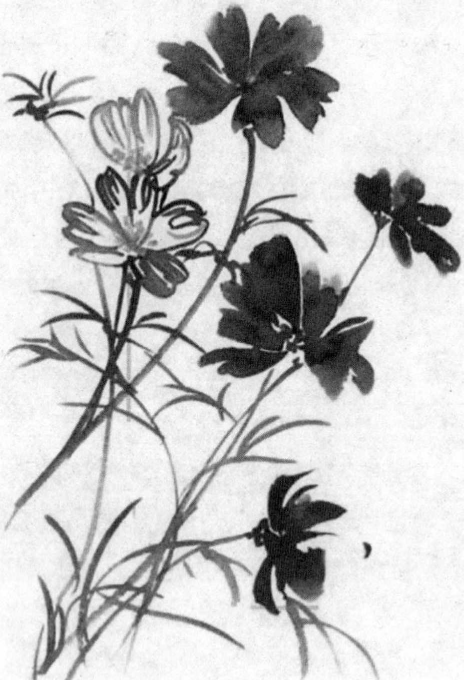

白居易《与元九书》及新乐府诗论读解

在我国文学思想史上,白居易以其特有的鲜明思想倾向性,从而获得重要的地位。然自上世纪八十年代以来,他的地位却发生倾斜,谓其使文学成为"政治观念的传声筒"者有之,谓其沦为一种"政治工具论"者亦有之,更有甚者,则谓其影响已"沉潜在民族群体意识深层","在今天的古典文学研究中并没有清除净尽"等。[1]肆意贬责白居易似乎成为一种潮流。不过对历史上一个作家或作品的阐释,似乎可采取三种不同角度:一是仅就作家或作品本身为审视阈限;二是放在一个较大社会政治经济背景中进行意义阐释或价值判断。本文则采取第三种视角,即作为文学史运动链条上一个特殊环节加以总体把握。由于选择的角度不同,得出的结论也就不尽一致。

一、关于传统"六义"思想的继承问题

作为唐代后期"新乐府"诗歌创作实践经验的概括总结,白居易美学理论的核心究竟是什么?对此,研究者们大都不约而同地认为即传统诗学的"风雅比兴"或"美刺比兴",亦即"六义"。就是说他们都是从一个单一的层面,即艺术与政教关系方面着眼并进行褒贬的。这确是其诗学的一个突出方面。白居易自己亦曾屡屡言及,如谓"为诗意如何?六义互铺陈。风雅比兴外,未尝著空文"。(《读张籍古乐府》)"郊庙登歌赞君美,乐府艳词悦君意。若求兴谕规刺言,万句千章无一字"。(《新乐府·采诗官》)并说自己所写诗歌"自拾遗以来,凡所适所感,关于美刺比兴者",都统归一类而总称之曰"讽谕诗"。(《与元九书》)此所谓"风雅比兴"、"美刺比兴"或"兴

---

[1]《文学遗产》,1987年3-4期,第9、10、14页。

谕规刺"等，其实都是我国自先秦以来建立在道德象征基础上的一种美学观念，它强调的是诗歌的伦理价值和政治功能，若扩大引申，正可成为后代"政治工具论"的先河，故从孔子到《毛传》，从郑玄到白居易，都不免背负有这一沉重负累。但是，这既不能概括白居易诗学全部丰富深刻的内涵，更非其思想核心精神之所在。《策林》六十八曾说："古之为文者，上以酌王教，系国风；下以存炯戒，通讽谕。故惩劝善恶之柄，执于文士褒贬之际焉；補察得失之端，操于诗人美刺之间焉。今褒贬之文无覈实，则惩劝之道缺矣；美刺之诗不稽政，则補察之义废矣。"可知他于传统所谓"六义"，其所重者是诗歌干预现实的品格和生活内容。他把诗人的使命感和道义责任都看得很严肃，虽然对"惩劝善恶"、"補察得失"的作用不免过于夸大，但他坚信"美刺"的力量，并将其目的归之于"稽政"，无疑是突出了诗歌创作根源于生活，揭露时弊的本体功能。因此，他所热情倡导的"风雅比兴"，也就与前人有很不相同的崭新内容。有趣的是他虽然大力倡导"美刺比兴"，但其《秦中吟》十首，固句句不离美刺之旨，却没有一首是用比兴手法写作的。其《新乐府》五十首，真正用比兴手法写的也只有《古塚狐》、《黑潭龙》、《秦吉了》等寥寥数篇而已。而且，都不很成功，即使从他全部一百七十余首讽谕诗来看，情况也大致如此。至于他所有传诵人口的名篇，除只在个别字句使用比喻外，也极少使用所谓比兴手法。（参阅《古代文学理论研究》第一辑梅运生先生文）由此可知，所谓"风雅比兴"其实并非他诗学理论的真正内核。

那么我们是否可以这样判断：白居易主要是从文学和生活这一本体论的角度，来理解并接受传统所谓"六义"的。故所取不在政教言志的比兴功能，而在风时赋事的美刺稽政作用。这才是他诗学之真精神所在。对此，他在早期的《新乐府诗序》中即已模糊提出："总而言之，为君为臣为民为物为事而作，不为文而作也。"据作者自注，此序写于元和四年，即新乐府诗歌创作的初期，故虽具思想规模，却尚带有不够成熟周密之处。但到元和十年，他因政治挫折而被贬江州，这才有时间能够冷静地重新思考并总结创作经验，从而提升到理论表述高度。《与元九书》这样写道：

  仆常痛诗道崩坏，忽忽愤发，或食辍哺，夜辍寝，不量才力，
欲扶起之。……其实未窥作者之域耳。自登朝以来，年齿渐长，阅

事渐多,每与人言,多询时务,每读书史,多求理道,始知文章合为时而著,歌诗合为事而作。

以前他还笼统地把为君为臣同为民为事混为一体谈,但现在由于"年齿渐长,阅事渐多"的生活磨练,且经过"多询时务"、"多读书史"的调查深思,才"始知"新乐府诗歌创作的真谛,于是毅然提出"文章合为时而著,歌诗合为事而作"的鲜明主张。可知这才是他十年生活阅历和艰辛创作实践,深思熟虑后悟出的真知灼见,与传统所谓"六义"固有一定联系,然更重要的则是创新或深化发展,而这才是其诗学理论超越前人的地方。

白居易"为时为事"说,不同于传统"风雅比兴"或"六义"者,从其对自己诗歌的分类和讽谕诗的说明中,亦可得到消息。《与元九书》写道:

自拾遗以来,凡所适所感,关于美刺比兴者;又自武德迄元和,因事立题,题为"新乐府"者,共一百五十首,谓之讽谕诗。

即是说他的"讽谕诗",实包括着既有联系又不尽相同的两类诗歌。说它们有联系,因都可归于讽谕;说它们有差别,因有重"比兴"和"因事立题"之不同。两者虽都可看作"为时而著"之作,然后者更重在"为事而作"。因此,"为时为事"之不完全等同于"美刺比兴"原是很清楚的,只是这一崭新诗学原则被传统外衣包裹得叫人难以确认罢了。

二、具有里程碑意义的"为时为事"说

何谓"为时而著"?前面已提到,它与传统"六义"中的"美刺"说关系密切。"美刺"概念的提出,早在《公羊传》中即说"美恶不嫌同辞"、"美见乎天下"等。《谷梁传》中亦有"美齐侯之功也"、"刺释怨也"等。如果追溯到更早,则"诗三百篇"中即已出现,如《魏风·葛屦》说:"维是褊心,是以为刺"。与之相近的概念还有"究"、"谏"等。"美"的概念虽尚未明确提出,但与之相近的则有"嘉"、"诵"等。至于大量使用"美刺"概念来说诗,当始自《毛诗》。据朱自清先生统计,《诗序》中《风》《雅》各篇,明言"美"的有二十八篇,明言"刺"的有一百二十九篇,两项合计约占全部

《风》《雅》诗的百分之五十九。但《诗序》却不是用"美刺"来解释"比兴",而是从史实方面突出和强调诗歌的社会政教功能,故与"六义"尚无明确联系。至于把"美刺"与"比兴"直接联结起来并作为"比兴"的主要特征而加以突出强调的,当首推东汉郑玄。(据《周礼·大司乐》注引郑众已有"兴者,以善物喻善事"之言)他在《周礼·春官》注中说:"比,见今之失,不敢斥言,取比类以言之;兴,见今之美,嫌于媚谀,取善事以喻劝之。"又《诗谱序》说:"论功颂德,所以将顺其美;刺过讥失,所以匡救其恶。"当然把"刺"只限于"比",把"美"只限于"兴",并不符合《诗》三百篇的创作实际,故唐孔颖达即指出:"其实比兴俱有美刺者也"。但是郑玄首先将"美刺"和"比兴"联结为一体,比起那些仅用"譬""托"说比兴的汉儒来,无疑却更具现实意义,当是儒家民本思想和作家主体精神的积极发扬。白居易取于传统"六义"者当正在此。

既强调诗歌的"美刺"功能,必然要接触到"时政"问题,从而形成诗学中"时"的观念,这当是白氏"为时而著"说所从出的最早源头。《诗大序》就已经是从"时政"的角度来考察"音声之道"了,郑玄又承此来阐述"三百篇"发生发展的演变史,并进而提出更为具体的"正变"之说(《诗谱序》)。又由于他把诗歌的"美刺"功能同"正变"观念联系在一起,以寻求所以会产生"颂声兴"或"怨刺相寻"的社会政治原因,故而形成比较明晰的"时"的观念;又由于他能从社会治乱、政治良窳等方面来把握每个时代诗歌的嬗变,故而又形成比较明晰的"史"的观念。刘勰承续其脉,一方面偏重于从"史"的角度来考察历代文学,故在《文心雕龙》中写下我国第一部初具统纲的文学史专著《时序》篇,并提出"文变染乎世情,兴废系乎时序"的著名论断,从而奠定我国文学发展的历史观。白居易"为时而著"说,即承续这一传统来考察一代诗歌,遂继孔颖达"声随世变"之说,又进而提出"声与政通"说。《策林》六十四即曰:

> 音者本于声,声者发于情,情者系于政。盖政和则情和,情和则声和,而安乐之音由是作焉。政失则情失,情失则声失,而哀淫之音由是作焉。斯所谓音声之道与政通矣。

此所谓"音声之道与政通",当正是他提出"为时而著"的理论依据。不过这"政"却不能简单说成阶级政治,而是"音声之道"真实反映政治现实所造成的"歌食歌事"之哀乐及生活内容。因而,"与政通"也就不能直接说成"政治工具"论。"新乐府诗歌"运动的另一代表人物,也是白居易挚友的元稹在《和李校书新题乐府序》中说:"余友李公垂贶余新题乐府二十首,雅有所谓不虚为文者,余取病时之尤急者,列而和之。"而这"病时之尤急者"一语,当是"为时而著"说之最好诠释,也是他们创作宗旨之核心精神所在,较之建立在"道德象征"基础上的美人香草,写物喻志一类"风雅比兴"来,当不可等量齐观而混为一谈了。

又何谓"为事而作"?首先这也是白居易对传统创作精神积极面的自觉追求。在我国渊源久远的"风雅"传统中,对《诗》三百篇意义的阐释,并非止有汉儒们一家。在经学家政教王功、实用功利观之外,还存在着更贴近劳动人民生活情感的一家。只是由于历史或政治的原因,几被层积的历史灰尘所湮没罢了。然即便如此,今天仍可寻绎到一些蛛丝马迹,如《公羊传》宣公十五年何休注即说:

男女有所怨恨,相从而歌,饥者歌其食,劳者歌其事。男年六十,女年五十无子者,官衣食之,使至民间采诗。……故王者不出牖户,尽知天下所苦。

关于古有"采诗"而"知王者"之说,虽不可尽信,但这些产生于"民间"的诗歌,都是"饥者歌其食,劳者歌其事"的产物,却并非全出虚构。这种被侥幸保存下来与汉儒截然不同的诗学观,在汉初三家诗之一的《韩诗》中,似仍依稀可见。如《伐木序》说:

伐木废,朋友之道缺。劳者歌其事,诗人伐木自苦,故以为文。

他把"劳者歌其事"同"朋友之道缺"胡乱扯在一起,自属汉儒通病,但若剥去其蒙罩其上的道德迷雾,不也尚可看出诗人因"伐木自苦"而"歌其事"的真相吗?至于汉代的乐府民歌,班固《汉书·艺文志》亦作了同样的解释：

> 自孝武立乐府而采歌谣，于是有代赵之讴，秦楚之风，皆感于哀乐，缘事而发，亦可以观风俗，知厚薄云。

可知他们都并未用传统"风雅比兴"观来说《风》《雅》民歌，两汉乐府的微言大义，而是作为劳动者们生活劳作，情感心声的直接展现来鉴识理解的，白居易所取于传统诗学者当正在此。"新乐府运动"本是以"诗三百之义"为准的，那么"缘事而发"、"歌食歌事"的根本精神，正是其创作激情及灵感之所自，故才径以"为时而著"来作概括，以"歌民病痛"为其指归。萧涤非先生即曾指出："唐人'新乐府'虽创始于杜甫，然吾人论新乐府之起源者，乃不能不推本于两汉之乐府民歌。此无他，亦以其描写社会'为事而作'之特色，实出于汉乐府之'缘事而发'也。"（《解放集》145页）这说明他已看到了唐代"新乐府"创作的崭新价值取向，并非只是传统诗学观的简单承传而已。如果说"歌食歌事"、"缘事而发"，还可理解为并未逸出传统言志缘情说范围的话，那么"因事立题""直歌其事"显然已是把客观再现作为第一义谛了。元稹在《乐府古题序》中所说正是此中差别：

> 况自风雅至于乐流，莫非讽兴当时之事，以贻后代之人。沿袭古题，唱和重复，于文或有短长，于义咸为赘剩，尚不如寓意古题，刺美见事，犹有诗人引古以讽之义焉。曹刘沈鲍之诗，时得如此，亦复稀少。近代唯诗人杜甫《悲陈陶》、《哀江头》、《兵车》、《丽人》等，凡所歌行，率皆即事名篇，无复依傍。予少时与友人乐天、李公垂辈，谓是为当，遂不复拟赋古题。

他把"讽兴当时之事"的《风》《雅》诗及乐府民歌列为一等，又把"寓意古题，刺美见事"的曹刘沈鲍诗列为一等，又把杜甫《兵车行》《悲陈陶》等"即事名篇，无复依傍"的新乐府诗列为一等，而最后以杜诗为其创作的共同标的。由此即可见其美学思想出古而不泥古的开拓精神。钱钟书先生曾说：

【卷四】

按微之《酬孝甫见赠》十绝称少陵云："怜渠直道当时语，不著心源傍古人。"或有引此语以说随园宗旨者，却未确切。微之《乐府古题序》曰（见前引），又《和李校书新题乐府序》曰："世理则词直，世忌则词隐。予遭理世而君盛圣，故直其词。"据此二节，则"直道时语，不傍古人"者，指新乐府而言，乃不用比兴，不事婉隐之意，非泛谓作诗不事仿古也。①

其说与我们的论旨虽不相同，但他指出元稹所说直道时语，即事名篇"乃不用比兴，不事婉隐之意"，是极为妥帖的，而这也正是白居易"为时为事"之新乐府创作不同于传统"风雅比兴"之核心所在。因此他的历史功绩亦并非是对儒家诗学观"更加条理化、系统化和规范化"②而是传统的扬弃和超越。他尽管倡导的是"比兴美刺"，实则重美刺而轻比兴；他尽管高唱的是"補察时政"，却又必然导向"即事名篇""歌民病痛"。这并非仅是"风雅比兴"的古调重弹，实则已是"为时为事"的时代新声了。他曾反复写道：

贞元元和之际，予在长安，闻见之间，有足悲者，因直歌其事，命为《秦中吟》。

（《秦中吟序》）

是时兵革后，生民正憔悴。但伤民病痛，不识时忌讳。遂作《秦中吟》一吟歌一事。

（《伤唐衢》）

自武德迄元和，因事立题，题为《新乐府》者，共一百五十首……

（《与元九书》）

总之，他对新乐府创作的宗旨，自始就非常明确："因事立题"、"直歌其事"，而且是"一吟歌一事"。这所谓"事"，他曾自述其写作《策林》动机说："元和初，予罢校书郎，与元微之将应制举，闭户累月，揣抹当代之事，构成策目七十五门。"（《策林序》）其实这也正是其写作新乐府的夫子自

---
①《谈艺录》第205页，中华书局，1984。
②《文学遗产》1987年第3期，《古典现实主义论略》文。

道。《与元九书》即说:"仆当此日,身是谏官,手请谏纸,启奏之外,有可以救济人病,裨补时阙,而难于指言者,辄咏歌之。"故深孕育于他诗歌中的,都是那些经过精心揣摩而又"难于指言"的"当代之事"。因其"其辞质而径"、"其言直而切",故才不用比兴,不事婉隐,早就不同于传统所说"六义"了。《与元九书》中,他一笔抹倒那么多古今诗人,确实叫人难于索解。其实也并非偶然,因为他所追求并要建立的是一种全新的诗歌美学原则,用以衡量诗歌的尺度自然也是一种全新标准,因而感到传统诗歌便处处不合尺寸,不合要求,如此而已。

三、新乐府诗论的文学史标志意义

纵观我国诗歌演进的历程,大致呈现出三种文学形态:先秦两汉属喻象文学阶段,六朝唐宋属意象文学阶段,中晚唐以后则进入再现文学时期。

魏晋以前,如《诗经》比兴、诸子寓言,到"美人香草"式的屈《骚》;如"比体云构"的两汉辞赋,再到阮籍《咏怀》、郭璞《游仙》、左思《咏史》,其表现手法皆不离比喻、象征或寄托,其所喻与被喻、所托与被托之间,都必须找到某种相互对应的似同性以为"象",所以我们称为"喻象",这实际是先民们简单朴素的求同思维观念在先秦时期的理性化。他们诗歌中所表现的仅是某种抽象的认识或概念,故必须借助于类同对应的具体事物形象,才可以取之为"兴"为"比",取之以为象征或寄托,所以"个别只是作为一般的一个例证或例子"(黑格尔语)而出现。王逸说"善鸟香草,以配忠贞;恶禽臭物,以比谗佞;虬龙鸾凤,以托君子;飘风云霓,以为小人"(《离骚经序》),即是这种创作观念的最好总结说明,在文学理论中就叫"诗言志"。又《周易》所说"观物取象""以类万物之情",《淮南子·要略》所说"其四气与雷霆风雨比类,其喜怒与昼宵寒暑并明",《春秋繁露》所说"以类合之,天人一也"等中的"类",亦正是对这种类同性思维观念的哲理概括,而文学创作中则运用尤盛。

到晋宋之际,我国文学却发生骤变,正如沈德潜所说:"诗至于宋,性情渐隐,声色大开,诗运转关也"。(《说诗晬语》)于是模山范水之作大兴,绮靡妍丽之风渐盛。但他们写物,却不再象《诗》《骚》那样是出于理性的类比认同,而是由于心物形成的某种同构,情景之间产生的某种契合。他们所表现的也不再是某种抽象的道德理念,而是直觉感受所触发的某种情思,意绪或心境,可以说是诗人由显意识向隐意识的沉潜。因为是情和景、意和象的契合同一,所以称作"意象"文学,在理论上则如陆机所说谓之"诗缘情"。应特别指出,由六朝"意象",经唐代"兴象",再到宋元以后的"意境"说,是这一理论不断丰富深化而建立的崭新诗学原则,其创作精髓用宋范晞文的话说叫"化景物为情思"(《对床夜话》),用清王夫之的话说叫"以写景之心理言情"(《姜斋诗话》)。其影响之深之广,历经千多年几乎遍及中华艺林,凡诗、词、书、画,乃至戏剧、小说,皆无不受其浸染而以之为准的,并深深积淀于民族文化意识之底层,成为中国文学艺术能真正屹立于世界民族之林的独具特色。

然而,正当以诗歌为代表的我国意象文学进入其黄金鼎盛期的盛唐之后,接踵而来的却是以白居易等为标志的"新乐府"诗歌及诗论的兴盛,这究竟意味着什么呢?

在白居易之前,人们对文学的认识,主要是"言志"的或"缘情"的。即把文学创作定位为表现主观精神世界的,至于诗歌反映现实的品格和生活内容,要么基本被忽视,要么根本未曾引起注意。钟嵘算是进了一大步,如《诗品序》在谈到"斯四候之感诸诗者"之后,接着还说:"嘉会寄诗以亲,离群托诗以怨",诸如士卒之"负戈外戍",思妇之"孀闺泪尽",逐臣之"解佩出朝",佳人之"扬蛾入宠"等。这似乎接到广泛的社会生活,然他认为这些只不过是"感荡心灵,形诸舞咏"的外在动因而已,实则对诗歌创作的表现性质并未根本触动。但到了白居易,他却从"为时为事"的新型创作原则出发,要求"即事名篇"、"刺美见事",要求"因事立题"、"歌民病痛",对诗歌创作提出崭新理解:不再以主观精神世为创作的主要表现对象,而是以再现客体生活本身为其根本目标。其所标示的当是传统表现性文学向新兴再现文学转变的运行轨迹,也就是说他彻底改变了中国文学史发展的性质,即继晋宋之后的又一次文学质变。

我国文学由前期的重表现,到后期的重再现,正是以中晚唐为一大关键的。清叶燮《百家唐诗序》曾说:"贞元元和之际,后人称诗谓为中唐。不知此'中'也者,乃古今百代之中,而非有唐之独得而称中者也。后此千百年,无不从是以为断。"并由此结论说:"古今文运诗运,至此时为一大关键。"(《已畦集》卷八）对此，笔者认为只有从文学史嬗变的大背景来认识，似乎才能揭示其更加深刻和丰富的内涵。

白居易正是适应着这一历史的前后转折，提出"为时为事"的崭新主张，改变了文学史发展的性质，成为此后中国再现性文学（如戏剧小说等）蓬勃发展的标志，并取代传统表现性文学（如诗、词、曲、赋等）而跃升为中国文学的主流。所以叶燮才说，所谓中唐"乃古今百代之中，而非有唐之独得而称中者也"。更重要的是，白居易还对这种新型再现文学提出后来广泛适用的三项要求，尽管今天看来还不够成熟，一是真实性要求，这应是"为时为事"说必备的品质。不真则不足以谈生活的再现，故他特别强调新乐府创作的"覈实"性，因为只有真实，才能"传信"，使读之者"易谕"，闻之者"深诫"，从而达到"救人疾病，裨补时阙"之目的。故疾虚妄，黜谀词，又成为他创作思想的一个重要方面。他十分痛恨那种"郊庙登歌赞君美，乐府艳词悦君意"(《采诗官》)的虚美颂圣之作，更十分鄙弃那些"不镌实录镌虚词"（《青石》）的阿谀奉承碑文。他甚至视这类秉笔之徒为历史罪人："若行于时，则诬美恶而惑当代；若传于后，则混真伪而疑将来。"故断然提出："为文者必当尚质抑淫，著诚去伪。"(《策林》六十八) 二是人民性要求，这是"为时为事"说的深层思想倾向。伤唐衢说："惟歌生民病，愿得天子知"；哭孔戡说："贤者为生民，生死悬在天"；赞张籍则说："上可裨教化，舒之济万民"。他这种企求为生民而歌的强烈愿望，当是"饥者歌食，劳者歌事"的古代民本思想及创作传统的继承发扬，因而才使其诗歌创作获得鲜明的人民性，不仅在国内广为传诵，且流传国外广受歌咏。三是通俗性要求，这是人民性要求的必然延伸。白居易等新乐府诗人所进行的诗歌革新运动，同其前辈陈子昂等人有着本质不同。他们既要求内容的变革，也要求形式的变革，可说这是中唐文学的一大特征。而自觉追求语言的通俗化，则是新兴文学力求从贵族规范化文体解脱出来，以便更接近人民，更接近生活的内在本质决定了的。总之，人民性、真实性、通俗性三大要求，乃是现实主义再现性文学必具的品格，这为此后我国文学发展的历史已充分证明了的，并且主要还不在诗歌领域。

四、新乐府诗论与中晚唐文坛思潮

如果联系当时整个文坛的情况来看，其实文学创作转向再现，可以说是当时一种潜在的共同倾向。中晚唐文学曾出现过许多奇特现象，如：与诗歌领域中"新乐府运动"的同时，散文中有"古文运动"、"曲子词"这种新诗体亦正在崛起，而被誉为"唐人三绝"之一的传奇小说也进入其鼎盛期，变文俗讲、市人说话亦正在影响并走进文坛。这不仅是历来为人称道的盛唐所没有，即在整个中国文学史上也是罕见其例的。究其原因，主要还不在文学史家们所乐道的政治经济等外部原因，更深刻的根源当是文学本身发展演化的内在规律，简而言之即文学由表现向再现转变的这一历史关节点。

韩柳领导的"古文运动"，其在文学创作上之意义何在？文学史家告诉我们："是文风、文体和文学语言的改革运动……古文运动的成就，是提供了一种比较切合实际的文体，便于明畅地表达思想，便于形象地描写人物和事件，也便于自由地抒情或抒情气氛的渲染，从而提高了一般古文的文学因素。"[1]陈寅恪先生更直言："古文之兴起，及其时古文家以古文试作小说，而能成功之所致，古文乃最于作小说者也。"[2]不管古文运动者们是否意识到，客观上却正好适应了文学转向再现生活的内在趋势之要求，从而也为我国新型文学——小说的成长铺平了道路。

"曲子词"的兴起，虽然还只是传统抒情诗领域发生的变异，与文学转向再现关系不大，其实也并非尽然。同五七言律体比较起来，它的结构形式更严格，也更格律化，但其容量却大大扩展了。况周颐说："词之情文节奏，并皆有余于诗，故曰诗余。"(《蕙风词话》)沈际飞也说："何文非情？而以参差不齐之句，写郁勃难状之情，则尤至也。"(《草堂诗余》四集序)其实，如果说五七言律体表现的是瞬间触发的情思，还属于显意识的范围，那么词所表现的则是潜在曲婉的某种心路历程，故而才采用最适合它的"参差不齐"的长短句式。总之，词把传统抒情诗心理历程化了，隐在情节化了，正如朱彝尊所说："盖有诗所难言者，委曲倚之于声。"(《红盐词序》)而这正为后来杂剧、戏曲的发展打开通道，也为小说的人物心理描写提供了借鉴。

[1] 中国科学院文研所编：《中国文学史》，332页。
[2] 《元白诗笺证稿》，第2页，上海古籍出版社，1982年。

至于传奇小说，它的出现本身即是新兴再现文学的标志。毫无疑问，它同六朝"志怪"有着一切承续关系，但已有质的不同。六朝大都是一些杂记式的"残丛小语"，由于文笔粗简，目的又在述异志怪，自然还谈不上对生活作精心构撰。而唐人传奇却是作家们自觉意识的创造，内容已由述异志怪扩展到社会生活和人情世态，艺术上更着意于人物性格心理和形象典型的塑造，实为我国现代意义小说的开端。故洪迈说："小小情事，悽婉欲绝，洵有神遇而不自知者，与诗律可称一代之奇。"(《容斋笔录》)传奇小说之能在中晚唐这块土壤上很快进入其鼎盛期，实亦文学发展之内在总趋势使然也。总而言之，身处这一文坛激烈变革情势下的白居易，提出令时人耳目一新的"为时为事"的新乐府诗论，遂成为历史的必然。

然更发人深首者，是古文运动家，新乐府人，传奇小说作者，可能由于基本创作思想和文学倾向的一致，他们有意无意，自觉不自觉地还形成一种心印默契，而有着共同的爱好并常常呼应配合。陈寅恪先生即曾说："此时之健者，有韩柳元白，所谓'文起八代之衰'之古文运动，即发生于此时，殊非偶然也。又中国文学中别有一可注意之点焉，即今日所谓唐代小说者，亦起于贞元元和之世，与古文运动实同一时。而其时最佳小说之作者，实即古文运动中之中坚人物是也。"[①]确实如此，当时古文运动家或新乐府诗人，亦往往就是传奇小说这种文学的爱好者试作者。陈氏还说韩柳诸人是"以古文试作小说"，其实就某种意义上讲，亦未尝不可说如白居易等那些较长篇幅的新乐府诗作，是用诗歌来试作小说。更可注意者，似乎新乐府诗人同传奇作者之间，还存在更深的同契呼应关系，如白居易写了《长恨歌》，陈鸿即为之作《长恨歌传》。元稹写了《莺莺传》，李绅又为之作《莺莺歌》。他们的亲朋挚友亦多为唐传奇小说的代表作家，如《李娃传》的作者白行简，《霍小玉传》的作者蒋昉等，恐怕亦非偶然现象。

从历史的角度看，唐代是中国历史上"士"阶层最为开放的时期。他们在很大程度上摆脱了政治依附地位，尤其是崛起于中下层的知识分子，自觉意识和人格个性增强，大都富有积极进取的参与意识。不同于战国策士的游说诸侯、干求权势；也不同于两汉儒者的学问节操、求取富贵；更不同于魏

[①]《元白诗笺证稿》，第2页，上海古籍出版社，1982年。

晋名士的放浪隐逸、乐在自适,六朝学人的风花雪月、沉沦帮闲,他们更关注的是现实民生,社会良瘝,自觉地肩负着时代的使命感、道义感,是中国历史上最有生气的新兴阶层。从文学自身来看,盛唐时代达到封建社会经济文化的高度繁荣,尤其诗歌艺术进入空前成熟的黄金时代。这就是说,人们艺术地掌握现实的能力已获极大提高。然而"安史之乱"的一声渔阳鼙鼓,却使诺大帝国重又陷入山河破碎、社会动荡、生灵涂炭的混乱之中。随着战乱的结束,接踵而来的又是藩镇割据、宦官专权、党争剧烈的政治局面。白居易时代虽然社会渐趋安定,经济回升,但安史之乱后暴露出的社会弊端,痛定思痛,又不能不促使富有强烈参与意识的有识之士图谋变革。作家们经历过变幻曲折的生活遭际和人生痛苦,他们的感受太丰富强烈了,认识也更深刻透彻了。尽管伴随着许多失望和无奈,但生活给他们提出了新的思想、主题和题材,传统的方法、技巧、语言和形式,都远远不够了。对于已获高度发展的诗歌艺术来说,是不会只是简单地回过头去,搬用旧的形式,甚至重操盛唐风调。时代和生活都逼迫着他们去探索寻求新的形式,开辟新的通道,确立新的原则。于是"言志""缘情"的陈规被打破,"为时为事"的创作应运而生,诗歌也以全新的姿态走进文坛。杜甫"三吏""三别"、元结《舂陵行》之类"即事名篇"的诗作呱呱坠地,至元白等人而汇流成为以"新乐府"为号召的诗歌革新运动。人们不再沉浸于一己的忧戚感叹,而是面对现实力求揭示生活的本来样子,即所谓"为时为事",遂成为社会的普遍意识,此乃当时文学的总体流向。

　　诚如理论所说,魏晋、中晚唐、明末乃我国文学流变之三大关键时期。明末且勿论。至于魏晋和中晚唐,愚以为前者是中国文学由喻象向意象转化的关节点,后者则是由表现向再现转化的关节点。前者如陶谢,后者如元白,则都是屹立在这一关节点上的标志性诗人。他们代表的不仅是那个时代,而是整整一段历史趋向。

2013.6.23